타나토노트

타나토노트 1

베르나르 베르베르 장편소설   이세욱 옮김

LES THANATONAUTES
by BERNARD WERBER

(C) Éditions Albin Michel S. A., Paris 1994
Korean Translation Copyright (C) The Open Books Co., 1994, 2013

이 책은 실로 꿰매어 제본하는 정통적인 사철 방식으로 만들어졌습니다.
사철 방식으로 제본된 책은 오랫동안 보관해도 손상되지 않습니다.

렌에게

사전

타나토노트 명 그리스어 타나토스(*thanatos*, 죽음)와 나우테스(*nautes*, 항행자)를 합친 말. 저승을 항행하는 자. 영계 탐사자.

역사 교과서

기억해야 할 연도
1492 아메리카 대륙에 첫발을 내디딤
1969 달에 첫발을 내디딤
2062 사자(死者)들의 대륙에 첫발을 내디딤
2068 영계에 첫 상품 광고 등장

『기초 강의용 영계 탐사의 역사』

제1기
암중모색의 시기

1. 역사 교과서

옛날에 사람들은 너 나 할 것 없이 죽음을 두려워하였다. 단 한순간도 끊이지 않는 효과음처럼 죽음은 언제나 사람들의 뇌리에서 떠나지 않았다. 누구나 온갖 몸짓이 끝나고 나면 자기의 소멸이 찾아오리라는 것을 알고 있었다. 죽음이 불러일으키는 고뇌 앞에서는 모든 즐거움이 물거품이 되었다.

20세기 말에 우디 앨런이라는 미국의 철학자[1]는 그 시대를 풍미하던 정신적인 분위기를 이런 문장으로 표현했다.

〈언젠가는 죽게 될 것을 알기에, 인간은 진정으로 느긋할 수 없으리라.〉

『기초 강의용 영계 탐사의 역사』

---

[1] 미국의 영화감독인 우디 앨런을 그렇게 부른 것이다.

2. 미카엘의 일기

내가 모든 것을 이야기한다는 게 가당한 일인가?

지금에 와서 얼마간 여유를 갖고 지난 세월을 돌이켜 보아도, 그때 일을 실제로 벌어진 일로 받아들이기가 쉽지 않다. 내가 그런 엄청난 모험에 참여했다는 사실이 도무지 믿기지 않는다. 더구나 그 모험에서 살아남아 이렇게 증언까지 하고 있다는 게 그저 꿈만 같다.

그 모든 일이 그토록 빨리 진척되고 그렇게 멀리까지 나아가게 되리라고 생각한 사람은 아무도 없었을 것이다. 정말이지 누구도 그렇게까지는 생각하지 못했으리라.

무슨 귀신이 씌었기에 우리가 그런 광기 어린 모험에 뛰어들었던 것일까. 알다가도 모를 일이다. 어쩌면 흔히들 호기심이라고 부르는 어리석기 짝이 없는 것 때문인지도 모르겠다. 한 발짝만 더 가면 협곡으로 추락할 줄 알면서도, 추락할 때의 그 기분이 얼마나 무시무시한지 알고 싶어서 낭떠러지로 몸을 내밀게 만드는 그런 호기심 말이다.

거기에다 갈수록 신명이 줄어들고 정열이 식어 가는 세상을 살면서, 모험에 대한 강렬한 욕구가 일었던 사정도 한몫을 했을 것이다.

어떤 이들은, 〈다 팔자소관이다. 그렇게 이루어지기로 예정되어 있던 일이 그대로 되었을 뿐이다〉라고 말할지도 모르겠다. 그러나 나는 미리 정해진 운명이라는 것을 믿지 않는다. 선택은 사람이 하는 것이고 그 책임도 사람이 진다. 그 선택이 운명을 설계하는 것이고, 어쩌면 우주의 윤곽까지도 그려 나가는 것이리라.

나는 그간에 겪은 일들을 모두 기억하고 있다. 그 대모험과 관련된 일화 하나하나, 말 한 마디 한 마디, 표현 하나하나가 아직도 기억에 생생하다.

그러나 내가 그 모든 것을 이야기하는 것이 정말 가당한 일인가?

잘 모르겠다. 동전을 던져서 하늘의 뜻을 묻기로 하자. 숫자가 새겨진 뒷면이 나오면 이야기를 하고, 앞면이 나오면 비밀을 지키기로 한다.

뒷면이다.

우리의 이야기를 시작하자면 내 어린 시절로 돌아가야 한다. 서로 연결되어 있는 그 모든 사건들의 실마리를 찾기 위해서는, 나의 과거로 멀리, 아주 멀리 거슬러 올라가야 한다.

3. 경찰 기록

기초 신원 조회

성명: 미카엘 팽송

모발: 갈색

안구: 갈색

신장: 1m 75cm

신체상의 특징: 없음

특기 사항: 영계(靈界) 탐사 운동의 개척자

약점: 자신감 결여

4. 뒤퐁 씨네 가게 고기는 뭐든지 맛있습니다

 어떤 아이에게나 다 그렇듯이 나에게도 〈죽음의 날〉, 즉 죽음을 처음으로 발견한 날이 있었다. 사람이 죽는다는 사실을 처음으로 일깨워 준 사람은 바로 시체와 더불어 사는 일에 이골이 나 있던 어떤 남자였다. 그는 우리 동네 고깃집 주인인 뒤퐁 씨였다. 그 가게 진열창에는 〈뒤퐁 씨네 가게 고기는 뭐든지 맛있습니다〉라는 광고 문구가 커다란 글씨로 쓰여 있었다. 어느 날 아침, 어머니는 일요일에 먹을 등심을 사야겠는데 이젠 뒤퐁 씨네 가게에 갈 수 없게 되었다면서, 그가 죽었다는 사실을 알려 주셨다. 가게에 걸려 있던 커다란 샤롤레[2]가 갑자기 떨어지는 바람에 거기에 깔려 죽었다는 것이었다.

 내가 네 살 나던 해의 일이지 싶다. 나는 그 얘기를 듣고 다짜고짜 어머니에게 〈죽는다〉는 게 뭐냐고 물었다.

 어머니는 무척 곤혹스러워하시는 듯했다. 언젠가 내가 어머니의 피임약을 들어 보이며 그걸 먹으면 내 기침이 나을 수 있느냐고 물었을 때 어찌할 바를 몰라 하시던 바로 그 모습이었다.

 어머니는 고개를 숙이고 잠시 생각하다가 말문을 여셨다.

「음, 그러니까, 죽는다는 건 〈더 이상 여기에 없게 된다〉는 뜻이란다.」

「방에서 밖으로 나가는 것처럼 말인가요?」

「단지 방에서 나가는 건 아니고 집이랑 도시랑 나라마저도 떠나가는 거란다.」

2 프랑스 중부 고지가 원산지인 흰색의 대형 고깃소.

「그럼, 멀리 여행을 가는 거군요? 바캉스를 떠나는 것처럼 말이에요.」

「음, 아니. 그렇게는 말할 수 없어. 사람이 죽으면 더 이상 움직이지 않거든.」

「움직이지 않으면서 멀리 간단 말이에요? 야 그거 대단한데! 어떻게 그럴 수 있지요?」

고깃집 주인 뒤퐁 씨의 죽음을 설명하려던 어머니의 그 어설픈 시도 때문에 죽음에 관한 호기심의 토양이 내게 마련되었을 것이고, 훗날 라울 라조르박이라는 친구가 나타나 그 토양에 광기의 씨앗을 뿌리고 싹을 틔울 수 있었을 것이다. 다른 이들은 어떻게 생각할지 몰라도 내 생각은 그러하다.

뒤퐁 씨가 죽은 뒤 석 달쯤 지나서, 이번에는 나의 증조모인 아글라에 할머니가 돌아가셨다는 얘기를 듣게 되었다. 그 소식을 듣자, 나는 대뜸 이렇게 말했던 듯하다.

「아글라에 할머니가 돌아가셨다고? 아니 어떻게 그럴 수 있지? 힘도 없는 할머니가 어떻게 멀리 여행을 떠날 수 있지?」

화가 난 증조부는 사납게 눈을 부라리며 내가 평생 잊지 못할 다음과 같은 말씀을 하셨다.

「이 녀석아, 죽음은 이 세상에서 가장 무서운 거다. 그것도 모르니?」

사실 나는 그걸 모르고 있었다.

「아, 그래요, 몰랐어요······.」

나는 우물거렸다.

「그런 끔찍한 일을 가지고는 농담을 하는 게 아니야. 세상엔 장난으로 이야기해서는 안 될 게 있다. 죽음이 바로 그런 거야.」

할아버지는 그런 말을 덧붙여 내 뇌리에 깊은 인상을 남기셨다.

증조부 다음엔 아버지가 나서서 나를 나무라셨다. 어른들은 모두 죽음이 절대적인 금기라는 사실을 나에게 일깨우고 싶어 했다. 죽음은 함부로 입에 올려서는 안 되는 말이었다. 설사 그 말을 꺼내더라도 경외심을 갖고 말해야 하며, 쓸데없이 그것을 입에 올리면 불길한 일이 생긴다는 것이었다.

누군가가 이런 말로 나를 꾸짖기도 했다.

「아글라에 할머니가 돌아가신 것은 아주 슬픈 일이야. 그런데 넌 울지 않는구나. 조금도 슬프지 않은 게로구나.」

아닌 게 아니라 새벽부터 나의 형 콩라드는 욕실에 걸어 놓은 목욕 수건처럼 눈물을 떨구어 대고 있었다.

「아하, 사람이 죽으면 울어야 되나 보죠?」

아무도 그런 얘기를 나에게 해준 적이 없었다. 삼척동자도 다 아는 뻔한 얘기라도 삼척동자에게는 해주는 게 더 좋을 터인데 말이다.

철없이 야기죽거리는 내 태도를 참을 수 없었는지, 아니면 내가 눈물을 흘릴 수 있도록 도와주려고 그랬는지, 아버지는 기어이 나에게 따귀 두 대를 안기셨다. 그 따귀 두 대로 나는 두 가지 사실을 마음속에 꼭 간직할 수 있게 되었으니, 그 첫째는 〈죽음은 세상에서 가장 무서운 것〉이라는 사실이고, 그 둘째는 〈죽음을 들먹이며 농담을 해서는 안

된다〉는 것이었다.

「너는 왜 아까 울지 않았니?」

아글라에 할머니의 장례식을 끝내고 돌아오는 길에 아버지는 그 일을 다시 초들며 물으셨다.

「내버려 두세요. 미카엘은 이제 겨우 다섯 살이에요. 죽음이 뭔지나 알겠어요?」

어머니가 조용히 나를 두둔하셨다.

「그걸 모를 리가 있나. 이 녀석은 아주 잘 알고 있는데도 오로지 제 생각만 하고 있는 거라고. 그래서 다른 사람들의 죽음에는 관심이 없는 거야. 두고 보라고. 이 녀석은 우리가 죽어도 눈물 한 방울 안 흘릴 테니.」

그 말을 듣는 순간 나는 다시는 죽음을 가지고 농담을 하지 않으리라고 굳게 다짐했다. 그 뒤로 누가 세상을 떠났다는 이야기를 들으면 나는 억지로 아주 슬픈 것을 생각해 내려고 무진 애를 썼다. 예를 들어, 끓는 물에 데친 시금치 따위를 생각해 냈다. 그러면 금방 눈물이 나왔고 모두들 내가 우는 것을 보고 흡족해했다.

증조모가 돌아가시고 두 해쯤 지나서 나는 직접 죽음과 맞닥뜨리는 경험을 하게 되었다. 〈직접〉이라고 말하는 까닭은 이번에는 죽은 사람이 바로 나 자신이었기 때문이다.

그 사건은 2월의 어느 맑고 볕 좋은 날에 일어났다. 2월의 날씨가 그렇게 화창했던 것은 그 전 1월 한 달이 아주 푸근했기 때문일 것이다. 푸근한 1월 다음에 화창한 2월이 뒤따르는 것은 흔히 있는 일이다.

5. 죽음을 경험하다

「조심해!」

「어머, 저 일을 어째……」

「저런, 저런!」

「어머머, 쟤 봐요……. 운전 조심해요!」

「안 돼애애애애애!!!!」

급제동을 거는 긴 마찰음. 둔탁하고 탄력이 약간 느껴지는 충격.

나는 차도로 굴러간 공을 쫓아서 달리던 중이었다. 초록색 경주용 자동차의 범퍼가 내 오금을 들이받았다. 살갗이 가장 부드러운 부분이었다. 발이 땅에서 떨어짐과 동시에 나는 공중으로 튕겨 올라갔다.

바람이 귓전을 스치고 지나갔다. 나는 땅 위를 날고 있었다. 상쾌한 바람이 벌어진 내 입속으로 몰려들었다. 저 아래에서는 길 가던 사람들이 겁에 질린 채 나를 올려다보고 있었다.

한 여자가 내가 솟아오르는 것을 보고 비명을 질렀다. 내 바지에서 피가 새어 나와 아스팔트 바닥에 흥건히 고였다.

느린 동작 화면에서처럼 모든 동작이 낱낱으로 이어졌다. 나는 지붕과 비슷한 높이로 날았다. 지붕창에 어른거리는 그림자들을 볼 수 있었다. 그때 난생처음으로 내 머릿속에, 〈도대체 내가 여기서 뭘 하고 있지?〉 하는 물음이 떠올랐다. 그 후로 평생을 두고 그토록 끈질기게 나를 괴롭히던 질문이었다.

공중에 떠 있던 아주 짧은 순간에, 나는 그 질문에 대한 답을 전혀 모르고 있음을 깨달았다.

나는 누구인가?

나는 어디에서 왔는가?

나는 어디로 가는가?

영원한 질문이다. 누구나 한 번쯤은 그런 물음을 자신에게 던진다. 나는 죽어 가던 그 순간에 처음으로 그 질문을 스스로에게 던졌다.

나는 아주 높이 올라갔다가 대단히 빠른 속도로 다시 떨어졌다. 내 어깨가 초록색 경주용 자동차의 엔진 덮개에 부딪혔다. 나는 다시 튀어 올랐다가 보도 가장자리에 부딪혔다. 퍽 하는 둔탁한 소리가 나고, 겁에 질린 얼굴들이 나를 들여다보았다.

말이라도 하고 싶었지만 더 이상 아무것도 할 수가 없었다. 말도 안 나오고 움직일 수도 없었다. 햇살이 조금씩 설핏해지기 시작했다. 2월이지만 태양은 아직 수줍음이 많았다. 3월의 변덕 많은 날씨처럼 찬비라도 한줄기 퍼부을 기세였다. 하늘이 차츰 어두워졌다. 나는 곧 어둠과 정적 속에 잠겨 버렸다. 냄새도, 감각도, 아무것도 없었다. 막이 내렸다.

겨우 일곱 살이었던 나는 바야흐로 첫 번째 죽음을 맞이하고 있었던 것이다.

6. 공익 광고

인생은 아름답습니다. 인생을 헐뜯는 말에 귀 기울이지 마십시오. 누가 뭐래도 인생은 아름답습니다. 인생을 상품에 비유하자면, 3백만 년 전부터 7백 억 이상의 사람들이 시험하고 인정한 상품과 같습니다. 그것이야말로 인생이 그 무엇과도 바꿀 수 없을 만큼 훌륭한 것임을 보여 주는 증거입니다.

이상은 〈생명 진흥청〉에서 전하는 말씀입니다.

7. 역사 교과서

영계 탐사가 시작되기 전까지만 해도, 죽음은 인류의 주요한 금기 가운데 하나였다. 사람들은 죽음의 그림자를 떨쳐 버리려고 여러 가지 심리적 방법을 동원했다. 그 심리적 방법은 지금 우리가 보기엔 한낱 미신에 지나지 않는 것일 수도 있다. 예를 들어, 어떤 사람들은 자동차의 계기판에 성(聖) 크리스토프[3]의 초상이 새겨진 금속 메달을 걸어 두었다. 그렇게 함으로써 자동차 사고로 숨지는 일을 막을 수 있을 거라고 생각했던 것이다.

21세기 전까지 사람들은 흔히 이런 농담을 하곤 했다. 〈자동차 사고가 났을 때, 살아남을 가능성이 가장 많은 사람은 가장 커다란 크리스토프 성인의 초상을 가지고 있는 사람이야.〉

『기초 강의용 영계 탐사의 역사』

---

[3] 기독교 전승의 전설적인 인물. 아기 예수를 어깨 위에 태우고 여울을 건너는 모습으로 잘 알려져 있다. 이름 자체가 〈그리스도를 건네 준다christo-phoros〉는 뜻을 담고 있다. 원래는 여행자들을 지켜 주는 성인인데, 오늘날엔 운전자들을 돌보아 주는 성인으로 간주되고 있다.

8. 기사회생

나는 가슴을 졸이며 기다렸다. 그러나 무시무시한 일은 전혀 일어나지 않았다.

증조부의 생각은 옳지 않았다. 죽는다는 것은 그다지 무서운 일이 아니었다. 아무 일도 일어나지 않고 그저 그대로였다.

어둠과 정적이 아주 오랫동안 이어졌다.

이윽고 나는 눈을 떴다. 희부연 후광을 등진 가냘픈 실루엣이 나타났다. 천사가 틀림없었다.

천사는 내게로 몸을 기울였다. 천사가 여자를 닮았다는 게 이상하게 여겨졌다. 하지만 그 여자는 이승에서 도저히 볼 수 없었던 아주 아름다운 모습이었다. 여자는 금발이었고 갈색 눈동자를 지니고 있었다.

여자에게서 살구 냄새가 났다.

우리 주위는 온통 하얗고 고즈넉했다.

천사가 내게 미소를 짓고 있으니 나는 천국에 들어온 것이 분명했다.

「어…… 제…… 여리…… 꾸나.」

천사들이 자기들의 언어로 이야기하는 모양이었다. 천사가 아닌 자들은 알아들을 수 없는 천사들만의 언어였다.

「너…… 제…… 여리…… 려꾸나.」

여자는 끈기 있게 그 단조로운 말을 되풀이하고 보드랍고 싱그러운 손으로, 사고를 당한 아이의 해반드르르한 이마를 쓰다듬었다.

「너…… 이제…… 열이…… 다 내렸구나.」

나는 무척 얼떨떨한 기분을 느끼며 주위를 둘러보았다.
「괜찮니? 내 말 알아듣겠어? 너 이젠 열이 없구나.」
「여기가 어디에요? 천국인가요?」
「아니, 생루이 병원 소생과(蘇生科)란다.」
천사는 나를 안심시키려고 말을 이었다.
「너는 죽은 게 아니야. 타박상을 좀 입었을 뿐이야. 공중에서 떨어질 때 자동차 엔진 덮개를 거쳐서 떨어진 게 천만다행이야. 그 덕분에 충격이 많이 줄어들었던 거란다. 무릎에 수술 자국은 남겠지만 그까짓 거야 사내애들에게는 흔히 있는 거 아니니?」
「내가 기절했었나요?」
「그래, 세 시간 동안 그랬어.」

세 시간 동안 의식을 잃고 있었다는데, 나에게는 아무런 기억이 없었다. 아무 생각도 감각도 없었다. 그 세 시간 동안 나에게는 아무 일도 일어나지 않았다.

간호사는 내가 더 편하게 앉을 수 있도록 허리에 방석을 받쳐 주었다. 세 시간 동안 죽어 있었던 거나 마찬가진데, 그동안 나는 전혀 고통을 느끼지 않았었다.

그런데 식구들이 병실에 들어오면서부터 나는 심한 두통을 느끼기 시작했다. 식구들은 모두 상냥했고 내가 정말 숨을 거두기라도 했었던 것처럼 흐느끼고 있었다. 그들은 나 때문에 무척 걱정을 했노라고 힘주어 말했다. 그들의 표현을 그대로 빌리자면, 〈피가 마르는 것 같았다〉는 것이었다. 식구들은 내가 죽으리라고 생각했던 모양이다. 그래서 내가 살아난 게 오히려 그들의 기대를 저버린 건 아닌가 하는 묘한 생각이 들었다. 내가 진짜 죽었다면, 식구들은 나를 무척이나 그리워했을 것이고, 나는 일거에 모든 미덕을 다 갖춘 아이로 승격했을 텐데 말이다.

9. 경찰 기록

미카엘 팽송에 관한 심리 정보 조회

미카엘 팽송을 조사해 본 결과 전체적으로 정상이라 할 만하다. 하지만 억압적인 가정 분위기 때문에 생긴 약간의 심리적인 취약점이 드러난다. 피조사자는 늘 회의에 빠져 있다. 그는 가장 나중에 말하는 자가 언제나 옳다라는 사고방식을 가진 사람이다.

그는 자기가 원하는 게 무엇인지 모른다. 자기가 어떤 시대를 살고 있는지를 깨닫지 못하고 있으며, 편집증적인 성향을 약간 보이고 있다.

참고 사항 미카엘 팽송의 부모들은 그가 양자라는 사실을 당사자에게 밝히지 않았다. 그 사실을 밝혀서 도움이 될 게 전혀 없다고 생각했던 것이다.

10. 독수리

내가 삶 밖으로 여행을 다녀온 그 최초의 사건은 죽음에 관해서 정말로 흥미로운 사실을 전혀 가르쳐 주지 않았다. 식구들이 두고두고 그 사건을 들먹이는 바람에, 그저 짜증의 원천이 되었을 뿐이다.

그 일을 겪고 한두 해가 지난 여덟, 아홉 살 무렵에, 나는 죽음에 대해 부쩍 더 흥미를 갖게 되었다. 이번엔 다른 사람들의 죽음을 통해서 흥미로운 사실들을 많이 배웠다.

특히 텔레비전이 죽음에 관해 나에게 많은 것을 가르쳐 주었다. 사실 매일 저녁 8시 뉴스 때마다 사망자에 관한 소식이 넘쳐 났다. 흔히 전쟁을 하다가 죽은 사람들의 소식이 먼저 나왔다. 그들은 초록색과 붉은색의 제복을 입고 있었다. 다음에는 바캉스 길에서 죽은 사람들이 나왔다. 그들은 갖가지 요란한 복장을 하고 있었다. 저명인사들이 별세했다는 소식도 빠지지 않았다. 그들은 대개 번쩍거리는 장식을 단 옷을 입고 있었다.

텔레비전에 나오는 것은 뭐든지 실제의 삶에서 겪는 것보다 이해하기가 쉬웠다. 텔레비전은 죽음이 슬프다는 것을 금방 이해할 수 있게 해주었다. 영상과 함께 장송곡이 배경 음악으로 깔리기 때문이었다. 그것을 보고 듣노라면 어린이나 바보 천치라도 슬픔을 느낄 만했다. 전사자들에게는 베토벤 교향곡 가운데 하나가 필수였고, 바캉스 길에서 죽은 사람들에겐 비발디의 짤막한 협주곡이, 마약을 지나치게 사용하다가 죽은 유명 연예인들에게는 모차르트의 느린 첼로 곡이 제격이었다.

신기하게도 어떤 스타가 죽고 나면 그의 음반이 불티나게 팔리고, 그의 영화가 텔레비전에 되풀이해서 방영되었다. 그리고 모두들 그의 칭찬을 늘어놓았다. 마치 죽음이 그의 모든 죄를 씻어 주는 것 같았다. 더 놀라운 일은 그들은 죽고 나서도 일을 계속한다는 것이었다. 존 레넌이나 지미 헨드릭스, 짐 모리슨의 가장 훌륭한 음반들은 그들이 죽은 뒤에 출시되었다.

그 무렵 나는 또 한 번 장례식에 참석할 기회가 있었다. 노르베르 삼촌의 장례식이었다. 장례 행렬 속에 있던 사람들은 하나같이 삼촌이 아주 멋진 사내였다고 말했다. 바로 그 자리에서 나는 처음으로, 〈하느님은 언제나 착한 사람을 먼저 데려 가신다〉는 유명한 말을 들었다. 어린 나이였지만 그 말을 듣는 순간 문득 이런 생각이 떠올랐다. 〈그렇다면 여기 남아 있는 이 사람들은 모두 못된 사람들인가?〉

그 장례식에서 나는 나무랄 데 없이 훌륭한 모습을 보여 주었다. 나는 영구가 묘지를 향해 출발하자마자, 끓는 물에 데친 시금치 생각에 몰두했다. 시금치에다 멸치를 보탰더니 흐느낌이 더욱 격렬해졌다. 나의 형 콩라드마저도 나만큼 눈물을 흘리지는 못했다.

페르 라셰즈 묘지에 도착하자마자, 내 눈물 메뉴에 내가 싫어하는 음식인 끓는 물에 데친 꽃양배추와 날것으로 먹는 새끼 양의 골을 추가했다. 소름이 끼칠 정도로 혐오감이 밀려왔다. 나는 그 혐오감 때문에 거의 실신할 정도였다. 모여 있던 사람들 속에서, 〈미카엘이 저렇게까지 노르베르 삼촌에게 애정을 느끼고 있는 줄은 몰랐어〉 하고 누군가가 속삭였다. 어머니는 내가 한 번도 노르베르 삼촌을 만난 적이 없다는 사실을 알고 있었기 때문에, 내가 그렇게 슬퍼한다는 사실이 더욱 놀랍기만 했을 것이다. 어쨌거나 나는 이미 장례식을 성공적으로 치르는 비결, 즉 시금치, 멸치, 꽃양배추, 새끼 양의 골을 발견해 놓았던 것이다.

그날은 평생 잊지 못할 멋진 날이었다. 장례식에서 완벽한 모습을 보여줬을 뿐만 아니라 라울 라조르박을 처음으로 만난 날이기 때문이다.

우리 식구와 친지들이 노르베르 삼촌 무덤 앞에 모여 있을 때, 조금 멀리 떨어진 곳에 내 눈길을 끄는 것이 하나 있었다. 처음에 나는 그것이 무덤 위에 앉아 있는 독수리라고 생각했다. 그러나 그것은 독수리가 아니라 사람이었다.

사람들의 눈길이 잠시 내게서 벗어난 틈을 타서 — 사실 내 몫의 눈물을 다 흘려서 더 이상 할 일이 없기도 했다 — 나는 그 어두운 형체가 있는 곳으로 다가갔다. 장대처럼 껑충한 사람이 하늘에 눈길을 박은 채 어떤 묘석 위에 앉아 있었다. 나는 정중하게 그에게 인사를 건넸다.

「안녕하세요. 거기에서 뭐 하세요?」

대답이 없었다. 가까이 가보니, 독수리로 생각했던 그 거뭇한 형체는 어떤 사내아이였다. 그는 몸이 호리호리했고, 얼굴이 야윈 탓에 대모갑(玳瑁甲) 테 안경 밑으로 광대뼈가 도드라져 보였다. 그의 길고 얄쌍한 손은 조용히 주인의 명령을 기다리고 있는 두 마리 거미처럼 바지 위에 가지런히 놓여 있었다. 그 사내아이는 고개를 낮추어 차분하고 그윽한 눈길로 나를 바라보았다. 그런 차분함과 그윽함은 내 나이 또래의 사람에게서는 한 번도 느껴 본 적이 없었다.

나는 재우쳐 물었다.

「그런데, 여기서 뭐 하는 거예요?」

손 하나가 거미처럼 아주 빠른 속도로 그의 외투를 비스듬히 타고 올라가더니 길고 곧은 콧속으로 들어갔다.

「말 높이지 않아도 돼.」

그는 위엄 있게 그렇게 말한 다음, 자기가 거기에 있는 이유를 설명했다.

「여기는 우리 아버지 무덤이야. 나는 아버지께서 나에게 무슨 하실 말씀이 있는지를 알아보려고 애쓰는 중이야.」

나도 모르게 웃음이 툭 터져 나왔다.

그는 잠시 머뭇거리다가 나를 따라서 웃음을 터뜨렸다. 사실 그런 장면에서는 누구라도 실소를 했을 것이다. 아버지 무덤에 앉아 아버지가 뭔가를 말해 주기를 기다리며 몇 시간씩 흘러가는 구름을 바라보고 있는 그 비쩍 마른 사내애의 모습이 어찌 우습지 않겠는가.

「네 이름이 뭐니?」

「라울 라조르박이야. 그냥 라울이라고 불러도 돼. 그럼 너는?」

「미카엘 팽송이야. 그냥 미카엘이라고 불러도 돼.」

「팽송이라고? 이름은 방울새[4]인데 너같이 생긴 새는 처음 본다. 넌 참 이상하게 생긴 새로구나.」

그는 나의 첫인상을 그렇게 평했다. 나는 태연하게 굴려고 애썼다. 그런 미묘한 상황에서 써먹으라고 누군가가 나에게 가르쳐 준 아주 적절한 말이 생각났다.

「사돈 남 말 하시네.」[5]

라울은 다시 웃음을 터뜨렸다.

11. 경찰 기록
기초 신원 조회

[4] 팽송은 〈방울새〉라는 뜻이다.
[5] 라조르박은 〈긴수염고래〉 또는 〈큰 고래〉라는 뜻이므로.

성명: 라울 라조르박
모발: 갈색
안구: 갈색
신장: 1m 90cm
신체상의 특징: 안경을 쓰고 있음.
특기 사항: 영계 탐사 운동의 개척자
약점: 자신감이 지나침

12. 우정

그 뒤로 라울과 나는 매주 수요일 오후에 페르 라셰즈 묘지에서 만났다. 후리후리한 그의 옆모습을 보며 나란히 걷는 것이 무척 좋았다. 게다가 그는 신기한 이야기들을 많이 들려주었다.

「미카엘, 우리는 너무 늦게 태어났어.」

「그게 무슨 소리야? 왜 그렇다는 거야?」

「사람들이 이미 뭐든지 다 발명을 해놓았고, 어디든지 다 탐험을 해버렸기 때문이야. 발명할 것이 아직 많이 남아 있는 시대에 살았으면 좋겠어. 활과 화살을 발명하던 시대까지는 거슬러 올라가지 않아도 좋아. 그저 화약이나 전기 같은 것을 가장 먼저 발명하겠다는 꿈을 가지고 살 수 있었으면 좋겠어. 그러면 나는 아주 보잘것없는 것에도 만족하며 살 수 있었을 거야. 그런데 이미 발견할 건 뭐든지 다 발견했어. 현실이 공상 과학 소설보다 더 빨리 발전하고 있어. 이젠 발명가는 없고, 추종자들만 있어. 사람들은 이미 오래전에 다른 사람들이 발견한 것을 개선하고 있을 뿐이야. 새로운 세계에 처음으로 발을 들여 놓는 그런 환상적인 기분을 맛본 마지막 사람은 아마도 아인슈타인일 거야. 빛의 속도를 계산할 수 있음을 알았을 때 아인슈타인이 느꼈을 그 짜릿한 기분을 상상해 봐.」

「글쎄, 상상이 잘 안 되는데.」

라울은 한심하다는 듯이 나를 물끄러미 바라다보았다.

「미카엘, 책 좀 더 읽는 게 좋겠다. 세상에는 두 부류의 사람이 있어. 하나는 책을 읽는 사람들이고, 또 하나는 책을 읽은 사람들이 하는 이야기를 듣는 사람들이야. 첫 번째 부류에 속하는 게 아마 훨씬 좋을걸.」

「지금 그 말도 어떤 책을 읽고 하는 얘기지?」

나는 그렇게 반박했고 우리는 함께 웃었다. 사람은 저마다 자기에게 어울리는 구실이 있는 법이다. 라울은 무게를 잡고 아주 당연한 진리를 말하곤 했고, 나는 그것에 대해 곧잘 농담을 했다. 그러고 나면 우리는 함께 웃음을 터뜨렸다. 사실 우리는 무엇에 대해서나 우스갯소리를 하며 배가 아프도록 웃었다.

어쨌거나 라울은 책을 아주 많이 읽었다. 따지고 보면 나에게 독서 취미를 붙어넣어 준 것도 라울이었다. 그는 읽을 만한 작가들을 나에게 알려 주었다. 라블레, 에드거 앨런 포, 루이스 캐럴, 허버트 조지 웰스, 쥘 베른, 아이작 아시모프, 프랭크 허버트, 필립 딕 등이 그들이었다. 라울의 말을 빌면 그들은 〈따분하지 않은〉 작가들이었다.

라울의 설명은 이러하였다.

「〈따분하지 않은〉 작가들은 그리 많지 않아. 대부분의 작가들은 자기 작품이 이해하기 어려우면 어려울수록 자기들이 더 똑똑해 보인다고 생각하지. 그래서 그들은 문장 하나가 20행이나 되게 죽죽 늘이는 거야. 그러고 나면 그들은 문학상을 타고 사람들이 그들의 책을 사지. 사람들이 그 책들을 사는 이유는 거실을 장식해서 자기 집에 오는 사람들에게 자기가 그렇게 난해한 책들을 읽을 수 있다고 과시하려는 것이지. 나도 줄거리가 전혀 없는 그런 책들을 대충 훑어본 적이 있어. 이야기라고 할 만한 게 정말 아무것도 없었어. 예를 들면 대충 이런 식이야. 우선 한 남자가 등장해. 그 남자가 어떤 괜찮은 여자를 만나지. 그는 그 여자와 자고 싶어서 안달을 해. 그러면 그 여자가, 〈저는 당신이랑 자야 할지 말아야 할지 잘 모르겠어요〉라고 말해. 그렇게 한 8백 쪽쯤 지나고 나면 마침내 그 여자가 안 자겠다는 뜻을 알리기로 결심을 하는 거야.」

「그런데 이야기라고 할 만한 게 아무것도 없는 그런 책들을 뭐하러 쓰는 거지?」

「사상이 없고 상상력이 빈곤하기 때문이야. 그러니까 허구한 날 전기, 자서전, 자전적 소설, 소설적 자전 따위나 쓰는 거지. 하나의 세계를 창조할 수 없는 작가들은 결국 자기들의 세계를 묘사할 수밖에 없지. 자기들 세계가 아무리 빈약하다 해도 달리 방법이 없잖아? 문학에서조차 발명가들은 더 이상 없어. 내용이 없으니까 작가들은 문장이나 핥고 형식에 공을 들이는 거지. 너도 부스럼 때문에 고생한 이야기를 가지고 10페이지쯤 길게 써봐라. 혹시 아니? 공쿠르상이라도 타게 될지?」

우리는 깔깔거리며 웃음을 나누었다.

「내가 보기엔 말이야, 호메로스의 『오디세이아』가 오늘날에 처음으로 출판되었다면 베스트셀러 목록에 들어가지도 못했을 거야. 그 책은 아마도 환상 문학이나 공포 문학 속에 들어갔겠지. 외눈 거인 키클롭스, 뱃사람을 홀리는 세이렌, 그 밖에 많은 괴물들이 나오는 이야기니까 아마 우리 같은 애들이나 읽어 주겠지.」

라울은 스스로 판단하는 드문 능력을 타고난 아이였다. 그는 텔레비전이나 신문을 통해서 주입된 남의 생각을 유식한 체하며 흉내 내는 법이 없었다. 그가 그토록 나를 사로잡았던 것은 바로 그 정신의 자유로움, 어떠한 영향도 거부하는 태도 때문이었을 것이다. 그는 그것을 자기 아버지의 공으로 돌리곤 했다. 라울은 자기 아버지가 철학 선생이었고, 책에 대한 사랑을 가르쳐 주었다고 강조하곤 했다. 라울은 거의 하루에 한 권꼴로 책을 읽었다. 특히 신비스러운 내용이 담긴 책이나 공상 과학 소설들을 많이 읽었다.

「정신의 자유로움을 얻는 비결은 책을 많이 읽는 거야.」

그는 자주 그렇게 말했다.

13. 망자는 누구나 남이 자기 내장을 훔쳐 가지 않도록 주의해야 한다

어느 수요일 오후, 우리는 긴 의자에 앉아서 묘지 위로 솜처럼 부풀부풀 피어나는 구름을 말없이 바라보고 있었다. 그때 라울이 책가방에서 두꺼운 공책 한 권을 꺼냈다. 그가 공책의 어떤 곳을 펼치자, 고대 신화에 관한 책에서 오려 낸 듯한 책장이 하나 붙어 있었다.

거기에는 고대 이집트의 배와 여러 인물을 그린 그림이 있었다.

라울이 그림을 설명했다.

「배 한가운데 태양신 라[6]가 있고, 사자(死者)가 그 앞에 무릎을 꿇고 있어. 양쪽에는 이시스[7]와 네프티스[8]라는 두 신이 자리 잡고 있지. 이시스 여신은 왼손으로는 어떤 방향을 가리키고 있고, 오른손으로는 T자 꼴 막대기를 흔들고 있어. 이 막대기는 죽은 이들이 누리게 될 영생을 상징하는 거야.」

「이집트 사람들은 저승이 있다고 믿었나 보지?」

「물론이지. 여기 그림 왼쪽 끝에, 이리의 머리를 가진 아누비스[9]가 있어. 그는 사자와 동행하는 저승의 안내자인데 죽은 사람의 위와 창자를 담은 단지를 손에 들고 있지.

나는 속이 메슥거렸다.

6 이집트의 신. 사람과 같은 형상으로 머리 위에는 둥근 태양을 이고 있는데, 이따금 호루스와 같은 신으로 간주되어 사람 머리 대신 매의 머리를 하고 있는 경우도 있다. 태양신 라의 도시는 헬리오폴리스이며, 거기에서 그는 원초신(原初神) 아홉을 낳았다. 헬리오폴리스 신화에 따르면, 태양신 라는 매일 아침 낮배에 올라 아포피스라는 뱀과 싸우면서 낮 동안 천공을 여행하고, 밤에는 밤배를 타고 암흑의 바다를 건넌다고 한다. 제2왕조부터 이집트 왕들이 스스로를 파라오(라의 아들)라 부르게 되면서 태양신 라는 이집트의 많은 신 가운데 가장 유력한 신으로 발전했다.

7 이집트의 여신. 원래는 다른 신들과 상관없이 홀로 숭배되던 신이었으나 오시리스 신화에 포함되면서, 오시리스의 누이이자 아내, 호루스의 어머니가 되었다.

8 이집트의 여신. 오시리스의 누이이자 세트의 아내.

9 이집트의 신. 이리 머리를 가진 사람의 형상. 고왕국 초기까지만 해도 영혼의 심판에 관여하는 사자의 신으로 숭배를 받았으나, 오시리스가 그 자리를 차지하게 되면서 저승에서 〈영혼을 인도하는 신〉으로 격이 낮아졌다.

라울은 짐짓 드레진 목소리를 내어 〈망자(亡者)는 누구나 남이 자기 내장을 훔쳐 가지 않도록 주의해야 한다〉 하고 고대 이집트 속담 하나를 말했다.

그는 페이지를 넘겨 다른 그림들을 보여 주었다.

「이것은 죽은 사람이 배에 올라타는 그림이야. 죽은 사람은 태양신 라가 손수 맞아 주기도 하고 돼지 한 마리가 맞아 주기도 해. 돼지는 벌 받을 영혼을 삼켜서 무시무시한 지옥으로 데려가는 거야. 지옥은 잔인한 귀신들이 지배하고 있는데 그들은 뾰족하고 긴 손톱이 달린 갈퀴 같은 손으로 죽은 사람들에게 천 번의 벌을 준다는 거야.」

「정말 무시무시한데!」

라울은 다 듣고 나서 판단하라고 충고한 다음 말을 이었다.

「하지만 태양신 라가 직접 죽은 사람을 맞아들이면 걱정할 게 없어. 사자는 신들 옆에 서게 되고 그러면 배가 미끄러져 나아가기 시작하지. 배는 강둑을 따라서 긴 밧줄에 이끌려 가는데 그 밧줄이 사실은 살아 있는 보아뱀이야.」

「그거 멋진데!」

라울은 눈을 들어 하늘을 보았다. 경탄과 실망을 번갈아 내보이는 나의 반응에 성가심을 느끼는 모양이었다. 그래도 그는 이야기를 계속했다. 미우나 고우나 나는 그의 유일한 청중이었던 셈이다.

「그 보아는 빛의 적들을 물리치는 착한 뱀이야. 그 뱀은 배를 지키기 위해서 최선을 다해. 하지만 다른 뱀이 또 나타나. 악의 신 세트의 화신인 아포피스라는 사악한 뱀이야. 아포피스는 배를 엎어 버리려고 주위를 빙빙 돌지. 그러면서 이따금 물 밖으로 나와 불을 내뿜어. 사자의 영혼을 놀라게 해서 그것을 삼켜 버리려고 배를 맴돌게 하고 물 밖으로 튀어나오지. 사자가 잘 견디면 저승의 배는 지하의 강을 따라 계속 나아가면서 지하의 열두 세계를 통과하는 거야. 넘어야 할 장애가 아주 많아. 지옥의 문들을 지나야 하고 물귀신과 날아다니는 악귀를 물리쳐야 해. 죽은 사람이 그 모든 시련을 이겨내면, 그는……」

그가 이야기를 중단하는 바람에 내 낙담이 이만저만이 아니었다.

「다음 주에 계속하자. 벌써 7시야. 어머니가 걱정하실 거야.」

나는 감질이 나는데 그는 그걸 즐겼다.

「뭐든지 때가 있는 거야. 조바심 낼 것 없어.」

그날 밤 나는 처음으로 구름을 뚫고 비행하는 꿈을 꿨다. 나는 새처럼 날았다. 아니, 한 마리의 새 그 자체였다. 나는 어딘가로 계속 날아가고 있었다. 그러다가 문득 뭉게구름 모퉁이에서 하얀 옷을 입은 여자를 발견했다. 그 여자는 구름 위에 앉아 있었고 아주 아름다웠다. 젊고 날씬한 여자였다. 다가가 보니 여자는 손에 가면을 하나 들고 있었다. 더 다가갔다가 나는 소스라치게 놀랐다. 가면인 줄 알았던 그것은, 눈구멍이 휑하니 비어 있고 입술 없는 입이 쩍 벌어져 있는 해골이었다. 나는 땀에 젖은 채 잠에서 깨어났다. 나는 벌떡 일어나 욕실로 달려간 다음 악몽에서 깨어나려고 찬물 수도꼭지 밑으로 머리를 들이밀었다.

이튿날 아침을 먹으면서 나는 어머니에게 물었다.

「엄마, 사람이 새처럼 날 수 있을까요?」

저 애가 사고를 당하고 나더니 머리가 좀 어떻게 된 게 아닐까? 어머니는 미심쩍어 하는 눈으로 나를 바라보았다.

「바보 같은 소리 집어치우고 밥이나 먹어.」

14. 메소포타미아 신화

길가메시여, 그대 어디로 가는가?
그대는 삶을 찾고 있으나
그것을 찾아내지 못하리.
신들이 인간을 창조할 때
인간에게는 죽음을 예정해 놓았고
영생은 자기들을 위해 간직해 두었음이니.

『길가메시 서사시』[10]

프랑시스 라조르박의 논문, 「죽음에 관한 한 연구」에서 발췌

15. 라울은 미치광이다

라울과 나는 페르 라셰즈 묘지에서 만날 때마다 죽음에 대한 이야기를 나누었다. 라울이 죽음에 관해서 이야기를 하고 나는 주로 들었다고 말하는 편이 정확할 것이다. 우리

---

10 기원전 2천 년 무렵 메소포타미아의 아카드 말(아시리아 말과 바빌로니아 말)로 쓰인 세계에서 가장 오래된 서사시. 반신반인(半神半人)의 영웅 길가메시를 주인공으로 하는 수메르의 신화군(群)을 열두 개의 점토판에 나누어 3천6백 행으로 정리한 것. 현재 전하는 것은 앗시리아어 판 약 2천 행과 바빌로니아어 판 일부, 그 밖에 히타이트어와 후르리어 판 단편(斷片) 등이 있다. 삶과 죽음의 문제를 중심으로 인간의 야수성과 신성, 투쟁, 우정, 사랑, 욕망, 모험 등 문학의 영원한 주제를 다루고 있다.

의 토론에는 건전치 못하거나, 추하거나, 으스스한 구석은 전혀 없었다. 우리는 마치 어떤 흥미로운 현상에 대해서 토론하듯이 죽음에 대해서 이야기했다. 외계인이나 오토바이에 대해서 이야기할 때와 별로 다른 점이 없었다.

「나, 이상한 꿈을 꿨어.」

나는 해골 가면을 들고 구름 위에 앉아 있었던 하얀 옷을 입은 여자 이야기를 하고 싶었다. 그런데 라울이 대뜸 내 이야기에 쐐기를 박았다.

「나도 꿈을 꾸었어. 꿈에서 나는 불수레를 만들었어. 거기에 올라탔더니 불말들이 나를 태양을 향해 끌고 갔어. 나는 태양에 다가가기 위해서 불로 된 원들을 통과해야 했는데 그 원들을 통과하면 할수록 내가 그것들을 더 잘 이해하게 된다는 기분이 들었어.」

그 뒤에 나는 라울이 죽음에 관심을 갖는 것이 결코 우연이 아니라는 사실을 알았다. 어느 날 라울이 학교에서 돌아오자마자 화장실로 가보았더니 거기 수도꼭지에 그의 아버지가 목을 매고 죽어 있었다고 한다. 라울의 아버지 프랑시스 라조르박은 파리에 있는 장 조레스 고등학교 철학 선생이었다.

라울의 아버지는 저승에 대해 아주 흥미로운 어떤 것을 발견하고 그 때문에 이승을 떠나고 싶어 했던 것일까?

라울은 그렇다고 확신하고 있었다. 자기 아버지는 슬픔 때문이나 홧김에 스스로 목숨을 끊을 분이 아니고, 어떤 비밀을 파헤치기 위해 세상을 떠났다는 것이 라울의 생각이었다. 그의 아버지가 자살하기 몇 달 전부터 「죽음에 관한 한 연구」라는 논문을 작성하는 데에 전념했다는 사실이 라울의 믿음을 더욱 굳게 만들고 있었다.

라울의 아버지는 정말로 아주 중요한 어떤 점을 발견했는지도 모른다. 자살하기 직전에 그가 자기 원고를 불태웠다는 점이 그걸 말해 준다. 라울이 아버지의 시신을 발견했을 때 벽난로 안에서는 검게 탄 종잇장들이 아직 나풀거리고 있었다고 한다. 그의 원고 중에 1백 장 정도는 여전히 글자를 알아볼 수 있었다. 그 논문은 고대 신화와 사자(死者) 숭배에 관한 것이었다.

아버지가 돌아가시고 난 다음부터, 라울은 줄곧 〈아버지가 찾아낸 그토록 중요한 것이 무엇일까?〉, 〈아버지는 무엇을 찾으려고 죽음의 세계로 가셨을까?〉 하는 생각에 몰두해 왔다.

라울은 장례식 날 울지 않았다. 그러나 아무도 그에게 화를 내지 않았고, 일언반구로라도 그를 나무라는 사람이 없었다. 라울이 사람들에게서 들은 것은 단지, 〈아버지가 목을 매고 죽었으니 저 애가 얼마나 큰 충격을 받았을꼬. 울음이 안 나올 만도 하지〉 하는 소리뿐이었다. 내가 그 전에 라울을 알고 있었더라면, 나는 그 애에게 시금치와 새끼 양의 골을 이용하는 내 비방을 가르쳐 주었을 것이다. 그러면 라울은 그 따위 언짢은 소리를 듣지 않아도 되었으리라.

라울의 어머니는 남편의 장례식이 끝나자마자 그때까지와는 전혀 다른 태도를 보였다. 어머니는 라울의 변덕을 다 받아 주었고, 라울이 원하는 거라면 장난감이건 책이건 잡지건 다 사주었다. 라울은 시간도 자기 마음대로 쓸 수 있게 되었다. 나의 어머니는 라울이 외아들에다 아버지 없이 자라는 애라고 뭐든지 해달라는 대로 다 해줘서 버르장머리 없는 아이가 됐을 뿐이라고 잘라 말씀하셨다. 그러나 나는 라울이 부러웠다. 뭐든지 해달라는 대로 다 해 받을 수 있는 아이가 될 수 있다면, 우리 식구 가운데 누군가를 포기해도 좋겠다는 생각이 들었다.

우리 집에서는 내 응석을 받아 주는 일이 없었다.

「너 아직도 그 라조르박 씨네 아들하고 싸다닌다며? 너 왜 그러니?」

아버지는 주위 30미터까지 오염시키는 시가를 피우시며 그렇게 윽박지르셨다.

나는 격한 어조로 되받았다.

「라울은 저하고 가장 친한 친구예요.」

「그래? 넌 친구 고를 줄 모르는구나. 그 애는 정상이 아니야. 그건 분명해.」

아버지의 말투는 확신에 차 있었다.

「그게 무슨 말씀이세요?」

「순진한 체하지 마라. 그 애 아버지는 우울증에 빠져 있다가 자살까지 하지 않았니? 피는 못 속이는 법이다. 그런 피를 물려받은 애라면 머리가 좀 이상해질 소지가 다분해. 게다가 그 애 어머니는 일할 생각은 않고 연금으로만 살고 있어. 그것도 건전치 못해. 앞으로는 좀 제대로 된 사람들하고 사귀어라.」

「라울은 제대로 된 아이예요.」

나는 지지 않고 당당하게 말했다. 그때, 언제나 의리 없이 구는 콘라드 형이 자기가 양념을 칠 때가 되었다고 판단하고 끼어들었다.

「자살은 일종의 유전병이야. 부모가 자살한 집 애들은 자살의 유혹에 잘 빠지지. 부모가 이혼한 집 자녀들이 이혼하는 경우가 많은 것과 마찬가지야.」

식구들은 모두 바보 같은 형의 말을 못 들은 척했다.

그런데 이번에는 어머니가 나서서 한마디 하셨다.

「보아하니 라울은 묘지에 앉아서 시간을 보내곤 하는 것 같던데, 너는 그게 정상이라고 생각하니?」

「엄마, 라울은 자기 시간을 자기가 원하는 일에 자유롭게 쓰고 있는 거예요. 그 시간에 라울이 누구를 방해하고 있는 것도 아닌데요, 뭐…….」

「그 짓 좀 못하게 해라. 먹을 가까이 하면 검어지는 법이야. 내가 괜한 소리를 하는 게 아냐. 나는 네가 무덤들 사이에서 그 애랑 토론하고 있는 걸 봤어.」

「그게 뭐 잘못됐나요?」

그때, 이미 궁지에 몰린 나를 더욱 옹색하게 만들 태세를 갖추고 있던 콘라드가 바로 이때다 하며 야기죽거렸다.

「잘못됐지. 죽은 이들을 성가시게 하면 재앙이 오는 법이야.」

「형, 바보야. 형, 바보!」

나는 그렇게 소리치며 콘라드에게 주먹을 한 방 날렸다.

우리는 방바닥에 나뒹굴었다. 아버지는 콘라드가 니에게 한 방 먹이기를 기다렸다가 우리를 떼어놓으셨다. 아버지는 내가 반격할 틈을 주지 않으셨다.

「이 녀석들. 그만두지 못해? 계속 이러면 따귀 한 대씩 맞을 줄 알아! 콘라드 말이 맞아. 묘지에서 어슬렁거리는 것은 재앙을 불러오는 짓이야.」

아버지는 시가를 피우고 있다가 갑자기 기침을 하며 침과 함께 담배 연기를 다시 뱉어 내고 말을 덧붙이셨다.

「토론하기에 적합한 장소가 있잖아. 카페나 공원이나 스포츠클럽 같은 데 말이야. 묘지는 죽은 사람들을 위한 곳이지, 산 사람들을 위한 장소는 아니야.」

「하지만, 아빠……..」

「너 끝까지 내 속을 썩일 테냐? 이 녀석아, 못된 짓 그만두라면 그만둬. 안 그러면, 가만두지 않을 거야.」

결국 나는 뺨 두 대를 맞았다. 더 맞지 않으려고 나는 즉시 훌쩍거리기 시작했다.

「울고 싶을 때 우는 법은 어떻게 알아 가지고…….」

아버지는 비꼬며 말씀하셨다.

콘라드의 얼굴엔 의기양양해하는 빛이 역력했다. 어머니는 나보고 어서 내 방으로 가라고 이르셨다.

그런 일을 겪으면서 나는 세상살이가 어떤 것인지 이해하기 시작했다. 망자를 위해서는 눈물을 흘려야 한다. 부모님께는 순종해야 한다. 콘라드 형에게 대들지 말아야 한다. 나쁜 짓을 해서는 안 된다. 묘지에서 어슬렁거리면 안 된다. 친구를 고를 때는 정상이라고 할 만한 사람들 속에서 골라야 한다. 자살은 유전병이며 전염이 될 수도 있다.

어두컴컴한 방 안에서, 아직도 입속에 남아 있는 찝찔한 눈물을 맛보고 있자니, 문득 세상에 나 혼자뿐이라는 생각이 들었다. 그날 밤 나는 뺨에 찍혀 있는 얼얼한 손자국을 어루만지며, 이토록 구속이 많은 세계에 태어난 것을 후회했다.

16. 깃털 하나의 무게

「사자는 지옥의 일곱 문을 통과해야 하고 물귀신과 날아다니는 악귀들을 물리쳐야 해. 그 시련을 치르고 나면, 최고의 심판관인 오시리스[11]와 보좌신 42명으로 구성된 심판소에 다다르게 돼. 거기에서 사자는 부정(否定) 고백을 통해 자기 영혼이 깨끗하다는 것을 증명해야 해. 부정 고백이란 사자가 방금 떠나 온 삶을 사는 동안, 다음과 같은 죄를 짓지 않았다고 당당히 밝히는 것을 말해.

나는 사람들에게 부당한 짓을 저지르지 않았습니다.
나는 사람들을 학대하지 않았습니다.
나는 진실을 감추지 않았습니다.
나는 창조신을 모독하지 않았습니다.

---

11 이집트의 신. 미라 형상의 사람 모습으로 가슴 위에 팔을 포갠 채 한 손에는 규(規)를, 다른 한 손에는 채찍을 들고 있으며, 파라오들처럼 좁다랗게 땋은 턱수염을 기르고 있고, 타조 깃털 두 개가 달린 뾰족한 흰 모자를 쓰고 있다. 원래는 식물계의 신으로 숭배를 받다가, 숭배가 널리 확대되면서 성격이 다양해졌다. 썩었다가 다시 싹트는 낟알, 가물었다가 물이 붇는 나일 강, 기울었다 다시 차는 달, 또는 밤이 새면 다시 떠오르는 태양에도 비유되던, 오시리스는 부활의 신이 되었고 마침내 저승에서 인간이 계속 살 수 있게 해 주는 시지(死者)들의 신으로 발전했다. 제5왕조 말기에 왕이 죽으면 오시리스가 된다는 믿음이 나타났고, 중왕국이 시작될 무렵에는 죽은 이들 모두가 오시리스가 된다고 믿게 되었다.

나는 가난한 이들 것을 빼앗지 않았습니다.
나는 신들에게 발칙한 짓을 하지 않았습니다.
나는 주인 편을 들어 노예에게 해를 입히지 않았습니다.
나는 도시의 신성한 곳에서 육욕의 죄를 범하지 않았습니다.
나는 사람들을 굶기지 않았습니다.
나는 남을 울리지 않았습니다.
나는 사람을 죽이지 않았습니다.
나는 사람을 죽이라고 시키지 않았습니다.」

「그러면 사자가 제멋대로 주장하고 거짓말까지 할 수 있지 않을까?」

나는 라울에게 물었다.

「그래. 거짓말을 하고 안 하곤 죽은 사람 마음이지. 신들이 그에게 질문을 하면 사자는 신들을 속일 수도 있어. 하지만 신들이 그리 호락호락 넘어가지는 않아. 신들도 알 건 다 알거든. 당연한 얘기 아니야? 신들이 뭐 달리 신인가.」

「그다음엔 어떻게 되지?」

「그 시험을 통과하고 나면 이번에는 다른 신들 앞에서 두 번째 심판을 받게 돼.」

라울은 궁금증을 더 갖게 하려고 입을 다문 채 잠시 뜸을 들였다.

「이번에 사자가 마주하게 될 신은, 정의의 여신 마트와 따오기의 머리를 가진 지혜와 학문의 신 토트야. 토트 신은 사자의 증언을 서판(書板)에 기록하는 임무를 맡고 있어.

그다음에 나타나는 신이 아누비스야. 그는 이리의 머리를 가진 신으로서, 커다란 저울을 들고 영혼의 무게를 달지.」

「영혼의 무게를 어떻게 달지?」

나로서는 아주 당연한 질문이었는데, 라울은 그것을 못 들은 체하고 이맛살을 찌푸리더니 한 페이지를 넘기고 이야기를 계속했다.

「아누비스는 한쪽 저울판에는 사자의 심장을 올려놓고 다른 한 쪽에는 깃털 하나를 올려놓지. 만일 심장이 깃털보다 가벼우면 사자에게 무죄가 선고되는 거야. 그런데 만일 심장이 깃털보다 무거운 것으로 나타나면, 죽은 사람은 몸은 사자(獅子)이고 머리는 악어인 어떤 신에게 먹이로 던져지지. 그 신은 영생을 받을 자격이 없는 영혼들을 삼켜 버리는 임무를 맡고 있어.」

「그럼, 심판에 합격한 사람들은 어떻게 되는 거야?」

「그들은 삶의 짐을 벗어 버리고, 떠오르는 태양의 빛 속으로 들어가는 거야.」

「와, 멋있는데!」

「거기에는 황금 풍뎅이 머리를 가진 케프리[12]가 기다리고 있어. 거기에서 저승길이 끝나는 거야. 무죄가 증명된 영혼은 영원한 행복을 누리면서, 이승과 저승을 통과하는 데 성공한 승리자들의 찬가를 부르는 거야. 그 찬가를 한번 들어 볼래?」

라울은 묘석 위에 올라서더니, 여드름 난 동그란 얼굴을 마주하고 또랑또랑한 목소리로 고대의 시가를 낭송하기

[12] 태양신 라는 아침에는 〈케프리〉가 된다.

시작했다.

> 사슬이 풀리고
> 나는 내 안에 있던 모든 괴로움을 땅에 던져 버렸네.
> 오 위대한 오시리스여!
> 마침내 삶을 얻었나이다.
> 방금 이렇게 태어났나이다.

라울이 낭독을 끝냈다. 고대 신화를 다룬 대단한 책이었다. 힘겹고도 장한 일을 끝낸 사람처럼 라울의 이마엔 땀방울이 송골송골 맺혔다. 라울은 마치 아누비스로부터 영생을 누리기로 판정받은 사람처럼 보였다.

「참 재미있는 이야기야. 그런데 저승에서 정말 그런 일이 벌어진다고 생각하니?」

「그건 모르겠어. 이 신화는 하나의 비유야. 고대 이집트 사람들은 틀림없이 그 문제에 관해서 많은 지식을 가지고 있었을 거야. 그런데 그들은 그 지식이 마구잡이로 전해지는 것을 원치 않았기 때문에 비유와 시적인 표현을 사용했을 거야. 한 작가가 어느 날 문득 영감을 받아 그 모든 것을 지어낼 수는 없는 일이지. 이 신화는 일종의 보편적인 상식에 뿌리를 두고 있는 거야. 모든 종교에서 표현은 날라도 이 신화와 비슷한 이야기들을 하고 있다는 것이 그 증거야. 모든 종교가 죽음 너머에 또 다른 세계가 있다고 주장하고 있어. 그리고 심판이 있고 그 심판을 거치면 환생이나 해탈이 있다고 가르치고 있어. 인류의 3분의 2 이상이 환생을 믿고 있어.」

「그럼 너는 신들이 타고 있는 배가 정말로 있다고 생각하니?」

그때 라울이 나에게 입을 다물라는 신호를 보냈다.

「쉿! 누가 오고 있어.」

시각은 벌써 밤 9시였다. 묘지의 철책 문은 당연히 잠겨 있을 터였다. 그렇다면 도대체 누가 와서 묘지의 정적을 깨뜨리는 것일까? 다른 사람들이 닫힌 문을 넘어 들어오는 것일까? 우리에겐 우리만 아는 통로가 있었다. 북서쪽 모퉁이에 커다란 플라타너스가 한 그루 있는데, 그 가지들이 묘지 담 위로 드리워져 있어서 그 나무를 기어오르면 묘지 안에 들어오기가 쉬웠다. 그러나 그 길을 알고 있는 사람은 우리뿐이라고 우리는 확신하고 있었다. 들릴락 말락 하게 웅성거리는 소리가 나는 쪽으로 우리는 살금살금 다가갔다.

검은 망토를 입은 한 무리의 사람들이, 문은 그저 눈치레로 달려 있는 거라는 듯, 그것을 넘어 들어오고 있었다.

17. 역사 교과서

우리 조상들은 죽음을 〈모든 것〉의 상태에서 〈아무것도 아닌 것〉의 상태로 옮겨가는 것이라고 믿었다. 그런 생각이 주는 압박감을 덜어 볼 생각으로 조상들은 종교(신화에 바탕을 둔 의식[儀式]의 총체)를 만들어 냈다. 대부분의 사람들이 이승 너머에 다른 세계가 있다고 주장했지만 그것을 곧이곧대로 믿는 사람은 아무도 없었다. 종교는 주로 특정한 종족 집단을 위한 단결의 상징으로 이용되었다.

『기초 강의용 영계 탐사의 역사』

18. 어리석은 자들을 물리치다

검은 망토를 걸친 그 무리는 어떤 무덤 앞에서 걸음을 멈추더니 횃불을 켜고 갖가지 잡다한 물건들을 묘석 위에 늘어놓기 시작했다. 그 물건들 중에 사진과 책, 그리고 작은 조상(彫象)들도 눈에 들어왔다.

라울과 나는 한 무덤 뒤에 숨어 있었다. 그 무덤은 영화배우이자 록 가수였던 어떤 바람둥이가 묻힌 곳이었다. 그는 생선 가시를 잘못 삼켜 목숨을 잃었는데, 그가 죽던 상황을 간단히 이야기하자면 이러하다. 그 유명 연예인은 목에 걸린 이물질을 뱉어 내려고 기를 쓰면서 한 시간 넘게 기침을 했다. 식당이 만원이었는데도, 그를 도우러 오는 사람이 아무도 없었다. 사람들은 다들 스타가 뭔가 새로운 춤과 새로운 가창법을 개발하고, 즉석에서 짤막한 공연을 한바탕 벌이고 있겠거니 하고 생각했다. 사람들은 그가 단말마의 고통 때문에 펄쩍펄쩍 뛰는 줄 모르고 장내가 떠나갈 듯이 박수갈채를 보냈다.

어쨌거나 우리는 그 영화배우의 무덤 뒤에 숨어서 검은 망토 입은 자들이 하는 짓을 처음부터 끝까지 다 볼 수 있었다. 그들은 정수리 부분이 뾰족한 두건을 뒤집어쓰더니 이상한 주문을 중얼거리기 시작했다.

「저자들은 기도문을 거꾸로 외우고 있는 거야.」

라울이 속삭였다. 가만히 들어 보니, 〈다이나하배경 여아

리마 인니머어 의들사천〉라는 주문은, 〈천사들의 어머니인 마리아여, 경배하나이다〉를 거꾸로 말하고 있는 것임을 알 수 있었다. 라울이 덧붙였다.

「틀림없이 사탄을 섬기는 무리일 거야.」

주문에 이어 지껄이는 기도문을 들어보니 라울의 생각이 옳다는 것을 알 수 있었다.

오 위대한 베엘제불[13]이여, 저희에게 당신의 권능을 나누어 주소서.

오 위대한 베엘제불이여, 당신의 세계를 들여다 볼 수 있게 해 주소서.

오 위대한 베엘제불이여, 보이지 않게 되는 법을 가르쳐 주소서.

오 위대한 베엘제불이여, 바람처럼 빠르게 되는 법을 가르쳐 주소서.

오 위대한 베엘제불이여, 죽은 이들을 살려내는 법을 가르쳐 주소서.

나는 등골이 서늘해져 옴을 느꼈지만, 라울은 태연자약했다. 그의 침착성과 용기가 내게로 금방 전해졌다. 우리는 그 무리 쪽으로 더 다가갔다. 가까이에서 보니 그 밀교 신도들의 모습은 훨씬 더 가관이었다. 어떤 자들은 이마에 문

---

13 악마 이름 중의 하나. 신약성서 「마테오의 복음서」 12장 24절 등에서는 악마의 우두머리를 가리키고 있다. 구약 「열왕기하」 1장 2절에 나오는 에크론의 신 바알즈붑(〈파리들의 신〉이라는 뜻)을 경멸하는 뜻으로 변형시킨 이름이다.

신을 새겼는데, 그 문신들은 불길한 상징물인, 웃고 있는 숫염소, 맴돌이하는 악마, 제 꼬리를 물고 있는 뱀 따위였다.

그들은 여러 가지 기도와 주문을 더 읊고 나더니, 초 다섯 자루에 불을 붙여 별 모양으로 늘어놓았다. 그들이 뼛가루에 불을 붙이자, 그것이 타면서 연보랏빛 연기가 한 덩이 피어올랐다. 그 일이 끝나자, 그들은 자루에서 검은 수탉 한 마리를 꺼냈다. 수탉이 자루 밖으로 안 나오려고 버둥거리는 바람에 깃털이 적지 않게 빠졌다.

「위대한 베엘제불이여, 이 검은 수탉을 당신께 바치나이다. 아모크[14]의 영혼에게 수탉의 영혼을!」

어떤 자가 그렇게 선창하자 모두 입을 모아 되받았다.

「아모크의 영혼에게 수탉의 영혼을!」

그들은 수탉을 목 졸라 죽이고 그 피를 별 모양으로 놓인 촛불 위에 뿌렸다.

그런 다음, 이번에는 하얀 암탉을 한 마리 꺼냈다.

「위대한 베엘제불이여, 이 하얀 암탉을 당신께 바치나이다. 굴[15]의 영혼에게 암탉의 영혼을!」

「굴의 영혼에게 암탉의 영혼을! 살인귀의 영혼에게 새의 영혼을!」

그때 라울이 내 귀에 대고 속삭였다.

「무섭니?」

라울처럼 태연해 보이려고 애를 썼지만 팔다리가 후들거

---

14 살인 충동을 일으키는 정신 착란, 또는 그런 정신 착란자를 가리키는 말레이 말.
15 〈악마〉를 뜻하는 아랍 말. 근동 지방의 전설에 나오는 여자 흡혈귀.

리는 것을 억제할 수 없었다. 어떠한 일이 있어도 이가 덜덜 거리는 소리를 내서는 안 되었다. 그 소리 때문에 자칫하면 비밀 의식을 벌이고 있는 그자들에게 들킬 염려가 있었다.

내 친구가 가만가만히 말했다.

「살다 보면 이따금 두려움을 느낄 때가 있지. 그 두려움은 어떤 결정을 내려야 할지 모를 때 생기는 거야.」

나는 무슨 뜻인지 모르겠다는 표시로 고개를 저었다. 그러자 라울은 2프랑짜리 백동전을 하나 꺼내며 말했다.

「살아가면서 사람들은 끊임없이 선택을 하지. 행동할 것인가 도망칠 것인가, 용서할 것인가 복수할 것인가, 사랑할 것인가 미워할 것인가 하고 말이야.」

이 친구가 지금 철학을 논하자는 건가 하고 의아한 눈으로 라울을 보았더니 그는 아무 일도 없다는 듯 천연덕스럽게 말을 이었다.

「우리는 어떤 방책을 선택해야 할지 모를 때 두려움을 느끼는 거야. 이것저것 고려해야 할 요소가 너무 많으니까 결국 우리 주위 세계가 어떻게 돌아가는지 갈피를 못 잡고 겁을 먹는 거지. 세계가 그렇게 복잡할 때는 간단히 선택하는 방법이 있지. 어떻게 하느냐고? 동전으로 하는 거야. 동전은 아무것에도 영향을 받지 않아. 착각에 빠지지도 않고 그럴싸한 궤변에 넘어가지도 않고 아무것도 두려워하지 않지. 따라서, 용기가 안 날 때는 동전을 던져 보는 것도 한 방법이야. 그것이 너에게 용기를 줄 수도 있어.」

그렇게 말하고, 라울은 백동전을 높이 공중에 던졌다. 다시 떨어진 백동전을 보니, 숫자가 있는 뒷면이 나왔다. 라울은 의기양양한 미소를 지어 보이며 말했다.

「뒷면이다! 뒷면은 긍정을 뜻하는 거야. 자, 전진! 뒷면은 〈녹색 신호등〉을 뜻하는 거야. 자, 가자! 너하고 내가 저 바보들을 혼내 주자.」

우리는 그들에게 아주 바싹 다가갔다. 음산한 의식은 계속 진행되고 있었다.

베엘제불 신도들은 아까보다 더 큰 자루에서 흰 염소 한 마리를 끌어냈다. 촛불 때문에 눈이 먼 염소가 처량한 소리를 내며 울었다.

「이 흰 염소를 바치오니 저희에게 저승의 창을 열어 주소서. 염소의 영혼을……」

그때 굵고 우렁찬 목소리가 묘지에 울려 퍼졌다.

「염소의 영혼은 힘없고 착한 이들에게 바칠지어다.」

염소를 죽이려고 번쩍 들어 올린 단도가 공중에서 갑자기 멈추었다.

소리를 지른 것은 내 옆에 선 라울이었다. 2프랑짜리 백동전을 던져 뒷면이 나왔다는 단순한 사실에 자신감을 얻은 그였다.

「썩 꺼져라! 베엘제불을 섬기는 자들아! 베엘제불은 오래전에 죽었다. 그를 숭배하는 자들에게 저주가 내릴진저. 나는 제9대 악마 아스타로트다. 내 너희에게 저주를 내리리라. 다시는 더러운 동물의 피로 거룩한 무덤들을 더럽히지 말지니라. 너희는 죽은 이들을 깨우고 신들을 화나게 하고 있다.」

베엘제불 신도들은 어찌할 바를 모르고 우두커니 서 있

었다. 그들은 소리가 어디에서 들려오는가 하고 두리번거렸지만 전혀 눈치를 채지 못하고 있었다.

라울은 평소와는 다른 목소리를 냈다. 아주 위엄 있고 천상의 소리 같은 목소리였다. 백동전이 준 자신감이 그를 그렇게 다른 사람으로 만들었던 것이다. 그자들에게나 우리에게나 승부의 판세는 분명해졌다. 라울은 힘 그 자체였고 그자들은 오합지졸에 불과했다. 한낱 사내아이에 지나지 않은 라울이 그들의 지배자가 되었다. 라울의 돌연한 방해에 불안을 느낀 그자들은 도망하는 쪽을 선택했다. 어린 염소는 그들과 반대쪽으로 달아났다.

알고 보니 싸움에서 승리하는 것은 쉬운 일이었다. 동전을 던져 뒷면이 나오면 승리자가 되는 것이다. 만약 앞면이 나온다면, 그땐 겁쟁이가 되면 그만이었다. 작은 동전이 내 행동을 결정하는 것이다.

라울은 내 어깨를 잡더니, 2프랑짜리 백동전을 내밀었다.

「너한테 줄게. 이제부터 아무것도 두려워하지 말고, 내가 가르쳐 준 방법을 써봐. 이 백동전이 늘 믿음직한 친구가 되어 줄 거야.」

내 오목한 손바닥 안에서, 2프랑짜리 주화가 반짝거렸다.

19. 경찰 기록

라울 라조르박에 관한 심리 정보 조회

라울 라조르박은 어렸을 때 정신병적인 망상에 사로잡혀 있었던 듯하다. 격렬한 분노에 휩싸여 주위 사람들의 생명을 위협한 적이 여러 번 있었다. 그러나 아이의 어머니는 아이를 정신 병원에 입원시키는 것에 반대했다. 당시에 어떤 전문의가 입원 치료에 대한 의견을 물었을 때, 그의 어머니는 그가 아버지의 죽음 때문에 큰 충격을 받은 거라면서 〈우리 애에겐 단지 보상이 필요할 뿐이에요〉라고 말했다.

라울 라조르박은 현재로서는 어떤 범법 행위도 하지 않았고 비행에 빠질 기미도 보이지 않고 있다. 따라서 지금 어떤 적극적인 조치를 취하는 것은 시기상조로 생각된다.

20. 역사 교과서

우리 조상들의 죽음

1965년 한 해 동안 프랑스에서 사망한 사람들을 사망 원인별로 나누어 보면 다음과 같다. 배열 순서는 사망자 수가 많은 것에서 적은 것순으로 되어 있다. 우리는 이 통계에서 당시의 질병 가운데 어떤 것들이 오늘날에는 완전히 자취를 감추었음을 알 수 있을 것이다.

심장병	98,392
암	93,834
뇌혈관 손상	62,746
교통사고	32,723
간경변증	16,325
호흡기 질환	16,274
폐렴	11,166

유행성 독감	9,008
당뇨병	8,118
자살	7,156
범죄 및 살인	361
원인 불명	87,201

『기초 강의용 영계 탐사의 역사』

21. 헛소리꾼

페르 라셰즈 묘지에서 처음 만난 뒤로 몇 년 동안 우리의 우정은 갈수록 돈독해졌다. 라울은 나에게 아주 많은 것을 가르쳐 주었다.

「미카엘, 너 참 순진하기도 하다. 네 생각을 말해 볼까? 너는 세상이 선하다고 여기고 있지. 그래서 그런 세상에서 한자리를 차지하려면, 너 자신이 착하다는 것을 보여 주는 것이 가장 좋은 방법이라고 생각하고 있어. 그러나 그 생각은 틀려. 좀 더 적극적으로 사고해야 해. 미래는 착한 사람들의 것이 아니라 혁신자들, 대담한 자들, 아무것도 두려워하지 않는 자들의 것이야.」

「너는 아무것도 무서워하지 않니?」

「그래. 아무것도.」

「육체적인 고통도?」

「고통을 느끼지 않으려면, 고통을 느끼지 않겠다고 마음만 먹으면 돼.」

그것을 입증해 보이겠다고 라울은 라이터를 꺼내더니 불을 켜서 집게손가락에 대었다. 그는 뿔이 탈 때와 같은 냄새가 공기 중에 배어들 때까지 그러고 있었다. 나는 메스꺼움과 놀라움을 동시에 느꼈다.
「와, 어떻게 그럴 수 있지?」
「먼저 마음을 비우는 거야. 그다음에 어떤 다른 사람이 이 고통을 받고 있고, 이 고통과 나는 아무 상관이 없다고 생각하는 거야.」
「너는 불이 무섭지 않니?」
「물이건, 흙이건, 쇳덩어리건 무섭지 않아. 아무것도 두려워하지 않는 자는 뭐든지 할 수 있어. 그런 사람은 어떤 일도 마다하지 않아. 이상이 두 번째 가르침이다.

첫 번째 가르침은, 2프랑짜리 백동전이 너의 가장 좋은 조언자가 될 거라는 것이었다. 두 번째 가르침은, 두려움이 생기도록 허용하지 않으면 네게 그것이 존재하지 않는다는 거야.」
「그것도 네 아버님이 가르쳐 주신 거니?」
「아버지는 산에 올라갈 땐 절대로 뒤를 돌아보지 말라고 가르치셨지. 뒤를 돌아보면 현기증을 느끼거나 겁을 먹고 떨어질 염려가 있어. 반대로 꼭대기를 바라고 곧장 올라가면 언제나 안전하지.」
「그런데 말이야, 아무것도 두려워하지 않는다면, 너를 앞으로 나아가게 하는 힘은 뭐지?」
「그건 신비지. 아버지 죽음과 일반적인 죽음의 신비를 밝히고 싶어 하는 욕구 말이야.」
말을 하는 동안 그는 어떤 고통을 억누르려는 듯 오른손을 거미 모양으로 만들어 이마를 누르고 있었다. 머릿속을 무언가가 쏠고 있기라도 하듯 그의 눈알이 불거져 나왔다.

나는 불안을 느끼며 물었다.

「너 어디 아프니?」

라울은 한참 만에야 입을 열었다. 마치 기절했다가 깨어난 사람 같았다.

「괜찮을 거야. 편두통일 뿐이야.」

그에게 어떤 발작이 일어나는 것을 본 건 그게 처음이었다. 나에게 라울은 초인과 같은 존재였고, 스승이었다.

나는 그에게 많은 영향을 받고 있었다. 그가 나보다 한 살이 많았기 때문에 나는 월반을 하기 위해 무진 애를 썼고, 덕분에 나는 한반에서 공부할 수 있게 되었다. 그러고 나니 모든 일이 수월해졌다. 그는 자기 숙제를 베낄 수 있게 해주었고, 수업이 끝나면 줄곧 신기한 얘기들을 들려주었다.

우리 반 학생들이나 선생님들이 모두 나처럼 라울을 열렬히 좋아했던 것은 아니었다. 국어 선생님은 라울에게 〈헛소리꾼〉이라는 별명을 지어 주기도 했다.

「자, 다들 잘 들어봐라. 오늘 우리 헛소리꾼이 숙제를 냈다. 아주 만족할 만한 작문이다. 내가 여러분에게 주었던 주제는 다 알다시피 〈가장 좋은 인상을 받았던 바캉스에 대해 이야기하라〉는 것이었다. 그런데, 우리 헛소리꾼이 갔던 곳은 투케나 생트로페나 라볼 쪽의 프랑스 해변이 아니다. 바르셀로나나 런던 같은 외국의 도시도 아니다. 그는 바로 죽은 이들의 나라엘 갔었다……. 이것은 그가 거기에서 우리에게 보낸 우편엽서다.」

비웃음 소리가 일제히 터져 나왔다.

「자, 읽어 보겠다. 〈이물 쪽에서 갑자기 불 뱀이 튀어나오는 바람에, 내 배가 빛 쪽으로 돌진해 가는 동안 나는 줄곧 그 뱀에 신경을 썼다. 네프티스 여신은 겁먹지 말고 뱃머리를 꼭 붙잡으라고 도움말을 주었다. 이시스 여신은 괴물을 물리치는 데 쓰라고 자기의 T자 꼴 막대기를 내밀었다.〉」

잘난 우리 선생님이 거드름을 피워 가며 다음과 같은 결론을 짓는 동안 학생들은 팔꿈치로 옆 사람을 찔러 가며 낄낄거렸다.

「헛소리꾼, 내가 자네에게 충고해 줄 수 있는 건, 좋은 정신 분석 전문의나 정신과 전문의를 찾아가 보라는 것뿐이다. 나중에 성적표를 보면 알겠지만, 영점은 면해 있을 거다. 네 작문을 읽으면서 내가 배꼽을 잡고 웃을 수 있게 해준 점을 가상히 여겨 20점 만점에 1점을 주기로 했다. 한 가지 얘기를 더 하자면, 나는 언제나 네 숙제를 제일 먼저 찾아서 읽는다는 거다. 네 작문을 읽으면서 재미있는 시간을 보낼 수 있으리라고 확신하기 때문이다. 라조르박 군, 그러니 계속 이런 식으로 하길 바란다. 틀림없이 자네는 유급을 하게 될 것이고, 그러면 나는 더 오랫동안 웃을 수 있을 테니까 말이야.」

라울은 눈도 끔쩍하지 않았다. 그는 그런 종류의 꾸지람에는 무감각해져 있었다. 특히 자기가 전혀 존경하지 않는 그 국어 선생님 같은 사람들이 하는 말에는 아무런 반응을 보이지 않았다.

문제는 다른 곳에서 터져 나왔다. 바로 우리 반 학생들이 시비를 걸어 온 것이었다.

 대부분의 학교가 그렇듯이, 우리 학교도 잔인한 십대들이 주름을 잡고 있었다. 그들은 별쭝맞은 〈베돌이〉가 나타났다 싶으면 우르르 달려들어 본때를 보여 주어야 직성이 풀렸다. 우리 반 패거리의 우두머리는 마르티네스라는 거만한 애였다.

 하굣길에 마르티네스와 그 똘마니들이 뒤따라와서 우리를 에워쌌다.

 겁이 덜컥 났다. 나는 빠져나가려고 뚱보 마르티네스의 정강이를 걷어찼다. 그러자 그는 내 얼굴에 주먹을 날려 코피를 터뜨렸다. 내 얼굴에 피가 낭자했다. 우리는 둘이서 여섯을 상대하고 있었지만, 문제는 수가 적다는 게 아니라, 나보다 키도 크고 힘도 센 라울이 방어할 생각을 않고 있다는 데에 있었다. 라울은 저항도 하지 않고 국으로 맞고만 있었다. 나는 더 이상 보고만 있을 수가 없어서 소리를 질렀다.

「뭐해, 라울! 베엘제불 신도들에게 했던 것처럼 이 자식들을 혼내 주자고. 너하고 내가 이 바보들에게 본때를 보여 주잔 말이야.」

 라울은 움직이지 않았다. 얼마 못 가서 우리는 정신없이 몰아쳐 오는 주먹질과 발길질을 견디지 못하고 무너져 내렸다. 우리가 맞서는 기색을 전혀 보이지 않자, 뚱보 마르티네스 패거리들은 결국 제 풀에 지쳐서 승리의 V자를 그리며 달아났다. 나는 여기저기 불거져 나온 혹을 문지르면서 몸을 추스른 다음, 라울에게 물었다.

「너 겁먹었던 게로구나?」

「아니.」

「그런데 왜 맞서 싸우지 않았니?」

「그게 무슨 소용이 있겠니? 하찮은 일에 힘을 낭비할 필요가 없잖아? 그것도 그거지만 난 동물적인 원시성을 지닌 자들하고는 싸울 줄 몰라.」

라울은 안경을 주워 들며 그렇게 덧붙였다.

「하지만 전에 베엘제불 신도들을 물리친 적이 있잖아!」

「그건 일종의 게임이었어. 게다가 그자들은 사악하기는 해도 이 멍청이들보다는 훨씬 섬세한 구석이 있었지. 난 원시인들을 상대하는 데는 완전히 손방이야.」

우리는 서로 겨드랑이를 껴붙들고 곁부축을 했다.

「너하고 내가 바보들을 혼내 주자, 하고 네가 말했었잖아.」

「너를 실망시켜서 미안해. 하지만, 바보들하고 싸움을 벌이는 일이 언제나 가능한 건 아니야. 그자들에게 최소한의 분별력이라도 있어야 싸움이 가능해.」

나는 심한 낭패감을 느끼며 물었다.

「그러면, 우리는 마르티네스 같은 자들한테 늘 맞고 살아야 되는 거야?」

「그럴 수도 있지. 하지만 나보다 그 녀석들이 먼저 지치고 말거야.」

라울이 담담하게 대답했다.

「그러다가 그 애들이 너를 죽이기라도 하면?」

라울은 대수롭지 않다는 듯 어깨를 으쓱해 보이며 말했다.

「까짓것! 인생은 어차피 나그넷길일 뿐인데, 뭐.」

나는 갑자기 불길한 예감에 휩싸였다. 바보들이 라울을 이길 수도 있었다. 라울이 언제나 제일 강한 사람은 아니었다. 그는 가장 약한 모습을 보일 때도 있었다. 나는 나도 모르게 한숨을 쉬며 이렇게 말했다.

「그렇지만, 어떤 일이 생기더라도 날 믿어. 네가 어려움에 빠지면 내가 도와줄 테니 말이야.」

그날 밤, 나는 다시 꿈을 꾸었다. 꿈에서 나는 허공으로 날아올라 가 구름 속에서 어떤 여자를 만났다. 여인은 윤이 나는 하얀 새틴 옷을 입었고 해골 가면을 들고 있었다.

22. 파스칼 철학

넋이 소멸하지 않는다는 것은 우리에게 대단히 중요하고 아주 심대한 영향을 미친다. 그래서 아무런 감정 없이 살지 않는 다음에야 우리는 그 사실에 무관심할 수가 없다. 희망할 만한 영원한 행복이 있느냐 없느냐에 따라 우리의 모든 생각과 행동은 아주 딴판으로 달라질 것이다. 그런 까닭에 우리의 행위를 영혼 불멸에 대한 믿음으로 통제하고 영혼 불멸을 우리의 주된 관심사로 삼지 않고서는 양식 있고 분별력 있게 살아가기가 불가능하다.

우리의 으뜸가는 관심사이자 첫째 되는 임무는 우리의 모든 행위를 좌우하는 문제에 대해 분명히 아는 일이다. 진실을 확신하지 못하고 있는 사람들이라도 그것을 알고자 혼신의 노력을 기울이는 사람과 노력도 안 하고 생각도 없이 사는 사람 사이에는 천양지차가 있다고 보는 까닭이 거기에 있다.

(중략)

자기 자신과 관계된 일이고, 자기의 정체성, 자기의 모든 것이 걸려 있는 일에 그렇게 소홀한 사람들을 보면 나는 연민을 느끼기에 앞서 화가 난다. 어쩌면 그럴 수가 있었는지 놀랍고 소름이 끼친다. 나로서는 도저히 이해할 수 없는 일이다. 독실한 신자의 경건한 열정으로 이런 얘기를 하고 있는 것은 아니다. 내가 말하고자 하는 것은 오히려 사람이라면 당연히 지녀야 할 관심으로서 영혼 불멸의 문제를 의식해야 한다는 것이다.

블레즈 파스칼, 『팡세』
프랑시스 라조르박의 논문, 「죽음에 관한 한 연구」에서 발췌

23. 옛일의 재조명

내가 열네 살 나던 해의 일이다. 어느 날 라울이 우리 집을 찾아와서는 나보고 서둘러 나가자고 재촉했다. 우리 부모님이 마땅치 않게 여기신 건 당연했다. 라울이 찾아온 시각이 저녁 식사 때이기도 했거니와, 그분들은 줄곧 라울 라조르박이 나에게 아주 나쁜 영향을 끼치고 있다고 생각해오시던 터였다. 다만 그즈음에 내가 수학 과목에서 뛰어난 성적을 올리고 있었기 때문에 — 물론, 내 친구 라울의 것을 베낀 덕분이긴 하지만 — 부모님은 내가 외출하는 것을 선뜻 말리지는 못하셨다.

나의 외출을 마지못해 허락하시면서도 그분들은 라울에 대한 경계심을 늦추지 말라는 당부의 말씀을 빼놓지 않으

셨다.

얇은 비단 목도리를 매주시면서, 아버지는 가장 나쁜 적은 언제나 가장 좋은 친구 중에서 나오는 법이라고 귀엣말을 하셨다.

「나보고 〈친구〉를 정의하라면, 이렇게 하겠다. 친구란 우리를 배신함으로써 우리를 가장 놀라게 하는 사람이라고 말이야.」

어머니는 한술 더 떠서, 의리 따위는 안중에도 없다는 듯한 말씀을 하셨다.

라울은 생루이 병원에 빈사(瀕死) 환자들과 코마 환자들을 모아 과(科)를 하나 새로 만들었다면서, 나를 그 병원 쪽으로 데리고 갔다. 병원에서는 그 과에 〈빈사 환자 위호과〉라는 점잖은 이름을 붙였다. 그 과는 병원 부속 건물의 왼쪽 날개에 자리 잡고 있다고 했다. 나는 무슨 생각으로 그런 곳엘 가느냐고 물었다. 라울의 대답은 아주 단호했다.

「거기를 구경하는 것은 우리가 그 문제에 대해 더 많은 것을 배울 수 있는 절호의 기회가 될 거야.」

「더 많은 것을 배운다고? 뭐에 대해서?」

「물론, 죽음에 대해서지.」

병원 안에 몰래 들어간다는 생각이 나에겐 그다지 탐탁지 않았다. 병원은 심각한 어른들이 많이 모이는 곳인데, 우리가 거기서 놀도록 내버려 둘 리가 만무하다는 생각이 들었다.

하지만 라울 라조르박은 나를 설득할 만한 논리들을 충분히 가지고 있었다. 그는 코마 상태에 빠졌던 사람들이 깨어나서 놀라운 이야기를 했다는 기사를 잡지에서 읽었다고 했다. 그 소생자들은 기이한 광경을 목격했다고 주장했는데, 그들이 본 것은 라울이 말하던 배나 불을 뿜는 뱀이 아니라 자기들을 끌어당기는 빛이었다는 것이다.

「너 임사(臨死)체험에 대해서 이야기하고 있구나? 미국 사람들이 NDE, 즉 *near death experiences*라고 부르는 것 말이야.」

「그래 맞았어. 임사 체험에 관한 얘기를 하는 거야.」

임사 체험이 무엇인지 알 만한 사람들은 다 알고 있었다. 한때 그 말이 대단히 유행한 적이 있었다. 그 주제를 다룬 베스트셀러도 몇 권 있었고, 주간지들이 그것을 특집 기사로 다룬 적도 있었다. 그러나 유행이라는 게 다 그렇듯이, 그것 역시 흐지부지 자취를 감추고 말았다. 그렇게 된 데는 여러 가지 이유가 있겠지만, 다들 여기저기서 긁어모은 그럴듯한 이야기들만 늘어놓을 뿐, 믿을 만한 증거는 하나도 제시하지 못한 탓이었다.

〈라울은 그런 황당한 이야기들을 사실로 믿는 것일까?〉

그런 생각을 하고 있는데, 라울은 잡지에서 오려 낸 종잇조각 몇 개를 내 앞에 펼쳐 놓았다. 우리는 무릎을 꿇고 그것들을 찬찬히 들여다보았다. 그 기사들은, 진지하다거나 취재를 엄격히 하기로 명성이 높은 잡지들에서 오려 낸 것이 아니었다. 깔끔하지 않은 굵은 글자들로 다음과 같은 제목들을 박아 낸 것을 보면 그 잡지들의 성향을 알 수 있었다. 〈죽음 너머로의 여행〉, 〈뇌사 이후에 대한 증언〉, 〈삶 뒤에 오는 삶〉, 〈나는 거기에서 돌아왔고 거기가 마음에 든다〉,

〈죽음, 그리고 그 이후〉······.

라울에게는 그 말들이 특별한 의미로 다가오는 모양이었다. 하긴, 자기 아버지가 거기 계시니······. 그 기사들의 삽화로는, 포개져 있는 영기(靈氣)를 찍었다는 흐릿한 사진과 히에로니무스 보스[16] 그림들을 복사한 것들이 들어 있었다.

본문에는 라울이 중요하다고 생각하여 노란 형광펜으로 밑줄을 그어 놓은 다음과 같은 구절들이 있었다.

〈미국 갤럽 연구소의 여론 조사에 따르면, 8백만의 미국인이 임사 체험을 했다고 주장하고 있다.〉

〈의료계에서 행한 어떤 설문 조사를 보면, 임사 체험을 한 코마 환자 37퍼센트가 육체를 빠져나가 공중으로 떠올랐고, 23퍼센트가 터널을 보았으며, 16퍼센트가 상서로운 빛에 휘감겼다고 주장한 것으로 나타나 있다.〉

나는 별로 관심이 없다는 뜻으로 어깨를 으쓱해 보이며 말했다.

「네 환상을 깨뜨리고 싶은 생각은 없어. 하지만······.」

「하지만 뭐?」

「나는 자동차 사고를 당한 적이 있어. 공중으로 튕겨 올라갔다가 다시 떨어지면서 부상을 입었지. 세 시간 동안 의식을 잃었어. 코마 상태에 빠진 거나 다름이 없었지. 그런데 나는 어두컴컴한 터널이나 상서로운 빛 따위는 전혀 본 적이 없어.」

---

16 Hieronymus Bosch(1450~1516). 네덜란드의 화가. 『어리석은 자들의 배』, 『환락의 동산』, 『성 안토니우스의 유혹』 등 30여 점의 작품이 전해지고 있다.

라울은 놀라는 기색을 보이며 물었다.

「그러면, 뭘 봤니?」

「아무것도 못 봤어. 정말 아무것도.」

내 친구가 나를 물끄러미 바라보았다. 마치 내가 정체를 알 수 없는 신종 바이러스 때문에 희귀한 병에 걸린 사람이라도 되는 것처럼 바라보았다.

「코마 상태에 빠졌는데 그것에 대한 기억이 전혀 없었단 말이지?」

「그렇다니까.」

라울은 턱을 문지르며 생각에 잠겨 있다가, 환한 얼굴로 말했다.

「이유를 알겠다!」

그는 말의 효과를 노려 뜸을 들이다가, 다음과 같은 말을 했다. 그 말은 그 후로도 한동안 내 머릿속을 떠나지 않았다.

「네가 아무것도 못 본 것은…… 〈충분히〉 죽지 않았기 때문이야.」

24. 백의 사제들의 나라에서

한 시간 후에 우리는 생루이 병원에 다다랐다. 입구에는 환하게 불이 켜져 있었고, 제복을 입은 경비원이 드나드는 사람들을 살피고 있었다. 라울은 큰 키를 이용해서 어른 행세를 해볼 양으로 허름한 외투를 걸치고 있었다. 라울이 내 손을 잡았다. 그는 우리가 회복기에 들어선 할머니를 간호하러 오는 부자(父子)쯤으로 보이기를 바라고 있었다.

그러나 경비원은 업무에 지쳐 있었을 텐데도 속아 넘어가지 않았다.

「어이, 얘들아, 저 모퉁이에 더 좋은 놀이터가 있으니 놀고 싶으면 거기 가 놀아라.」

「저희는 할머니를 뵈러 온 건데요.」

라울이 울음 섞인 목소리로 말했다.

「할머니 성함이 어떻게 되시는데?」

라울은 머뭇거리지 않고 대답했다.

「살랴피노 여사요. 지금 코마 상태에 계셔요. 새로 생긴 빈사 환자 위호과 병동으로 옮기셨어요.」

즉석에서 꾸며대는 재주가 이만저만이 아니었다. 뒤퐁이라든가 뒤랑 같은 쉬운 이름을 댈 수도 있었을 테지만, 그런 이름은 금방 의심을 사기가 십상이다. 그에 반해 〈살랴피노〉는 이상하다는 바로 그 점 때문에 진짜처럼 보일 수가 있었다.

경비원은 우리의 처지가 딱하다는 듯한 표정을 지었다. 〈빈사 환자 위호과〉라는 말을 듣자마자 심란해진 모양이었다. 그 과가 새로 생겼다는 사실이 병원 복도에서 화젯거리가 되었을 터이므로 그도 틀림없이 알고 있을 것이었다.

경비원은 생각을 바꾸어 우리에게 들어가라는 신호를 보냈다. 우리의 발길을 붙들어 두었던 것에 대해 거의 사과에 가까운 말까지 덧붙였다.

우리는 번쩍거리는 미로 속으로 들어갔다. 복도가 자꾸자꾸 나왔다. 몇 개의 문을 밀고 들어갈 때마다 놀라운 세계가 펼쳐졌다.

내가 병원 안에 들어가 본 건 그것이 두 번째였지만 얼떨떨한 느낌은 처음과 마찬가지였다. 흰 옷을 입은 마법사들과 알몸에 정결한 가운을 걸친 젊은 여사제들이 부지런히 움직이는 순백의 사원에 무단으로 침입한 느낌이었다.

고대의 제의(祭儀) 절차를 따르듯이, 모든 일이 일사불란하게 이루어지고 있었다. 구급차 운전기사들이 더러운 시트에 싸인 제물을 내려놓으면, 젊은 여사제들이 그것을 풀어서 네모진 받침대가 있는 방으로 옮긴다. 거기로 들어가면 네모난 입마개를 쓰고 투명한 장갑을 낀 대사제들이 점괘를 읽어 내려는 듯 제물을 만지작거린다.

병원에서 받은 그런 인상이, 내가 의사라는 직업을 갖게 된 동기의 출발점이 되었다. 에테르 냄새, 간호사, 윤이 나는 하얀 가운, 동시대 사람들의 내장을 내 뜻대로 헤쳐 볼 수 있는 자격. 그야말로 흥미진진한 세계였다. 참다운 권능은 바로 거기에 있었다. 나도 백의의 마법사가 되고 싶었다.

라울은, 금고가 있는 방을 찾아낸 강도처럼 기뻐하면서 내 귀에 대고 속삭였다.

「어이……. 이쪽으로!」

우리는 유리가 달린 문을 밀고 들어갔다.

눈앞에 펼쳐진 광경에 놀라서 우리는 하마터면 뒷걸음질을 칠 뻔했다. 〈빈사 환자 위호과〉에서 받아들이는 환자들은 대부분 상태가 아주 나빴다. 오른쪽에, 이가 다 빠진 입을 헤벌리고 있는 노인은 사방 2미터까지 악취를 진동시키고 있었다. 그 노인 바로 옆에는 남잔지 여잔지 알 수 없는 노인이 있는데, 눈도 깜짝 않고 천장에 있는 갈색 반점을 멀거니 쳐다보고 있었다. 코에서 맑은 콧물이 줄줄 흐르는데도 노인은 그것을 닦을 생각조차 못 하고 있었다. 왼쪽에는, 주름진 이마에만 금발 한 뭉치가 남아 있을 뿐 다른 곳에는 머리털이 다 빠진 할머니가 있었다. 할머니는 끊임없이 떨어 대는 오른손을 왼손으로 누르면서 진정시키려고 애쓰고 있었다. 그것이 뜻대로 안 되니까 할머니는 이가 빠져서 알아듣기 어려운 소리로 제멋대로 구는 손을 향해 욕을 퍼부었다.

라울에겐 미안한 얘기지만, 죽음은 신, 여신, 괴물, 뱀이 득실거리는 강 따위와는 거리가 멀었다. 죽음의 참모습은 바로 그렇게 서서히 썩어 가는 사람들 속에 있었다.

부모님 말씀이 옳았다. 죽음은 끔찍한 것이었다. 라울이 금발 한 뭉치만 남은 할머니 쪽으로 끌고 가지 않았다면, 나는 그 자리에서 도망을 쳤을 것이다.

「할머니, 성가시게 해드려서 죄송해요.」

「아…… 안녕. 너흰…… 누…… 누구냐?」

할머니는 몸만큼이나 정신도 떨리는지 말을 더듬었다.

「저흰 언론을 공부하는 학생들인데요. 할머니를 인터뷰하고 싶어요.」

「왜…… 나…… 날?」

할머니는 근근이 말을 이어 갔다.

「할머니 증상에 관심이 있어서요.」

「나…… 난…… ㅎ…… 흥밋거리기…… 아냐. 서…… 저리 가!」

콧물을 흘리는 노인에게서는 아무 반응을 얻어 내지 못

했다. 그래서 우리는 성가신 모기 두 마리를 바라보듯 우리를 노려보고 있는 냄새 풍기는 노인 쪽으로 갔다. 노인은 마치 긴급한 일을 보고 있다가 방해를 받기라도 한 것처럼 화를 냈다.

「뭐야, 뭐. 너희들 원하는 게 뭐야?」

라울이 다시 너스레를 떨었다.

「안녕하세요. 저희는 언론을 공부하는 학생들인데요. 뇌사 상태에서 살아난 분들에 관한 탐방 기사를 쓰고 있어요.」

노인은 아주 자랑스러운 표정으로 몸을 일으켰다.

「바로 내가 코마 상태에서 살아남은 사람이야. 닷새 동안 코마 상태에 있었는데, 보다시피 이렇게 살아 있잖아.」

라울이 눈을 반짝이며 마치 중국 여행을 다녀온 사람에게 묻듯이 물었다.

「어땠어요?」

노인은 어리둥절한 표정으로 라울을 뜯어보았다.

「무슨 얘기를 하는 거냐?」

「그러니까, 코마 상태에 계실 때 무엇을 느끼셨느냐는 거예요.」

분명히 노인은 라울이 묻는 바를 이해하지 못하고 있었다.

「말했잖아. 닷새 동안 코마 상태에 있었다고. 코마란 말이다, 사람이 더 이상 아무것도 느끼지 못하는 상태를 말하는 거야.」

라울은 물러서지 않았다.

「뭐 환각 같은 거 없었어요? 빛이라든가, 통로라든가, 그 밖에 뭐든지 기억나는 거 없으세요?」

다 죽어 가는 노인이 벌컥 화를 냈다.

「없었다니까. 코마가 뭐 영화 같은 건 줄 아니? 처음엔 아주 지독하게 아팠고, 깨어나 보니 역시 안 아픈 데가 없이 다 아파. 그건 장난이 아니야. 도대체 무슨 잡지에 실으려고 기사를 쓰는 게냐?」

그때 어디선가 간호사 한 사람이 나타나 다짜고짜 큰 소리를 치기 시작했다.

「너희 누구야? 계속 환자들을 귀찮게 할 거야? 누가 너희보고 여기 들어오라고 했니? 너희는 읽을 줄도 모르냐? 〈관계자 외 출입 금지〉라는 이 표지판 못 봤어?」

「우리가 맞서 싸워야 할 바보들이 여기도 있구나!」

라울이 소리쳤다. 우리는 재빨리 달아나 바둑판무늬가 깔린 복도의 미궁 속으로 들어갔다. 우리는 중화상을 입은 환자들의 방과 운동신경 장애자들의 방을 차례로 지나, 결국, 가서는 안 될 곳에 다다르고 말았다. 그곳은 시체실이었다.

크롬 도금을 한 커다란 통이 스무 개쯤 있고 그 안에 벌거벗은 시체들이 들어 있었다. 단말마의 고통 때문에 생긴 경련이 얼굴에 그대로 남아 있었고 어떤 시체는 아직도 눈을 멀거니 뜨고 있었다.

앳된 실습생 하나가 집게를 들고 시체에서 반지나 가락지 따위를 떼어 내려고 애쓰고 있었다. 어떤 반지는 주위에 있는 살갗이 부풀어 올라서 여간해서는 빠져나오지 않았다. 그러면 그 실습생은 주저 없이 집게의 양 날 사이에 손가락을 집어넣어 반지를 꽉 집고 잡아당겼다. 달그락 하는 쇳소리와 살점 떨어지는 소리를 내면서 반지가 바닥에 떨어졌다.

나는 하마터면 기절할 뻔했다. 라울이 나를 밖으로 데리고 나갔다. 우리는 둘 다 기진맥진해 있었다.

내 친구의 말이 틀렸다. 우리 부모님 말씀이 옳았다. 죽음은 혐오스러운 것이었다. 죽음은 쳐다보거나, 가까이 하지 말아야 하며, 그것을 입에 올리거나 생각조차 해서는 안 되는 것이었다.

25. 라플란드[17] 신화

라플란드 사람들에게 생명이란 뼈대를 덮고 있는 부드러운 살과 같은 것이다. 영혼은 그 뼈대를 이루는 뼈들 속에만 들어 있다.

그래서 그들은 물고기를 잡으면, 가시 하나도 다치지 않게 살을 아주 조심스럽게 발라 낸 다음 물고기를 잡았던 같은 장소에 뼈를 내다 버린다. 그들은 〈자연〉이 그 뼈대에 다시 살을 붙여 주기 때문에, 며칠, 몇 주 또는 몇 달 후에 그 자리로 돌아가 보면 새 물고기가 자기들을 기다리고 있을 거라고 믿고 있다.

그들이 보기에, 살은 뼈대를 감싸는 단순한 장식물에 지나지 않는다. 진정한 영혼은 뼈 속에만 들어 있기 때문이다. 뼈대를 소중히 여기는 그와 같은 관습은 몽골족과 야쿠트족에게서도 찾아볼 수 있다. 그들은 곰을 죽이면 그 곰의 원래 모습을 서 있는 자세 그대로 재구성하려고 애쓴다. 그리고 섬세한 머리뼈를 다치지 않

---

17 노르웨이, 스웨덴, 핀란드 및 구소련의 일부에 걸친 유럽 북부 지역으로 소수 토착 인구인 라프족의 거주지.

게 하려고, 그들은 머릿골이 고급 음식에 속하는 것임에도 그것을 먹지 않는다.

프랑시스 라조르박의 논문, 「죽음에 관한 한 연구」에서 발췌

26. 이별

생루이 병원에 들어갔다 도망쳐 나온 그 일이 있은 지 얼마 안 되어서 라울네는 지방으로 이사를 갔다. 그 뒤로 그를 다시 만나기까지는 오랜 세월이 걸렸다.

라울이 이사 가던 그 해, 아버지는 폐암으로 돌아가셨다. 10프랑짜리 시가가 결국 아버지를 데려갔던 것이다. 나는 시금치와 멸치와 꽃양배추를 생각하며 펑펑 눈물을 흘렸다. 그러나 나처럼 눈물을 쏟는 사람은 아무도 없는 듯했다.

장례식이 끝나자마자 어머니는 전제적이고 성마른 여인으로 변해 버렸다. 어머니는 모든 일에 끼어들어 감독을 하고 싶어 하셨고, 내 삶을 좌지우지하려 하셨다. 어머니는 거리낌 없이 소지품을 뒤져서 내 일기장을 찾아내셨다. 침대 매트리스 밑에 잘 숨겨 놓았다고 믿고 있던 일기장이었다. 그것을 손에 넣자 어머니는 콩라드 형 앞에서, 가장 내밀한 대목을 골라 큰 소리로 읽기 시작하셨다. 아우가 그런 극단적인 모욕을 당하고 있는데도 형은 그저 희희낙락이었다.

그때 입은 마음의 상처를 아물리는 데 꽤 긴 시간이 걸렸다. 나에게 일기장은 언제나 친구나 다름이 없었다. 심판을 받는다는 두려움 없이 내 이야기를 다 털어놓을 수 있는 친구였다. 그 친구의 잘못은 아니지만, 결국 그가 나를 완전히 배신한 꼴이 되었다.

언제나 얄망궂은 짓만 하는 콩라드 형은 어머니가 읽으시는 것을 듣고 나서 토를 달았다.
「야, 너 새침데기 베아트리스를 좋아하고 있었구나. 미처 몰랐네. 그 애 정말 못생겼지. 새 꽁지처럼 묶은 머리에다 낯짝에 난 여드름하며……. 너 참 취향도 별나다. 응?」
  나는 아무렇지도 않은 듯한 모습을 보이려고 애썼다. 그러나 내가 그렇게 대범한 척해도 어머니는 내가 친구를 빼앗긴 거나 다름없는 타격을 입었다는 사실을 알고 계셨다. 어머니는 내게 친구가 있는 것조차 바라지 않으셨다. 어머니는 외부와 의사소통을 하고자 하는 나의 모든 욕구를 충족시키는 데는 당신만으로 충분하다고 생각하셨다.
「뭐든지 다 내게 이야기해라. 벙어리처럼 입을 다물고 네 비밀을 다 지켜 줄 테니까 말이야. 네 일기장은 누구라도 찾아낼 수 있었을 거야. 낯선 사람들 손에 들어가지 않은 걸 그나마 다행으로 알아야지.」
  나는 논쟁을 피하고 싶었다. 그래서, 어머니를 빼고 내 침대 밑을 뒤질 낯선 사람은 아무도 없을 거라고 반박하고 싶었지만 꾹 눌러 참았다.
  콩라드 형에게 앙갚음을 하기도 불가능했다. 복수를 하려면 그의 일기장을 폭로해야 하는데, 그에게는 일기장 따위가 없었다. 형은 그런 것을 필요로 하지 않았다. 그는 아무에게도 심지어는 자신에게조차 할 말이 없는 사람이었다. 삶을 이해하려고 애쓸 필요도 없이 그냥 살기만 하면 될 만큼 그는 행복했다.
  내 속마음을 털어놓을 친구를 잃게 되자, 라울이 없는 것이 한층 더 견디기 힘들었다. 학교에는 고대 신화에 관심을 갖고 있는 사람이 나 말고 아무도 없었다. 반 친구들에게 〈죽음〉이라는 말은 아무런 매력이 없었다. 내가 그들에게 시체에 대해서 얘기를 할라치면, 그들은 대개 손으로 자기들 이마를 툭 치면서 이렇게 말하곤 했다.

「야, 시시한 소리 작작하고 당장 가서 정신 분석이나 받아 봐.」

한번은 베아트리스가 내게 이렇게 잔소리를 늘어놓았다.

「죽음 때문에 마음에 그늘을 만들기엔 넌 아직 어려. 예순 살이 될 때까지 기다려. 지금은 너무 일러.」

나는 그녀에게 사납게 쏘아붙였다.

「좋아, 그럼 사랑에 대한 얘기를 할까? 그게 젊은이들에게 어울리는 화제잖아, 안 그래?」

그녀가 겁을 먹고 뒤로 물러섰다. 나는 좀 심했다 싶어 베아트리스를 달래고 싶었다.

「딴 뜻이 있어서 그런 건 아니야. 너랑 결혼하기를 바라고 있을 뿐이야.」

베아트리스는 달음박질치며 달아났다. 그 일이 있은 뒤, 베아트리스는 내가 성에 대한 강박관념에 사로잡혀 있고, 자기를 겁탈하려고까지 했다며 동네방네 나발을 불고 다녔다. 그것도 모자라서, 내가 그토록 죽음과 시체에 관심을 갖는 것으로 보아, 별을 몇 개씩 다는 흉악한 범죄자가 될 가능성이 다분하다고 악담을 늘어놓았다.

속내 이야기를 털어놓을 일기장도, 친구도, 여자 친구도 없고, 식구들에게 마음을 붙이고 살 수도 없으니, 삶에 도

무지 생기가 없었다. 라울은 나에게 편지를 쓰지 않았다. 정말로 이 세상에는 나 혼자뿐이었다.

그나마 다행스러운 것은 나에게 책이 남아 있다는 것이다. 책들은 절대로 배신하지 않는 친구가 되어 주리라던 라울의 말이 빈말은 아니었다.

한데, 〈죽음〉이라는 단어를 읽을 때마다 라울이 생각나곤 했다. 라울은 아버지의 돌연한 죽음 때문에 그것에 대해 강박 관념을 가지고 있었다. 라울은 아버지가 돌아가시기 전에 자기에게 뭔가를 귀띔할 수도 있으셨을 텐데, 그러지 않으셨다고 안타까워하며, 그것이 무언지 알아내고 싶어 했다. 나의 아버지는 살아 계시는 동안에 하실 말씀을 다 하셨다. 〈바보 같은 소리 하지 마!〉, 〈자세 좀 바로 해, 어머니한테 꾸중 듣지 말고〉, 〈네가 행복하기를 바란다고 주장하는 사람들을 믿지 마라〉, 〈콩라드를 본받아라〉, 〈좀 깨끗이 먹을 수 없니? 냅킨은 뒀다가 개한테 주려고 그러냐?〉, 〈내 시가 통 건네 다오〉, 〈콧구멍 좀 후비지 마라〉, 〈지하철 표로 이 쑤시지 마라〉, 〈돈 간수 잘해〉, 〈그저 책만 들여다보고 있을 테냐? 가서 어머니 설거지하시는 거나 도와 드려〉. 그 모두가 완벽한 정신적 유산이었다. 아버지, 고맙습니다.

라울이 죽음이라는 문제에 관심을 가진 건 이해할 수 있는 일이지만, 그 문제에 너무 골몰한 것은 잘못이었다. 죽음을 이해하는 데는 그리 많은 지혜가 필요하지 않았다. 그 즈음에 나는 아주 간단하게 죽음은 삶의 끝이라고 생각하고 있었다. 그것은 선(線)을 품은 점(點) 같은 것, 텔레비전을 끄면 멈춰 버리는 화면 같은 것이었다.

그럼에도 여전히 나는 밤마다 날아가는 꿈을 꾸었다. 허공에서 나는 늘 해골 가면을 쓴, 하얀 새틴 옷의 여인을 만났다. 그러나 나는 그 악몽을 내 공책에 적어 두지는 않았다.

27. 힌두교 신화

그렇게 깨달은 자들과, 숲에 살면서 자기들 믿는 것이 진실임을 깨달을 자들은 불꽃 속으로 들어간다. 그 불꽃 속에서 나와 하루가 지나고 빛나는 보름이 지나고 태양이 북쪽으로 올라가는 동안 여섯 달을 보내면 신들의 세계로 들어간다. 그런 다음, 신의 세계에서 나와 태양 속으로 들어가고 태양에서 나와 번개의 세계로 간다. 번개의 세계에 다다르면 영적인 존재가 나타나 그들을 브라만의 세계로 데려간다. 그 세계에서 그들은 영겁의 세월을 살게 된다. 그들에게 이승으로 돌아오는 일이란 없다.

『브리하드 아라냐카 우파니샤드』[18]

프랑시스 라조르박의 논문, 「죽음에 관한 한 연구」에서 발췌

---

[18] 우파니샤드는 힌두교 신앙의 토대가 된 고대 인도의 성전 베다를 구성하는 한 부분이다. 베다에는 『리그 베다』, 『야주르 베다』, 『사마 베다』, 『아타르바 베다』 네 가지가 있는데, 각 베다는 성립 연대와 형식이 다른 몇 부분을 한데 묶어 놓은 것이다. 즉, 신들에 대한 찬가와 축문 등을 모아 놓은 산히타[本集]를 근간으로 삼고 거기에 제사에 관한 설명서인 브리흐마나[祭儀書]와 일종의 철학 논문이라 할 만한 아라냐카[森林書]와 우파니샤드[奧義書]를 덧붙여 집성한 것이 바로 베다이다 이 네 부분은 서로 독립되어 있기도 하고 통합되어 있기도 하다. 브라히드 아라냐카 우파니샤드는 야주르 베다의 바자사네이 산히타(야주르 베다는 산히타가 둘이다)에 붙어 있는 것으로 우파니샤드 중에서 가장 중요시되고 있다.

28. 라울이 돌아오다

열여덟 살이 되면서 나는 의사가 되기로 마음을 굳혔다.

전공 공부를 시작하면서, 나는 내 전문 분야로 마취와 소생법을 선택했다. 그 선택이 우연이었는지 필연이었는지 그건 잘 모르겠다.

나는 생존이 불안한 목숨들을 책임지는 사람이 되어, 백의의 사원 한가운데로 다시 들어갔다. 그곳의 여사제들이 알몸에 하얀 가운만 걸치고 있다는 사람들의 말에, 그 여사제들과 어울리고 싶은 욕구가 생겼던 것도 어쩌면 내가 그 사원에 들어가는 데 한몫을 했을 것이다. 어찌 되었든, 나는 그 얘기가 하나의 신화에 불과하다는 것을 금방 확인할 수 있었다. 간호사들은 대개 셔츠를 받쳐 입고 있었다.

서른두 살 나던 해에, 라울이 불쑥 나의 삶 속으로 다시 들어왔다. 어느 날 그는 느닷없이 전화를 걸어 만나자고 했다. 약속 장소는 말할 것도 없이 페르 라셰즈 묘지였다.

라울은 내 기억 속에 있는 모습보다 더 크고 더 야위어 있었다. 그는 파리로 다시 이사를 왔다고 했다. 그렇게 오랫동안 떨어져 있었음에도 그를 대하자마자 끈끈한 정이 금방 되살아나는 듯하여 무척 기분이 좋았다.

그는 이제 화제를 조심스럽게 고르는 세심함도 갖추고 있었다. 다짜고짜 죽음에 관한 이야기를 꺼내던 옛날의 그가 아니었다. 내가 그렇듯이 그도 성숙해져 있었다. 아무거나 함부로 비웃는 일은 이제 생각할 수 없었다. 터무니없는 말장난이나 욕설이나 교묘한 말재간도 이제는 우리와 거리가 멀었다.

라울은 이제, 국립 과학 연구소의 생물학 분과 연구원이었고, 교수 자격도 지니고 있었다.

라울은 죽음이 아니라 자기 애인들 이야기부터 시작했다. 그가 사귄 여자들은 한결같이 오래 머물지 않고 떠나갔다고 했다. 그 여자들은 그를 이해하지 못하고, 그가 너무 이상하다고 생각했다고 한다. 그는 이렇게 투덜댔다.

「여자들은 좀 예쁘다 싶으면 왜 그렇게 다들 멍청한지 모르겠어.」

「그러면 못생긴 여자들을 사귀어 보지그래?」

내가 그렇게 대꾸했지만 우리는 옛날처럼 가가대소하지 않았다. 어린 시절은 이미 가고 없었다. 그는 그저 싱긋 웃기만 했다.

「그런데 자넨, 데이트 많이 해?」

「별로 하지 않아.」

라울은 내 등을 탁 치면서 말했다.

「너무 내성적인 거 아니야?」

「너무 상상력이 풍부한 탓일 거야, 아마. 가끔 이 세상 어딘가에 오로지 나만을 기다리고 있는 여자가 있을 거라는 생각을 하곤 하지.」

「잠자는 숲 속의 미녀가 있을 거라고 생각하는 거야? 그 여자를 만나기 전에 다른 여자랑 데이트를 하면, 그 여자에 대한 신의를 미리 저버리는 셈이 되는 건가?」

「그래, 바로 그거야. 데이트를 할 때마다 그런 생각이 늘어.」

오랜만에 보는 라울의 거미 같은 손이 내 주위를 왔다 갔다 하는 것을 보고 있자니, 보호받고 있다는 든든한 느낌이

절로 들었다. 내가 어떻게 라울과 멀리 떨어져서 그리 오랫동안 살 수 있었는지 모를 일이었다.

「어휴……」

라울이 못 말리겠다는 듯 한숨을 짓고 말을 이었다.

「자넨 너무 감상적인 게 탈이야. 자네 같은 몽상가들이 살아가기에 이 세상은 너무 험해. 거친 세파를 헤쳐 나가려면 정신 무장을 단단히 해야 돼.」

우리는 그리움을 느끼며 옛날에 베엘제불 신도들과 싸우던 일을 되새겼다. 그런 뒤에 라울은 자기 연구에 대한 이야기를 했다. 그는 당시 마르모트의 동면에 관해서 연구하고 있었다. 마르모트는 다른 많은 동물들처럼, 3개월 동안 심장 박동을 90퍼센트까지 늦춘 뒤 숨도 안 쉬고 먹거나 움직이거나 자지도 않고 지낼 수 있었다. 라울은 그 현상을 더욱 멀리 밀고 갔다. 자고 새면 죽음의 가장자리를 더듬고 싶어 하던 그였다. 그는 마르모트를 인공적으로 더 깊은 동면에 빠지게 하는 실험에 착수했다. 마르모트를 훨씬 더 깊은 상태의 인공 동면에 빠지게 하는 일은 별로 어렵지 않았다. 마르모트를 0°C로 냉각시킨 용액에 담가 놓기만 하면 되었다. 그러면 체내 온도가 급속히 떨어지고 심장 박동이 완전히 멈출 정도까지 느려졌다. 그래도 마르모트는 죽지 않았다. 문질러 주기만 해도 30분이 지나면 소생하였다.

내가 보기엔 우리 의사들이 〈코마〉라고 부르는 것을 라울은 〈동면〉이라고 규정하고 있는 게 아닌가 싶었다. 어쨌든 그의 실험은 큰 성공을 거두었고, 국제 학술회의에서 어떤 사람들은 그에게 〈냉동 마르모트를 살려 내는 사람〉이라는 별명을 붙이기도 했다.

나는 화제를 바꾸어 저승에 관한 다른 문헌을 찾아냈느냐고 느닷없이 물었다. 라울은 기다렸다는 듯이 이야기에 신명을 냈다. 자기가 특히 좋아하는 주제를 내가 그렇게 빨리 초들고 나오리라고는 기대하지 못했던 모양이다.

「고대 그리스 사람들은 말이야!」

라울은 맛나고 흐벅진 음식을 눈앞에 둔 사람처럼 게걸스럽게 말머리를 꺼냈다.

「고대 그리스 사람들은 우주가 동심원으로 이루어져 있다고 생각했지. 활의 과녁이 몇 개의 동심원으로 이루어져 있듯이, 각각의 세계는 저보다 더 작은 세계를 품고 있다고 생각한 거야. 그 과녁처럼 생긴 우주의 중심에 그리스인의 세계, 즉 사람들이 사는 세계가 있다고 믿었어.」

라울은 물을 만난 물고기처럼 신이 나 있었다.

「그러니까, 한가운데 있는 첫 번째 세계에 그리스인들이 살고, 그것을 둘러싸고 있는 두 번째 세계에 미개인들이 있는 거지. 미개인들의 세계를 포위하는 세 번째 세계는 괴물들이 사는 곳이야. 그 괴물들 중에는 북극 땅의 흉측한 것들도 들어 있지.」

「인간, 미개인, 괴물 그렇게 세 켜로 되어 있다는 거야?」

내가 그렇게 요약을 하며 묻자, 라울은 더욱 활기를 띠면서 보충 설명을 했다.

「아니. 괴물들의 세계 다음에는 바나가 나와. 거기에 복 받은 사람들의 섬이 있어. 영생을 얻은 사람들이 머무는 낙원이지. 그 바다에는 꿈의 섬도 있어. 밤에만 흐르는 강이 그

섬을 가로지르고 있지. 섬은 망우수(忘憂樹) 꽃으로 덮여 있고 그 한가운데에 대문 네 채가 붙은 도시가 자리 잡고 있어. 두 대문은 악몽이 들어오는 문이고 다른 두 대문은 길몽을 위해 있는 거야. 잠의 신 히프노스가 그 네 문을 통제하지.」

「그럴듯하군.」

「바다 다음에는 다시 땅이 나와. 그게 지옥의 기슭이지. 그곳의 나무에는 말라비틀어진 열매만 열리지. 그 기슭에서 뱃길이 끊어지고 모든 것이 끝나 버려.」

잠시 침묵이 흘렀다. 그 침묵 속에서 나는 낙원과 지옥의 모습을 차례로 떠올렸다. 무엇에 홀린 듯 생각에 잠겨 있다가, 라울에게서 내 직업과 관련된 질문을 받고서야 퍼뜩 정신을 차렸다. 라울은 소생법과 마취에 관해서 여러 가지 질문을 했다. 그는 내가 환자들에게 사용하는 마취제가 무엇인지를 알고 싶어 했다. 사람에게 쓰는 마취제가 마르모트를 상대로 한 자기의 실험에 응용될 수 있을 것으로 생각한 모양이었다.

29. 팽송 박사의 견해

가. 코마의 유형

내 친구 미카엘 팽송의 견해에 따르면, 코마에는 보통 세 가지 유형이 있다고 한다.

유형 1 유반응(有反應) 코마. 환자의 의식은 사라졌지만 외부 자극에 반응을 보인다. 이 코마는 30초에서 3일까지 지속될 수 있다.

유형 2 환자는 찌르거나 꼬집어도 외부 자극에 더 이

상 반응을 보이지 않는다. 이 코마는 일주일까지 지속될 수 있다.

유형 3 깊은 코마. 뇌와 무관한 기관을 제외하고, 일체의 기관이 작용을 중단한다. 상지(上肢)는 강직성 경련 상태가 된다. 심장 박동이 불규칙해진다(심장근의 불규칙적인 수축을 막기 위한 충격 조처가 필요). 미카엘에 따르면, 이 유형의 코마에서 소생하기는 불가능하다고 한다.

나. 코마의 외형적 결과

  1) 동공 산대(散大)

  2) 마비

  3) 입의 이상 변형

다. 코마 환자 소생법(미카엘이 사용하는 방법)

  1) 심장 마사지

  2) 상부 기도 삽관법

  3) 2백~3백 줄의 전기 충격

  4) 심장 안에 아드레날린 주사

라. 코마를 일으킬 수 있는 방법(미카엘이 사용하는 약품)

  1) 나트륨

  2) 티오펜탈(깨어나서도 숙취가 계속되므로, 환자가 깨어난 뒤 흥분할 경우에 대비할 수 있다), 프로포폴(마취의 도입이 빠르고 쉽게 깨어난다)

  3) 드로페리돌(마취력이 비교적 약하며, 일시적인 무통 상태를 유도한다. 깨어난 뒤에 몸이 분리된 듯한 느낌이 한 시간 정도 지속된다. 심폐 기능을 정지시킬 염

려가 있다. 환자의 체중에 따라 용량을 달리해야 한다)

  4) 염화칼륨(심장 장애와 심실의 불규칙적 수축을 일으킨다)

마. 사람의 심장 박동 수

  1) 정상: 1분에 65~80회

  2) 최소: 1분에 40회. 어떤 요가 수행자는 38회까지 내려가는 경우가 있으나 그것은 예외적인 경우다. 심장 박동 수가 분당 40회 아래로 떨어지면, 뇌로 유입되는 혈액이 갑자기 적어져 잠시 의식을 잃는 가사(假死) 상태에 빠질 염려가 있다. 그런 일을 당한 경우에, 환자는 대개 그 일을 기억하지 못한다.

  3) 최대: 1분에 2백 회. 태아의 경우.

라울 라조르박, 「영계 탐사 연구 노트」

30. 역사 교과서

영계 탐사는 우발적인 사건에서 비롯되었다. 대부분의 역사학자들은 영계 탐사가 뤼생데르 대통령 암살 기도 사건으로부터 시작되었다고 보고 있다.

『기초 강의용 영계 탐사의 역사』

31. 뤼생데르 대통령

뤼생데르 대통령은 검은 리무진 안에서 일어선 채로 군중에게 인사를 하고 있었다. 그는 미소를 띠고 있었지만 그 미소에는 어쩐지 고통을 참고 있는 듯한 기색이 배어 있었다. 사실 그는 살을 파고 들어온 엄지발가락의 발톱 때문에 엄청난 고통에 시달리고 있었다. 로마 황제 율리우스 카이사르도 사열식을 할 때 그와 같은 증상 때문에 괴로움을 겪었을 거라는 생각을 해보지만, 별로 위안이 되지는 않았다. 알렉산드로스 대왕을 생각하자. 그는 매독 때문에 고생을 했다고 하지 않는가? 게다가 당시에는 매독의 치료법도 몰랐다는데…….

율리우스 카이사르에게는 어떤 노예가 늘 뒤따라 다녔는데, 그의 임무는 카이사르의 월계관을 흔들면서 규칙적으로 그의 귀에 대고, 〈폐하께서는 한 인간에 지나지 않는다는 사실을 기억하소서〉라고 되뇌는 것이었다. 뤼생데르에게는 그런 것을 되풀이해서 일깨워 줄 노예가 필요 없었다. 그의 발톱이 그 임무를 충실히 수행하고 있었기 때문이다.

뤼생데르는 자기를 열렬히 환영하는 군중에게 답례를 보내면서, 엄지발가락의 통증에서 벗어날 방법에 대해 생각하고 있었다. 주치의는 수술을 받으라고 권했지만, 국가의 수반인 그는 아직까지 한 번도 수술대에 누워 본 일이 없는 사람이었다. 가제 마스크로 얼굴을 가리고 날카로운 칼을 든 낯모르는 사람들이 자기의 꿈틀대는 살을 만지작거린다는 것을 생각하면 별로 기분이 좋지 않았다. 물론 그가 전속 발 치료사에게 도움을 청할 수도 있었다. 그 발 치료사는 수술을 받지 않고도 골칫거리를 해결할 수 있다고 장담하고 있었다. 하지만 그 경우엔 마취도 하지 않은 채 엄지발가락의 생살에 칼을 대야 한다는 점이 문제였다. 그것 역시 그다지 마음이 내키지 않았다.

인간의 보잘것없는 육신에서 무슨 골칫거리가 그리도 많

이 생겨나는지! 하루도 성할 날이 없이 늘 어딘가에 탈이 난다. 류머티즘, 카리에스, 결막염……. 지난주에는 궤양이 도져서 고생을 하기도 했다. 그때 그의 아내는 이렇게 도움말을 했다.

「걱정 마요, 여보. 남미 쪽 일 때문에 속이 상하셔서 그래요. 내일이면 괜찮아질 거예요. 우리 가문의 격언에, 〈건강하다는 것은 다른 측면에서 보면 언제나 아프다는 것을 의미한다〉라는 말이 있어요.」

참으로 기이한 역설이었다. 어쨌든 아내가 가져다준 따끈한 우유를 마셨더니 고통이 가라앉았다. 그런데, 살을 파고 들어온 발톱은 궤양처럼 그리 녹록하지가 않았다.

「뤼생데르 만세!」

주위에서 사람들이 소리쳤다.

「뤼생데르 대통령!」

사람들이 한목소리로 또박또박 외쳤다.

아! 새로운 임기를 약속해 주는 외침! 재선을 위해 전력을 기울여야 할 때가 머지않았다. 선거철이 다가오고 있었던 것이다.

그놈의 엄지발가락만 아니었더라면, 뤼생데르는 군중의 환호를 받으며 멋진 시간을 보냈을 것이다. 그는 환영 군중과 직접 어울리는 일을 무척 좋아했다. 어떤 여인이 그의 면전에 뺨이 발그레한 여자 아이를 들이밀자 그 아이를 껴안았다. 아이가 꽃다발을 바쳤는데, 그 꽃은 늘 그에게 알레르기를 일으키는 종류의 것이었다.

자동차가 다시 움직이기 시작했다. 뤼생데르가 뻣뻣한

새 구두 안에서 발가락을 꼼지락거리고 있을 때, 정장 차림을 한 사내 하나가 권총을 쥔 채 그에게 달려들었다. 몇 발의 총성에 귀가 먹먹했다.

〈아니, 누가 나를 죽이려 하잖아!〉

대통령은 담담하게 그런 생각을 했다.

누군가가 그를 죽이려 하는 것은 그것이 처음이자 틀림없이 마지막이 될 터였다. 미지근한 피가 배꼽 위로 흘러 내렸다. 뤼생데르는 싱긋 웃었다. 그렇게 죽는 것은 역사의 자랑스러운 한 페이지 속에 들어가기에 아주 좋은 방법이었다. 전임자인 콩고마 대통령은 전립선 암 때문에 임기를 다 채우지 못하고 죽었다. 그것은 후세 사람들에게 두고두고 웃음거리가 될 거였다.

전임자에 비하면 그는 운이 좋았다. 검은 권총을 가진 고위 전문 관료를 거느리고 있던 덕분이었다. 암살당한 대통령들은 예외 없이 역사 교과서에 수록되는 영광을 누리지 않았던가. 사람들은 그들의 웅대한 전망과 패기만만한 계획을 찬양했다. 이제 학교에서 아이들은 그에게 바치는 찬가를 낭송하게 되리라. 불멸이란 바로 그런 것을 두고 하는 말이렷다!

뤼생데르는 군중 속으로 사라져 가는 저격자를 발견했다. 그런데 경호원이라는 작자들은 아무런 대응도 하지 않고 가만히 있었다. 참으로 중요한 교훈을 얻었다! 그 머저리 같은 경호원들을 전적으로 믿으면 안 된다는 것이있다.

암살을 기도할 만큼 나를 그렇게 미워한 자는 도대체 누구일까, 하고 그는 스스로에게 물어보았다. 그러나 이제 와서 그걸 알면 무슨 소용이랴 하는 생각이 곧 뒤따랐다. 이제 중요한 건 아무것도 없었다. 그 빌어먹을 발톱도 마찬가지였다. 죽음은 삶의 갖가지 자질구레한 고통을 치유하는 가장 좋은 처방이었다.

「누구 의사인 사람 없습니까? 자, 빨리! 의사 있으면 나와요!」

뤼생데르 옆에서 누군가가 소리쳤으나, 사람들은 입을 다물고 있었다. 그를 도와줄 수 있는 의사 한 사람 없었다. 이제 너무 늦었다. 총알 하나가 그의 심장을 뚫었다. 의사를 찾을 게 아니라, 암살당한 위대한 정치가들이 모인 하늘 나라로 뤼생데르가 카이사르와 에이브러햄 링컨과 케네디를 만나러 가는 동안에 그를 대신 할 새 대통령을 찾아야 할 판국이었다.

그럼에도 사람들이 달려들어 그를 들것에 올려놓더니, 구급차에 태웠다. 귀를 찢는 듯한 소리로 사이렌이 울부짖고 있었다. 얼굴을 알 수 없는 의사들이 그의 입에 반사경을 갖다 대고, 허파를 눌러 댔다. 인공호흡을 한답시고 그의 입에다 제 입을 갖다 대는 뻔뻔스러운 축도 있었다.

아무리 그래도 뤼생데르는 죽어 가고 있었다. 그의 머릿속에서 옛 일에 대한 기억들이 아주 빠르게 차례차례 스치고 지나갔다.

네 살 때, 처음으로 부당하게 뺨을 맞고 처음으로 화를 냈다. 일곱 살 때, 자기 답안지를 베끼게 해준 짝꿍 덕분에 우등생이 되는 첫 경험을 했다. 열일곱 살에, 첫사랑을 만났다(그 뒤로 그 여자를 다시 만난 적이 있었다. 그러나 그건 실수였다. 그 여자는 너무나 끔찍한 모습으로 변해 있었으니까). 스물한 살에, 이번엔 남의 것을 베끼지 않고 학사 학위를 얻었다. 스물세 살에, 고대 철학에 관한 연구로 석사 학위를 얻었다. 스물다섯 살에, 고대사에 관한 논문을 써서 박사 학위를 받았다. 스물일곱에, 아버지 연고 덕에 사회민주당에 들어갔고, 그때 이미 자기의 장래 모습을 내다보며 다음과 같은 구호를 만들었다. 〈과거를 잘 아는 사람이 미래를 건설하는 일도 가장 잘 할 수 있습니다.〉

스물여덟에, 첫 번째 〈자기〉와 결혼(그 여자는 여배우였는데, 그는 이제 그녀의 이름조차 기억하지 못하고 있었다). 스물아홉에, 당의 집행 기구 내에서 더 높은 지위를 얻기 위해 처음으로 비열한 짓과 배신행위를 했다. 툴루즈 시장에 당선되었고, 시유지를 매각하는 과정에서 재산을 한몫 잡았으며, 처음으로 거장의 그림과 고대의 조각품을 사들였고, 여러 정부(情婦)와 놀아났다. 서른다섯에, 국회에 진출했고 로제르 지방에 처음으로 성(城)을 사놓았다. 서른여섯에, 첫 번째 〈자기〉와 이혼하고 두 번째 〈자기〉와 재혼했다(이번 여자는 독일의 톱모델인데, 머릿속에 든 건 없어도 다리는 성자라도 뇌쇄시킬 만했다). 서른일곱 살 때, 여기저기서 그의 아이들이 태어났다. 서른여덟 살 때, 파키스탄 비행기 판매를 둘러싼 뇌물 수수 사건에 휘말려 공직에서 잠시 물러나 있었다.

서른아홉 살에, 혼인을 새로 한 덕에 정치 무대에 전격적으로 복귀했고(이번 여자는 콩고마 대통령의 친딸이었다. 아주 훌륭한 선택이었다), 외무 장관에 임명되었다. 외무 장관에 재직하면서 처음으로 정말 혐오스러운 짓을 했다. 그것은 페루 대통령을 암살하고 대신 어떤 꼭두각시를 내세우는 일이었다.

마흔다섯 살 때, 콩고마 대통령이 죽었다. 프랑스 공화국 대통령 선거에 출마하여 페루의 재정적 도움을 받으며 선거 운동을 벌였다. 그때, 〈뤼생데르는 역사를 연구했습니다. 이제 그는 역사를 만들고 있습니다〉라는 새로운 표어를 만들었다. 그러나 그 선거전은 실패로 돌아갔다.

쉰두 살 때, 다시 선거가 있었다. 이번에는 승리하여 권력을 손에 넣고 꿈에 그리던 엘리제 궁에 들어갔다. 정보기관을 장악했고, 외국에서 몰래 〈회수한〉 고미술품들을 모아 전용 미술관을 만들었다. 그야말로 캐비아를 국자로 퍼먹을 수 있는 처지가 되었다.

쉰다섯 살 때, 핵전쟁으로 적을 위협했다. 적이 겁을 먹고 뒤로 물러서는 바람에 역사의 한 페이지를 장식할 수 있는 호기를 놓치고 말았다.

쉰여섯 살이 되자, 정부(情婦)들은 더욱 어려졌고, 쉰일곱에 최초의 진실한 친구인 베르생제토릭스[19]를 만났다. 베르생제토릭스는 출세욕을 의심할 필요가 없는, 검은 래브라도 사냥개였다.

마침내 쉰여덟 살이 된 지금, 그의 빛나는 생애는 이런 구절로 끝을 맺고 있었다. 〈그 위대한 정치가는 베르사유에서 환호하는 군중과 어울리던 중 암살당했다.〉

19 베르생제토릭스는 로마 황제 카이사르가 갈리아 지방을 원정했을 때 마지막까지 저항했던 갈리아의 족장 이름.

거울에 붙은 비눗방울처럼 덧없는 게 인생이다. 삶이란 다 그런 것이다. 대통령의 삶이라 해서 다를 게 없었다. 인생의 종착역은 먼지, 재, 아니면 구더기 배 속일 뿐이다. 그대 먼지로 돌아가리라. 그대 한 줌의 재로 돌아가리라. 그대 육신, 구더기 배 속으로 사라지리라.

그에겐 이제 평화로이 죽을 수 있도록 내버려 두었으면 하는 바람밖에 없었다. 구더기에게도 조용히 죽을 권리가 있지 않은가 말이다. 그런데, 사람들은 그를 가만히 내버려 두지 않았다. 사람들은 그의 눈꺼풀을 뒤집어 보고 그를 수술대 위에 올려놓더니, 몸을 주무르고 옷을 벗긴 다음, 주위에 있는 복잡한 장치에 그의 몸을 접속시켰다. 그자들이 쑥덕거리고 있었다. 〈수단과 방법을 가리지 말고 각하를 살려내야 해〉 하고 되뇌는 소리도 들렸다. 어리석은 것들!

그게 다 무슨 소용이랴. 뤼생데르는 심한 피로가 엄습해 옴을 느꼈다. 목숨이 서서히 자기에게서 떨어져 나가는 듯했다. 바로 그것이었다. 그것이 빠져나가고 있었다. 그는 분명히 그것이 빠져나가는 것을 느끼고 있었다. 어떻게 이런 일이! 장 뤼생데르는 자기가 몸에서 빠져나가는 것을 느끼고 있었다. 아니, 이럴 수가? 그는 정말 자기 몸 밖으로 나가고 있었다. 이게 정말 나인가? 나 아닌 다른 무엇인가? 다른 어떤 것이 있기는 있는데……. 그걸 뭐라고 불러야 할지 알 수가 없었다. 영혼? 비물질적인 몸? 심령체? 물질화한 정신? 그것은 투명하고 가벼운 상태에 있는 그였다. 몸에서 떨어져 나가는 듯도 하고, 벗겨지는 듯도 하고, 나누어지는 듯도 했다. 참으로 기분 좋은 느낌이었다.

그는 다 해진 낡은 옷을 벗어 버리듯 자기 육신을 버리고 공중으로 올라갔다. 자꾸자꾸 올라갔다. 엄지발가락의 고통은 더 이상 느껴지지 않았다. 그는 아주 가벼웠다.

그의 새로운 〈나〉는 천장에서 잠시 늑장을 부렸다. 거기에서 그는 길게 누운 시체와 치료에 한창 열중하고 있는 의사와 간호사들을 보았다. 그들은 그의 유해를 전혀 소중히 다루고 있지 않았다. 그들은 그의 흉곽을 가르고, 갈비뼈를 부러뜨리더니, 심장 근육에 직접 전극(電極)을 장착하고 있었다.

천장에서 더 이상 머물러 있을 필요가 없었다. 다른 곳에서 누군가가 그를 부르고 있었다. 탯줄처럼 생긴 투명한 줄 하나가 그의 시체와 그를 아직 이어 주고 있었다. 그가 시체에서 멀어짐에 따라, 고무줄처럼 탄력이 있는 은빛 줄이 늘어났다.

그는 천장을 통과해서 환자들로 가득 찬 병원 건물의 여러 층을 지났다. 이윽고 지붕이 나오고 하늘이 보였다. 자애로운 빛 한 줄기가 멀리서 그를 부르고 있었다. 꿈같은 일이었다! 주위에 다른 사람들이 많이 날고 있었다. 그처럼 그들도 은빛 줄을 늘이고 있었다. 멋진 축제에 참가하고 있는 듯한 느낌이 들었다.

그때 갑자기 그의 은빛 탯줄이 늘어나기를 멈춘 채 단단해지고 팽팽해졌다. 사람들이 아래에서 그를 끌어당기고 있었다. 죽어 가던 뤼생데르가 되살아나는 중이었다. 그는 그 명백한 사실을 받아들여야만 했다. 다른 심령체들이, 〈저자는 왜 계속 앞으로 나아가지 않는 거지?〉 하고 의아해하면서 그를 바라보았다. 그를 끌어당기던 고무줄 같은 은빛 줄이 갑자기 오므라들었다. 그는 다시 지붕과 천장을 거쳐 수술실로 돌아왔다. 간호사들이 그의 심장에 몇백 볼트의 전기를 직접 흘려 넣고 있었다. 〈그렇게 하는 것은 불법이야!〉라고 그는 소리치고 싶었다. 두 해 전에, 너무 악착스러운 치료 행위를 제한하기 위한 법안이 상정된 적이 있었다. 그때 그는 그 법안이 국회를 통과하도록 만들었었다. 그는 그 법을 기억하고 있었다. 그 법의 676조는 이렇게 되어 있었다. 〈심장의 제반 작용이 중단되었을 때는, 기력이 다한 심장을 무리하게 재박동시키려는 어떠한 조작이나 공격적 행위나 수술을 행하여서는 아니 된다.〉 그런데, 단지 그가 대통령이라는 이유 하나로, 사람들은 그의 목숨이 법 위에 있다고 생각하고 있었다. 에이, 치사한 자식들! 에이, 지저분한 것들! 그는 자기가 한 나라에서 가장 중요한 사람이라는 사실에 다시 한 번 불쾌감을 느꼈다. 그 순간에 그가 지녔던 바람은 오직 하나, 아무도 돌봐 주지 않는 부랑자가 되는 것이었다. 부랑자, 거지, 노동자, 가정부 어느 쪽이든 사람들에게 방해받지 않고 마음껏 죽음의 안식을 누릴 수 있는 그런 사람이 되고 싶었다. 아무런 방해를 받지 않고 편안하게 죽는 것, 그것은 시민의 첫째가는 기본권이 아니던가!

「날 죽게 내버려 둬! 날 죽게 내버려 두란 말이야!」

그는 있는 힘을 다하여 부르짖었다. 그러나 그의 심령체에는 목소리가 없었다. 은색 줄이 그를 계속 아래로 끌어내리고 있었다. 그는 더 이상 다시 올라갈 수가 없었다. 쏙 하고 그는 자기의 옛 몸뚱이로 다시 들어갔다. 아주 불쾌한 느낌이 들었다. 아아! 살을 파고든 발톱 때문에 벌써 통증이 몰려들고 있었다. 심장에 전기 충격을 주느라고 사람들이 부러뜨린 갈비뼈가 욱신거렸다. 그것도 모자라 그들은 다시 전기 충격을 주었다. 이번엔 정말 너무 아팠다.

그는 눈을 떴다. 의사와 간호사들은 환호성을 지르고 서로 축하의 말을 건네며 한바탕 난리를 쳤다. 어리석은 것들……. 「성공했어요, 성공한 거예요!」
「각하의 심장이 다시 뛰고 있어요. 숨이 돌아왔어요. 각하를 구해 냈어요!」

구해 냈다고? 누구로부터, 무엇으로부터 구해 냈단 말이냐? 차라리 너희들로부터 구원을 받았더라면 좋았을 게다. 육신의 괴로움이 이루 말할 수가 없었다. 그는 얼굴을 찡그린 채 알아듣기 힘든 말을 중얼거렸다. 〈충격을 멈춰. 내 흉곽을 다시 닫아 줘!〉

그는 할 수만 있다면 이렇게도 외치고 싶었다 : 〈문 좀 닫아 줘. 바람이 불어.〉 그의 모든 신경이 아픔을 전해 오고 있었다.

오 그대 고통에 찬 육신이여, 그대 다시 여기에 있구나.

그는 감았던 눈을 다시 떴다. 침대 주위에 사람들이 잔뜩 모여 있었다.

아프다. 너무 아프다.

그의 모든 신경이 격렬한 고통을 호소하고 있었다. 그는 저 위 하늘에 있던 경이로운 빛의 나라를 돌이켜 생각하면서 잠시나마 다시 편안함을 느껴 보려고 도로 눈을 감았다.

32. 경찰 기록

기초 신원 조회

성명: 장 뤼생데르

모발: 회색

안구: 회색

신장: 1m 78cm

신체상의 특징: 없음

특기 사항: 영계 탐사 운동의 개척자

약점: 공화국 대통령이라는 신분

33. 메르카시에 장관

 온통 루이 15세 시대풍의 가구로 꾸민 대통령 집무실은 아주 널찍했다. 조명은 그리 환하지 않았지만, 유명한 그림과 그리스의 요염한 조각품들을 식별하기엔 충분했다. 미술은 교양이 없는 자들에게도 쉽게 감명을 줄 수 있는 예술 장르였다. 과학부 장관 브누아 메르카시에는 그런 생각을 하며 대통령에게로 다가갔다. 대통령의 얼굴을 분명히 확인하지는 않았지만 메르카시에는 대통령이 자기 정면에 앉아 있다는 것을 알고 있었다. 책상의 전등이 대통령의 손만을 비추고 있었지만 중후한 실루엣이 눈에 익은 모습이었다. 검은 래브라도 사냥개도 그의 발께에 엎드려 있었다.

 국가 원수를 시해할 뻔한 그 암살 기도 사건 이후에 두 사람이 마주하여 이야기를 나누는 것은 그때가 처음이었다. 과학부 장관은 대통령이 자기를 부른 것에 대해 의아해하고 있었다. 과학부 일이래야 언제나 보조금 타령만 하는 연구자들을 다독거리는 일 정도이고, 국내 정치나 국제 정치와 관련해서 더욱 시급히 처리해야 할 사안들이 허다할 텐데, 굳이 자기를 보자고 한 이유가 뭔지 궁금했던 것이다.

메르카시에는 침묵이 길어지는 것을 견딜 수 없어서, 자기가 먼저 말문을 열기로 했다. 그는 잠시 머뭇거리다가, 시의적절하지만 평범한 인사말을 골랐다.

「각하, 안녕하십니까, 수술 뒤끝이 좋은 것 같습니다. 그 의사들이 기적을 이루어 냈습니다.」

뤼생데르는 그런 기적 따위는 일어나지 않아도 괜찮았을 거라고 생각했다. 그는 불빛 속으로 몸을 내밀어, 유난히 반짝이는 회색 눈으로 빨간 수단(繡緞) 의자에 옹송그리고 있는 상대방을 물끄러미 바라보았다.

「메르카시에 장관, 내가 장관을 부른 것은 전문가의 의견이 필요했기 때문이오. 장관만이 나를 도와줄 수 있소.」

「영광입니다, 각하. 무슨 일이십니까?」

뤼생데르는 뒤로 몸을 젖혀 다시 어슴푸레한 빛 속에 잠겼다. 이상한 일이었다. 뤼생데르의 몸짓 하나하나에서 평소와는 다른 묘한 위엄이 배어 나오고 있었다. 그의 얼굴도 갑자기…… 더욱 사람다운(메르카시에는 자기 뇌리에 그 형용사가 떠오른 것을 놀라워했다) 모습으로 바뀌어 있었다. 뤼생데르가 물었다.

「장관은 생물학적 소양이 풍부한 사람이오. 안 그렇소? 그래서 묻는 건데, 코마 이후의 체험에 대해서 어떻게 생각하시오?」

메르카시에는 얼떨떨한 표정으로 대통령을 쳐다보았다.

대통령은 그러고 있는 그에게 역정을 내면서 덧붙였다.

「임사 체험자들, 즉 죽음의 문턱에서 자기들 몸으로부터 빠져나갔다가 의술의 진보 때문에, 아니 진보된 의술 덕분에 다시 돌아온 사람들에 대해서 어떻게 생각하느냔 말이오?」

브누아 메르카시에는 자기 귀를 의심하지 않을 수 없었다. 전형적인 현실주의자 뤼생데르가 신비 현상에 관심을 보이고 있으니 말이다. 죽음의 문턱에서 헤매다 온 탓일까? 메르카시에는 머뭇거리다가 자기 생각을 이야기했다.

「저는, 임사 체험을 하나의 유행, 하나의 사회 현상이라고 생각합니다. 예전의 허다한 다른 유행이 그랬듯이 그것도 한때 유행하다 사라졌습니다. 사람들은 경이로운 것, 초자연적인 것, 이 물질 세계와 다른 세계가 존재한다는 것을 믿고 싶어 합니다. 그래서 몇몇 작가들이나 도사(道師)나 사기꾼들은 객쩍은 소리를 늘어놓으면서 사람들의 그런 마음을 장삿속으로 이용합니다. 그런 욕구는 인간의 마음속에 늘 있어 왔습니다. 종교가 바로 그 증거입니다. 가상의 미래에 천국이 있을 거라는 믿음을 심어 주기만 하면 사람들은 현실이라는 쓰디쓴 알약을 더욱 쉽게 삼켜 버리는 것입니다. 임사 체험을 믿는 사람들은 한마디로 어리숙하고 순진한 사람들이라고 할 수 있을 겁니다.」

「장관은 정말 그렇게 생각하시오?」

「물론입니다. 천국에 대한 꿈보다 더 아름다운 꿈이 무엇이 있겠습니까? 또 그보다 더 〈헛된〉 꿈이 뭐가 있겠습니까?」

뤼생데르는 잔기침을 하고 다시 물었다.

「그런데, 장관이 말하는 그 객쩍은 소리에 진실한 뭔가가 있다면 어쩌겠소?」

장관은 과학자답게 비웃음을 보이며 말했다.

「예로부터 저승에 대한 이야기는 있어 왔지만, 그 증거는 없습니다. 저승에 대한 이야기는 마치 〈곰을 본 사람을 보았던 사람을 본 적이 있는 사람을 만났다는 사람의 이야기〉와 같습니다. 오늘날엔 모든 게 그 반대로 되어 갑니다. 오늘날의 회의주의자들은 자기들의 의심이 정당하다는 것을 입증할 만한 증거를 제시하고 있으니까요. 누군가가 내일 세계의 종말이 올 거라고 예언하면 금방 전문가들이 달려들어 종말이 오지 않을 것임을 증명해 낼 것입니다.」

뤼생데르는 공평한 입장을 보이려고 애썼다.

「증거가 없다고 했지요? 어쩌면 아무도 그걸 찾으려 하지 않았기 때문에 증거가 없는지도 모르잖소? 그 문제에 대한 공식적인 연구가 단 한 건이라도 있소?」

메르카시에는 난처한 표정을 지으며 대답했다.

「저…… 제가 알기로는 없습니다. 지금까지는 신빙성이 부족한 증언들을 기록해 두는 게 고작이었습니다. 그런데, 무슨 일이 있으십니까? 그 문제에 관심을 갖고 계십니까?」

「그래요. 브누아.」

뤼생데르가 목청을 높였다.

「그것도 아주 많은 관심을 가지고 있소. 아까 〈곰을 보았다는 사람〉얘기를 했지요. 그 곰을 직접 본 사람이 있소. 그게 바로 나요.」

과학부 장관은 믿기지 않는다는 듯이 대통령을 찬찬히 살폈다. 저격 사건이 대통령에게 치료 불능의 후유증을 남긴 게 아닌가 하는 생각이 들었다. 대통령은 심장을 다쳤기 때문에, 몇 분 동안 뇌에 피가 공급되지 않았었다. 그때 뇌의 어느 부분이 손상된 것은 아닐까? 그래서 지금 정신 이상 증세를 보이고 있는 것은 아닐까?

「브누아, 왜 나를 그렇게 뚫어져라 쳐다보는 거요? 그만 보시오.」

뤼생데르는 엄하게 소리치고 말을 이었다.

「내가 무슨 얘기를 했다고 그리 놀라시오? 공산주의 국가를 건설하겠다고 말하기라도 했소? 나는 임사 체험을 했다고 얘기했을 뿐이오.」

「각하의 말씀이 믿기지 않습니다.」

과학자의 직감으로 장관이 반박했다.

대통령은 믿거나 말거나라는 듯 어깨를 으쓱했다.

「나 자신에게 그런 일이 일어나지 않았다면 나 역시 믿지 않았을 거요. 하지만 그 일이 나에게 일어났소. 나는 〈경이로운 대륙〉을 언뜻 보았고 그것에 대해 더 많이 알고 싶소.」

「언뜻 보셨다고요? 각하의 눈으로 말입니까?」

「그렇다니까요.」

언제나 합리적인 사람인 메르카시에가 그 일에 대해 자기 나름의 설명을 늘어놓았다.

「죽음이 임박하면 인체는 종종 다량의 생 모르핀을 만들어 냅니다. 그 모르핀 때문에, 빈사 상태에 있는 사람들은 죽음의 문턱을 넘기 전에 노취 상태에 빠지지요. 화학적인 성찬을 먹고 마지막 불꽃놀이를 하는 셈이지요. 환각이 일어나고 〈경이로운 대륙〉 같은 것을 보게 되는 이유가 틀림없이 거기에 있습니다. 수술대 위에서 각하께 일어났던 일도 그런 것인 듯합니다.」

탁상 전등의 불빛을 받고 있는 뤼생데르는 환각에 사로잡힌 사람처럼 보이지는 않았다. 오히려 그는 아주 멀쩡해 보였다. 하지만 그의 뇌에 이상이 있다면 그건 여간 심각한 문제가 아니었다. 다른 장관들과 언론에 알려야 하는 게 아닐까? 대통령이 나라를 정신 착란 상태에 빠뜨리기 전에 손을 써야 하는 게 아닐까? 메르카시에는 그런 생각을 하며 의자 아래의 손을 비비 꼬고 있었다. 그러나 정면에 앉은 상대방은 아주 차분하게 말을 이어 나갔다.

「브누아, 나도 환각제의 효과가 어떤 거라는 것쯤은 알아요. 예전에 그런 것을 접해 본 적이 있소. 마약이 일으키는 환각과 실제의 일을 내가 왜 구별을 못 하겠소? 장관이 내게 입버릇처럼 하던 말이 있지요. 어떤 과학 분야든 성과를 빨리 올리려면 투자를 많이 하면 된다고 말이오. 그랬지요?」

「그렇습니다, 하지만······.」

「재향 군인회 예산 1퍼센트를 슬쩍 떼어 줄 생각인데, 그 정도면 되겠소?」

메르카시에는 당장 도망치고 싶은 기분이 들었다.

「저는 못 하겠습니다. 저는 침된 과학자로 남고 싶습니다. 그런 우스꽝스러운 가장 행렬에는 끼어들고 싶지 않습니다.」

「하라니까요.」

「계속 그러시면 사임하겠습니다.」

「정말이오?」

34. 역사 교과서

우리 조상들의 죽음

두 번째 천 년기 막바지인 1970년에 사망한 사람들을 당시의 사회 직업적 범주로 분류하여, 각 범주별로 천 명 중에서 50세를 넘긴 사람들의 수를 비교하면 다음 표와 같다.

초등학교 교사	732
고급 관리직과 자유직 종사자	719
기술자	700
가톨릭 사제	692
농업 경영자	653
중소 상공인	631
사무직 노동자	623
중간 관리직	616
노동자	590
농업 임노동자	565

『기초 강의용 영계 탐사의 역사』

35. 신대륙

브누아 메르카시에는 허탈한 마음으로 샹젤리제 거리를 오랫동안 거닐었다. 그는 임사 체험이 환각에 불과하다는 것을 확신하고 있었다. 그런데 그것이 엄연히 실재한다는 것을 증명해 내는 임무가 그에게 맡겨진 것이었다. 그 일은 무신론자에게 신의 존재를 입증해 보이라거나 채식주의를 신봉하는 광고업자에게 육식의 장점을 홍보하라고 요구하는 것과 다를 바 없었다.

메르카시에는 뤼생데르가 그 임무를 위해 자기를 선택한 이유를 알고 있었다. 대통령은 자기 사람들에게 역설을 실행하도록 강요하는 고약한 취미를 가지고 있었다. 그는 우파 장관들에게 좌파 정책을 적용하도록 억지로 요구했고, 환경론자들에게 원자력 이용의 장점을, 보호 무역주의자들에겐 자유 무역을 강제로 칭찬하게 만들었다.

구체적 행위와 관련된 일이 아니라면 웃어넘길 수도 있겠지만, 대통령은 그 말도 안 되는 〈천국〉 사업에 이미 20만 프랑의 예산을 책정해 놓고 있었다. 그러니 이제 사람들이 죽음의 문턱에서 몸 밖으로 빠져나가 어떤 〈경이로운 대륙〉으로 간다는 것을 증명해 내야 할 판국이었다.

역사적으로 보면 그런 경솔한 계획을 추진한 국가 원수는 뤼생데르가 처음이 아니었다. 메르카시에의 기억으로는 이미 1970년대에 지미 카터라는 이름의 미국 대통령이 있었다. 지미 카터는 미확인 비행 물체와의 교신을 시도하기로 결심하고 그것을 실행에 옮긴 적이 있었다. 그는 미확인 비행 물체의 존재를 굳게 믿고 있었다. 그래서 그 UFO에 대한 증언들을 종합하고 진위를 확인하는 사업을 발족시켰다. 근엄한 학자들이 텔레비전에 끌려 나와 환각증 환자들과 신비주의자들의 말에 귀를 기울이고 있는 광경을 상상해 보라! 지미 카터는 혹시 있을지도 모르는 외계 지능 생물의 메시지를 포착하고 그들과 교신할 목적으로 거대한 송수신 장치를 만드느라고 국민의 세금을 낭비했다. 카터는 재선에 실패하고 나서야 정신을 차렸다.

퇴각하는 러시아군을 뒤쫓아 베레지나 강을 건넜던 나폴레옹의 원정군처럼 뤼생데르는 자멸을 향해 달려가고 있었다. 그걸 뻔히 알면서도, 달리 선택의 여지가 없다는 데에 메르카시에의 괴로움이 있었다. 대통령의 변덕에 맞장구를 치며 비위를 맞출 것인가, 아니면 장관 자리를 포기할 것인가. 아주 당연한 일이겠지만, 그는 자기가 차지하고 있는 권력의 한 귀퉁이에 미련을 두고 있었다. 재향 군인회 쪽에서 보면 참 안된 일이지만, 메르카시에는 20만 프랑의 용도를 찾아내야 할 처지에 있었다.

좋다, 하자. 그런데, 어떻게 하지? 메르카시에는 아내 질에게 도움을 청하리라고 생각했다. 아내는 그가 회의에 빠져 있을 때마다 적절한 도움말로 힘을 주는 가장 훌륭하고 가장 가까운 조언자였다.

저녁을 먹으면서 그가 임사 체험 문제를 털어놓았더니, 아내는 전혀 놀라는 기색을 보이지 않았다. 그게 오히려 그를 무척 놀라게 했다. 꽃양배추 퓌레를 접시에 퍼 담으면서 생각을 가다듬던 아내가 입을 열었다.

「당신이 먼저 해야 할 것은 실험 계획안을 만드는 일이에요. 다시 말하면, 〈사후에 뭔가가 있느냐 없느냐〉라는 질문에 답할 수 있는 실험 방법을 생각해 내야 한다는 거예요. 일을 풀어 나가기 위해선 지금 당신에게 있는 실마리가 무엇인지를 따져 보아야 해요. 그런 게 뭐가 있죠?」

「딱 하나 있어. 그렇지만 중대한 실마리. 대통령이 임사 체험을 했다고 확신하고 있다는 거지.」

메르카시에가 한숨을 쉬며 말하자, 그의 아내는 여느 때처럼 그의 용기를 북돋웠다.

「긍정적으로 생각해요. 성공하려면 먼저 승리에 대한 확신을 가질 필요가 있어요.」

「하지만 남이 강요한다고 해서 임사 체험을 믿을 수는 없는 노릇이잖아. 대학에서 배우고 연구한 걸 깡그리 무시해야 할 판이오!」

그가 그렇게 한탄하자, 아내가 그의 푸념에 찬물을 끼얹었다.

「당신은 이제 과학자가 아니라 정치가예요. 그러니 정치가답게 사고하세요. 그러지 않으면, 결코 이 궁지에서 벗어날 수 없을 거예요. 그런데 대통령께서 무슨 이야기를 하셨나요?」

「〈경이로운 대륙〉을 언뜻 보았다고 주장하더군.」

「〈경이로운 대륙〉이라고요?」

질이 미간을 찌푸렸다.

「재미있군요. 옛날 유럽의 항해자들이 내가 태어난 오스트레일리아 대륙을 발견했을 때 사용한 이름이 바로 그거였어요.」

「그게 무슨 상관이오?」

메르카시에가 자기 잔에 포도주를 따르며 물었다.

「당신에게 신대륙을 탐험하라는 임무가 맡겨진 거예요. 그러니까 당신은 16세기 개척자들의 마음가짐을 지녀야지요. 그들은 인도네시아 동쪽에 대륙이 존재한다는 사실을 몰랐어요. 당시에 누군가 그런 사실을 주장했다면 정신 나갔다는 소리를 들었기가 십상이에요. 지금 당신이 대통령의 주장에 코웃음을 치는 거나 하나도 다를 게 없었어요.」

「경우가 다르지. 거기에는 초원과 나무와 짐승과 원주민들이 있는 아주 명백한 대륙이 있었소.」

「21세기니까 그런 얘기를 쉽게 하는 거예요. 하지만 그 시대의 입장에서 한번 생각해 보세요. 오스트레일리아 대륙에 대해서 이야기 하는 것은 오늘날 우리가 죽음 너머의 대륙을 들먹이는 것만큼이나 해괴한 일로 치부되었을걸요.」

메르카시에는 술병을 다 비우고 싶은 생각이 굴뚝같았으나 명철한 정신을 유지해야 한다는 생각에 참았다. 게다가 한 해라도 더 살려면 몸 생각도 해야 했다. 질은 조리 있게 자기 이야기를 이어 나갔다.

「당신이 그 시대의 재상이라고 생각해 봐요. 당신의 왕이 항해 중에 난파를 당했는데 〈경이로운 대륙〉을 언뜻 본 것 같은 느낌을 갖게 되었어요. 왕이 그 대륙으로 나아가려던 찰나에 다른 배가 와서 그를 구했어요. 왕은 수도로 돌아온 뒤에도 그 대륙을 잊지 못한 나머지, 해운 재상을 불러 그 〈경이로운 대륙〉에 대해 더 많은 것을 알아낼 수 있도록 필요한 조치를 취하라고 명령을 내렸어요. 그런 각도에서 당신의 문제를 바라보면, 틀림없이……」

질은 뒷말을 줄이고 잠시 뜸을 들이다가 이야기를 계속했다.

「당신은 죽은 이들의 나라를 〈새로운 오스트레일리아〉로 명명하고, 탐험가들의 정신을 당신의 것으로 받아들이기만 하면 돼요. 거기에 도전하는 것은 현대를 사는 우리가 할 만한 일이에요. 31세기 사람들이 지금 우리가 사자들의 대륙에 대해 전혀 모르고 있는 것을 비웃게 될 지 누가 알겠어요? 서기 3000년에는 지금 우리 대통령보다 한술 더 떠서 시간을 거슬러 올라가려는 대통령이 나타날지도 몰라요. 그때 그 임무를 맡을 장관은, 옛날에 살았던 메르카시에라는 사람을 부러워할 거예요. 사자들의 대륙을 찾아가는 임무 정도는 그의 임무에 비하면 누워서 떡 먹기에 지나지 않을 테니까요.」

아내의 말이 하도 그럴듯하여 브누아는 이렇게 묻지 않을 수 없었다.

「그럼, 그 사자들의 대륙이 있다고 믿소?」

「그게 뭐가 중요해요? 내가 아는 건, 만일 내가 16세기 해운 재상의 아내였다면, 남편에게 함대를 이끌고 가서 오스트레일리아 대륙이 존재하는지를 확인하라고 충고했으리라는 거예요. 어떠한 경우에도 당신에게 나쁠 건 없어요. 당신은 그 미지의 대륙을 발견한 사람이 되거나 그것이 존재하지 않는다는 것을 증명한 사람이 되겠지요. 어느 경우나 당신은 이미 이기고 들어가는 거예요.」

이번에는 질이 술병을 움켜쥐었다. 푸릇한 퓌레에 시선을 박은 채 남편이 투덜거렸다.

「그건 그렇다 치고, 도대체 무슨 대륙에 어떤 배를 보내지?」

질은 술잔을 한 번에 비우고 말했다.

「이제 다시 실험 계획안 문제로 돌아가서 얘기를 해야겠군요. 샐러드 더 드실래요?」

「아니.」

그는 더 이상 먹고 싶은 생각이 없었다. 근심 때문에 식욕이 싹 가시고 말았다. 게다가 아내가 부엌으로 상추와 토마토 그릇을 가지러 갈 계제도 아니었다. 남편의 일을 자기 일로 생각하고 열을 내던 상황인지라 아내는 다시 자리에 앉아 또박또박 말했다.

「자, 우리는 당신이 탐험할 대륙을 〈새로운 오스트레일리아〉라 부르기로 결정했어요. 그러면 옛날에 오스트레일리아 대륙에 식민지를 건설하기 위해서 어떤 사람들을 보냈는지 생각해 보세요. 누구죠? 도형수, 일반 죄수, 악질적인 부랑배들이었지요. 하필이면 왜 그들을 보냈을까요?」

그제야 메르카시에는 얽힌 실타래가 풀리는 듯한 느낌을 갖기 시작했다.

「그건 오스트레일리아가 위험한 대륙일지도 모른다고 생각했기 때문이겠지. 그래서 없어져도 그 사회에 그다지 손실이 되지 않는 사람들을 보내는 게 낫다고 생각했을 거요.」

말을 하면서 그의 얼굴이 점점 밝아졌다. 언제나 그랬듯이 아내는 어김없이 그에게 해결책을 제시해 주었다.

「여보, 당신은 신대륙을 탐험하러 갈 항해자들이 누구인지 아셨을 거예요. 그렇다면 이젠 그 항해자들에게 선장을 마련해 줘야 해요.」

과학부 장관은 환하게 미소를 지었다.

「그 문제에 대해선, 내게 좋은 생각이 있소.」

36. 아즈텍 신화

아즈텍 사람들은 저승의 삶을 결정하는 것은 이승의

삶에서 쌓은 공덕이 아니라 죽음을 맞을 때의 상황이라고 생각했다.

가장 훌륭하게 죽는 방식은 전투를 하다가 죽는 것이다. 전투 중에 죽은 쿠안테카(독수리의 친구)들은 동방의 낙원인 토나티우히샨에 인도되어 거기에서 전쟁의 신 옆자리에 자리를 잡는다.

물에 빠져 죽었거나, 고름, 콧물, 침 따위로 옮겨지는 나병처럼 물과 관련된 병으로 죽은 사람은 비의 신 틀랄로크의 궁전인 틀랄로칸으로 간다.

아무 신에게도 인정을 받지 못한 사람들은 미크틀란이라는 무시무시한 곳으로 간다. 그곳에서 그들은 4년에 걸쳐 시련을 받고 마지막 분해에 이른다.

그곳은 미크틀란테쿠틀리가 다스리는 지하 세계이다. 그곳에 들어가자면 동굴들을 거쳐 가야 한다. 영혼은 아홉 번째 명계(冥界)에 다다르기 전에, 여덟 군데의 장애를 통과해야 한다.

첫 번째 장애 시크나후아판 강. 죽은 이는 적갈색 개의 꼬리를 잡고 그 강을 건너가야 한다. 그 개는 앞서 죽은 이의 무덤에 바쳐진 제물이다. 장례식 때 바쳐진 동물들은 천도(薦度), 즉 영혼을 인도하는 역할을 한다

두 번째 장애 두 산이 불규칙한 간격으로 서로 부딪친다.

세 번째 장애 모난 자갈로 뒤덮인 가파른 오솔길을 따라 산을 기어 올라가야 한다.

네 번째 장애 오석(烏石) 바람, 즉 뾰족한 돌멩이들을 휘몰아 오는 맵찬 돌풍을 만난다.

다섯 번째 장애 거대한 깃발들이 바람에 펄럭이며 까마득히 펼쳐져 있는 사이를 지나가야 한다.

여섯 번째 장애 사자를 꿰뚫으려는 화살들이 빗발친다.

일곱 번째 장애 사자의 심장을 삼키려는 사나운 짐승들이 떼 지어 덤벼든다.

여덟 번째 장애 좁고 험한 길을 지나가게 되는데 자칫 잘못하면 길을 잃는다.

그 시련을 겪고 나면 마지막 분해에 다다를 자격을 얻는 것이다.

프랑시스 라조르박의 논문, 「죽음에 관한 한 연구」에서 발췌

37. 라울의 꿍꿍이속

라울 라조르박은 몇 주 후에 나에게 다시 전화를 걸어 왔다. 그는 나를 급히 만나고 싶어 했다. 전화를 거는 그의 목소리가 이상했다. 라울은 어떤 격렬한 감정에 휩싸여 있는 사람 같았다. 그는 처음으로 약속 장소를 페르 라셰즈 묘지가 아닌 자기 아파트로 정했다.

그가 문을 열어 주었을 때 나는 간신히 그를 알아보았다. 그는 훨씬 더 야위어 있었다.

「아. 미카엘, 드디어 왔군!」

그런 말투는 정신 분열증 환자들에게서 나타난다고 병원에서 배운 적이 있었다. 그는 안락의자를 가리키면서 나에게 편히 앉으라고 권했다. 마치 이제부터 나를 깜짝 놀랠 이야기를 하겠다는 투였다.

마르모트 동면에 대한 연구에서 뭔가 획기적인 성과라도

얻은 것일까? 설사 그렇다 해도, 그게 나와 무슨 상관이란 말인가. 나는 의사이지 생물학자가 아니지 않은가?

「자네, 뤼생데르 대통령에 대한 암살 기도가 있었다는 얘기 들었지.」

물론 그 얘기는 숱하게 들은 바가 있었다. 그 사건을 모르는 사람은 이 나라에 아무도 없을 터였다. 신문, 텔레비전, 라디오가 모두 그 사건을 대대적으로 다루었다. 우리 국가 원수가 베르사유에서 군중의 환호에 답례를 보내던 중 저격을 받고 쓰러졌는데, 가장 뛰어난 의사들이 그를 죽음의 문턱에서 구해 냈다는 것이다. 그런데 라울이 흥분해 있는 것과 그 사건이 어떻게 관련을 맺는지 의아하지 않을 수 없었다.

「그 사건이 있은 다음, 뤼생데르 대통령이 과학부 장관을 불러 어떤 임무를……」

라울은 갑자기 이야기를 중단하고 내 손목을 꽉 잡았다.

「날 따라오게.」

38. 역사 교과서

최초의 외부 이식은 20세기 중엽, 정확히 말하면 1960년에서 1970년 사이에 실행되었다. 그때부터 사람들은 환자를, 결함이 있는 부품을 갈아 끼우기만 하면 되는 자동차처럼 생각하게 되었다. 그에 따라 죽음은 단순한 기계 고장과 같은 양상을 띠었다. 사람이 죽는 것은 갈아 끼울 적당한 부속이 없기 때문이었다. 과학자들은 돼지 염통이 인체에 이식되었을 때 거부 반응을 일으키지 않도록 돼지 유전자를 바꾸는 방법을 구상했다. 외부 기관의 거부 반응을 줄이는 의료 기술도 끊임없이 발전하였다. 그리하여 뇌를 제외한 모든 기관을 교체하는 일이 가능해졌다(뇌는 오늘날에도 교체가 불가능하다).

질병을 일종의 기계 고장으로 여기다 보니, 언젠가는 죽음이라는 가장 심한 고장을 포함한 모든 고장을 없애 버릴 수 있으리라고 생각하는 것이 당연해졌다. 그것은 단지 기술의 문제일 뿐이었다.

한편, 의료 기술의 발전에 따라 수명이 연장되면서, 노화 현상에 대한 사람들의 생각이 달라졌다. 늙은 모습을 보이는 것은 자신이 부주의하고 나태하다는 것을 드러내는 것에 지나지 않았다. 자기의 생체 기계를 간수하는 일은 각자의 몫이 되었다.

사람들은 쭈글쭈글하거나 그다지 유쾌하지 않은 모습을 지닌 노인들을 홀대하고 생기발랄한 모습으로 테니스를 치거나 달리기를 하는 사람들을 자랑스럽게 생각하였다. 그 시대 사람들은, 죽음에 맞서 싸우는 가장 좋은 방법은 죽음을 일깨우는 전조를 감추는 것이라고 생각했다.

『기초 강의용 영계 탐사의 역사』

39. 아망딘

라울은 접이식 지붕을 갖춘 구식 〈르노20〉 승용차에 나를 밀어 넣더니 황급히 출발했다.

「어디로 데려가는 거야?」
「가보면 알아.」

나는 그에게서 그 이상의 것을 알아낼 수 없었다. 내가 묻는 말과 그가 대답하는 말을 모두 바람이 날려 버렸다. 그러는 사이에 어느덧 우리는 파리를 벗어나고 있었다. 라울은 마침내 음산한 느낌을 주는 어떤 표지판 앞에서 차의 속도를 늦추었다. 표지판에는 〈플뢰리 메로지 교도소〉[20]라고 씌어 있었다. 소름이 오싹 돋았다.

밖에서 보기에 그곳은 감옥이라기보다는 하나의 작은 도시나 병원과 비슷했다. 라울은 인접한 주차장에 차를 세워 두고 나를 입구로 데려갔다. 그는 출입 허가증을 제시하고 나는 내 신분증을 내밀었다. 우리는 갑문을 통과하듯 작은 방을 지난 다음 긴 복도를 따라 걸었다. 어떤 문 앞에 다다르자 라울이 똑똑 문을 두드렸다.

한 남자가 우리에게 문을 열어 주었다. 이미 뭔가에 화가 나 있던 그는 라조르박이 가득 미소를 지어 보이는데도 여전히 우거지상을 펴지 않았다.

「소장님 안녕하십니까? 이 사람이 미카엘 팽송 박사입니다. 소장님께 꼭 소개해 드리고 싶었습니다. 이 사람에게 출입증을 하나 만들어 주셨으면 좋겠는데요. 금방 되겠죠? 부탁드립니다.」

소장이 채 대답도 하기 전에, 우리는 오던 때와 다른 복도로 나섰다. 우리와 마주치는 교도관들이 우리를 별로 곱

---

[20] 현대적인 개념의 행형 정책에 따라 1968년 파리 교외 에브리 군에 설립한 교도소.

지 않은 눈으로 보고 있다는 느낌이 들었다.

라울을 따라 얼마쯤 걷다 보니 운동장 같은 것이 나왔다. 작은 도시와도 같은 거대한 감옥의 한가운데쯤 될 듯했다. 다섯 구획으로 나뉜 건물들이 아주 길게 늘어서 있었다. 각 구획마다 한가운데에 축구장만 한 마당이 있었다. 라울은, 수감자들이 운동을 많이 하는데 그 시간에는 아직 감방 안에 있을 거라고 설명했다.

참 다행스러운 일이라는 생각이 들었다. 많은 사람들이 우리가 나타난 것에 대해 몹시 화를 내고 있는 것처럼 보였기 때문이다. 2, 3층 쇠창살에 매달린 죄수들이 악을 쓰며 외쳐 댔다.

「에이, 쓰레기들아, 더러운 자식들아, 네놈들 살가죽으로 포를 뜨고 말거야.」

교도관들은 그들을 조용히 시키기 위해 애쓰는 기색을 보이지 않았다. 어떤 죄수가 또 소리를 질렀다.

「우린 너희들이 D2동에서 뭘 하고 있는지 알아. 너희 같은 인간들은 살 자격이 없어!」

나는 불안을 느끼기 시작했다. 도대체 내 친구 라울이 무슨 일을 했기에 저들이 저토록 화를 내는 것일까? 그러나 라울은 태연하게 계속 가고 있었다. 그의 열정에 대해서는 익히 알고 있었다. 그 열정 때문에 그는 상궤를 벗어나 아주 멀리라도 갈 수 있는 사람이었다.

D2동. 죄수늘의 비난을 받고 있는 라울을 따라 내가 서기까지 간 것은 더 알고자 하는 욕구 때문이 아니었다. 단지 성난 죄수들과 적의를 내비치는 교도관들 사이에 혼자

머물러 있고 싶지 않았기 때문이었다. 건물 안으로 들어선 뒤 우리는 다시 복도를 따라 걸었다. 철판으로 단단하게 만든 문들을 빗장을 풀어 가며 차례차례 지나자 계단이 나왔다. 계단을 자꾸 내려가고 있자니 꼭 지옥으로 내려가고 있는 기분이 들었다. 아래에서 누군가가 불평을 한참 늘어놓고 있었다. 불평 사이사이에 상스러운 웃음소리가 끼어들었다. 미친 사람들을 그쪽에다 가두어 놓은 게 아닌가 하는 생각이 들었다.

아래로 내려갈수록 어둠이 점점 짙어졌다. 문득 아에스쿨라피우스[21]가 광증을 치료하기 위해 고안했다는 방법이 생각났다. 정신 의학의 선구자라 할 만한 그는 3천 년 전에 어두컴컴한 터널의 미로를 만들어 그것을 광인을 치료하는 데 이용했다고 한다. 그 터널의 미로를 설치했던 곳은 아에스쿨라피온이라는 의료 시설이었는데, 그 폐허가 아직까지도 터키에 남아 있다고 한다. 아에스쿨라피우스가 고안한 방법이란 이런 것이다. 먼저 광인들을 오랫동안 기다리게 하면서 그동안에 그들에게 최상의 쾌락을 맛보게 되리라는 기대감을 불어넣는다. 그런 다음, 그들은 터널 속으로 데려간다. 터널에 들어가자마자 노래가 울려 퍼지고 어두운 미로 속으로 들어가면 들어갈수록 선율은 더욱 감미로워진다. 아름다운 음악에 매료된 광인이 가장 어두운 곳에 다다랐을 때, 그를 향해서 어떤 통의 뚜껑을 열고 그 내용물을 쏟아붓는다. 그 통에는 끈적거리는 뱀이 가득 들어 있다.

---

21 로마 신화에 나오는 의술의 신. 그리스 신화의 아에클레피오스에 해당한다.

그러면 쾌락의 절정을 기대하던 그 불쌍한 광인은 겁에 질린 채 뱀들 속에서 발버둥을 친다. 그는 두려움 때문에 그 자리에서 죽어 버리거나 멀쩡한 사람이 되어 다시 나온다. 그러고 보면, 아에스쿨라피우스는 오늘날의 전기 충격 요법과 같은 것을 고안해 냈던 셈이다.

나는 라울이 이끄는 대로 플뢰리 메로지 교도소 지하층으로 내려가면서, 내 앞에 곧 차가운 뱀들이 담긴 통이 나타나리라는 생각을 하고 있었다.

그때, 라울이 녹슨 열쇠 하나를 꺼내더니, 장식 못이 박힌 두툼한 문을 열었다. 우리가 들어선 곳은 넓은 창고였는데, 물건들이 너무 엉망으로 널려 있어서 꼭 잡동사니 헛간처럼 보였다. 운동선수의 보온복을 입은 남자 세 명과 까만 작업복을 입은 금발의 젊은 여자가 있었다. 여자는 어디선가 본 듯한 느낌을 주었다. 남자들은 자리에서 일어나 내 친구에게 공손하게 인사를 했다.

「여러분에게 미카엘 팽송 박사를 소개하지요. 내가 전에 말했던 그 사람이오.」

「박사님, 와주셔서 고맙습니다.」

남자들이 합창하듯 소리쳤다.

「이쪽은 발뤼스 양이야. 우리 간호사지.」

나는 여자에게 인사를 하면서 그녀가 눈길로 나를 저울질하고 있음을 깨달았다.

그곳은 전에 격리 감방으로 쓰던 곳을 실험실로 개소한 것처럼 보였다. 오른쪽에 있는 실험대 위에 플라스크들이 널려 있었다. 플라스크에서 연기가 모락거리는 걸 보니 액체 질소 같은 것이 들어 있는 모양이었다. 치과용 의자가 방 한가운데를 차지하고 있는데, 의자는 여기저기 구멍이 난 낡은 것이었다. 그 주위엔 전선이 복잡하게 얽혀 있는 기계들과 깜박거리는 모니터들이 놓여 있었다.

그 방의 전체적인 모습은 아마추어 목수의 창고와 비슷했다. 기구들의 상태며 녹슨 손잡이와 지렛대 따위를 보고 있자니, 라울이 대학의 쓰레기통을 뒤져 온 건 아닌가 하는 생각이 들었다. 오실로스코프의 화면에는 금이 가 있고, 심전계의 전극은 세월 탓에 시커멓게 변해 있었다.

하지만, 내가 다녀 본 실험실도 대개 그런 모습이었다. 영화 속에서는 실험실이 언제나 때 하나 안 묻은 완벽한 모습으로 나오지만, 그것이 일반적인 모습은 아니다. 니켈 실험대도 없고 세탁소에서 갓 나온 듯한 가운도 없다. 오히려 임시로 마련된 장소에 낡은 스웨터를 입은 사람들이 있을 뿐이다.

내 친구 중의 한 사람은, 뇌의 주름 속에서 사고의 궤적을 추적하는 상당히 중요한 연구를 하고 있었는데, 실험실이라고 가지고 있는 게 고작 비샤 병원의 지하 주차장이었다. 그런데, 지하철 열차가 시끄러운 소리를 내며 지나갈 때마다 진동 때문에 방 안의 물건들이 서로 부딪쳐 엉망이 되곤 했다. 뇌파 수신기가 흔들리지 않게 하려면 금속으로 된 버팀대가 있어야 하는데, 그는 신용 대부를 받을 형편도 못 되어 그것을 살 수가 없었다. 궁여지책으로 그는 나무에 점착테이프를 붙이고 압정으로 보강한 버팀대를 사용할 수밖에 없었다. 프랑스에서도 뭘 연구한다는 일이 예전처럼 쉽지가 않은 것이다.

「여보게 미카엘, 이곳에서 우리 세대의 가장 대담한 실험이 이루어지고 있네.」

라울은 그런 거창한 말로 생각에 잠긴 나를 흔들어 깨웠다.

「자네 생각날 거야, 옛날에 우리는 페르 라셰즈 묘지에서 만나 죽음에 대한 이야기를 나누곤 했지. 그때 내가 죽음을 미탐험의 대륙이라는 식으로 말하곤 했네. 이제 여기서 우리는 그 대륙에 깃발을 꽂으려 하네.」

올 것이 왔다. 뱀들이 들어 있는 통이 내 앞에 떨어진 것이다. 가장 친한 벗이자 가장 오래된 친구인 라울 라조르박은 광인이 되어 있었다. 이제 그는 죽음에 대한 실험에 몰두해 있지 않은가!

내가 할 말을 잊고 어리둥절해 있음을 보고 그가 설명을 덧붙였다.

「베르사유 암살 기도 사건 때 뤼생데르 대통령은 임사 체험을 했네. 그래서 그는 과학부 장관 브누아 메르카시에에게 코마 너머의 세계에 대한 연구 사업에 착수하라고 임무를 맡겼지. 장관은 국제 학술지에서 〈마르모트의 인공 동면〉에 관한 내 논문을 읽었던 모양이야. 그가 나를 보자고 하더니 사람에 대해서도 똑같은 실험을 할 수 있겠느냐고 묻더군. 나는 이 기회를 놓치고 싶지 않았네. 마르모트도 죽음의 세계로 갈 수는 있을 거야. 하지만 그 동물들은 거기에서 본 것을 나에게 이야기해 줄 수가 없어. 사람들이라면 그 일을 할 수 있을 거라고 생각했지. 그래서 나는 하기로 했네. 정부가 뒤에서 받쳐 주니까 임사 체험에 관한 연구를 마음 놓고 할 수가 있어. 그리고 지원자들의 도움도 받을 수가 있다네. 그들은 일반법을 어긴 수형자들이지. 바로 여기 이 사람들이 우리의 영계 탐사가들일세. 달리 말하면, 음······.」

라울은 마땅한 말을 떠올리려는 듯 잠시 생각에 잠겼다.

「뭐랄까······ 이 사람들은······.」

이윽고 라울의 얼굴이 환해졌다.

「그래 맞아. 타-나-토-노-트일세. 그리스어의 〈타나토스*thanatos*〉는 죽음을 의미하고, 〈나우테스*nautes*〉는 항해자라는 뜻이지. 그 두 단어를 합쳐 〈타나토노트*thanatonaute*〉라는 말을 만든 걸세. 타나토노트, 정말 멋진 말이지? 만들어 놓고 보니 코스모노트나 아스트로노트와 같은 계열의 말이 되는군그래. 이 단어는 머지않아 사전의 올림말이 될 거야. 우리가 전문 용어 하나를 지어낸 거지. 우리는 타나토노트들의 힘을 빌려 영계 탐사에 나서는 걸세.」

라울은 자아도취에 빠져 혼자서 열을 내고 있었다.

「따라서, 우리의 이 창고는 타나토노트들이 이륙하는 곳이니까 〈타나토드롬*thanatodrome*〉이 되는구먼.」

플뢰리 메로지의 지하 실험실에서 새로운 어휘가 만들어졌다. 라울의 얼굴은 기쁨으로 환히 빛나고 있었다.

금발 머리 아가씨가 거품 이는 포도주 한 병과 비스킷을 내놓았다. 모두가 그 명명식을 기념하며 축배를 들었다. 침울하게 있는 사람은 나뿐이었다. 나는 라울이 내미는 막대 비스킷을 뿌리치며 말했다.

「여러분, 죄송합니다. 좌흥을 깨고 싶은 생각은 없습니다만, 제가 이해한 게 맞는다면 이곳은 목숨을 가지고 장난하는 곳입니다. 여기 이분들의 임무는 사자들의 나라를 탐사하러 떠나는 것입니다. 그렇죠?」

「그렇다네, 미카엘, 굉장하지 않은가?」

라울은 손을 들어 때 묻은 천장을 가리키며 말을 이었다.

「영계 탐사는 우리 세대와 미래 세대를 위한 어마어마한 도전일세.」

나는 그곳을 빠져나가고 싶었다.

「라울, 그리고 여러분, 저는 그만 가야겠습니다. 나는 자살하고 싶어 안달하는 미치광이들에겐 관심이 없습니다. 그들이 정부의 지원을 받든 안 받든 마찬가지예요. 그럼, 이만.」

나는 잰걸음으로 출구를 향해 걸어갔다. 그때, 간호사가 내 팔을 꽉 잡았다. 나는 처음으로 그녀의 목소리를 들었다.

「기다리세요. 우리에겐 당신이 필요해요.」

그 여자는 애원조로 말하지 않았다. 거의 무관심하다 싶을 만큼 냉랭한 말투를 썼다. 병원 일을 하면서 탈지면이나 메스를 달라고 할 때 사용함 직한 말투였다.

둘의 눈길이 마주쳤다. 그녀의 눈동자는 보기 드문 빛깔을 띠고 있었다. 짙푸른색 자위 한가운데에 낙타색이 들어 있는 눈이었다. 동공이 마치 바다 한가운데에 외로이 떠 있는 섬 같았다. 컴컴한 구렁에 빨려 들어가듯 금방이라도 그 눈동자에 빠져들 것 같았다.

그 여자는 미소를 짓지 않고 별로 상냥한 기색도 없이 계속 나를 뚫어져라 쳐다보았다. 나에게 말을 걸어 준 것만도 벌써 크게 선심을 쓴 거라는 투였다. 나는 뒤로 물러서서 서둘러 그 불길한 곳을 빠져나왔다.

40. 경찰 기록

기초 신원 조회
성명: 아망딘 발뤼스
모발: 금발
안구: 남색
신장: 1m 69cm
신체상의 특징: 없음
특기 사항: 영계 탐사 운동의 개척자
약점: 성적인 쾌락을 아주 좋아함

41. 아마조니아 인디언 신화

옛날에 조물주는 인간에게 영생을 허락하기로 결심했다. 그래서 사람들에게 다음과 같이 명령했다.
「강둑으로 가거라. 그러면 통나무 배 세 척이 차례차례 지나가는 것을 보게 될 것이다. 어떠한 일이 있어도 처음 내려오는 두 척의 배를 붙들어서는 안 된다. 세 번째 배를 기다렸다가 그 배 안에 있는 정령을 끌어안으라.」
과연 첫 번째 배가 내려오는데, 벌레가 득실거리고 메스꺼운 냄새를 풍기는 썩은 고기가 실려 있었다. 인디언들은 구역질을 느끼며 뒤로 물러섰다. 그런데 두 번째 배가 나타났을 때 그들은 죽은 사람이 태워져 있는 것을 보았다. 그들은 그 사람을 소생시키려고 배로 달려갔다. 그러는 사이에 조물주의 정령을 실은 세 번째 배가 나타났으나 이미 때는 늦었다. 조물주는 사람들이 죽은 사람을 끌어안는 것을 보고 질겁을 했다. 결국 사람들은 영생 대신에 죽음을 선택한 셈이었다.

프랑시스 라조르박의 논문, 「죽음에 관한 한 연구」에서 발췌

42. 범죄의 미궁으로 차츰 빠져들다

약 두 주일 동안, 나의 친구였으나 이제는 친구로 여기고 싶지 않은 라조르박 교수에게서 타나톤인가 뭔가 하는 것에 대한 소식을 전혀 듣지 못했다. 고백하건대, 라울에 대한 나의 실망은 이만저만이 아니었다. 내 어린 시절의 우상이었던 라울은 자기의 환상을 현실화하기에 이르렀고 나는 그것에 대해 경악을 금치 못했다. 나는 그를 경찰에 고발할 생각까지 했다. 만일 그가 인간 마르모트들을 상대로 〈살인적인〉 실험들을 실행한다면, 그를 그냥 내버려두어서는 안 될 것 같았다.

하지만 나는 우리의 옛정을 생각해서 참았다. 라울이 주장하는 것처럼 국가 원수의 지원을 받아 냈다면 그것은 그가 성공을 장담할 만한 무엇인가를 대통령에게 보여 줄 수 있었기 때문일 거라는 생각이 들기도 했다.

그 젊은 간호사가 했던 〈우리에겐 당신의 도움이 필요해요〉라는 말도 줄곧 뇌리에서 떠나지 않았다. 사람을 죽이는 데 무엇 때문에 내 도움이 필요하다는 것일까? 시안화물이나 쥐약만으로도 충분하지 않은가! 나는 이미 히포크라

테스 선서를 한 몸이고 내 직업윤리의 기본은 사람을 살리는 데 있지 사람을 죽이는 데 있지는 않았다.

라울이 나에게 다시 전화를 걸어 왔을 때 나는 더 이상 그와 그의 실험에 관한 이야기를 듣고 싶지 않다고 말하고 싶었다. 하지만 뭔가가 나를 만류하였다. 우리의 오랜 우정 때문이었는지 아니면 아직도 내 귓전을 맴도는 그 간호사의 말 때문이었는지는 알 수 없었다.

라울은 나의 원룸 아파트로 찾아왔다. 그는 더 늙어 보였고 눈길에는 신경과민의 기색이 역력했다. 며칠 전부터 잠을 못 잔 게 틀림없었다. 그는 유카리 향이 나는 〈비디〉라는 가느다란 담배를 몇 모금 만에 한 개비씩 잇달아 피우고 나더니 말문을 열었다.

「미카엘, 지금은 나를 심판하지 말게.」

「나는 자네를 심판하지 않아. 자네를 이해하려고 애쓰고 있는데 이해를 못 하고 있을 뿐이야.」

「개인 라조르박은 아무래도 좋아. 중요한 건 그 사업이야. 그 일은 우리 인류를 한 단계 끌어올릴 거야. 우리 세대가 감당할 만한 도전이지. 내가 자네에게 충격을 준 건 사실이야. 하지만 모든 선구자들은 동시대인들에게 충격적인 사람들로 받아들여졌어. 작가이자 익사인 라블레를 생각해 봐. 그 쾌활한 작가 라블레가 밤마다 공동묘지에 가서 시체를 파내고 인체 해부를 연구해서 의술을 한 단계 발전시켰지. 당시로 보면 그런 행위는 중죄감이지. 그렇지만 그 양반 덕분에 우리는 혈액 순환을 이해하게 되었고 수혈을 통해서 많은 목숨을 구해 냈잖아. 미카엘 자네가 그때에 살았다치고, 라블레가 자기 야간작업을 도와 달라고 부탁했다면 자네는 뭐라고 대답했겠나?」

나는 어떻게 대답할까 신중히 생각한 끝에 입을 열었다.

「나는 좋다고 했을 거야. 왜냐하면 그가 연구한 사람들은 이미 죽어 있었으니까. 그러나 자네가 말하는 타나토노트들은 마르모트일 뿐이야. 그들은 멀쩡히 살아 있는 사람들이라고! 자네의 모든 실험은 그들을 저승으로 보내는 것을 목적으로 삼고 있어. 내가 잘못 생각하고 있나? 그래, 안 그래?」

라울은 떨리는 긴 손가락으로 자기 라이터를 만지작거렸다. 그러나 불꽃이 일어나지 않았다. 손이 너무 떨려 라이터를 켤 수 없었던 것이거나 라이터돌이 다 닳아 있었기 때문이리라.

라울은 스스로를 다스리면서 말했다.

「자네가 잘못 생각하고 있는 건 아니야. 처음엔 우리에겐 타나토노트가 다섯 명 있었어. 그런데 둘은 벌써 죽었지. 내가 의사가 아니라서 그들을 소생시킬 수 없었다는 단순한 이유 때문에 어처구니없이 죽었어. 나는 마르모트를 동면에 빠뜨리고 그것들을 살려낼 수는 있어. 하지만 사람에 대해서는 그렇게 할 수가 없어. 마취제를 정확하게 사용할 줄 모르기 때문이지. 그래서 다시는 그렇게 일을 그르치고 싶지 않아서 자네 도움을 청하려고 전화를 했던 거라네. 상상력도 풍부하고 재주도 있는 자네의 도움이 필요하네.」

나는 그에게 내 성냥을 내밀었다.

「사람들을 마취시키는 것은 분명히 내 일이야. 그러나 사람들을 코마에 빠뜨리는 건 전혀 다른 일이지.」

그는 벌떡 일어서더니 방 안을 성큼성큼 돌아다녔다.

「다시 생각해 보게. 생각을 혁신적으로 바꿔 보란 말일세! 미카엘, 나에겐 자네가 필요해. 자네 어떠한 일이 생기더라도 자네를 믿으라고 말한 적이 있었지. 그래, 그날이 온 거야. 미카엘, 자네가 필요해. 자네의 도움을 부탁하네.」

물론 나는 둘이서 어리석은 자들을 물리치던 옛날의 그 좋은 시절처럼 그를 돕고 싶었다. 그러나 이번에는 어리석은 자들과 맞서고 있는 것이 아니었다. 우리가 마주하고 있는 것은 사람들이 죽음이라고 부르는 싸늘하고 막연한 어떤 것이었다. 죽음이라는 말을 꺼내기만 해도 사람들은 성호를 긋는 판이었다. 그런데 라울은 자기에게 모든 걸 맡기고 있는 가련한 사람들을 저승으로 보내고 있었다. 단순한 호기심 때문에, 아버지 때문에 비롯된 자기 문제를 해결하기 위해서, 새로운 세계를 탐험하겠다는 자기의 오만한 욕심을 충족시키기 위해서 그런 엄청난 짓을 하고 있는 것이었다. 내가 〈내 친구 라울〉이라고 부르던 그 사람이 자기에게 아무런 해악도 끼치지 않은 사람들을 무참히 죽이고 있었다. 그는 과학의 이름으로 사람들을 죽이고 있었다. 〈미친 놈!〉 하고 소리치고 싶은 생각이 간절했다.

라울은 맏형이 막내를 바라보듯 다정한 눈길로 나를 바라보았다.

「자네 이런 중국 격언 아나? 〈질문을 하는 사람은 잠깐 동안 바보처럼 보이지만, 질문을 하지 않는 사람은 평생 바보로 남게 된다〉는 거 말일세.」

나는 물러서지 않고 되받았다.

「히브리 경구 중에는 그보다 더 유명한 게 있지. 〈네 이웃을 죽이지 말라〉는 게 그거야. 십계명 중의 하나지. 성서에 나와 있어.」

라울은 서성거림을 멈추고 내 손목을 꽉 움켜쥐었다. 그의 거미 같은 손은 미지근하고 축축했다. 나를 더 잘 설득해 볼 양으로 라울은 내 눈을 똑바로 바라보며 말했다.

「십계명에 하나를 첨가하여 열한 번째 계명을 만들었다면, 그것은 〈너희는 무지한 채 죽지 말라〉가 됐을 거야. 다섯 명, 열 명, 아니 쉰 명이 저승으로 가야 할지도 몰라. 하지만 그 정도라면 걸어 볼 만한 내기 아니야? 만일 우리가 성공한다면 마침내 우리는 죽음이 무엇인지를 알게 될 것이고 사람들은 더 이상 죽는 것을 두려워하지 않게 되겠지. 자네가 우리 실험실에서 보았던 그 보온복을 입은 사람들은, 자네도 알다시피, 죄수들이야. 그들은 모두 지원자들이지. 자원자들 중에서 내가 추려 낸 사람들이야. 그들은 하나의 공통점을 가지고 있지. 그들은 무기 징역을 선고받은 사람들이고, 감방에서 썩기보다는 차라리 사형 선고를 받게 해달라고 대통령에게 탄원서를 낸 사람들일세. 나는 수형 생활에 지칠 대로 지친 사람들을 한 50명쯤 만나서 이야기를 나누어 보았네. 그중에서 자기들에게 주어진 운명이 너무나 혐오스러워 삶을 포기하려는 의지가 강해 보이는 사람들을 뽑은 거지. 그들에게 〈천국〉 사업에 대해서 이야기를 해주었더니 금방 열띤 반응을 보이더군.」

나는 전혀 대수로울 게 없다는 듯 어깨를 으쓱하며 말했다.

「그건 자네가 그들을 속였기 때문일세. 그들은 과학자가 아니야. 그들은 실험 과정에서 죽을 가능성이 99.999퍼센트라는 사실을 모르고 있어. 그들 역시 말은 반대로 하고 있지만 죽음을 두려워해. 최후의 순간에는 누구나 두려운 법이야.」

라울은 내 손목을 더욱 세게 움켜쥐었다. 내가 손을 빼내려고 애쓰는 데도 아랑곳하지 않았다.

「나는 그 사람들을 속이지 않았네. 그런 적은 전혀 없어. 그들은 그 일이 얼마나 위험한지 잘 알고 있어. 자발적으로 코마에 들어갔다가 살아 돌아오는 일에 누군가가 성공하기 전에는 많은 사람들이 죽으리라는 것을 그들은 알고 있네. 그 일에 성공하는 사람은 진짜 선구자가 될 걸세. 그 사람은 사자들의 세계를 탐험하는 일에 첫발을 내딛게 되는 거지. 어떻게 보면 그건 복권 같은 걸세. 단 한 사람이 따기 위해서 많은 사람들이 잃을 수밖에 없네.」

라울은 다시 자리에 앉아서, 내가 앉은뱅이 탁자 위에 잔과 함께 갖다 놓은 위스키 병을 잡더니 한 잔을 따라 마셨다. 그런 다음 가느다란 비디 담배에 내 성냥으로 다시 불을 붙였다.

「미카엘, 자네와 나도 언젠가는 죽게 되겠지. 죽음이 임박했을 때 우리는 살아생전에 무엇을 했는가 하고 자문하게 될 걸세. 그때를 위해서라도 다른 사람들이 가보지 못한 길을 가야 해. 우리, 길 하나를 개척해 보세. 우리가 실패하면 다른 사람들이 뒤를 잇겠지. 영계 탐사는 이제 겨우 요람기에 있을 뿐일세.」

그의 집착이 여간 완강한 게 아님을 알고 나니 가슴이 서늘해졌다. 나는 한숨을 쉬며 말했다.

「자네는 불가능한 사명에 집착하고 있어.」

「불가능하다고? 콜럼버스가 달걀을 똑바로 세울 수 있다고 주장했을 때 사람들이 그에게 했던 말이 바로 그거였지.」

나는 씁쓸한 미소를 지으며 말했다.

「비교할 게 따로 있지, 그건 아주 쉬운 일이었어. 달걀 끝을 깨뜨리기만 하면 되었거든.」

「그래. 하지만 콜럼버스가 그것을 처음으로 발견한 걸세. 자, 내가 자네에게 문제를 하나 내지. 아마 콜럼버스 시대의 달걀 문제만큼이나 자네에게는 불가능한 것으로 보일걸세.」

라울은 저고리 주머니에서 수첩과 연필을 꺼냈다.

「자네, 원과 원의 중심점을 연필을 떼지 않고 그릴 수 있겠나?」

그는 손수 동그라미 하나를 그리고 그 한가운데에 점을 찍음으로써, 내가 그려 내야 할 도형이 어떤 것인지를 보여주었다.

「이거하고 똑같은 것을 만들되, 연필을 들면 안 되는 거야.」

「그건 불가능한 일이야. 자네도 잘 알면서 그래!」

「달걀을 똑바로 세우는 문제도 이와 다를 게 없고 사자들의 대륙을 정복하는 일도 이와 마찬가지지.」

동그라미와 그 가운데에 있는 섬을 들여다보면서 나는 못 믿겠다는 듯 뾰로통한 표정을 지었다.

「정말 답이 있는 거야?」

「그럼. 지금 당장이라도 답을 보여 줄 수 있어.」

바로 그때, 하필이면 그런 순간을 골라서 콩라드 형이 느닷없이 내 아파트에 들이닥쳤다. 문이 열려 있었기 때문에 그는 노크를 할 생각조차 안 했던 모양이다.

「여러분 안녕!」

형이 쾌활하게 인사말을 던졌다.

바보 같은 형 앞에서 그런 대화를 계속하기는 싫었다. 그런 위험천만한 토론은 당장 끝내 버리는 게 상책이라는 생각이 들었다.

「라울, 미안하네만 자네가 제안한 일은 관심이 없네. 그리고 자네가 낸 문제는 속임수를 쓰지 않으면 어떤 해결책도 없는 것 같네.」

「아니 이 친구 속고만 살았나!」

라울은 자신 만만하게 소리쳤다. 탁자 위에 명함 하나를 내려놓으면서 그가 덧붙였다.

「생각이 바뀌거든 이 전화번호로 나를 찾아 주게.」

마지막으로 그렇게 언질을 남기고 그는 작별 인사도 없이 슬그머니 가버렸다.

「저 친구, 내가 아는 사람인 것 같은데.」

형이 그렇게 말하기에, 화제를 바꾸는 게 좋겠다 싶어서 나는 형을 만난 게 무척 기쁘다는 듯이 짐짓 명랑하게 물었다.

「그런데 콩라드 형, 그동안 어떻게 지냈어요?」

형이 곧 장광설을 늘어놓을 기미를 보이자 지레 짜증이 났다. 나는 콩라드 형이 그동안 어떻게 지냈는지를 어머니를 통해 잘 알고 있었다. 그는 〈컨테이너에 들어갈 수 있는 거라면 뭐든지〉 수출하거나 수입하는 무역 회사에 다니고 있었다. 그는 부자가 되었고 결혼을 해서 두 아이를 두고 있었다. 한국에서 수입한 멋진 스포츠카를 소유하고 있었고, 테니스를 즐겼으며, 사교계에 자주 나가 쑥덕거리기를 즐기고 있었다. 그리고 자기 부하 직원을 정부로 두고 있었다.

콩라드는 행복한 삶을 자랑하려고 최근에 있었던 일화들을 주절주절 늘어놓았다. 그는 거장들의 명화를 헐값에 사들였고 브르타뉴 해안에 있는 저택을 구입했다면서, 그 저택에 도배를 새로 해야 되는데 도울 생각이 있으면 언제든지 오라고 했다. 자녀들이 학교에서 공부를 썩 잘하고 있다는 말도 빼놓지 않았다. 나는 용케 미소를 잃지 않고 있었는데, 그런 종류의 소식을 두세 가지 더 듣고 나니 콩라드의 얼굴에 주먹을 날리고 싶은 마음이 새록새록 커지는 것을 억제하기 어려웠다. 행복을 과시하는 사람 앞에 앉아 있는 것보다 더 비위 상하는 일은 없다. 하물며 그 사람 때문에 나의 실패가 두드러져 보일 때는 더 말할 나위가 없다.

어머니는 일주일에 서너 번씩 나에게 전화를 걸곤 하셨다.

「애야, 너는 내게 알려 줄 뭐 좋은 소식 없니? 더 늦기 전에 장가갈 생각을 해야지. 콩라드 형을 봐라. 얼마나 행복하게 잘 사니.」

어머니는 나에게 결혼을 재촉하는 것만으로는 만족하시지 않으셨다. 어머니는 적극적으로 행동으로 나서기도 하셨다. 언젠가 어머니는 신문에 낼 구혼 광고의 문안을 작성하고 계시다가 나에게 들킨 적이 있었다. 〈장래가 촉망되는 의사, 재력과 지력 겸비, 미남이고 재기 발랄함. 비슷한 수준의 여자를 찾고 있음.〉 어머니가 쓴 광고 문안의 골자는 대충 그런 식이었다. 나는 그것을 보고 벌컥 화를 내고 말았다.

라울이 내놓고 간, 원과 중심점의 수수께끼를 생각하느라고 심란해 있는 동안에도 콘라드는 시시콜콜한 것을 다 들먹이며 자기 행복을 자랑하기에 여념이 없었다. 그는 브르타뉴에 있는 자기 저택의 방 하나하나를 자세하게 묘사했고, 그 고장 토박이를 구슬려서 4분의 1밖에 안 되는 가격으로 그 저택을 손에 넣은 내력을 설명했다.

아, 우월감에 젖은 저 미소! 그가 말을 하면 할수록 그의 목소리에서는 나에 대한 연민이 더 짙게 배어나는 듯했다. 〈이 불쌍한 아우야, 그렇게 오랫동안 공부해서 얻은 게 겨우 이런 고독하고 처량하고 초라한 삶이란 말이냐〉라고 그는 이야기하고 싶어 하는 듯했다.

그 당시에 나의 삶이 변변치 못했던 것은 사실이다.

나는 레아뮈르 가에 있는 자그마한 아파트에 혼자 살고 있었다. 무엇보다도 고독감이 나를 짓누르고 있었고, 내 일에서도 더 이상 아무런 만족을 찾지 못하고 있었다. 아침마다 병원에 출근해서 수술 대기자 카드를 검토한 다음, 마취제를 준비해서 주사기를 꽂고 모니터를 들여다보는 게 나의 일과였다.

다행히 마취과 전문의로서는 단 한 차례도 사고를 내지 않았지만, 하얀 가운을 입은 대사제로서의 삶은 옛날 생루이 병원에 잠깐 들어갔을 때 가졌던 기대와는 너무 거리가 있었다. 간호사들이 가운 속에 아무것도 입지 않는다는 것은 사실이 아니었다. 쉽게 유혹에 넘어가는 여자가 없는 건 아니었지만, 그 여자들이 몸을 허락하는 것은 의사와 결혼해서 자기들의 지겨운 일을 끝낼 수 있다는 희망이 있을 때의 이야기였다.

나의 직업은 결국 나에게 실망만을 안겨 주었다. 윗사람들로부터 도타운 신임을 받고 있지도 않았고, 아랫사람에게서 존경을 받는 편도 아니었으며, 동료들과도 데면데면하게 지냈다. 나는 병원의 일개 부속품에 지나지 않았고, 특정한 기능을 지닌 톱니바퀴일 뿐이었다. 사람들이 환자를 데려와서 이 사람을 재워 주시오 하면 재워 주고, 그러고 나면 또 다른 환자가 오고……. 다람쥐 쳇바퀴 돌듯 늘 똑같은 일의 연속이었다.

콩라드는 지칠 줄 모르고 여전히 수다를 떨고 있었다. 나는 현재의 내 삶과도 다르고 콩라드가 말하는 행복과도 다른 어떤 것이 없을까 하고 스스로에게 물어 보았다. 분명히 어딘가에 다른 삶이 있을 것 같았다.

〈그런데, 원과 원의 중심점을 어떻게 펜을 들지 않고 그릴 수 있을까? 불가능해. 아무리 생각해도 그건 말이 되지 않아.〉

나의 삶은 불행했고 라울은 떠났다. 나를 고독과 권태 속에 버려두고 그는 자기의 광기와 열정과 모험을 가지고 가 버렸다.

앉은뱅이 탁자 위에서 라울이 남기고 간 명함이 환영처

럼 빛나고 있었다.

〈원과 원의 중심점……. 불가능한 일이야!〉

43. 불교 철학

제자들이여, 새롭게 태어났다가 죽음에 떨어지기를 거듭하면서, 미워하는 자와는 만나고 사랑하는 자와는 헤어지는 이 지루한 나그네 길을 떠돌아다니는 동안, 그대들이 흘린 눈물이 무릇 얼마인가? 광활한 대해의 물이라도 그만은 못하리.

오랜 세월 동안 그대들은 그렇게 괴로움과 악운을 겪으며 묘지에 흙을 보탰다. 삶에 싫증이 날 만큼 오랜 세월이었고 이 모든 것에서 벗어나기를 기원할 만큼 아주 긴 시간이었다.

부처의 법륜 중에서
프랑시스 라조르박의 논문, 「죽음에 관한 한 연구」에서 발췌

44. 라울에게로 마음이 쏠리다

자질구레한 울분과 추레한 굴욕과 끝 모를 권태 속에서 다시 몇 주를 보낸 뒤에야, 내 마음이 라울과 그의 광기 쪽으로 쏠리기 시작했다.

어머니로부터 줄기차게 걸려 오는 전화와 형의 예기치 않은 잇단 내방도 내 심경 변화에 한몫을 톡톡히 했다. 거기에다 그리 심각한 건 아니지만, 어떤 여자에게 버림을 받은 것(내 데이트 신청을 거절한 직장 동료가 결국 멍청한 치과 의사 친구와 가까운 사이가 된 일)과, 위안이 될 만한

책이 단 한 권도 없었다는 것도 적게나마 영향을 끼쳤다. 그러저러한 이유로 나는 플뢰리 메로지로 갈 마음의 준비가 되어 있었다.

그러나 씁쓸한 일들이 누적된 것만으로 내 결심이 굳어졌던 것은 아니고, 정작 중요한 계기는 다른 데에 있었다.

내가 플뢰리 메로지에 가기로 결심을 하게 된 것은, 중대한 수술을 기다리던 중에 싸늘한 시신이 되어 버린 어떤 노파 때문이었다.

마취제 주사기를 손에 들고 있는데, 간호사가 와서 외과 의사가 아직 준비가 안 됐다고 알려 주었다. 나는 그것이 무엇을 의미하는지 알고 있었다. 그 얼간이가 아직 준비가 안 됐다는 이야기는, 긴장을 푼다는 명목으로 탈의실에서 제 간호사와 엉켜서 한바탕 다리춤을 추고 있다는 것을 의미했다. 그들의 신나는 기분 풀이가 끝나야, 나는 수술받을 할머니를 마취시킬 수 있을 것이었다. 그러면 외과 의사가 할머니의 방광에 난 종양을 제거할 것이고, 그 수술을 받다가 할머니가 세상을 떠날 가능성은 반반이었다.

우리네 사람살이가 그렇게 엉터리였다. 5천 년을 가꾸어 온 인류의 문명이 도달한 수준이 겨우 그 정도였다. 5분 후에 있을, 한 환자의 생명을 구하기 위한 수술을 위해, 외과 의사가 정액을 사출할 때까지 참고 기다려야 하다니······.

「의사 양반, 왜 웃어요?」

그 노파가 나에게 물었다.

「아무것도 아니에요. 할머니 신경이 예민하시군요.」

「의사 선생 웃는 모습을 보니 우리 영감 죽기 전 모습이 생각나는구먼. 나는 그 양반 웃음소리 듣는 걸 무척 좋아했지. 그이는 동맥혹 파열로 세상을 떠났지. 그래도 그 양반은 운이 좋았어. 자기가 늙는 모습을 볼 겨를이 없었으니까. 그 양반은 건장할 때 죽었지.」

할머니의 웃음소리가 불길한 요령 소리처럼 울렸다.

「이 수술을 받다가 나도 드디어 그 양반 곁으로 가게 될 거야.」

「그게 무슨 말씀이세요? 르보 박사는 뛰어난 의사예요.」

안노인은 고개를 흔들었다.

「나는 영감 곁으로 갈 생각이야. 혼자 사는 게 이제 지긋지긋해. 영감을 다시 만나고 싶어. 저 위, 천국에서.」

「할머니는 천국이 있다고 생각하세요?」

「물론이지. 이 삶이 끝나면서 모든 게 끝나는 거라면 너무 무서워. 틀림없이 어딘가에 〈다음의 삶〉이 있을 거야. 거기에서 나는 우리 영감을 다시 만나게 될 거고. 천국이든 내생이든 그런 건 아무래도 좋아. 영감과 나는 아주 오래전부터 서로를 극진히 사랑했지.」

「자꾸 죽는다는 말씀 마세요. 르보 박사가 할머니 아픈 데를 잘 고쳐 드릴 거예요.」

나는 르보의 무능함을 몇 차례 경험했기 때문에, 정작 나 자신도 확신을 못 가진 채 애써 힘주어 말했다.

할머니는, 착하고 말 잘 듣는 개가 주인을 바라보듯 나를 빤히 쳐다보았다.

「그렇게 되면 나는 추억이나 되새기며 휑뎅그렁한 아파트에서 혼자 사는 삶으로 되돌아가야 해. 그건 너무 끔찍해.」

「그래도 산 개가 죽은 정승보다 낫다는 말이 있잖아요.」

「인생은 처량한 나그넷길이야. 안 그러우? 사랑이 없으면, 인생은 그야말로 눈물 계곡이지.」

「그렇지만 사랑 말고 다른 것도 있잖아요.」

「다른 게 뭐가 있겠수? 꽃? 작은 새? 그런 건 다 부질없어. 내 살아생전엔 우리 영감 앙드레밖에 없었고, 나는 오직 그이를 위해 살았어. 그러니 내 방광에 종양이 난 건 아주 잘된 일이지.」

「자녀분은 없으세요?」

「있지. 있으면 뭘 해. 우리 애들은 유산이 탐나서 내가 죽을 날만 목이 빠져라 기다리고 있지. 수술 끝나면 틀림없이 전화를 할 거야. 내 안부가 궁금해서가 아니라, 자기들이 새 차를 당장 주문할 수 있는지 아니면 아직 더 기다려야 하는지를 알고 싶어서 말이야.」

할머니와 나의 시선이 마주쳤다. 나도 모르게 이런 질문이 입에서 튀어나왔다.

「할머니, 원과 원의 중심점을 펜을 들지 않고 그릴 줄 아세요?」

할머니는 피식 웃으면서 대답했다.

「뭘 그런 걸 문제라고 내나? 그런 건 유치원 애들도 다 알지.」

할머니는 다 쓴 종이 수건 위에다 그리는 방법을 보여 주었다. 내 입에서 경단이 지절로 나왔다. 내가 그것을 생각해 내지 못한 것은 당연한 일이었다.

할머니는 흐뭇해하면서 한쪽 눈을 찡긋했다. 할머니는

그런 하찮은 일을 내가 얼마나 중요롭게 여기는지를 아는 사람 같았다.

「요것만 생각해 내면 되지.」

할머니가 말하는 〈요것〉을 이해하고 나니, 라울이 정말 천재라는 생각이 들었다. 원과 원의 중심점을 펜을 떼지 않고 그릴 수 있는 사람이라면 죽음의 세계도 항행(航行)할 수 있을 것 같았다.

그때, 안틸 제도(諸島) 출신의 건장한 남자 간호조무사 두 사람이 수술 도구 운반차를 밀며 들어왔다. 원기 왕성한 외과 의사도 그 뒤를 이어 나타났다.

다섯 시간 후에 할머니는 저승객이 되었다. 르보 박사는 투명한 고무장갑을 얄망궂게 내던지며 투덜거렸다. 그는 노후한 시설과, 병을 너무 오래도록 방치한 환자에게 잘못을 돌렸고, 운이 없었음을 탓했다. 그가 나에게 제안했다.

「우리 맥주 한잔 하러 갈까?」

전화벨이 울렸다. 할머니가 예상했던 대로 그이의 자녀들이었다. 나는 다짜고짜 전화를 끊었다. 내 손은 어느새 호주머니를 뒤져 라울이 주고 간 명함을 찾고 있었다.

45. 역사 교과서

영계 탐사가 어떻게 시작되었는지는 잘 알려져 있지 않다. 어떤 역사학자들은 전대미문의 실험을 시도하려는 몇몇 친한 사람들의 모임에서 태동했다고 주장하고 있다. 다른 자료에 따르면 최초의 영계 탐사는 단순히 경제적인 동기에서 비롯되었다고 한다. 그들은 새로운 유행을 만들어서 쉽게 부자가 되려고 했다는 것이다.

『기초 강의용 영계 탐사의 역사』

46. 라울에게 가다

나는 라울이 내게 제안한 것이 장차 그가 저지를 범죄의 공범이 되자는 것임을 잘 알고 있었다. 라울이 하려는 일은 과학이라는 이름 아래 또는 영계 탐사라는 허황된 꿈을 위해 저지르는 범죄였다.

단순한 호기심 때문에 사람을 저승으로 보낸다는 생각은 나에게 여전히 충격으로 남아 있었다. 그럼에도 마음 한편에서는 삶에 활력을 불어넣을 만한 것을 갈망하고 있기도 했다.

나는 라울에게 전화하기로 결심하기에 앞서 2프랑짜리 백동전 세 개에 도움을 청하기로 했다. 라울이 내게 가르쳐 준 방법은 주화를 하나만 사용하는 것이었지만, 나는 세 개를 사용함으로써 라울의 방법을 개선했다. 그렇게 하면 〈예〉 아니면 〈아니요〉라는 두 가지 대답보다 더 뉘앙스가 많은 의견을 얻어 낼 수 있었다. 뒷면-뒷면-뒷면이 나오면 〈절대적으로 찬성한다〉는 것을 뜻하는 것이고, 뒷면-뒷면-앞면이 나오면 〈찬성하는 편〉, 앞면-앞면-뒷면이 나오면 〈반대하는 편〉, 앞면-앞면-앞면이 나오면 〈절대 반대〉를 의미했다. 백동전 세 개가 하늘에 날아올라 의견을 묻고, 차례차례 땅으로 내려왔다.

뒷면-뒷면-앞면, 즉 〈찬성하는 편〉이라는 의견이 나왔다. 나는 송수화기를 들었다. 그날 밤 라울은 대단히 만족해하면서 그 사업에 대해 오랫동안 이야기했다. 내 아파트 안에서 그의 손은 두 마리의 행복한 비둘기처럼 그의 머리 위에서 파닥거렸다.

그는 자기 말에 도취해 있었다.

「우리는 그 〈경이로운 대륙〉을 가장 먼저 정복하게 될 거야.」

내 마음속에서 아직도 〈경이로운 대륙〉과 히포크라테스 선서가 싸우고 있었다. 나는 질 것을 뻔히 알면서도 명분을 지키기 위해 마지막 싸움을 벌였다. 그래야 나중에 혹시 일이 잘못되더라도, 나는 라울의 손에 강제로 이끌려 그 일을 했노라고 자위할 수가 있을 테니까.

라울은 자기 주장을 뒷받침하기 위해 새로운 이야기를 꺼냈다.

「갈릴레이도 미치광이 취급을 받았어.」

저번엔 콜럼버스를 들먹이더니 이번에는 갈릴레이였다. 불쌍한 갈릴레이, 이제 넋 나간 자들이 너 나 할 것 없이 자기들의 상상력을 변호하는 수단으로 그를 이용할 판이었다. 약방의 감초 신세가 된 갈릴레이…….

「그래, 갈릴레이는 미치광이 취급을 받았어. 하지만 그는 온전한 정신을 가진 사람이었지. 하지만 갈릴레이처럼 부당하게 비난을 받은 사람도 있지만, 진짜 미치광이도 무수히 많았어.」

「죽음은…….」

그가 다시 입을 열기가 무섭게 나는 그의 이야기를 가로챘다.

「죽음을 나는 병원에서 일상적으로 만나고 있어. 사람들은 그냥 죽는 거야. 그들에게서 영계 탐사를 떠나는 사람들의 모습은 전혀 찾아 볼 수 없어. 몇 시간 지나면 그들은 악취를 풍기기 시작하고 사지는 뻣뻣해지지. 죽음이란 그렇게 악취를 풍기는 거야. 그것은 썩어 가는 고깃덩어리일 뿐이야.」

「육체는 썩지만 영혼은 떠나가지.」

라울이 달관한 사람처럼 말했다.

「자네도 말했듯이 나는 코마를 경험했어. 하지만 내 영혼은 떠나가지 않았어.」

라울이 딱하다는 듯한 표정을 지었다.

「이보게, 미카엘. 자넨 그럴 기회를 갖지 못했던 거야.」

나는 〈자네가 왜 죽음에 그토록 관심을 갖고 있는지 아주 잘 알아〉라고 말해 주고 싶었다. 아버지의 자살이 여전히 그를 짓누르고 있었다. 라울에게는 〈천국〉 사업보다 정신 분석을 받는 일이 더 필요할 터였다. 하지만 백동전은 뒷면-뒷면-앞면이 나왔고 나는 이미 선택을 한 마당이었다.

「좋아, 일 이야기로 돌아가세. 자네는 마취제의 용량 조절을 잘못해서 처음 두 차례의 비행을 망쳤다고 했지. 그러면 코마를 일으키기 위해서 사용한 게 뭐야?」

라울은 환하게 벙싯 웃으며 예전처럼 나를 껴안았다. 그가 웃음을 터뜨렸다. 그는 자기가 이겼다는 것을 알고 있있다.

47. 유교 철학

삶이 어떤 것인지를 잘 모르거늘, 어찌 죽음을 알 수 있겠느냐.[22]

공자

프랑시스 라조르박의 논문, 「죽음에 관한 한 연구」에서 발췌

48. 아망딘이 하도 예뻐서

예쁜 간호사의 짙푸른 눈 위로 눈꺼풀이 사르르 내려왔다. 그녀의 침묵이 이번에는 은근한 축하로 느껴졌다.

그녀를 오래전부터 알고 있었다는 느낌이 왜 들었는가 했더니, 그 간호사는 히치콕의 영화 「뜰로 난 창문」에 나오는 그레이스 켈리와 비슷했다. 물론 간호사 쪽이 훨씬 더 아름답긴 했지만 말이다.

플뢰리 메로지 창고 안에 있던 사람들 모두가 나를 반기는 기색이었다. 의사 한 사람이, 그것도 마취과 의사가 있다는 사실이 연구팀에게나 자살 지원자에게나 다 같이 힘이 되는 모양이었다.

라울이 그들의 이름을 알려 주었다. 간호사 이름은 아망딘이었고, 장차 영계 탐사에 나설 타나토노트들은 클레망과 마르셀랭과 위그였다.

「이미 말했듯이, 처음에 우리에겐 타나토노트가 다섯 명이 있었네. 그중에 둘은 약을 잘못 써서 희생되었지. 마취과 의사 노릇은 아무나 하는 게 아니더군. 이제 자네가 왔으니 기쁘기 그지없네.」

[22] 未知生 焉知死.『논어』先進篇.

보온복을 입은 세 명의 죄수들은, 아직 못 믿겠다는 듯 내 눈치를 살피면서 인사를 했다.

라울은 나를 플라스크가 놓인 실험대 쪽으로 이끌었다.

「우리는 서로 배우면서 일을 해야 하네. 누구에게나 미지의 영역이긴 마찬가지니까. 우리는 아메리카 대륙이나 오스트레일리아 대륙에 첫발을 디딘 사람들과 같아. 우리의 〈새로운 오스트레일리아〉를 발견하고 거기에 깃발을 꽂는 것이 우리의 일일세.」

라조르박 교수는 더할 나위 없이 진지한 모습을 보이고 있었다. 그의 눈동자는 단순한 광기가 아니라 일에 대한 열정으로 빛나고 있었다.

「팽송 박사에게 우리가 어떤 방법으로 코마를 일으키는지 보여 주세.」

말이 떨어지기가 무섭게 지원자들 중에서 가장 키가 작은 마르셀랭이 낡은 치과용 의자에 앉았다. 간호사는 그의 가슴과 이마에 진극을 장착하고, 온도계, 습도계, 맥박계와 같은 갖가지 탐지 장치들을 연결했다. 그의 몸에 부착된 전선들은 모두 모니터에 연결되었고 화면에 초록색 선들이 잇달아 지나가고 있었다.

나는 현장을 점검했다.

「이 잡동사니들 다 치워 버리세요!」

그렇게 말함으로써 나는 그들의 환상을 받아들인 셈이 되었다. 나는 실험대와 그 위쪽의 선반에 있는 유리병들의 내용물을 조사하고, 코마를 가장 쉽게 일으킬 수 있는 배합에 대해 생각하면서 유리병에 붙어 있는 라벨들을 확인했다.

혈관을 확장시키기 위해서는 소금 용액을 쓰고, 마취시키기 위해서는 티오펜탈을, 그리고 심장 박동을 늦추기 위해서는 염화칼륨을 쓰면 될 듯했다. 옛날에 아메리카의 어떤 나라에서는 사형수를 처형하는 데 시안화물이나 전기의자 쪽을 선호했다고 들었다. 그러나 내가 보기에는, 염화칼륨을 더 희석시켜서 심장 박동을 차츰차츰 줄여 나가는 방법이 나을 듯했다. 그런 방법을 쓰면 어느 정도까지는 뇌의 통제를 받아 가면서, 그리고 나의 통제를 받아 가면서 코마 상태로 천천히 빠져들게 할 수 있을 것 같았다.

라울과 세 타나토노트 지원자들의 도움을 받아 나는 상당히 정교한 장치를 하나 만들었다. 먼저, 20센티미터 높이로 T자 꼴 플라스틱 지주를 세운 다음, 거기에 소금 용액이 담긴 커다란 플라스크와 티오펜탈이 담긴 좀 더 작은 플라스크를 걸고 마지막으로 염화칼륨 플라스크를 걸었다. 각 플라스크에서 나온 대롱 꼭지에 전기 시한장치를 연결했다. 각 플라스크의 내용물이 내가 가장 적합하다고 생각하는 순간에 투여되도록 하기 위해서였다. 티오펜탈은 소금 용액이 주입된 지 25초 만에 투여되도록 되어 있었고, 염화칼륨은 3분 후에 들어가도록 되어 있었다. 세 대롱의 말단은 하나의 대롱에 이어지고, 그 대롱은 다시 하나의 주삿바늘에 연결되어 있었다.

나는 그 화학적인 장치 전체에 로켓 보조 추진 장치인 〈부스터 *booster*〉라는 이름을 붙였다. 타나토노트는 서양 배[梨]처럼 생긴 전기 스위치를 눌러 시한장치를 작동시킴으로써 부스터에 직접 시동을 걸 수 있게 되었다. 미처 깨닫지 못하는 사이에, 나는 영계를 탐사한다는 명목으로 〈자살 기계〉를 발명한 셈이었다(내가 만든 그 기계는 현재 워싱턴의 스미스소니언 협회 박물관에 있다).

실험실에 함께 있던 사람들은 나의 솜씨와 자신감 있는 태도에 깊은 인상을 받은 듯했다. 라울의 생각대로, 기술적인 문제에는 기술적인 해결책밖에 없었다. 나는 무엇보다 내가 만든 전기 스위치가 마음에 들었다. 그것 덕분에 나는 직접 스위치를 누를 필요가 없게 되었다. 따라서 나에겐 직접적인 책임이 없었다. 사형 집행인 노릇을 하고 싶지 않았던 나로서는 참 다행스러운 일이었다.

당사자 스스로가 출발 시간을 결정하게 될 것이고, 그가 만일 실패한다면 그건 자살일 뿐 그 이상의 것은 아닐 터였다.

나는 아망딘에게 마르셀랭의 팔 정맥에 주삿바늘을 꽂으라고 부탁했다. 아망딘은 자신에 찬 동작으로 타나토노트의 팔오금을 찔러 굵은 주삿바늘을 밀어 넣었다. 핏방울이 거의 비치지 않을 만큼 노련한 솜씨였다. 마르셀랭은 조금도 얼굴을 찡그리지 않았다.

그 일이 끝나자, 나는 서양배처럼 생긴 전기 스위치를 마르셀랭의 축축한 손에 쥐어 주고 이제부터 그에게 닥칠 일을 설명했다.

「이 단추를 누르면, 전기 펌프가 작동하기 시작할 겁니다.」

하마터면 나는 〈단추를 누르면 당신의 죽음이 가동되기 시작할 겁니다〉라고 말할 뻔했다.

마르셀랭은 마치 자동차 엔진의 작동 원리에 대한 설명을 들은 것처럼 잘 알았다는 표정을 지어 보였다.

「괜찮소?」

라울이 마르셀랭에게 물었다.

「아주 좋습니다. 의사 선생을 철석같이 믿으니까요.」

라울은 열렬한 기대 때문에 신경이 예민해져 있었다. 나는 그런 열광이 내게 옮겨 오지 않도록 하려고 애썼다.

「그다음에는요?」

마르셀랭이 그렇게 물으며 나를 빤히 쳐다보았다. 산타클로스 할아버지나, 눈에 모래를 뿌려 잠이 오게 한다는 모래 장수의 존재를 한 치의 의심도 없이 믿고, 연승식 경마에서 우승마를 알아맞힐 가능성에 절대적으로 집착하는 순진한 어린아이의 눈길 같았다.

나는 무슨 말을 해야 할지 난감했다.

「그러니까, 에······.」

「걱정 마십시오, 의사 선생님. 그다음부터는 내가 알아서 하지요.」

마르셀랭은 내 마음을 알겠다는 듯 한쪽 눈을 찡긋해 보였다. 친절한 사람이었다. 그는 나로 하여금 죄를 짓지 않게 해주려고 했다. 그는 자기가 극복할 수 없는 장애에 맞닥뜨리리라는 것을 알고 있었다. 어떤 불상사가 생기더라도 그걸 내 책임으로 돌리지 않으려고 했다. 문득 그에게, 〈더 늦기 전에, 빨리 이곳을 떠나시오〉라고 말해 주고 싶었다. 그러나 라울은 내가 난처해하는 것을 보고, 단호하게 소리쳤다.

「잘해 보게, 건투를 비네, 마르셀랭.」

모두가 박수를 보냈다. 나도 손뼉을 쳤다.

우리는 무엇에 갈채를 보냈던 것일까? 아마도 사람을 저승으로 보내는 〈부스터〉라는 장치에, 그리고 마르셀랭의 용기에 박수를 보냈을 것이다. 아니 어쩌면 그곳에서는 아무런 쓸모가 없는 아망딘의 미모에 박수를 보냈는지도 모를 일이었다. 사실 아망딘처럼 예쁜 여자는 모델이 되는 게 나을 뻔했다. 〈살인 공모자〉가 그녀의 직업이 되어서는 안 될 일이었다.

「이제 우리는 한 영혼을 발사하게 될 것입니다.」

라울은 그렇게 선언하고 담뱃불을 껐다.

마르셀랭은 에베레스트를 정복하러 가는 아마추어 등반가처럼 미소를 짓고 있었다. 다만 그는 등산화 대신 새 구두를 신고 있었다. 그는 처형대에 앉은 사람의 인사라고는 도저히 볼 수 없는 간단한 인사를 했다. 우리는 모두 미소로 답하면서 그를 격려했다.

「자, 잘 다녀오게!」

아망딘은 우리의 여행자에게 냉각용 담요를 덮어 주었고 그동안에 나는 컴퓨터를 마지막으로 조정하였다.

「준비됐습니까?」

「준비됐습니다.」

아망딘은 그 장면을 찍을 비디오카메라를 작동시켰다. 마르셀랭은 성호를 그은 다음 눈을 감고 천천히 초읽기에 들어갔다.

「여섯…… 다섯…… 넷…… 셋…… 둘…… 하나…… 발신!」

마르셀랭은 스위치를 아주 세게 눌렀다.

49. 마야 신화

마야 사람들은, 죽음은 곧 지옥을 향한 출발이라고 생각했다. 그들은 지옥을 〈미트날〉이라고 불렀다. 거기에서 영혼은 추위, 배고픔, 목마름, 질병 따위로 악마들에게 고통을 받는다.

마야 사람들에게는 어둠을 지배하는 아홉 신이 있었는데 그 아홉 신은 아마도 아즈텍 사람들이 생각했던 9층의 지하 세계에 해당할 것이다.

죽은 이의 영혼은 피와 먼지와 가시가 흐르는 다섯 줄기 강물을 건너야 한다. 강을 건너 네 거리에 다다르면 여러 집을 거치며 심판을 받는다. 그 집이란 호박(琥珀)의 집, 칼의 집, 추위의 집, 표범의 집, 흡혈 박쥐의 집들이다.

프랑시스 라조르박의 논문, 「죽음에 관한 한 연구」에서 발췌

50. 인간 기니피그 마르셀랭, 여신 아망딘

우리는 모두 제어 컴퓨터의 모니터들을 뚫어져라 응시하고 있었다. 마르셀랭의 심장은 박동이 약해지기는 했지만 여전히 뛰고 있었다. 맥박은 깊은 잠에 빠진 사람의 것보다 횟수가 적어졌고, 체온은 4°C 가까이 떨어졌다.

「마르셀랭이 떠난 지 얼마나 됐습니까?」

수감자 한 사람이 물었다.

아망딘은 자기 시계를 보았다. 나는 마르셀랭이 죽음을 향해 대도약을 한 지 30분이 넘었다는 것을 알고 있었다. 그는 20분 넘게 깊은 코마에 들어가 있었다.

그의 얼굴은 영락없이 잠자는 사람의 모습이었다.

「이 친구가 성공해야 할 텐데, 이 친구가 해내야 할 텐데.」

장차 타나토노트로 나서게 될 두 사람, 위그와 클레망이 중얼거렸다.

나는 마르셀랭의 기관이 어떤 상태에 있는지 더 잘 알기 위해 그의 몸을 만져 보고 싶었다. 그러나 라울이 나를 말렸다.

「아직 건드리지 말게. 너무 일찍 깨어나면 안 되니까.」

「그러면 이 사람이 성공했는지 어떻게 알게 되지?」

「눈을 뜨면 성공한 걸세.」

〈천국〉 사업의 책임자인 라울이 짧게 대답했다.

심전계에서 10초마다 삐 하는 소리가 울려 퍼졌다. 핵잠수함이 깊이를 헤아릴 수 없는 해저로 내려갈 때 음파 탐지기가 내는 소리 같았다.

마르셀랭의 육신이 저렇게 치과용 의자에 널브러져 있는데, 그의 영혼은 정말 어디 다른 곳을 헤매고 있는 것일까?

51. 한 사람이 떠나고……

나는 한 시간 넘게 심장 마사지에 몰두해 있었다. 심전계에서 규칙적으로 들려오던 삐 소리가 멈추자 다들 불안감 때문에 제정신이 아니었다.

라울이 마르셀랭에게 산소마스크를 씌우는 동안, 아망딘은 마르셀랭의 팔과 다리를 문지르고 있있다. 나 같이 〈하나, 둘, 셋〉을 외치고, 나는 두 손을 심장 부위에 대고 흉곽을 압박했다. 그런 다음, 라울은 폐의 기능을 소생시키려고 마르셀랭의 콧구멍에 숨을 불어넣었다.

전기 충격을 시행하자, 대번 눈이 뜨이고 입이 벌어지더니 그다음부터는 아무런 효과가 없었다. 눈에는 전혀 초점이 없고 입에서는 아무런 소리도 나오지 않았다.

꼼짝도 않는 마르셀랭의 몸뚱이를 붙들고 애면글면하는 통에 우리는 모두 땀에 흥건히 젖어 있었다.

나는 머릿속에 〈내가 여기서 뭘 하는 거지?〉 하는 물음이 떠오르는 것을 억누르고 있었다. 그러나 이젠 시체로밖에 볼 수 없는 마르셀랭을 바라보고 있자니 그 질문이 더욱 끈질기게 솟아올랐다.

〈내가 여기서 뭘 하는 거지? 다른 곳에서 다른 일을 했어야 하는 건데. 이 실험에 끼어들지 말았어야 하는 건데.〉

마르셀랭을 살려내기엔 너무 늦어 있었다. 우리는 너무 늦었다는 것을 모두 알고 있었지만 아무도 그 사실을 받아들이려 하지 않았다. 특히 나는 그것을 받아들일 수가 없었다. 나로서는 처음으로 겪는 〈살인〉이었는 데다, 건장하게 살아 있던 어떤 사람이 방금 나에게 〈안녕〉 하고 인사를 건넸는데 조금 후에 그가 마른 나무처럼 뻣뻣해진 것을 보게 되었으니, 마음속이 온통 뒤죽박죽이 되는 건 당연하지 않았겠는가.

라울은 시체에서 손을 떼고, 성을 내며 중얼거렸다.

「이 친구 너무 멀리 가버렸어. 너무 멀리 떠나서 이젠 다시 돌아올 수 없게 된 거야.」

아망딘은 마르셀랭을 문지르느라고 기진맥진해 있었다. 매끈한 이마에서 방울진 땀이, 주근깨가 점점이 박힌 뺨을 타고 주르르 흘러내리다가, 이윽고 너무 정숙한 느낌을 주는 블라우스 속으로 스며들고 있었다. 비장한 순간이었다. 하지만 그런 비극적인 장면에서 나는 아마도 내 생애에서 가장 색정적인 순간을 경험했던 듯하다. 그토록 아름다운 젊은 여인이 오로지 보드라운 두 손만으로 죽음에 맞서 싸우고 있는 광경이라니! 사랑의 신 에로스가 죽음의 신 타나토스와 그렇게 가까이 있는 줄을 누가 알았으랴! 그때 나는 오래전부터 그녀를 알고 있었다는 느낌을 갖게 된 이유를 다시금 깨달았다. 아망딘은 그레이스 켈리를 닮았을 뿐만 아니라, 어린 시절 교통사고를 당한 뒤로 꿈에서 만나곤 하던 간호사와도 닮았다. 천사 같은 모습도 닮았고, 살결과 살구 냄새까지도 비슷했다.

한 사람이 금방 세상을 떠났는데, 나는 젊은 여인을 욕망 어린 눈으로 곁눈질하고 있었다. 구역질이 나려고 했다.

「이 시신을 어떻게 처리하지?」

내가 그렇게 소리쳤으나 라울의 대답은 나오지 않았다. 그는 실낱같은 희망조차 가질 수 없게 된 마르셀랭의 시신을 물끄러미 바라보며 시간을 끌다가, 이윽고 초연한 태도로 말했다.

「대통령이 우리를 비호해 줄 걸세. 어느 교도소나 자살률이 4퍼센트는 되니까, 마르셀랭도 자살자에 포함시키면 아무 문제가 없을 거야.」

「이건 사악하고 무분별한 짓이야. 내가 어쩌나 이런 음흉한 사건에 말려들었지? 자네가 날 속인 거야, 라울. 자네가 날 속였어. 자넨 우리 우정을 저버리고 미친 짓에 날 끌어들였어. 당신들 모두가 이렇게 태평하게 구는 것도 혐오스러워요. 당신들의 무관심 때문에 한 사람이 죽은 거예요. 라울, 자네는 나를 속이고, 죽은 이 사람을 속인 거야.」

라울은 아주 당당하게 일어서더니 갑자기 내 멱살을 쥐었다. 그의 눈초리가 사납게 이글거렸다. 그는 내 얼굴에 침을 튀겨 가며 말했다.

「그렇지 않아. 난 자네를 속이지 않았어. 하지만 우리 일이 엄청난 내기라는 건 분명해. 성공하기 전까지 여러 차례 실패를 겪는 건 당연하지. 로마는 하루아침에 이루어진 게 아니야. 자네, 왜 이래? 우리가 애들이야? 이건 애들 장난이 아니라고. 비싼 대가를 치러야 하는 건 당연하잖아. 모든 일엔 희생이 따르기 마련이야. 그런 게 없으면 그 일은 너무 쉬운 일이겠지. 우리 일이 더 간단한 일이었다면, 우리에 앞서서 벌써 다른 사람들이 해냈을 거야. 그만큼 힘겨운 일이니까 성공할 가치도 있는 거지.」

나는 무기력하게 스스로를 변호했다.

「언젠가는 성공할지도 모르지. 하지만 내가 보기엔 갈수록 더 어려워질 것 같네.」

라울은 내 멱살을 놓아주고, 여전히 입을 딱 벌리고 있는 미르셀랭을 살펴보았다. 벌어진 입을 더 이상 보고 있을 수 없었던지 라울은 마르셀랭의 두 턱에 걸쳐 나사가 달린 집게를 물리고 입이 닫힐 때까지 나사를 돌렸다. 우리를 비난하고 있는 듯한 마르셀랭의 입이 마침내 다물어지자, 라울은 다른 사람들을 향해 몸을 돌렸다.

「여러분들도 미카엘과 같은 생각을 하고 있는지 모르겠

습니다. 포기하고 싶은 사람이 있다면 지금 말씀하십시오. 아직도 때는 늦지 않았습니다.」

라울은 한 사람 한 사람을 둘러보며 반응을 기다렸다. 우리는 마르셀랭의 시체를 바라보고 있었다. 턱을 조이고 있는 집게 때문에 볼이 움푹 들어가서 그의 입은 마치 새의 부리처럼 보였다. 그 모습이 우리에게 아주 선연한 인상을 심어 주고 있었다.

클레망이 먼저 큰 소리로 의견을 말했다.

「난 그만두겠어요! 의사가 있기에 모든 일이 더 확실하게 될 줄 알았는데, 이 의사도 죽음에 맞서 싸울 만큼 능력이 있는 것 같지는 않군요. 1만 명의 불쌍한 목숨을 희생시켜야 성공할 일이라면, 난 희생자들 속에 끼고 싶지 않아요. 함께하기로 동의했던 것을 다시 들먹일 필요는 없어요. 당신들의 〈천국〉 사업에 대해서는 누구에게도 발설하지 않겠다고 약속하지요. 난 너무 두려워서 당신들의 사업을 감당할 수 없어요.」

「그럼, 위그는?」

라울이 침착한 목소리로 물었다.

「난 남겠어요.」

위그가 당당하게 대답했다.

「우리의 다음 타나토노트가 되겠단 말이오?」

「그렇소. 감방으로 돌아가는 것보다 그래도 죽는 게 나아요.」

그렇게 말하며 위그는 턱으로 마르셀랭의 시체를 가리켰다.

「비참한 감방에 더 이상 갇혀 있지 않게 된 것만으로도

저 친구는 행복하지요.」

「그럼 아망딘은?」

「나도 남겠어요.」

아망딘은 아무런 감정도 드러내지 않고 담담하게 말했다. 그녀의 입에서 그런 소리가 나오리라고는 전혀 기대하지 않았다.

「허, 당신들 다 미쳤군요! 클레망이 옳아요. 1만 명 정도를 희생시키지 않고는 아무 결과도 얻지 못할 거예요.」

나는 하얀 가운을 벗어 실험대 위로 집어던졌다. 그 서슬에 플라스크 몇 개가 깨지고 이내 에테르 냄새가 피어올랐다. 나는 요란한 문소리를 남기며 그곳을 떠났다.

52. 행정 업무 보고

보고: 브누아 메르카시에

결재: 대통령 뤼생데르

각하께서 지시하신 대로, 실험에 착수했습니다. 연구팀은 설치류의 인공 동면을 전문적으로 연구한 생물학자 라울 라조르박 교수, 마취과 전문의 미카엘 팽송으로 이루어져 있고 아망딘 발뤼스라는 간호사가 보조하고 있습니다.

다섯 명의 수감자가 실험 대상이 되겠다고 자원하였습니다. 〈천국〉 사업이 본궤도에 오른 것입니다.

53. 울적한 심사

나는 자못 어수선한 마음으로 아파트에 돌아왔다. 집에 혼자 있게 되자, 나는 보름달 뜬 밤에 코요테가 울부짖듯이 악을 쓰며 소리를 질러 댔다. 그런다고 마르셀랭의 죽음 때문에 생긴 압박감이 덜어지지는 않았다. 어떻게 하지? 일을 계속할 수는 없었다. 그렇다고 다음 타나토노트를 방기할 수도 없는 노릇이었다. 진퇴유곡에 빠져 나는 울부짖었다. 이웃집 사람들이 내 아파트의 벽을 걸레 자루로 두드렸다. 그들의 기대를 저버릴 수 없어 입은 다물었지만, 마음은 영 가라앉지를 않았다.

내 속에서 두 마음이 싸우고 있었다. 아망딘을 다시 만나고는 싶었지만 사람들을 다시 코마 속으로 보내고 싶은 생각은 추호도 없었다. 라울의 생각에 매력을 느끼고 있긴 했지만, 다른 희생자들이 더 생기는 것은 양심에 꺼려 받아들일 수가 없었다. 더 이상 영원한 고독에 묻혀 혼자 살고 싶지는 않았다. 틀에 박힌 병원 일로 돌아가기도 싫었다. 다른 건 몰라도 한 가지 점에서는 라울이 옳았다. 즉, 그의 사업은 무시무시한 일이기는 하지만, 그래도 아주 웅대한 모험임에는 틀림없었다.

라울은 아버지의 자살에 너무 오래 집착한 나머지 미쳐 버렸다고 치부하면 그만일 터이지만, 아망딘의 태도는 도저히 이해할 수가 없었다. 그렇게 매력적인 여인이 도대체 무엇에 홀려서 그런 험한 일에 가담한 것일까? 그 여자 역시 새로운 세계의 개척자가 되리라고 확신하고 있는지도 모를 일이었다. 라울의 입심에 넘어가지 않기가 쉽지는 않앉을 테니까 말이다.

나는 작은 잔에 포르투갈산(產) 백포도주를 따라 취할 때까지 연거푸 털어 넣었다. 그러고 나서 소설 한 권을 뒤적거리며 잠을 청해 보려고 했다. 침대에 홀로 있다는 느낌과 함께 시체가 되어 버린 마르셀랭에 대한 죄책감이 다시 밀려 왔다. 내 침대의 시트가 마르셀랭에게 덮어 씌웠던 냉각용 담요만큼이나 싸늘하게 느껴졌다.

이튿날 아침, 동네 모퉁이에 있는 카페에 앉아 리큐어를 마시면서, 나는 마르셀랭의 죽음에 대해 생각했다. 그의 죽음을 야기한 것은 어쩌면 염화칼륨을 지나치게 많이 사용한 탓일지도 모른다는 생각이 들었다. 그 약품은 독성이 매우 강하기 때문에 용량을 줄였어야 했다.

나는 내가 사용한 마취제에 문제가 없었는지 곰곰이 따져 보았다.

우리는 보통 세 종류의 마취제를 사용하고 있었다. 전신 마취제, 국소 마취제, 큐라리[23]들이 그것이다. 나는 습관적으로 전신 마취제를 더 자주 사용하곤 했었다. 그러나 사람을 〈진짜 죽음〉에 이르게 하는 데는 큐라리를 사용하는 편이 나을 것이었다.

그렇다면 큐라리를 사용하는 게 어떨까? 아니야. 역시 전신 마취제를 계속 사용하는 게 나을 거야.

양심의 가책은 조금씩 조금씩 스러지고, 내 마음속은 오

---

23 마전속(馬錢屬)의 여러 식물에서 채취한 거무스름한 독. 남아메리카 인디언이 화살에 바르던 것인데, 오늘날에는 외과 수술의 마취 보조약으로 쓰인다.

로지 기술적인 문제에 관한 생각들로 어수선해졌다. 직업적인 반사 작용이 저절로 발동한 것이었다. 화학 강의 시간에 배운 내용이 기억에 되살아났다.

그래, 프로포폴을 사용했어야 했는지도 몰라. 프로포폴은 새로운 전신 마취제로서 마취에서 깨어날 때의 상태가 가장 좋은 약이다. 깨어나는 데 보통 5분이 걸리며 깨어나면 몽롱한 느낌 없이 아주 또렷한 의식을 되찾게 된다……. 아니야, 프로포폴은 틀림없이 염화물과 상호 작용하여 바람직하지 않은 화학 변화를 일으킬 거야. 그것보단 티오펜탈을 계속 사용하는 편이 낫다. 그러면 용량은 어떻게 해야 하나? 체중 1킬로그램당 5밀리그램씩 계산하는 것이 보통이다. 5밀리그램이 최소 분량이고 10밀리그램이 최대 분량이다. 마르셀랭의 몸무게는 85킬로그램이었고 나는 850밀리그램을 투여했다. 어쩌면 투여량을 줄였어야 했는지도 모른다…….

오후 2시에 나는 라울에게 전화를 걸었다. 오후 4시에 우리는 모두 플뢰리 메로지의 타나토드롬에 다시 모였다. 여느 때처럼 수감자들은 우리가 지나갈 때 욕설을 있는 대로 퍼부었다. 마르셀랭이 자기의 의지에 따라 자살한 것이라고 그들을 설득하는 것은 쓸데없는 일이었다. 교도소 소장은 우리와 마주쳐 지나가면서 인사도 건네지 않았다. 인사는커녕 우리를 거들떠보지도 않았다.

그래도 위그는 우리를 상냥하게 맞아 주었다.

「걱정 마십시오. 선생님. 우리는 해낼 겁니다.」

나는 내 한 몸의 안위를 걱정하고 있는 게 아니었다. 내가 걱정하고 있는 것은 오히려 위그였다.

나는 티오펜탈의 분량을 줄였다. 몸무게가 80킬로그램인 위그에게 6백 밀리그램을 사용키로 했다. 그 정도면 충분할 것 같았다.

라울은 내가 약품을 다루는 방식을 하나도 빼놓지 않고 기록하고 있었다. 내가 정말로 그의 곁을 떠나기로 결심할 경우에 대비해서 내 일을 익혀 두려는 것 같았다.

아망딘은 위그에게 냉수 한 잔을 내밀었다.

「사형수에게 주는 최후의 선물이오?」

사형 집행 전에 사형수에게 주는 담배로 생각했는지, 위그가 비꼬아 말했다.

「아니에요.」

아망딘이 정색을 하고 대답했다.

새 타나토노트인 위그가 치과용 의자에 앉았다. 우리는 이미 틀을 갖추기 시작한 절차를 따라 그를 떠나보낼 준비를 했다. 모니터들을 작동시키고 맥박과 체온을 재고 냉각용 담요를 덮어 주었다.

「준비됐습니까?」
「준비됐습니다.」
「준비 완료!」

아망딘이 비디오카메라를 작동시키면서 한 마디를 덧붙였다.

위그는 어떤 기도문을 들릴락 말락 하게 외고 나서, 커다란 동작으로 성호를 긋고는 모든 짐을 벗어버리고 싶다는 듯 빠른 속도로 초읽기를 했다.

「여섯, 다섯, 넷, 셋, 둘, 하나, 발진!」

위그는 마치 쓴 알약을 삼키기라도 한 것처럼 얼굴을 찡그리고 스위치를 눌렀다.

54. 일본 신화

일본인들은 죽은 이들의 나라를 요미(黃泉)라고 부른다. 옛날에 이자나기(伊邪那岐) 신이 누이이자 아내인 이자나미(伊邪那美)를 다시 데려오려고 요미 나라에 갔다. 이자나기는 아내를 찾아내어 산 자들의 세계로 다시 돌아가자고 청했다. 그러자 여신은 이렇게 대답했다.

「이 일을 어찌하면 좋습니까? 왜 이리도 늦게 오셨나요? 저는 요미 나라 신들의 가마에서 구운 음식에 입을 댔기 때문에 이젠 요미 나라에 속해 있어요. 그렇지만 신들에게 나를 놓아 달라고 부탁해 볼 생각이에요. 그동안 기도를 해주세요. 그리고 어떠한 일이 있어도 나를 바라보면 안 된다는 것을 잊지 마세요.」

하지만 이자나기는 누이이자 아내인 이자나미를 다시 보고 싶어 안달이 나 있었다. 결국 그는 약속을 어기고 자기의 빗을 꺼내어 그것으로 이 하나를 부러뜨린 다음 거기에 불을 붙여 햇불처럼 만들었다. 그러자 이자나미의 모습이 눈에 들어왔다. 그가 발견한 것은 구더기가 들끓는 송장이었다. 그 구더기들은 팔뢰신(八雷神)의 화생(化生)이었다. 이자나기는 너무나 놀란 나머지, 자기는 실수로 공포와 부패의 나라에 잘못 들어왔노라고 소리치면서 도망을 쳤다. 이자나기가 자기를 기다려 주지 않고 줄행랑을 친 것에 격분한 이자나미는 자신이 모욕을 당했다고 요미 나라 신들에게 일러 바쳤다. 이자나미는 요미 나라의 무시무시한 괴물들을 보내어 이자나기를 뒤쫓게 했다. 그러나 이자나기는 괴물들을 따돌리는 데 성공했다.

그러자 이번에는 이자나미가 손수 그를 잡으러 나섰다. 이자나기는 속임수를 써서 여신을 동굴에 가둬 버렸다. 마침내 두 신이 이혼을 공표하게 되었을 때, 이자나미는, 〈나는 당신의 잘못에 대한 대가를 치르게 하기 위해서 매일 당신 나라 백성을 천 명씩 목 졸라 죽일 거예요〉라고 선언했다. 그러자 이자나기는, 〈그럼 나는 매일 천오백 명씩 태어나게 할 테다〉라고 태연자약하게 대꾸했다.[24]

프랑시스 라조르박의 논문, 「죽음에 관한 한 연구」에서 발췌

55. 열 사람이 떠나가고……

위그는 끝내 돌아오지 않았다. 그는 저승과 이승의 중도에 머물러 있었다. 죽은 건 아니었지만, 절망적인 코마 상태에서 겨우 빠져나와, 동공은 경직되고 뇌파도는 거의 평탄한 상태였으며 심전도는 간격이 아주 뜸하였다. 한마디로 위그는 식물인간이 되었다. 뇌와 심장의 기능이 살아 있는 건 확실했지만, 움직일 수도 말을 할 수도 없었다.

---

24 이상은 『고사기(古事記)』 상권에 나오는 신화이다. 『고사기』는 7세기 말 천무(天武)왕 때 기획되어 712년에 간행된, 신화 중심의 사서(史書)다.

나는 위그를 내가 근무하는 병원의 빈사 환자 위호과에 입원시켰다. 병원 측에서 그에게 특실을 마련해 주었다. 몇 년 후에 위그는 극도로 세심한 주의를 기울여 워싱턴의 스미스소니언 협회에 딸린 죽음 박물관으로 옮겨졌다. 그럼으로써 거기에 가면 누구나 저승과 이승 사이에 갇혀 있는 사람이 어떤 모습을 하고 있는지를 볼 수 있게 되었다.

이제 와서 돌이켜 보면, 영계를 향해 위그를 떠나보낸 그 두 번째 시도는 성공할 가능성이 매우 높았던 것으로 생각된다. 비록 실패는 했지만 그 경험은 아주 값진 것이었다. 그 경험을 토대로 티오펜탈과 염화칼륨의 용량을 적절한 범위 내에서 조절할 수 있게 되었기 때문이다.

어쨌든 위그가 돌아오지 않음으로써 우리는 실험 대상으로 뽑은 다섯 사람을 다 잃게 되었다. 세 사람이 죽고, 한 사람은 탈락했고, 한 사람은 식물인간이 되었다. 정말이지 형편없는 성과였다.

라울은 메르카시에 장관에게 새로운 실험 대상을 마련해 달라고 곧바로 교섭을 벌였다. 장관은 뤼생데르 대통령으로부터 두 번째 재가를 얻어 냈다. 그리하여 또 한 차례의 엄정한 선발 작업이 시작되었다. 우리는 감옥을 벗어나는 일이라면 무엇이든 할 준비가 되어 있는 무기수들을 원했다. 자살하고 싶은 욕구를 어느 정도 가지고 있는 사람은 괜찮았지만, 그 욕구가 너무 강한 사람도 곤란하였다. 우리에게 정신이 온전하고 마약이나 알코올에 중독되지 않은 사람들이 필요했다.

무엇보다도 염화칼륨을 견딜 수 있을 만큼 건강해야 한

다는 것이 빼놓을 수 없는 요건이었다. 심신이 건강해야만 제대로 죽을 수 있다는 묘한 역설이 성립하고 있었다.

사람 팔자 정말 알 수 없다더니, 옛날 하굣길에서 라울과 나를 공격했던 불량배의 우두머리 뚱보 마르티네스가 우리 앞에 나타났다. 그는 우리를 전혀 알아보지 못했다. 문득 노자(老子)의 다음과 같은 말이 떠올랐다. 〈누가 너를 모욕하더라도 앙갚음하려 들지 말라. 강가에 앉아 있노라면 머지않아 그의 시체가 떠내려가는 것을 보게 되리니.〉

마르티네스는 끔찍한 은행 강도 사건을 저지르고 감옥에 와 있었다. 그는 거의 비만증 환자로 보일 만큼 뚱뚱해져서, 공범들만큼 빨리 도망치지를 못했다. 주먹질에는 능했지만 달리기에는 젬병이었던 것이다. 숨이 금방이라도 끊어질 듯 헐떡거리고 있는 그를 그보다 더 동작이 민첩한 경찰관이 체포했던 모양이다. 그 처참한 사건의 와중에서 무고한 사람 둘이 목숨을 잃었다. 배심원들은 정상을 참작할 만한 여지가 전혀 없다고 판단했다. 결국 마르티네스는 무기 징역을 선고받았다.

그는 타나토노트 선발 시험을 훌륭하게 치러 냈다. 자기를 유명 인사로 만들어 줄 수도 있는 실험에 참가하는 것에 대단한 흥미를 느끼고 있는 것처럼 보이기까지 했다. 그는 자기가 좋은 운수를 타고 났기 때문에, 실험이 아무리 위험하다 해도 자기는 살아남을 수 있으리라고 믿고 있었다.

「박사님들 말입니다. 이 마르티네스가 두려워하는 건 아무것도 없습니다.」

마르티네스는 그렇게 큰소리를 쳤다.

사실 예전에 그가 똘마니들과 함께 5대 2로 우리에게 덤벼들었을 때, 그는 나의 자그마한 주먹을 전혀 두려워하지 않는 듯했었다.

라울은 마르티네스에게 아무런 원한도 품고 있지 않았고, 그가 아주 훌륭한 실험 대상이 될 거라고 생각했다. 그러나 나는 그를 후보자 명단에서 지워 버리고 싶었다. 그에게 두드려 맞은 기억이 너무 생생해서, 아주 세심한 주의가 필요한 용량 결정을 두려움 없이 대충 해버리지나 않을까 저어했던 것이다. 마르티네스에게 당한 대로 갚아 주리라는 생각이 남아 있는 한, 냉정함을 잃고 그를 없애 버리려 들지도 모를 일이었다.

은행 강도 마르티네스는 후보에서 탈락하자, 우리가 연줄이 있는 사람들만 발탁하고 있고, 자기에게 부자와 유명 인사가 될 기회를 주지 않았다며 악다구니를 퍼부었다.

그가 우리를 알아보지 못한 것이 그나마 다행이었다. 우리를 알아보았더라면 그는 더 미친 듯이 날뛰면서, 선발 과정에 정실이 개입되었고 자의적인 기준이 적용되었다고 한바탕 소란을 피웠을지도 모른다.

결국 마르티네스는 우리의 다음 실험 대상이 된 다섯 명의 인간 기니피그에 포함되지 않았다. 그 다섯 명이 다 저승객이 되었으니 우리의 다음 사망자 명단에 포함되지 않았다고 말하는 편이 낫겠다. 다섯 목숨을 연거푸 희생시키고 나니, 사람이 죽어도 이제 그다지 마음의 동요가 일지 않았다. 내 감수성이 무디어지고 있었다. 사람을 저승으로 보내고 있는데도, 마치 우주로 로켓을 쏘아 올리고 있다는 느낌이 들었다. 로켓이 이륙하다 폭발하면, 다음 발사가 성공할 수 있도록 필요한 수정을 가하면 그뿐이었다.

다시 다섯 명의 인간 기니피그가 선발되었다. 그중에 마르크라는 이름을 가진 사람이 있었다.

탐지 장치들을 작동시키고, 맥박과 체온을 잰 다음, 냉각용 담요를 덮었다. 라울이 소리쳤다.

「준비됐습니까?」

「준비됐습니다.」

「저도요.」

나는 마르크가 무서워서 도저히 못 죽겠다고 도로 일어나기를 바랐다. 마르크는 식은땀을 흘리며 몸을 떨었다. 그는 자꾸자꾸 성호를 그어 댔다.

「여섯, 다섯, 넷, 셋, 둘, 하나 반, 하나 반의 반…… 하나…… 발…… 발진입니까? 좋아요, 발…… 발진!」

마르크는 자신감 없이 말을 더듬더니, 땀에 젖은 손가락이 미끄러지는 바람에 두 번 만에 스위치를 눌렀다.

56. 메소포타미아 신화

메소포타미아 신화에서는 저승을 〈불귀의 나라〉라고 부른다. 사람들이 노래하되,

> 거기에 들어가는 사람들은 더 이상 빛을 받지 못한다.
> 티끌과 흙이 그들의 유일한 양식이 되고
> 새들처럼 옷을 입으며

문도 빗장도 모두 먼지에 덮이리라.

어느 날, 사랑의 여신인 아름다운 이슈타르[25]가 지옥에 내려갔다. 이슈타르의 언니이자 저승의 여왕인 에레슈키갈은 문지기에게 전부터 해오던 대로 여신을 대우하라고 명령했다. 즉, 이슈타르 여신이 지옥의 일곱 문을 하나씩 지날 때마다, 겉옷과 관을 시작으로 귀고리, 목걸이, 가슴 장식, 허리띠, 팔찌, 발찌, 마지막으로 속옷까지 차례로 벗기라는 것이었다. 그리하여 이슈타르는 벌거벗은 채로 에레슈키갈 여왕 앞에 섰다. 여왕은 여신의 몸 여러 곳에 60차례에 걸쳐 고통을 가하였다. 그러나 이슈타르 여신이 그렇게 지옥에 잡혀 있게 됨으로써, 정작 고통을 받는 것은 사람들이었다. 이슈타르 여신이 사라지자 대지가 그 비옥함을 잃어버렸기 때문이었다. 사람들이 노래하기를,

이슈타르가 불귀의 나라로 내려간 다음부터
황소는 더 이상 암소와 흘레붙지 않고,
남자는 더 이상 여자와 구합하지 않네.

사람들은 고자가 되어 버린 남자 한 사람을 에레슈키

25 수메르 신화의 이난나 여신이 바빌로니아, 아시리아 신화에서 이슈타르로 이름이 바뀌었다. 샛별을 상징하는 여신으로 사랑의 여신이자 풍요의 여신, 전쟁의 여신이었다. 메소포타미아에서 널리 숭배를 받았으며, 남편인 풍요의 신 타무즈에 대한 이슈타르의 사랑과 질투는 「길가메시 신화」와 「이슈트르 저승 하림(河臨)」 등의 모티브가 되었다.

갈에게 보냈다. 그가 지옥의 여왕에게 부탁하기를, 이슈타르로 하여금 가죽 부대에 담긴 생명수를 마실 수 있도록 허락해 달라고 하자, 여왕은 그를 저주하며 노래로 이르되,

> 도시 하수도의 음식 찌꺼기가 네 양식이 될 것이고
> 성벽 변두리의 응달이 네 거처가 되리라.
> 너는 남의 집 문간에 살면서
> 주정뱅이와 비렁뱅이에게 뺨을 맞으리라.

사람들이 지옥에 고자를 보낸 것은, 그와 풍요의 여신인 이슈타르를 바꾸려는 의도에서였다. 그럼으로써 메마름을 비옥함으로 바꿀 수 있다고 생각한 것이었다. 과연 얼마 후에 에레슈키갈은 이슈타르에게 생명수를 주고 지옥문까지 호위해 주라고 명령했다. 이슈타르가 일곱 문을 반대쪽으로 건너옴에 따라 여신의 모든 옷과 장신구가 되돌아왔다. 그리하여 이승에서는 만물이 본래의 정상적인 흐름을 되찾았다.

프랑시스 라조르박의 논문, 「죽음에 관한 한 연구」에서 발췌

57. 서툰 손놀림

우리는 마르크의 팔다리를 문지르고, 몸을 다시 덥혀 주고, 전기 충격을 주었다.

마르크가 눈을 떴다. 우리의 눈도 휘둥그레졌다.

마침내 성공한 것인가?

우리가 어마지두에 어찌할 바를 몰라 하는 사이에 우리의 영웅은 벌떡 일어나더니, 주위에 있는 것을 닥치는 대로 부수면서 괴성을 질러 댔다.

「난 그들을 보았어. 그들이 거기에 있어. 어디에나 있어. 그들의 손아귀를 벗어날 순 없어. 그들은 어디에나 있어!」

「누가? 도대체 누가 있단 말인가?」

라울은 떨림이 없는 음성으로 물었다.

「악마들을 보았어! 어디에나 악마들이 있어. 그자들이 나를 커다란 솥에 집어넣고 삶으려고 해. 난 죽고 싶지 않아. 다시는 그자들을 만나고 싶지 않아. 그들은 너무 끔찍해.」

마르크는 멀건 눈동자로 나를 바라보다가 울부짖었다.

「너, 너도 악마야. 악마가 어디에나 있어.」

그는 내 얼굴을 향해 플라스크 하나를 집어던지더니, 주사기 몇 개를 들고 아망딘을 쫓아가서 주사기 하나를 그녀의 엉덩이에 꽂았다. 내가 그를 말리려고 끼어들자 메스로 내 이마에 칼자국을 냈다(내 이마엔 아직도 그때 생긴 상처가 남아 있다).

마르크의 행동은 잠깐 동안 찾아온 우리의 열광에 찬물을 끼얹었다. 저번에는 식물인간이더니 이번엔 정신 이상자였다. 라울조차도 마르크의 난폭한 행동에 심적인 타격을 입은 듯했다. 라울과 나는 서로를 바라보며 동시에 물음을 던지고 있었다. 〈우리는 성공한 걸까? 마르크는 정말 저승을 보고 온 것일까? 그가 오로지 두렵다는 말만 하는 것이 그의 탓은 아니지 않을까?〉

결국 우리는 마르크의 모습을 담은 비디오 필름을 폐기

하고 그를 정신 병원에 입원시켰다. 그렇지만 마르크는 임사 체험을 실제로 해본 최초의 실험 대상이었다. 비록 빛으로 가득 찬 통로 따위를 보았노라는 멋진 기억을 가지고 돌아오지는 않았지만, 정신은 좀 이상해졌어도 육신은 멀쩡히 살아서 돌아왔으니 말이다.

그날 저녁에 나는 아망딘을 내 차로 집에 데려다 주었다. 차 안에서 아망딘은 날씬한 다리를 연방 꼬았다 풀었다 했다. 주사기에 찔린 그녀의 엉덩이 상처는 경미한 것이었다. 그러나 내 이마의 상처는 스물다섯 바늘이나 꿰매야 했다.

아망딘이 몸을 움직일 때마다 그녀가 입고 있는 검은 원피스 — 아망딘은 늘 검은색 옷을 입고 있었다 — 에서 사각사각하는 소리가 들렸는데, 그 소리가 자못 육감적이었다.

아망딘은 마르크 때문에 한바탕의 소동을 겪고 난 탓인지, 평소처럼 교외 고속 전철을 타고 귀가할 생각이 안 들던 모양이었다. 게다가 그 소동의 뒤끝이 개운치 않아 그녀도 그렇고 나도 그렇고 혼자서 밤을 보내고 싶지가 않았다.

나는 운전을 하면서 중얼거리듯 물었다.

「이쯤 해서 그만두어야 하지 않을까요?」

아망딘은 말이 없었다. 늘 침묵을 지키는 그녀. 그토록 아름다운 그녀가 말을 아끼는 것을 볼 때마다 나는 그녀가 뭔가 경이로운 것을 생각하고 있을 거라고 지레 짐작하곤 했었다. 그러나 그날은 그녀의 침묵을 더 이상 견딜 수가 없었다. 아망딘은 한낱 소도구가 아니었다. 그녀 역시 나와 마찬가지로 너무나 무모한 실험 때문에 사람들이 죽어 가거나 미쳐 버리는 것을 보아 왔다.

나는 그녀의 침묵을 깨뜨리고 싶어서 계속 지껄였다.

「인명 손실이 너무 많아요. 그에 비해 성과는 너무 보잘것없고요. 그 점에 대해 어떻게 생각하세요? 우리가 만난 지도 꽤 됐는데, 난 아망딘이 세 마디 넘게 말하는 것을 들어 본 적이 없어요. 우리는 함께 일하고 있어요. 서로 터놓고 이야기해야 돼요. 우리가 힘을 합쳐서 라울이 일을 그만두게 만들어야 해요. 이제 해볼 만큼 해보았잖아요? 아망딘 말고는 그 친구를 설득할 사람이 없을 것 같아요.」

그녀가 마침내 나에게 눈길을 주었다. 한참 동안 시선을 내게 붙박고 있던 그녀가 입을 열었다. 드디어 아망딘이 이야기를 하려 하고 있었다.

「그 반대예요.」

「뭐라고요? 그 반대라고요?」

「네. 일을 계속하는 게 우리의 의무예요. 바로 우리 일 때문에 죽은 모든 이들의 희생이 헛되지 않게 하기 위해서요. 우리의 타나토노트들은 모두 자기들이 얼마나 큰 위험을 무릅쓰고 있는지 알고 있었어요. 그들은 모두 자기들의 죽음이 다음 사람에게 성공할 기회를 좀 더 많이 주게 되리라는 것을 알고 있었다고요.」

「그건 마치 잃은 것을 되찾기 위해 점점 더 많은 돈을 거는 포커판 같군요. 그러다가 완전히 거덜 나는 수가 있지요. 벌써 열다섯 명을 뽑아 열 명을 희생시켰어요. 이건 연구 사업이 아니라 일종의 살인 게임이오, 안 그렇소?」

나는 버럭 소리를 지르고 말았다. 그러나 아망딘의 대꾸는 여전히 냉랭했다.

「우리는 개척자예요.」

「개척자가 별건 줄 아시오. 미국 속담에 이런 말이 있소. 〈진짜 개척자를 알아내기는 쉬운 일이다. 그는 등에 화살을 맞고 극서부 평원 한가운데에 쓰러져 있는 사람이다.〉」

그 말이 아망딘의 화를 돋웠던 모양이다.

「사람들이 죽었다고 해서 나 역시 마음의 상처를 입었을 거라고 생각하시나 보죠? 우리 타나토노트들은 모두 훌륭한 사람들이었어요. 용기가 다들 대단했지요……」

그녀의 목소리가 잦아들었다. 그러나 나는 이야기를 중단하고 싶지 않았다. 그녀가 두 문장이 넘게 잇달아 말한 것은 그때가 처음이었다. 좋은 기회를 놓치지 않으려고 나는 그녀의 감정을 자극했다.

「그건 용기가 아니라, 자살 행위였소.」

「자살 행위라고요? 그렇기로 말하면, 일엽편주에 몸을 싣고 망망대해로 나갔던 크리스토퍼 콜럼버스도 자살 행위를 했던 게 아닌가요? 또 최초의 우주 비행사 유리 가가린은 어떻고요! 로켓 안에 있는 금속통에 몸을 싣고 지구 밖으로 날아갔으니 그거야말로 자살 행위가 아니었을까요? 자살 행위를 하는 사람들이 없으면, 세계가 앞으로 나아갈 수 있을까요?」

또 그 소리다! 갈릴레이, 콜럼버스도 모자라 이제 가가린까지 들고 나왔다. 라울과 아망딘은 대량 학살을 정당화할 만한 선례를 잘도 끌어다 대고 있었다.

아망딘은 이제 자기 이야기에 열을 올리고 있었다. 거리감을 유지하려는 말투는 여전했다.

「펭송 박사님, 박사님은 아무것도 깨닫지 못하고 있는 것 같군요. 우리가 지원자들을 그토록 쉽게 구할 수 있다는 게 이상하지 않으세요? 수감자들은 모두 우리의 실패를 알고 있어요. 그런데 그들이 왜 우리에게 올까요? 모르시겠어요? 제가 말씀드리지요. 그건 우리 타나토드롬에 들어오면, 사회의 쓰레기라고 천대받던 그들이 갑자기 영웅으로 탈바꿈하는 느낌을 받기 때문이에요.」

「그렇다면 왜 우리가 지나갈 때마다 다른 수감자들이 위에서 우리에게 욕설을 퍼붓는 겁니까?」

「역설적인 태도에 그들 내면의 진실이 담겨 있어요. 그들은 동료들을 죽인 것에 대해 우리를 원망하면서도, 한편으로는 그들 역시 죽을 준비가 되어 있는 거예요. 그러니 언젠가는 그들 가운데 누군가가 일을 성공시킬 거예요. 저는 그것을 확신해요.」

아망딘의 모든 것이 내 마음을 사로잡고 있었다. 처음엔 그녀의 냉담과 침묵과 신비로움이 나를 사로잡더니, 이젠 그녀의 열정이 나의 마음을 뒤흔들었다.

내 옆자리에 앉은 금발의 여인이 무슨 불덩이라도 되는 양 내 오감이 달아올랐다. 어쩌면 죽음을 너무 자주 접한 탓에 삶을 향한 나의 욕구가 더욱 강렬해진 것인지도 모를 일이었다. 아망딘과 내가 단둘이 있는 것은 그때가 처음이었다. 게다가 감정이 격해져 있는 아망딘의 모습에 내 마음이 파도처럼 술렁거리고 있었다. 나는 모든 걸 잃더라도 내가 할 수 있는 건 다 해보고 싶은 심정이 되었다. 놓칠 수 없는 절호의 기회였다. 내 손이 변속 지렛대를 벗어나 차가 덜

컹거리는 틈을 타서 그녀의 무릎 위에 닿았다. 그녀의 살결은 새틴 천처럼 반드르르하고 믿기지 않을 만큼 보들보들했다.

아망딘은 위험한 물건을 내치듯 내 손바닥을 밀어냈다.

「미안해요, 미카엘. 하지만 당신은 전혀 내 취향에 맞는 남자가 아니에요.」

그럼, 그녀의 취향에 맞는 남자란 도대체 어떤 남자일까?

58. 여전히 아무런 성과가 없다

8월 25일 목요일, 과학부 장관이 비밀리에 플뢰리 메로지의 타나토드롬으로 우리를 찾아왔다. 메르카시에 장관은 영계 탐사를 위해 〈발진〉하는 광경을 직접 참관하고 싶어 했다. 장관의 얼굴엔 수심이 가득했다. 자기가 세기적인 우행(愚行)을 저지르고 있는 것은 아닌가 하는 의심과, 그런 경우라면 국회에 불려 나가 곤욕을 치르기 전에 당장이라도 발을 빼야겠다는 약삭빠른 속셈이 뒤섞인 얼굴이었다.

장관은 악수와 함께 치하의 말을 건네고, 특히 새로 선발된 다섯 타나토노트의 사기를 북돋워 주었다. 그러나 어쩐지 그의 말 속에는 자신감이 느껴지지 않았다. 장관은 라울을 따로 불러 우리가 실패한 횟수를 조심스럽게 물어보고는 라울이 그 수를 귀엣말로 알려 주자 소스라치며 놀라는 기색을 보였다.

장관은 내 쪽으로 오더니 나를 방 한쪽 구석으로 데리고 갔다.

「자네가 만든 부스터가 너무 독성이 강한 게 아닌가?」

「아닙니다. 저도 처음엔 그렇게 생각했습니다. 하지만 문제는 거기에 있는 게 아닙니다.」

「그럼 어디에 문제가 있지?」

「여러 차례 실험을 해본 결과, 일단 코마 상태에 들어가고 나면 타나토노트들은, 말하자면 어떤 선택의 기로에 서게 되는 것 같습니다. 떠날 것인가 아니면 돌아갈 것인가 하고 말입니다. 그 둘을 놓고 저울질을 하다가 그들은 모두 떠나는 쪽을 선택하는 듯합니다.」

메르카시에 장관이 이맛살을 찌푸렸다.

「그렇다면 강제로 그들을 돌아오게 만들 수 있지 않을까? 예컨대, 더욱 강력한 전기 충격을 준다든지 해서 말일세. 자네도 알다시피, 대통령 각하를 이승으로 다시 모셔 올 때도 의사들이 과감하게 전기 충격을 가했네. 그들은 심장에 전극을 바로 갖다 댔지.」

장관이 과학자라는 점을 감안하여, 나는 대답에 신중을 기하였다.

「그게 그리 간단치는 않습니다. 타나토노트들이 영계로 〈충분히 들어갔다〉고 생각되는 순간을 정확히 포착할 수 있어야 합니다. 너무 일찍 깨우면 아무 소용이 없고, 너무 깊이 들어간 뒤에 깨우면 소생시키기가 불가능해집니다. 결국 타이밍이 문제가 되는 것이지요. 대통령을 소생시킨 의사들은 운이 좋았던 것입니다. 아주 적절한 순간에 그분을 다시 모셔 올 수 있었으니까요. 그저 순전히 우연이라고 할 수밖에 없습니다.」

장관은 뭔가 과학자다운 면모를 과시하고 싶어 했지만

사실은 별로 아는 게 없는 듯했다.

「그래도 전압을 높이고, 마취제의 양을 줄이고 염화칼륨의 용량을 줄여 보게. 그러면 아마 그들이 더 일찍 깨어날 수 있을 거야.」

이미 우리가 다 시행해 본 바였지만, 나는 마치 드디어 기적 같은 비법을 깨닫기라도 한 사람처럼 고개를 주억거렸다. 그렇다고 장관을 속일 생각은 없었기 때문에 나는 이렇게 덧붙였다.

「돌아올 가능성이 남아 있을 때 타나토노트들이 자발적으로 귀환을 선택해야 합니다. 그 문제에 대해서 생각을 많이 해보았습니다. 하지만 무엇 때문에 그들이 저승길로 계속 나아가는지 그걸 전혀 알 수가 없습니다. 저 위에 그들을 끌어당기는 뭔가 매력적인 것이 있는 듯한데 그게 무엇인지 모르겠어요. 그걸 안다면 우리는 그보다 더 매력적인 것을 제안할 수 있을 텐데 말입니다.」

「자네 말을 들으니 옛날의 어떤 뱃사람들 얘기가 떠오르는군. 16세기 유럽의 뱃사람들이 태평양에 있는 어떤 섬들에 표착한 일이 있었다네. 그 섬엔 넋이 나갈 정도로 아름다운 여인들과 향기 그윽한 열매들이 있었지. 그 뱃사람들은 힘겹게 고향으로 돌아가느니 차라리 거기에 남는 쪽을 선택했다네.」

듣고 보니 그럴 법도 하였다. 예컨대 〈바운티〉호의 반도(叛徒)와 우리 타나토노트들 사이에는 여러 가지 공통점이 있었다. 당시의 뱃사람처럼 우리 타나토노트들도 전과자들이었고 새로운 땅으로 도망치고 싶은 욕구도 그들 못지않을 터였다.

「사람들이 저승으로 달아나지 않게 붙잡을 방법이 없을까? 사람들로 하여금 죽음에 저항하게 하고 환자들로 하여금 낫고자 하는 열망을 갖게 해주는 것은 무엇일까?」

메르카시에 장관이 물었다.

「행복에 대한 의욕이겠지요.」

그런 막연한 대답을 내놓으며 나는 한숨을 지었다.

「그렇겠지. 그럼 사람들을 행복하게 만드는 게 무엇일까? 타나토노트들이 〈떠날 것인가 아니면 돌아갈 것인가〉라는 딜레마에 봉착하게 될 때, 그들에게 영향력을 행사할 수 있는 방법은 무엇일까? 그들이 돌아오도록 동기를 부여하는 방법은 여러 가지일 걸세.」

나는 병원에 있을 때, 자연 치유가 이루어진 증례에서는 환자의 의지가 커다란 몫을 차지한다는 것을 확인한 바 있었다. 애오라지 살아남아야 한다는 강한 열망을 지닌 덕분에 목숨을 보전하는 환자들도 있었다. 로스앤젤레스의 차이나타운에 관한 어떤 연구 논문에서, 설날에는 그곳 주민들의 사망률이 거의 0으로 떨어진다는 얘기를 읽은 적이 있다. 그 이유는 노인들과 위독한 병자들이 그 명절을 다시 즐기기 위해 하루라도 더 목숨을 부지해야겠다는 마음가짐을 갖기 때문이라는 것이다. 그다음 날이 되면 사망률은 정상적인 수준으로 되돌아온다고 했다.

사람의 생각은 무한한 가능성을 가지고 있다. 자명종의 도움 없이 아침 몇 시에 눈을 뜨겠다고 뇌에 프로그램을 짜 넣으면 어김없이 그렇게 되는 경우를 경험한 적이 있었다.

그런 것을 통해 뇌의 잠재력이 조금이나마 개발되었다며 즐거워했던 일이 기억난다. 우리 뇌의 주름 속에는 많은 정보들이 저장되어 있기 때문에 머릿속에 있는 서랍을 열기만 하면 우리는 그 정보들을 마음대로 사용할 수 있다.

신경 체계의 자동 프로그래밍에 관한 연구가 분명히 실행되고 있을 터인데, 그렇다면 그것을 우리 실험에 활용해야 할지도 몰랐다. 어쨌든, 타나토노트들이 자신의 의지에 따라 코마에서 돌아올 수 있게 하는 일이 급선무였다.

장관이 왔던 그 날의 실험에서 타나토노트는 귀환을 선택하지 않았다. 남아 있던 그의 네 동료는, 그가 죽음의 문턱을 완전히 넘어가던 순간에 보여 준 발작적인 몸짓에 겁을 집어먹고는 우리와 함께 일하기를 포기해 버렸다. 이제 타나토노트들끼리 서로 먼저 영웅이 되겠다고 나서는 상황을 기대할 수 없게 되었다. 앞으로는 동료들을 참관시키지 않고 우리 연구팀만이 지켜보는 가운데 한 사람씩 따로 떠나보내야 할 모양이었다. 그러나 그것마저도 어려워질 것 같았다. 플뢰리 메로지에서조차 지원자를 모집하기가 점점 어려워지고 있기 때문이었다.

59. 티베트 신화

티베트 사람들에 따르면, 티베트 불교의 신 가운데는 다음과 같이 아홉 무리의 귀신이 있다고 한다.
1. 스비인 신 사찰의 수호신이자 돌림병을 널리 퍼뜨리는 귀신.
2. 브두드 천계의 상층부에 있는 귀신. 물고기나 새, 풀,

돌로 변신할 수 있다. 그들의 우두머리는 아홉 층으로 된 높은 흑루(黑樓)에 살고 있다.

3. 스린포 사람을 잡아먹는 거구의 두억시니.

4. 클루 뱀의 형상을 한 지옥의 신.

5. 브찬 하늘과 숲과 빙하에 사는 신.

6. 라 백색의 천신(天神). 사람에게 선을 베푸는 이로운 신들로서 누구의 어깨 위에나 머문다고 한다.

7. 드무 악귀의 무리.

8. 드레 저승사자. 종종 치명적인 질병을 퍼뜨리는 귀신으로 여겨짐. 사람들에게 일어나는 나쁜 일은 모두 이 귀신들이 일으키는 것이다.

9. 간드레 악신의 무리.

프랑시스 라조르박의 논문, 「죽음에 관한 한 연구」에서 발췌

60. 펠릭스[26] 케르보스

엄밀히 말해서 펠릭스 케르보스는 우리가 이웃으로 삼고 싶어 할 만한 사람이 못 되었다. 하지만 그가 살아온 기막힌 내력을 알고 나면, 얼마간은 그에게 정상 참작의 은전을 베풀 마음이 생길 것이다.

그의 삶은 태어나는 과정부터 기구하였다. 부모가 피임에 실패함으로써 세상에 나온 그는 원하지 않은 아이로 세상에 태어났다. 소비자 보호의 기치를 내걸고 있는 〈우리는

---

26 미국의 만화가 팻 설리번의 만화 영화 주인공인 고양이 펠릭스를 연상시키는 이름이다. 고양이 펠릭스는 어떠한 역경 속에서도 죽지 않고 살아남는 검은 고양이다.

여러분을 위해 모든 상품을 시험합니다〉라는 잡지에서 밝힌 바에 따르면, 펠릭스의 아버지가 사용한 상표의 콘돔은 신뢰도가 96퍼센트에 불과했다. 그 콘돔을 써서 실패하는 4퍼센트의 경우에 펠릭스가 포함된 것은 전혀 그의 잘못이 아니었다. 그의 아버지도 그런 일이 벌어지리라고는 꿈에도 생각하지 않았을 것이다. 콘돔이 자기의 기대를 저버린 것을 알았을 때, 펠릭스의 아버지가 느낀 낭패감은 이만저만이 아니었다. 그가 서른다섯이 되어 뒤늦게 담배를 피우기 시작한 것만 보아도 그 사실을 짐작하고도 남는다.

펠릭스의 어머니 쉬제트는 아이가 들어선 것을 알자마자 유산시키려고 했다. 그러나 펠릭스는 태아기 때부터 이미 개털에 낀 진드기처럼 검질긴 생명력을 보여 주었다. 낙태 전문가들이 되풀이해서 애를 썼지만 결국 태중에 있는 아기의 얼굴에 상처만 냈을 뿐이었다.

펠릭스가 태어난 뒤로, 그의 어머니는 두 차례에 걸쳐 그를 익사시키려고 했다. 처음에 펠릭스의 어머니는 머리를 감긴다는 핑계로 아이의 머리를 욕조의 물속에 처박았다. 쉬제트는 충분히 되었을 거라고 생각하며 펠릭스의 머리를 들어 올렸으나 아이는 여전히 살아 있었다. 그 뒤에 쉬제트는 거우 걸음마를 시작한 아이를 강물 속으로 떠밀어 버렸다. 하지만 펠릭스는 어떠한 역경에서도 살아남을 수 있는 천부적인 능력을 가지고 있었다.

아이는 지나가던 배의 나선 추진기를 아슬아슬하게 피했다. 뺨에 커다란 상처를 입었을 뿐이었다. 그런 다음에 아이는 어머니가 내민 우산대를 잡고 강둑으로 다시 기어오를 수 있었다. 애초에 어머니는 우산으로 아이의 머리를 때리려고 했던 것인데, 동작이 서툴렀던 탓에 아이가 그걸 잡고 살아난 것이었다.

어린 시절 내내 펠릭스 케르보스는 왜 사람들이 모두 자기를 마땅치 않게 여기는지 의아해했다. 아이는 그 이유를 자기가 못생겼기 때문이거나 자기 어머니가 너무 아름다운 것을 시샘하기 때문이라고 생각했다.

오랫동안 참고 참았던 그의 울분이 마침내 어머니가 세상을 떠나면서 터져 나왔다. 어머니가 죽자, 그는 세상에서 자기가 사랑하던 단 하나뿐인 사람이 사라졌음을 깨달았다. 이제 그에게 남은 것은 증오뿐이었다.

펠릭스의 증오심은 처음에 자동차 타이어에 대한 공공연한 공격으로 나타났다. 펠릭스는 칼을 들고 다니며 애먼 자동차의 타이어에 구멍을 냈다. 그러나 그것으로는 성이 풀리지 않았다. 펠릭스는 불량배와 어울려 다니면서, 살아 있는 엄마 밑에서 자라는 부유하고 운 좋은 아이들을 협박해서 돈을 뜯어냈다. 그는 그런 아이들 중에서 돈 내놓기를 꺼려하는 아이 셋을 죽였고, 그런 잔혹성을 인정 받아 그 패거리의 살인 전담자가 되었다. 그러던 중 열여덟 살 무렵이 되자 그의 친구들이 이성에 대한 관심을 보이기 시작했다. 그러나 펠릭스는 성폭행에 가담하는 것을 거부했다. 그를 열광시켰던 것은, 부유한 사람들의 집에 쳐들어가 그들의 가슴에 칼을 꽂는 일이었다. 그것이 세상에 대해 그가 앙갚음을 하는 방식이었다. 자기를 키우느라고 그토록 고되게 살다 간 사랑하는 자기 어머니의 원한을 그는 그런 식

175

으로 풀고 싶어 했다.

 펠릭스는 스물다섯 나던 해에 중죄 재판정에 섰다. 그는 배심원들을 설득할 수 없었다. 그도 그럴 것이, 날이 선 길고 뾰족한 칼을 남의 물렁물렁한 배에 쑤셔 넣으면서 이루 말할 수 없는 쾌감을 느낀다는 그의 이야기를 이해해 줄 사람은 아무도 없었던 것이다. 은빛 흉기로 사람을 찌를 때의 산득산득한 기분에 집착하는 그를 누가 이해할 수 있었으랴. 검사의 구형대로 펠릭스에게는 284년의 징역형이 선고되었다. 행형 성적이 좋을 경우, 형기가 256년으로 단축될 수 있다는 단서가 붙었다. 펠릭스의 변호사는, 〈의술이 진보해서 평균 수명이 현재의 90세보다 더 연장되지 않는 한〉, 그것은 무기 징역이나 마찬가지라고 설명했다.

 펠릭스는 감옥에 갇혀, 멧돼지 털로 칫솔을 만드는 일로 하루하루를 보냈다. 그런 일만으로 그의 삶이 행복할 리 만무였다. 그는 합법적으로 출옥을 하리라고 다짐했다. 이미 모범적인 수형 생활을 한 덕에 형기가 256년으로 단축되어 있는 마당이었다. 펠릭스는 잔여 형기를 더 신속하게 줄일 수 있는 방법이 없을까 하는 생각에 골몰했다.

 그러던 차에 교도소장이 솔깃한 제안을 해왔다. 소장의 얘기는, 오늘날에 뭐든지 팔 수 있다, 그게 바로 현대 사회의 특징이 아니냐, 그러니 케르보스의 잔여 형기도 〈거래〉를 통해 줄여 나갈 수 있다는 것이었다.

「무슨 돈이 있어서 거래를 합니까?」

 가련한 펠릭스는 대뜸 그렇게 물었다.

「누가 지금 돈 얘기를 하고 있는 겐가? 자네 같은 장부들이야 몸이 건강하다는 것 하나만으로도 굉장한 재산을 가진 거나 다름없지.」

그리하여 하나의 끔찍한 거래가 시작되었다.

펠릭스는 세월을 벌기 위해, 아직 시판이 허용되지 않은 의약품의 효능과 안전성을 직접 시험하였다. 그 의약품들의 부작용은 물론 알려져 있지 않은 상태였다.

짐승을 친구로 여기는 자들의 압력 때문에 동물을 상대로 한 실험이 금지된 뒤로, 의약업자들은 죄수들 말고는 달리 도움을 청해 볼 데가 없었다.

펠릭스는 어떤 항(抗)부정맥제를 시험 복용함으로써 3년의 감형을 얻어 냈다. 그 약 때문에 그에게는 부정맥과 불면증이 생겼다. 불소 함량이 너무 많은 치약을 시험 사용하다가 간이 나빠지기도 했고(5년 감형), 세척력이 너무 강한 비누 때문에 살갗이 거덜이 나기도 했다(3년 감형). 어떤 초(超)활성 아스피린은 궤양을 일으켰고(2년 감형), 어떤 지독한 헤어로션은 그의 머리를 반은 대머리로 만들어 버렸다(4년 감형).

펠릭스 케르보스는 사기를 잃지 않았고, 어떤 때는 전혀 해를 끼치지 않는 상품이 있다는 것을 알고 경이로움을 느끼기까지 했다.

교도소 내에 소요가 일어났을 때, 펠릭스는 교도관들 편에 서서 주먹을 휘둘렀고, 그 공로로 2년을 감형받았다. 그뿐 아니라 교도소 내에 만연해 있던 마약 밀거래를 고발함으로써 동료 수감자들의 원성이 자자한 가운데 3년의 감형을 얻어냈다.

「이봐, 펠릭스. 그렇게 잘 보이려고 애써서 뭐하겠다는 거야?」

「남이야 뭘 하든 자네들이 무슨 상관이야. 난 눈에 잘 들려고 애쓰는 사람도 아니고 고자쟁이도 아니야. 내겐 야심이 있어. 네까짓 것들이 내 마음을 알겠어? 난 여기서 당당하게 나갈 거야.」

「누가 말려? 그 싸구려 약품들 갖고 계속 씨름해 보라고. 두 다리로 걸어 나가기가 쉽지 않을걸.」

펠릭스는 토요일마다 헌혈을 했고(0.25리터당 일주일씩 감형), 목요일마다 흡연의 폐해에 관한 보건부의 연구를 돕기 위해 필터 없는 궐련을 열 갑씩 피워 댔다(담배 한 갑을 피울 때마다 하루씩 감형). 또 월요일과 화요일에는 감각 차단 실험의 피험자 노릇을 했다. 그 실험을 할 때는 방음이 되어 있는 하얀 방에서 온종일 먹지도 않고 가만히 누워 있어야만 했다. 그러면 저녁에 하얀 가운 입은 사람들이 와서 그 실험이 그에게 준 충격이 어느 정도인지를 확인했다.

갖은 고난을 다 겪은 끝에 펠릭스는 마침내 그의 잔여 형기를 148년으로 줄일 수 있었다. 그러나 그 결과는 너무나 비참하였다. 콩팥은 한 쪽밖에 못 쓰게 되었고, 부작용의 폐해가 너무 심한 어떤 소염제 때문에 한쪽 귀가 들리지 않았다. 또한 시험적으로 착용한 콘택트렌즈 때문에 계속 눈을 깜박거리고 있었는데, 그 콘택트렌즈는 너무 유연하고 부착력이 강해서 일단 각막에 붙어 버리면 다시 떼어 내기가 불가능한 것으로 판명되었다.

그런 상황이었지만, 펠릭스는 자기가 언젠가는 출감하게

되리라는 것을 굳게 믿고 있었다.

소장이 그에게 〈천국〉 사업 얘기를 꺼내며 80년 감형을 약속했을 때, 펠릭스는 더 이상 이야기하고 자시고가 없다며 당장 하겠다고 나섰다. 그렇게 좋은 일을 왜 진작 제안하지 않았느냐는 투였다.

물론 교도소 안에 뜬소문이 나돌고 있었다. 지하에 있는 어떤 방에서 실험을 벌이고 있는데, 수백 명의 수감자가 목숨을 잃었을 거라는 소문이었다. 펠릭스는 그런 소문에 아랑곳하지 않았다. 이미 죽을 고비를 숱하게 넘겨 온 그인지라 자기 명줄이 질기다는 것에 대한 자신감도 있었다. 다른 사람들은 운이 없었던 것이고 자기는 그들과 다르리라고 생각했다. 뭐니 뭐니 해도 80년 감형이라는 대가를 놓칠 수 없는 노릇이었다. 세상에 거저 얻어지는 게 어디 있던가, 80년 세월을 벌려면 그에 걸맞은 노력을 하는 게 당연하지 않은가 하고 그는 생각했다.

펠릭스는 기꺼이 치과용 의자에 앉았다. 그는 가슴을 내밀어 전극을 쉽게 장착할 수 있게 해주었고 냉각용 담요를 손수 끌어당겨 덮었다.

「준비됐습니까?」

「예, 시키신 대로 했습니다.」

케르보스가 대답했다.

「준비 완료.」

「쥬비 완뇨!」

펠릭스는 기도를 올리지 않았다. 성호도 긋지 않았고 두 손을 모아 깍지를 끼지도 않았다. 그저 오른쪽 볼 안에 늘

넣고 다니는 씹는담배를 단단히 고쳐 쥐었을 뿐이었다. 어쨌든 그는 과학적으로 뭐가 어떻게 돌아가는지 전혀 이해하지 못하고 있었다. 그런 것은 아예 무시하고, 그의 관심은 오로지 일이 끝난 뒤에 찾아올 보상에만 집중되어 있었다. 80년의 감형이라니!

우리가 일러 준 대로, 펠릭스가 천천히 초읽기에 들어갔다. 「여섯…… 다섯…… 넷…… 셋…… 둘…… 하나…… 발진!」

그런 다음 그는 자기가 어디로 가는지도 모르는 채 스위치를 눌렀다.

61. 치피와 인디언 신화

치피와 인디언은 슈피리어 호에서 아주 가까운 미국 위스콘신 주에 사는 원주민이다. 죽은 다음에도 그들은 삶이 예전과 똑같이 계속된다고 생각한다. 삶에는 끝도 없고, 좋은 쪽이든 나쁜 쪽이든 어떤 변화도 없다. 삶은 어떤 목적, 어떤 도덕, 어떤 의미도 없이 똑같은 필름을 한없이 되돌리는 것과 같다.

프랑시스 라조르박의 논문, 「죽음에 관한 한 연구」에서 발췌

62. 경찰 기록

관계 부서에 보내는 보고

라울 라조르박이 과학자들로 이루어진 연구팀의 협조를 얻어 현재 죽음에 관한 실험을 행하고 있습니다. 그 실험 과정에서 이미 1백 명 이상이 희생되었다고 합니다. 가능한 한 빨리 어떤 조치를 취해야 할 듯합니다.

관계 부서의 회신

시기상조임.

63. 새로운 시도

라울과 아망딘과 나는 늘 하던 대로 코마에 빠진 뒤에 깨어나게 하는 일련의 조처들을 실시했다. 가망이 별로 없어 보였다. 라울만이 이미 물건처럼 되어 버린 펠릭스의 몸뚱이를 응시하며 기도를 외듯 되뇌었다.

「깨어나게, 제발. 깨어나게.」

우리는 심전도와 뇌파도가 어렴풋하게 나타나는 것을 보면서 소생술을 시행했다.

「깨어나게, 깨어나게.」

라울이 중얼거렸다.

나는 기계적으로 상용적인 조처를 다 취했다. 변화의 기미가 보이지 않았다. 허탈감에 젖어 들지 않기 위해서 크게 비명이라도 한바탕 지르고 싶었다. 그때 라울이 울부짖는 소리로 외쳤다.

「손가락을 움직였어! 물러나게. 모두 물러나! 이 친구가 움직였어.」

나는 잘못 본 것이려니 생각하면서 뒤로 물러났다. 갑자기 심전계에서 삐 소리가 났다. 처음에 들릴락 말락 하게 삐 하고 한 차례 소리를 내더니, 다음엔 삐, 삐 하고 잇달아 소리를 냈고 마침내 삐, 삐, 삐 하면서 제대로 작동하기 시작했다. 손가락 하나가 다시 움직이더니 이어 모든 손가락들이 움직였다.

움직임이 손에서 팔로, 다시 어깨로 이어졌다. 또다시 정신 이상자를 마주하게 되는 게 아니어야 할 텐데 하면서 나는 주머니에 있는 작은 고무 곤봉을 만지작거렸다. 그런 종류의 불상사를 예방하는 뜻으로 늘 지니고 다니는 일종의 부적이었다.

펠릭스가 눈꺼풀을 바르르 떨며 눈을 떴다. 입가에 주름이 잡혀 찡그린 표정이 생기더니 곧 벙긋거리는 웃음으로 바뀌었다. 삐, 삐, 삐 소리와 함께 뇌와 심장의 리듬은 완전히 정상으로 돌아와 있었다.

인간 기니피그는 식물인간으로도 정신 이상자로도 보이지 않았다. 몸도 성하고 정신도 멀쩡했다. 마침내 타나토노트가 무사히 타나토드롬으로 귀환한 것이었다.

「와아아아아 야호! 해냈어!」

환호성이 실험실 안에 울려 퍼졌다. 아망딘과 라울과 나는 격렬하게 서로 부둥켜안았다.

라울이 가장 먼저 냉정을 되찾았다. 그는 펠릭스에게 몸을 구부리며 물었다.

「그런데, 어떻던가?」

우리는 신비의 세계를 다녀온 특별한 여행자 입에서 맨 처음 나올 말이 무엇일지 조마조마한 마음으로 기다렸다. 그 말이 어떤 것이든 그는 십중팔구 사자들의 나라를 다녀오는데 성공한 최초의 인간으로서 역사 교과서의 한 구절을 차지하게 될 터였다.

방 안에 갑자기 깊은 정적이 감돌았다. 그 순간을 얼마나 기다렸던가. 이제껏 실패만 되풀이했었는데, 인류가 아주 오랜 옛날부터 꿈꾸어 오던 해답을 피테칸트로푸스처럼 생긴 그 무뢰한이 쥐고 있었다.

펠릭스의 입술이 옴지락거렸다. 말문이 열리는가 싶더니 도로 닫혔다. 그는 눈을 지그시 감고 다시 말문을 떼어 보려고 입을 움직였다. 쉰 목소리가 힘겹게 토막 져 나왔다.

「에이…… 빌어먹을!」

우리는 깜짝 놀라며 그의 표정을 살폈다.

펠릭스가 이마를 문지르며 말했다.

「아이구, 빌어먹을, 저 거시기…….」

그러고 나서 그는 우리를 뚫어지게 바라보았다. 우리가 자기에게 그토록 많은 관심을 보이는 게 놀랍다는 투였다.

「그런데, 내가 80년 감형을 받긴 받는 거요?」

당장이라도 그를 잡고 흔들며 축하해 주고 싶었지만, 그가 제정신을 차리도록 틈을 주어야 한다는 생각이 들었다. 그러나 라울은 참지 못하고 다그쳐 물었다.

「어땠나?」

펠릭스는 두 손목을 서로 문지르며 눈을 깜박였다.

「음, 뭐랄까…… 이거 어떻게 말해야 할지 모르겠네. 나는 내 몸뚱이에서 빠져나갔소. 처음엔 되게 겁나더구먼. 작은 새가 된 기분이었소. 빌어먹을! 몸 밖에서 날아다녔단 말이오……. 오늘 갓 죽은 송장들하고 다 같이 높이 올라갔소. 여기에서 보던 얼굴도 있더구먼요. 그렇게 잠시 날다가 빛으로 된 커다란 고리 앞에 다다랐소 그 고리는 테두리에 불을 붙여 놓은 굴렁쇠 같았소. 텔레비전에서 서커스 할 때 보면 호랑이들을 불길 속으로 지나가게 하는 곡예가 있지요? 바로 그럴 때 쓰는 불 굴렁쇠 같은 거였소.」

펠릭스는 숨을 가다듬었다. 우리는 그의 입에서 나오는 말 한 마디 한 마디에 신경을 곤두세우며 듣고 있었다. 자기 이야기에 우리가 그토록 열띤 관심을 보이고 있는 것에 흐뭇해하며 펠릭스가 말을 이었다.

「정말 믿기지 않는 일이었소. 그 한가운데에서는 손전등 불빛 같은 것이 있었소. 그러니까 네온 불빛이 테를 두르고 있고 가운데에 빛이 한 줄기 있는 거요. 그 빛이 마치 나를 끌어당기는 것 같았소. 빛이 나에게 어서 오라고, 가까이 오라고 말하고 있었소. 그래서 갔지요. 곡마단의 호랑이처럼 불길이 넘실거리는 굴렁쇠를 넘어, 손전등 불빛 쪽으로 다가갔소……」

라울이 말을 자르며 끼어들었다.

「불로 된 동그라미가 있고 중앙에 빛이 있더란 말이지요?」

「그렇소. 과녁처럼 생겼다고 생각하면 될 거요. 내가 어디까지 얘기했소? 빛이 내 뇌에 대고 직접 얘기했다는 걸 말했는지 모르겠네. 하여튼, 빛은 나보고 더 다가오라고 말했소. 안심하라면서 말이오.」

「그래서 앞으로 나아갔나요?」

아망딘이 궁금증을 견디지 못하고 물었다.

「그럼요. 앞으로 나아갔더니, 원뿔이나 깔때기 같은 것이 나타났어요. 거기에서 뭔가가 빙빙 돌고 있더군요.」

「그게 뭔데요?」

「글쎄요, 거시기…… 별 떼나 증기 알갱이 같은 것들이 소용돌이를 치며 깔때기 모양을 이루고 있었어요. 집을 한 백 채쯤 포개 놓은 것 같은 커다란 깔때기였지요.」

라울은 제 오른 주먹으로 왼쪽 손바닥을 때리며 소리쳤다.
「영계야! 펠릭스는 영계를 본 거야!」
「계속하게, 펠릭스.」
나는 라울 때문에 중단된 이야기를 계속하도록 부탁했다.
「그러지요. 나는 계속 나아갔소. 나아갈수록 빛이 자꾸 나를 심란하게 만들었소. 이러다간 끝내 못 돌아갈지도 모른다는 생각이 문득 들었소. 잘못하면 10년 공부가 도로 아미타불이 되겠다 싶더군요. 80년 감형이 물거품이 될 뻔했지요. 그 빛이 내 머릿속에서 자꾸 속삭였어요. 감형이고 뭐고 다 부질없는 것이다. 아래 세상에 있는 건 다 헛되고 어리석은 것일 뿐이다라고 말이오. 생각해 보니 솔깃한 얘기였소. 게다가 그곳의 느낌이 너무 좋아서, 보물이 가득한 알리바바의 동굴에 들어와 있다는 생각마저 들었소. 금과 은이 가득한 동굴이 아니라 유쾌한 느낌으로 가득한 동굴이었지요. 아늑하고 따뜻하고 달콤하고 부드러웠소. 마치 어머니를 다시 만난 기분이었소……. 물 좀 없어요? 입안이 너무 깔깔해서 물 좀 마셔야겠소.」

아망딘이 컵에 물을 따라 왔다. 펠릭스는 물 한 잔을 단숨에 비우고 이야기를 계속했다.

「결국 계속 나아가는 것 말고는 달리 방법이 없었소. 빌어먹을! 그렇게 나아가는데 앞에 투명한 벽이 나타났소. 벽돌로 지은 벽이라기보다는 엉덩이 살가죽 같은 것으로 된 벽이라고 말하는 게 좋을 것 같소. 젤라틴으로 만든 벽이라고 생각해도 될 거요. 그 벽을 보니 내가 창자 끝의 똥구멍 바로 앞에 와 있다는 생각이 들더구먼요. 위험이 닥치리라는 것을 직감했지요. 그 벽을 넘으면 마치 똥구멍을 빠져나가듯이 다시는 못 돌아올 것 같았소. 그럼 모든 게 끝나는 거고 80년 감형도 날아가는 거요. 난 스스로에게 제동을 걸었소.」

결국 펠릭스는 내가 고민하던 〈선택〉의 문제를 해결한 셈이었다. 결정적인 순간에 그는 자기가 살아남아야 할 이유를 생각해 냈던 것이다. 해답은 놀라울 만큼 간단한 것이었다.

펠릭스가 안도의 숨을 내쉬며 말했다.

「그게 쉬운 일은 아니었소. 나 혼자 힘으로 영혼이 가던 길을 되돌리느라고 엄청나게 애를 먹었소. 그렇게 한동안 애를 썼더니 기다란 은색 줄 같은 것이 단번에 나를 여기로 데려왔소. 그런 다음 나는 다시 눈을 떴지요.」

우리 셋의 기쁨은 이루 말할 수가 없었다. 제7천국을 갔다 온 기분이 아마 그런 것일 것 같았다. 펠릭스의 쾌거로 그간의 모든 희생이 헛되지 않게 되었다. 우리 노력이 마침내 열매를 맺은 것이다. 한 사람이 죽음의 문턱을 넘어갔다 돌아와서 저승의 모습을 우리에게 전해 주었던 것이다.

펠릭스가 냉수에 이어서 이번에는 럼을 한 잔 달라고 했다. 아망딘은 서둘러 달려가 그것을 갖다 주었다.

「기자 회견이라도 해야 되는 거 아니야? 사람들도 알아야지……」

내가 흥분을 감추지 못하고 그렇게 말하는데, 라울이 재빨리 쐐기를 박았다.

「너무 일러. 당분간 우리 사업은 1급 비밀로 남아 있어야 하네.」

64. 뤼생데르

대통령 뤼생데르는 아주 흐뭇한 마음으로 애견 베르생제토릭스의 목덜미를 쓰다듬었다.

「그들이 성공했단 말이지요, 메르카시에 장관!」

「그렇습니다. 제가 봤습니다. 그 타…… 타나토노트가 떠났다가 돌아오는 장면을 비디오테이프를 통해 제 두 눈으로 분명히 보았습니다.」

「타나토노트라고 했소?」

「실험 대상자들을 지칭해서 그들이 지어낸 말입니다. 〈죽음의 세계를 항행하는 자〉나 그 비슷한 것을 뜻하는 그리스어입니다.」

대통령은 눈꺼풀에 실주름을 잡으며 싱긋 웃었다.

「아주 그럴듯한데. 아주 시적인 이름이오. 여하튼 그 이름이 마음에 들어요. 다소 학술적인 분위기를 풍기긴 하지만 그런 진지한 태도는 우리 실험에 전혀 나쁠 게 없지요.」

뤼생데르의 기쁨은 이루 말할 수가 없었다. 그런 상황이었기에 이름이 어떤 것이든 그는 만족했을 것이다. 죽음의 벗들이면 어떻고, 사계 비행사면 어떻고, 천국 탐사자면 어떠랴…….

메르카시에 장관은 대통령의 관심이 자기에게 쏠리게 하려고 애썼다. 따지고 보면 그 사업의 틀을 잡은 사람은 그였다. 따라서 그가 사업의 성공에 우쭐해하는 것은 당연한 일이었다. 언제나 그랬듯이 이번에도 그는 아내가 그려 주는 행동 노선을 그대로 따라 일대 모험을 감행했던 거였다.

「결국, 그들은 새로운 오스트레일리아를 탐험한 선구자들이라고 할 만합니다.」

「그래요, 메르카시에 장관. 장관이 결국 내 생각을 이해한 것 같군요.」

장관은 그 발견의 공로를 자기에게 돌리고 싶었을 것이다. 하지만 역사에 기록될 사람은 그가 아니라 웅대한 전망을 지닌 뤼생데르 대통령일 거였다. 뤼생데르는 자기가 불멸의 업적을 이루었다고 생각했다. 광장에는 그의 동상이 들어설 것이고, 그의 이름을 딴 거리도 생겨나리라……. 실로 엄청난 위험이 따르는 일을 해냈다. 그 일을 위해 치른 대가도 적지 않았다. 수십 명이 목숨을 잃었다. 어쩌면 1백 명 가까이 될지도 모른다. 그러나 어쨌든 그는 해내고야 말았다! 영광 가득한 꿈이 한창 무르익어 가는데, 메르카시에 장관이 끼어들어 김을 뺐다.

「대통령 각하, 이제부턴 무엇을 해야 할지요?」

65. 역사 교과서

영계 탐사는 처음 타나토노트들을 파견하자마자 바로 성과가 나타났다. 그렇게 빨리 성과가 나타나리라고는 아무도 기대하지 않았다. 최초의 지원자인 펠릭스 케르보스가 대번에 영계로 떠났다가 귀환하는 데 성공했다. 영계 탐사의 개척자들은 일이 그렇게 빨리 성사

된 것을 오히려 놀라워했다.

『기초 강의용 영계 탐사의 역사』

66. 켈트 신화

켈트 신화에 따르면 저승은 죽음도 노동도 겨울도 없는 신비로운 세계이다. 거기에는 신들과 정령들과 영원히 늙지 않는 사람들이 살고 있다. 웨일스 사람들은 그 나라를 〈아눈〉이라고 부른다. 거기에는 소생의 솥과 풍요의 솥이 있다. 소생의 솥은 죽은 전사들에게 목숨을 되돌려 주고 풍요의 솥은 영원한 생명을 주는 양식을 마련해 준다.

웨일스 사람들과 아일랜드 사람들은 〈아눈〉, 즉 저승이 물질세계와 똑같이 실재한다고 믿었다. 그들은 몇 가지 마법을 사용하기만 하면 이승과 저승을 넘나들 수 있다고 생각했다.

프랑시스 라조르박의 논문, 「죽음에 관한 한 연구」에서 발췌

67. 축제가 끝나고

「펠릭스는 얼마나 좋을까. 나도 그렇게 해보았으면.」

늘 차분하던 아망딘이 평소와 다르게 들떠 있었다. 회합이 끝난 뒤에 종종 그랬듯이 그날도 내 차로 그녀를 바래다주던 길이었다. 그날 밤에 우리는 약간 취해 있었다. 타나토드롬에는 거품 이는 포도주밖에 없어서, 그걸 플라스딕 잔에 따라 마시며 우리의 성공을 은밀하게 자축했던 것이다.

「정말 환상적인 순간이었어요! 내가 펠릭스라면 얼마나

좋을까요! 최후의 대륙에 발을 디디고 돌아온 최초의 인간, 최초의 타나토노트가 바로 나라면 말이에요! 아, 정말. 펠릭스가 부러워요!」

나는 구름 속을 헤매고 있는 그녀를 지상으로 끌어내리려고 애썼다.

「아무나 할 수 있는 일이 아니에요. 귀환할 만한 동기가 확실해야 해요. 그 친구 이야기하는 거 들었잖아요. 빛에 유혹을 당해 돌아올까 말까 하고 망설였다고요. 결국 이승에서 감형을 얻어 내야 한다는 강한 동기가 있어서 돌아올 수 있었던 거요.」

나는 가속기를 밟았다. 어슴푸레한 차창 밖으로 교외의 우중충한 풍경이 스쳐 지나가고 있었다. 그녀 쪽으로 슬쩍 눈길을 돌려 보니, 아망딘은 차가 흔들리고 있는 것을 아랑곳하지 않고 얼굴에 정성스럽게 분을 바르고 있었다.

이제 조금씩 그녀 마음을 알 수 있을 것 같았다. 라울에게서 그녀에 관한 얘기를 들은 적이 있었다. 그토록 어여쁜 그 여자는 아주 성실한 간호사였다고 했다. 그녀의 성실함은 오히려 지나칠 정도였다. 아망딘은 병원에서 자기가 맡은 환자들이 죽어 가는 것을 더 이상 보고 있을 수 없어서 우리 일에 참여한 여자였다. 학창 시절에도 성적이 나쁘게 나오면 세상이 무너진 것 같이 낙심을 하던 그녀였다. 병원에서 환자가 죽는 것이 그녀에겐 학교에서 영점을 받는 것만큼이나 절망스러운 일이었다. 자기 환자가 수술대 위에서 죽으면, 아망딘은 그것을 자기 책임으로 느꼈다.

동료들이 아무리 그녀의 잘못이 아니라고 말해도, 아망

딘은 그렇게 생각하지 않았다. 아망딘은 사망자가 생길 때마다 그것을 자기가 무능한 소치라고 확신했다.

아망딘은 환자들이 죽는 것은 사랑이 부족하기 때문이라고 생각했다. 그녀가 보기엔, 죽음은 환자의 선택이었다. 암이 전신에 퍼진 말기 환자조차도 사랑을 통해 죽음을 선택하지 않도록 만들어야 했다. 그 환자가 죽음을 선택하는 것은, 주위 사람들이 그가 삶을 선택하도록 도와줄 수 없었기 때문이었다. 그런 생각을 가졌기에, 아망딘은 자기 환자 한 사람 한 사람을 더욱 열심히 사랑하려고 애썼다. 그래도 환자들이 죽으면, 아망딘은 그들에게 충분한 애정을 쏟지 못한 자신을 나무랐다.

사정이 그러했으니, 아망딘으로서는 차라리 직업을 바꾸는 게 훨씬 나았을지도 몰랐다. 그러나 실패는 언제나 완벽함을 향한 새로운 시작으로 그녀를 내몰았다. 그런 게 아니었더라면 그녀의 끝없는 자책감은 결국 자기 파괴로 귀결될 수밖에 없었으리라.

그러던 어느 날 아망딘은 우연히 작은 광고를 읽게 되었다. 빈사 환자를 돌보는 어떤 사업과 관련해서, 의욕적으로 일할 간호사 한 사람을 찾고 있다는 광고였다. 아망딘은 그 광고를 읽고 바로 지원을 했다. 라울에게서 〈천국〉 사업에 관한 이야기를 듣자마자 그 일에 참여하기로 결심했다. 죽은 이들을 산 사람의 세계로 데려올 수 있는 일이라면 자기의 열과 성을 다 바쳐 할 수 있으리라고 생각했던 것이다.

그런 아망딘이 사업 초기에 그렇게 많은 희생자가 나타났는데도 그걸 전혀 개의치 않고 견디어 냈다는 사실이 놀라웠다. 어떻게 그럴 수 있었을까? 아망딘은 기이한 논리로 자신을 정당화하고 있었다. 즉, 아망딘은 막연한 미래에 많은 사람들을 구하리라는 기대를 가지고 지금 몇 사람쯤은 희생시켜도 좋다고 생각하는 여자였다.

「내가 펠릭스라면 좋겠어요. 그는 참 용기 있고 멋있는 남자예요.」

그녀가 그렇게 같은 소리를 되풀이했다. 나는 심드렁한 표정을 지었다. 아무리 그래도 과장까지 할 필요는 없잖은가 하는 생각이 들었다. 용기가 있다는 건 그럭저럭 들어줄 만했지만, 세상에 그 피테칸트로푸스를 보고 멋있다고?

「그는 틀림없이 저 위에서 엄청난 시련을 견디어 냈을 거예요.」

아름다운 그녀는 그저 펠릭스 얘기만을 하고 있었다.

「우리 이제 어떻게 하죠?」

나는 화제를 바꿀 양으로 그렇게 물었다.

「영계로 보낼 사람들을 늘려야지요. 라울이 이미 메르카시에 장관에게 희소식을 전했어요. 대통령께서 친히 우리를 치하하고 싶어 한다는군요. 그분이 직접 교도소장에게 연락을 취해서 새로운 타나토노트 지원자들을 백 명쯤 선발하라고 지시했대요.」

아망딘은 무척 즐거워했다. 친구들끼리 모여 기습 파티라도 한바탕 벌이려고 준비하는 사람 같았다.

「우린 해냈어요.」

터져 나오려는 기쁨을 억누르면서 그녀가 조용히 읊조렸다.

68. 경찰 기록

기초 신원 조회

성명: 펠릭스 케르보스

모발: 금발이 듬성듬성 나 있음

신장: 1m 95cm

신체상의 특징: 거구, 흉터투성이의 얼굴

특기 사항: 이승으로 되돌아온 최초의 타나토노트

약점: 지능 지수가 낮음

69. 신문 기사

뤼생데르 대통령 독직(瀆職)

과학 실험 명목으로 일반 형사범 다수 희생

오랜 조사 과정을 거쳐 우리는 뤼생데르 대통령이 우리 시대의 가장 흉악한 범죄자들과 전혀 다를 게 없음을 확신하게 되었다. 우리 국민 대다수의 손으로 뽑은 국가 원수가 랑드뤼[27]나 프티오[28]보다 더 사악한 범죄자라는 사실에 우리는 경악을 금할 수 없다. 대통령은 면식도 없는 사람들을 무참히 살해했다.

그의 범죄에 희생된 사람들은 일반법을 어기고 복역 중인 수감자들이었다. 그들은 단지 죄 갚음을 하며 평온하게 지낼 수 있기만을 바라던 사람들이었다. 대통령의 명분, 아

---

27 프랑스의 범죄자. 1919년 처음엔 사기와 배임 혐의로 체포되었다가 곧 소년 하나와 열 명의 여자를 살해한 혐의로 기소되었다. 그는 끝까지 범죄 사실을 부인하였으나 결국 기요틴으로 처형되었다.

28 프랑스의 범죄자. 1942년에서 1944년 사이에 27건의 살인을 저지른 혐의로 기소되어 사형 선고를 받고 처형되었다.

니 범죄 동기는 소위 죽음에 대한 연구라고 한다. 우리 공화국 대통령이 아주 특별한 취미를 가지고 있었다는 얘기다. 그의 취미는 골프나 버터 요리나 옛날 돈 수집이 아니라 죽음이었던 것이다!

그의 명분에 동조하는 몇몇 공모자들이 그의 범죄를 도왔다. 과학부 장관 메르카시에, 광인이나 다름없는 생물학자 라울 라조르박 교수, 본분을 저버린 마취과 전문의 미카엘 팽송, 출세욕에 사로잡힌 간호사 아망딘 발뤼스 들의 도움을 받아, 대통령은 마음껏 자기의 뜻을 펼칠 수 있었던 것이다.

현재의 추산으로는, 그 〈죽음 연구팀〉의 실험 과정에서 사망한 수감자가 무려 123명에 이른다고 한다. 전제적인 한 국가 원수의 병적인 호기심을 만족시키기 위해 그렇게나 많은 인명이 희생된 것이다.

로마 황제들이 힘없는 노예들에게 생사여탈권을 행사하던 야만의 시대로 회귀한 건 아닌가 하는 생각마저 든다. 어떤 황제들은 예수 그리스도가 죽은 사람들을 부활시키러 오는지 안 오는지 알아보겠다고 무고한 사람들을 무작위로 골라 차례차례 처형한 적이 있었다. 우리 시대가 고작 그런 시대였단 말인가.

그건 언어도단이다. 뤼생데르가 이따금 스스로를 카이사르로 착각하는 줄 알지만, 오늘날엔 황제도 없고 노예도 없다. 적어도 우리는 이제껏 그렇게 생각해 왔다. 우리는 시민들이 민주적으로 선출한 대통령이 우리를 이끌고 있다고 확신해 왔다. 대통령의 첫 번째 임무가 무엇인가? 국민의 생명과 건강을 지키는 것이지 국민을 죽이는 것은 아니지 않은가!

이 사건은 플뢰리 메로지 교도소장의 제보를 본사가 독점으로 얻어냄으로써 진상이 밝혀질 수 있었다. 그는 교도소 지하실에 매일같이 시체가 쌓여 가는 것을 더 이상 참을 수 없어서 사건을 폭로하기로 결심한 것이었다. 사건이 알려지자마자 야당은 서둘러 대통령에 대한 탄핵 소추를 요구하였다. 국회는 곧바로 진상 조사 위원회를 구성하고 사실 조사에 들어갔다.

국회의 조사에 응한 대부분의 국무 위원들은 사실 확인을 거부했다. 그러나 몇몇 장관들은 위원회가 그 살인 사건에 대한 증거를 제시할 경우에 즉각 사임하겠다는 의사를 밝히고 있다.

한편 메르카시에 장관은 조사 결과를 기다리지 않고 탄핵 소추를 피하여 부인과 함께 오스트레일리아로 도주한 것으로 밝혀졌다.

70. 사면초가(四面楚歌)

행복감에 젖어 있을 사이도 없이 엄청난 고초가 우리를 기다리고 있었다. 케르보스의 쾌거와 함께 공중으로 날아올랐던 우리는 욕설의 진창으로 굴러 떨어져 오욕의 진창 말이가 되었다.

플뢰리 메로지 교도소장의 폭로는 그의 의도대로 성공적인 반향을 불러일으켰다. 사건의 파장은 연일 증폭되고 언론의 공세도 갈수록 격해지고 있었다. 우리를 우리 자신의 실험 대상으로 만들어 버리자고 제안하는 사설들이 나오고, 국민의 78퍼센트가 가능한 한 빨리 우리를 철창 안에 가두기를 바라고 있다는 여론 조사 결과도 나왔다.

예심 판사가 심문을 벌였다. 그는 우리를 차례차례 소환하였다. 내가 소환되어 갔을 때, 그는 내 공범들에게 불리한 증언을 하면 나를 선처하겠다고 약속했다. 그는 아마 다른 사람들에게도 똑같이 약속을 했을 것이다. 의심스러울 때는 가만히 있으라는 격언대로 나는 침묵을 지켰다.

판사가 가택 수색을 명령하여, 수사관들이 내 아파트를 뒤졌다. 그들은 바닥의 장판까지 일일이 들춰보았다. 내가 장판 밑에 시체를 감추었을지도 모른다고 생각한 모양이었다.

우리 건물의 입주자들이 회의를 한 뒤, 석 달 내로 이사를 가주었으면 좋겠다고 나에게 상냥하게 권고해 왔다. 수위 아주머니는 내가 건물에 남아 있으면 건물의 평당 가격이 떨어지기 때문에 그러는 거라고 귀띔해 주었다.

여간 큰맘을 먹지 않으면 집 밖으로 나가기도 어려웠다. 길에 나서면 아이들이 따라오며, 〈플뢰리 메로지의 살인마! 플뢰리 메로지의 살인마!〉 하고 악악거렸다.

우리는 서로에게서 힘을 얻기 위하여 아망딘과 함께 라울의 집에서 자주 만났다. 라울은 그 시련을 담담하게 받아들이고 있는 듯했다. 일시적인 역풍이 역사의 항로를 가로막지는 못하리라는 것이 그의 생각이었다.

그러나 그에게 닥친 수난이 결코 적지 않음에도 그렇게 태평할 수 있다는 점에서 라울은 역시 대단한 사람이었다. 그는 국립 과학 연구소의 연구원 자리에서 해직되었고, 개

폐식 지붕을 갖춘 그의 르노20 승용차는 테러를 받고 폭파당한 바 있었다. 들도 보도 못하던 〈생존 수감자 위원회〉라는 단체가 그 테러가 자기들의 소행이라고 주장하고 나섰다. 그가 살고 있는 건물의 정문에는, 〈여기에 123명의 무고한 사람들을 죽인 살인마가 살고 있다〉라는 낙서가 굵고 빨간 글씨로 쓰여 있었다.

우리가 케르보스의 성공을 되새기며 서로의 사기를 북돋우고 있던 참에, 중절모를 눈까지 푹 눌러쓴 남자 한 사람이 찾아왔다. 뤼생데르 대통령이 친히 우리를 찾아온 것이었다. 내가 대통령을 만난 것은 그때가 처음이었다. 간단히 인사를 끝내고, 그는 우리 사건에 관한 최근의 소식을 전해 주었다. 힘을 얻을 만한 이야기는 별로 없었다. 회의를 주재하듯 탁자 앞에 자리를 잡고, 대통령이 거창한 말로 이야기를 시작했다.

「여러분, 폭풍에 맞설 준비를 합시다. 지금까지 우리가 겪은 수난은 앞으로 우리가 겪을 것에 비하면 아무것도 아니오. 내 동지와 정적들이 한통속이 되어 나를 제거하려고 하오. 그들은 죄수 몇 사람을 저승으로 보냈다는 것에 관심을 갖고 있는 게 아니오. 그들 대부분은 일인자를 몰아내고 그 자리에 대신 앉고 싶어 하는 자들이오. 특히 내 친구들을 믿을 수 없소. 그들은 나를 쓰러뜨릴 방법을 알고 있기 때문이오. 여러분들을 이런 고난 속으로 끌어들여서 미안하오. 하지만 위험이 따른다는 것은 이미 알고 시작한 일이오. 그 배은망덕한 메르카시에와 머저리 같은 플뢰리 메로지 교도소장이 우리를 배신하지 않았더라면 이런 일이 없었을 텐데…….」

 대통령이 말끝을 흐렸다. 갑자기 두려움이 엄습했다. 포석(鋪石) 하나가 거실 창문을 부수고 날아들었다. 그래도 라울은 눈도 끔쩍하지 않았다.

 라울은 한 사람씩 돌아가며 위스키를 따라 주고 힘 있게 말했다.

「여러분 모두 잘못 생각하고 계십니다. 지금이 우리에게 가장 유리한 상황입니다. 이 뜻하지 않은 누설이 없었으면, 우리는 언제까지고 감옥의 지하에서 수공업적인 작업을 되풀이해야 했을 것입니다. 이제부터 우리는 만천하에 드러내 놓고 당당하게 일을 해나갈 수 있을 겁니다. 각하, 전 세계가 각하의 대담함과 천재성 앞에 고개를 숙일 날이 올 것입니다.」

 뤼생데르는 무슨 말인가 하고 의아해했다.

「됐네, 됐어. 난 이제 아무것도 아닐세. 더 이상 나를 치켜세울 필요가 없어.」

「그런 뜻으로 드리는 말씀이 아닙니다. 미카엘이 우리의 성과를 되도록 빨리 언론에 공표하자고 말한 적이 있습니다. 그 생각이 옳았습니다. 펠릭스는 영웅입니다. 그는 마땅히 유명해져야 하고 인정을 받아야 합니다.」

 대통령은 라조르박의 의도를 이해하지 못하고 있었다. 나는 얼른 그 뜻을 헤아리고 라조르박을 대신하여 말했다.

「국으로 앉아서 당하고만 있을 게 아니라 당당하게 맞서야 합니다. 우리 모두가 힘을 합쳐 바보들과 싸우자는 것입니다!」

처음엔 우리가 함정에 빠지기 일보 직전에 있는 한 무리의 음모자들 같다는 느낌이 들었다. 그러다가 우리는 서로를 마주 보며 조금씩 조금씩 힘을 얻어 갔다. 우리는 소수였지만 대담성을 지니고 있었다. 특별히 재능이 많은 사람들은 아니었어도 우리는 세계를 변화시키려고 노력해 왔다. 포기해서는 안 될 일이었다. 아망딘, 라울, 펠릭스, 뤼생데르. 그들에게서 느끼는 은밀한 유대감을 다른 사람들에게서는 느껴 본 적이 없었다.

71. 그리스 신화

소아시아 남부의 팜풀리아 사람인 에르가 전사자로 싸움터에 버려졌을 때의 일이다. 에르는 구멍이 네 군데 나 있는 어떤 방 안에 들어와 있었다. 네 구멍 가운데 둘은 하늘을 향해 열려 있었고 둘은 땅을 향하고 있었다 고결한 넋들은 하늘로 올라가고 다른 망령들은 땅으로 내려가고 있었다. 죄 많은 영혼들은 갈라진 틈새를 통해 땅으로 내려가고, 다른 틈새로는 먼지를 뒤집어쓴 영혼들이 되올라왔다.

에르는 사악한 영혼들에게 벌이 내리는 것을 보았고, 기둥이 서 있는 신비로운 장소에 다다랐다. 그 기둥이 세계의 축이었다. 에르는 다른 영혼들과 함께 레테로 갔다. 거기에는 아멜레스 강이 흐르는데 그 물을 마시면 앞선 생애의 모든 것을 잊게 되었다.

천둥소리가 한바탕 일었다. 에르는 자기 주위에 포개져 있던 많은 사람들 덕에 불에 타지 않고 화장 장작더미 위에서 되살아났다. 그는 자기가 어떻게 저승에 갔다가 무사히 돌아왔는지를 이야기했다. 그러나 그의 이야기를 믿는 사람은 아무도 없었다. 사람들은 코웃음을 치며 그에게서 등을 돌렸다.

프랑시스 라조르박의 논문, 「죽음에 관한 한 연구」에서 발췌

72. 정면 돌파

여론은 걷잡을 수 없이 악화 일로로 치닫고 있었다. 기자들이 〈살인 실험실〉이라고 명명한 타나토드롬을 찍은 사진들이 모든 신문의 일면을 장식했다. 플래시의 강렬한 빛을 받으며 찍힌 사진이라, 방이 을씨년스러운 고문실처럼 보였다. 악의에 찬 기자들은 사진 전경(前景)에 피 묻은 메스와 털들이 잔뜩 들러붙어 있는 핀셋을 곁들여 놓기까지 했다.

실험실 사진 다음에는 소위 〈시체 유기장〉을 찾아냈다며 야단법석을 떨었다. 사실 그것은 플뢰리 메로지 교도소의 화장터일 뿐이었다. 불운한 우리 타나토노트들의 시체를 찾아낼 수 없게 되자, 기자들은 마네킹에 붉은색을 칠해 산더미처럼 쌓아 놓는 묘안을 생각해 냈다.

그렇게 해놓고 그들은 한층 더 극적이고 사실적인 효과를 내려고, 일부러 초점을 흐리게 해서 사진을 찍었다. 마치 우리가 작업을 하는 동안에 어떤 염탐꾼이 잠입해서 찍은 사진처럼 보이게 하려는 속셈이었다. 어떤 사진 기자는 플뢰리 메로지에서 진짜로 자살한 수감자의 사진을 찍게 되었는데, 그걸 횡재라고 생각하고 우리를 공격하는 데 이용했다. 그 자살자는 분명히 우리에게 타나토드롬의 출입이 금

지된 이후에 목을 매고 죽은 사람이었다. 그러나 그런 사정은 전혀 고려되지 않았다. 퉁퉁 부어오른 채 혀가 쑥 빠지고 눈이 툭 불거져 나온 그의 얼굴이 재빨리 모든 신문의 1면을 장식했다. 우리는 한 번도 본 적이 없는 그 가련한 사내의 사진 밑에는 짤막하게, 〈어찌 이런 일이!〉라고 쓰여 있었다. 사진 바로 위에는 살인자인 우리의 사진이 실려 있었다. 우리는 명예 훼손으로 고소를 했지만 아무 소용이 없었다.

위험을 알아차린 쥐들이 배에서 빠져나가듯이, 장관들은 속속 사임을 발표했다. 비상 내각이 구성되고 뤼생데르 대통령은 조사가 완료될 때까지 국가 원수로서의 권한이 정지되었다.

오스트레일리아로 도피한 메르카시에는 그곳에서 뤼생데르 대통령을 비난했다. 자기가 그토록 거부했음에도 그 일을 강요했다는 것이 비난의 요지였다. 그렇지만 그는 우리 실험이 성공했다는 사실에 대해서는 전혀 언급하지 않았다.

뤼생데르는 여기저기서 쏟아져 들어오는 비난에 일일이 반박하는 것을 삼갔다. 그러다가 처음으로 어느 인기 있는 텔레비전 프로그램에 출연했다. 그는 선구자들은 누구나 당대에는 비난을 받아 왔다고 당당하게 말했다. 그는 상상을 초월하는 진보에 대해서, 영계 탐사에 대해서, 아직 탐험되지 않은 대륙에 대해서 이야기했다.

그에게 질문을 하는 여기자는 시종 냉랭했다. 그녀는 일반법을 어긴 수형자들은 인간이지 기니피그가 아니라는 사실을 일깨우고, 어떻게 대통령이 살인적인 실험을 허가해서

인권을 유린할 수 있는가 하고 반문했다.

장 뤼생데르는 그녀의 지적을 무시했다. 그러고는 카메라를 정면으로 바라보며, 결론을 대신해서 다짜고짜 이렇게 선언했다.

「친애하는 시청자 여러분, 친애하는 국민 여러분, 그렇습니다. 솔직히 말씀드리겠습니다. 우리는 인간의 조건을 초월하기 위하여 과학의 이름으로 사람을 죽였습니다. 그리하여 마침내 성공했습니다! 우리 지원자들 가운데 한 사람이 저승에 갔다가 무사히 돌아왔습니다. 그의 이름은 펠릭스 케르보스입니다. 그는 일종의 비행사이며, 영계의 여행잡니다. 우리는 그를 타나토노트라고 부릅니다. 우리는 생중계로 그와 함께 그 실험을 다시 해 보일 준비가 되어 있습니다. 만일 그 실험이 실패로 끝난다면, 저는 기꺼이 여러분의 심판을 받겠습니다. 그 심판이 얼마나 혹독한 것인지도 저는 잘 알고 있습니다. 내일, 내일 당장 우리 연구팀과 함께 저승을 향해 발진하는 실험을 다시 해보이겠다고 여러분께 제안합니다. 우리 나라와 세계의 모든 텔레비전이 중계를 할 수 있을 것입니다. 내일 16시에 국회 의사당에서 그 일을 하겠습니다.」

73. 아마조니아 인디언 신화

옛날에 사람들은 죽음을 모르고 살았다.
그러던 어느 날 한 처녀가 노쇠의 신을 만났다.
신은 검버섯이 핀 쭈글쭈글한 살갗을 처녀의 매끄럽고 보드라운 살갗과 바꾸었다.

그 일이 있고 나서 사람들은 늙고 죽기 시작했다.

프랑시스 라조르박의 논문, 「죽음에 관한 한 연구」에서 발췌

74. 건곤일척(乾坤一擲)

16시. 파리 국회 의사당. 운집한 인파.

구경꾼들은 신문을 서로 바꿔 보면서 새롭게 제기된 명명백백한 증언들에 대해서 의견을 나누고 있었다. 그 증언들은 지칠 줄 모르는 메르카시에와 바야흐로 하나의 우상이 되어 가고 있는 집요한 교도소장에게서 나온 것이었다.

첫 줄에 앉아 있는 두 의원은 자기들의 생각을 숨김없이 이야기하고 있었다.

「가련한 뤼생데르, 그는 이제 끝난 거야. 사자들의 나라를 가보고 싶어 하더니, 그 맛을 톡톡히 보게 되겠군. 어쨌든 그의 정치 생명은 끝났어.」

다른 의원이 의심의 빛을 보이며 말했다.

「그래도 이런 연극을 연출해 내는 거 보면…… 그에게 무슨 꿍꿍이가 있는 게 분명하네. 그는 구미호 같은 늙은이야.」

「천만에! 이건 최후의 발악이야. 그를 지지하는 국민들은 이제 0.5퍼센트밖에 안 돼. 당연한 얘기지. 0.5퍼센트는 틀림없이 초자연적인 현상이나 임사 체험 따위를 믿는 정신 이상자들일 게야.」

그들은 그 0.5퍼센트의 인구가 한심스럽다는 듯 어깨를 으쓱했다.

두 대의 투광기(投光器)에서 쏟아지는 강렬한 빛을 받으며, 카메라를 마주한 채 적갈색 머리의 예쁜 여기자가 말하

고 있었다.

「전문가 여덟 명이 이곳에 참석해 있습니다. 실험의 전 과정을 일일이 감시하고 속임수를 막기 위해서입니다. 몇몇 전문가들은 뤼생데르 대통령이 쌍둥이 형제를 이용할지도 모른다고 우려를 표명했습니다. 즉, 쌍둥이 형제 중 한 사람을 데리고 실험을 하다가 그가 죽으면 얼른 다른 사람으로 바꿔쳐서 죽은 사람이 소생한 것처럼 꾸밀지도 모른다는 것입니다. 그것이 옛날에 사용되던 마술의 속임수라는 건 잘 알려진 사실입니다. 그러나 이렇게 많은 시선과 카메라 렌즈가 현장에 쏠려 있는 가운데에서 그런 야바위판을 벌이기는 불가능할 것입니다. 일국의 국가 원수가 그런 야바위 짓을 시도하리라고 의심을 받고 있다는 것 자체가 그에 대한 여론이 얼마나 혹독한지를 단적으로 보여 주는 것이라 하겠습니다.」

관객들은 삼삼오오 무리를 지어 〈볼거리〉가 시작되기를 기다리고 있었다. 곰곰이 생각에 잠긴 축도 있고 열띤 토론을 벌이는 축도 있었다.

「〈르 마탱〉에 난 기사 보셨어요? 어떤 과학자가 죽었다가 살아날 수 없는 이유를 아주 잘 설명해 놨던데요. 〈뇌에 혈액 공급이 중단되면, 괴저(壞疽)가 생긴다. 신경 세포가 죽으면 생리적 기능을 잃게 되므로 표상 작용과 기억 삭용도 상실하게 된다〉라고요.」

「죽음이 임박하면 내분비액이 과다하게 분비되어 임사 체험의 환각을 불러일으킨다는데, 그런 얘기를 믿으세요?」

그 물음에 상대방은 코웃음을 쳤다.

「생각해 보세요. 단말마의 고통을 겪는 육체가 뭐하자고 마지막 에너지를 환각을 만드는 데 쓰겠어요?」

또 사람이 큰 소리로 끼어들었다.

맨 앞줄에는 예의 두 의원이 안락의자에 깊숙이 몸을 묻은 채 계속 이야기를 나누고 있었다.

「뤼생데르는 역사 교과서의 한 페이지를 차지하고 싶어 하던 사람인데, 이젠 걱정하지 않아도 되겠어. 역사 교과서에 실리는 건 문제 없을 거야. 그것도 아주 큼지막하게 실리겠는걸. 123명을 죽인 살인 사건의 장본인이라! 한 나라의 국가 원수가 그런 죄를 짓는 게 어디 아무나 할 수 있는 일인가?」

「역사의 준엄한 심판을 면치 못할 거야.」

각광이 켜졌다. 무대 한가운데에 조촐한 치과용 의자가 놓여 있었다. 대형 모니터에 연결된 전선들도 보였다. 모니터들은 마치 거대한 외눈처럼 깜박거리고 있었다.

60개국에서 그 공개 실험을 다원 방송으로 내보낼 예정이었다. 한 나라의 대통령이 생방송에 나와 스스로를 웃음거리로 만들겠다니, 대중음악 콘서트나 축구 경기에 못지않은 볼거리가 아닐 수 없을 터였다.

무대 장치 담당자들이 치과용 의자 주위에 의자 여덟 개를 갖다 놓았다. 국회 조사 위원회에서 임명한 전문가들이 앉을 자리였다. 전문가는 의사 넷에 생물학자 셋, 거기에 마술사 한 사람까지 끼어 도합 여덟이었다.

박수갈채를 받으며 전문가들이 등장했다. 장내가 금세 술렁거렸다. 관객들은 턱수염을 기른 그 노학자들이 투우장에 함께 내려온 투우사들이기라도 한 양 열렬한 환호를 보냈다. 이제 투우사들은 덩치 크고 음흉한 황소 한 마리를 끝장낼 참이었다. 그들은 약간 주눅이 들어 있었다. 그토록 열렬한 박수갈채를 받아 보는 것은 생전 처음 있는 일이기 때문이었다. 몇 사람은 분위기에 도취하여 관중을 향해 손을 내밀어 보이기까지 했다. 그들은 할 수만 있다면 대통령의 꼬리를 자르겠다는 약속이라도 하고 싶은 기분이 되었다. 그들은 리본이 달린 짧은 창 대신 펜을 빼어 들고 눈앞에 설치된 장비에 대해 관찰한 내용을 빳빳한 메모장에 꼼꼼히 적어 나가기 시작했다.

전문가들의 뒤를 이어 이번에는 머리털에 포마드를 바른 유명한 텔레비전 아나운서가 카메라맨과 녹음 기사를 대동하고 투우장에 나타났다. 몇 차례의 음성 시험과 영상 시험이 끝나자, 카메라가 돌아가기 시작했다.

「시청자 여러분, 안녕하십니까? 저희 RTV1에 변함없는 사랑을 보내 주셔서 대단히 감사합니다. 저희 방송에서는 이 사건에 관해 더욱 많은 것을 여러분께 보여 드리고자 합니다. 여기는 국회 의사당의 실험 현장입니다. 지금 이곳의 분위기는 대단히 흥분되어 있습니다. 뤼생데르 대통령이 곧 자신의 정치 생명을 걸고 어마어마한 한 판 승부를 벌일 것입니다. 멀리 떨어진 대륙을 다녀오듯 저승을 왕래할 수 있다는 것을 전 세계에 증명해 보이겠다는 실로 엄청난 도박입니다. 장내는 지금 긴장감이 절정에 달해 있습니다. 새로운 살인 사건이 우리 눈앞에 펼쳐 질 것인가? 아니면 세기적인 대실험이 이루어질 것인가? 정말 숨 막히는 순간이 아닐 수 없습니다······.」

75. 그린란드 신화

그린란드 사람들 생각에 천국은 큰 바다 깊은 곳에 있다. 그곳은 백야의 태양이 항상 비치는 영원한 여름의 나라다. 이승에서 고통을 겪은 사람들은 마침내 그곳에서 쉴 수 있고 수고의 대가를 즐길 수 있다. 그곳은 풍요의 왕국이어서 개, 순록, 물고기, 곰이 지천이며 잘 익힌 바다표범 고기를 언제나 먹을 수 있다.

프랑시스 라조르박의 논문, 「죽음에 관한 한 연구」에서 발췌

76. 가족

가장 먼저 전화를 걸어 온 이는 어머니였다.

「애야, 거기 가지 마라!」

콩라드 형은 아르헨티나로 당장 달아나라고 나를 꼬드겼다.

다들 나의 행복을 바라기에 하는 소리겠지만, 자기나 자기 가족밖에 모르는 사람들의 이야기는 오히려 역겨움을 느끼게 했고, 한계 상황에 뛰어들려는 내 의지를 더욱 강화시킬 뿐이었다.

나는 어려움에 빠진 친구들을 저버리는 것으로 문제가 해결되는 것은 아니며, 나도 내 몫의 책임을 질 거라고 분명히 대답해 주었다.

「좋아, 네가 간다면 나도 가마. 어떤 일이 생기더라도 난 내 아들 편이다. 무슨 수를 써서라도 널 지켜 줄 거야.」

어머니는 그 말씀대로 실행하셨다.

역사적인 결판의 순간을 기다리는 동안 방송에 흥미를 더해 줄 만한 게 없을까 하고 부심하던 RTV1의 사회자가 나의 어머니를 발견했다. 어머니는 수백만 시청자들이 지켜보는 생방송에서 속마음을 있는 대로 드러내셨다.

「정말이지 미카엘은 너무 착한 게 탈이었어요. 그래서 누가 무슨 부탁을 하면 안 들어주고는 못 배기는 애였어요. 물론 사소한 결점은 있지만 결코 범죄자가 될 애는 아니에요. 우리나라 대통령마저도 그 미치광이들의 꾐에 넘어가는데 우리 아들이 오죽했겠어요? 우리 애가 그 사건에 연루된 건 고독했기 때문이에요. 늘 혼자 지낸다는 게 어떤 건지는 여러분도 잘 아실 거예요! 미카엘이 내 말대로 결혼을 했더라면, 우리가 이런 지경에 빠지지는 않았을 거예요. 우리 미카엘은 그 일에 참여할 의사가 별로 없었어요. 그 애는 늘 귀가 너무 여려서 입심 좋은 사람들한테 잘 넘어갔어요. 그 라조르박 같은 사람들한테 말이에요.」

그런 다음 어머니는 목소리를 낮추어 아나운서에게 물었다.
「아 참, 한 가지 궁금한 게 있는데요. 미카엘이 감방에 갈 수도 있을 거라고 생각하세요?」

머리털에 포마드를 바른 아나운서는 그런 문제에 관해서 자기는 아는 바가 없다면서 어머니에게 정중하게 고맙다는 인사를 하였다.

77. 성서의 신화

성서에 따르면 아담의 일생은 다음과 같이 열두 시기

로 요약된다.

제1기 티끌이 모였다.

제2기 먼지가 형태를 갖추지 않은 덩어리로 변했다.

제3기 팔다리가 만들어졌다.

제4기 영혼이 불어넣어졌다.

제5기 직립 상태를 유지하게 되었다.

제6기 자기를 둘러싸고 있는 것들에 이름을 붙일 줄 알게 되었다.

제7기 하와를 짝으로 맞이하였다.

제8기 둘이서 침대에 올라갔다가 넷이서 침대를 내려왔다.

제9기 선과 악을 알게 하는 나무 열매를 따먹지 말라는 엄명을 받았다.

제10기 잘못을 저질렀다.

제11기 심판을 받았다.

제12기 에덴동산에서 쫓겨났다.

프랑시스 라조르박의 논문, 「죽음에 관한 한 연구」에서 발췌

78. 생사의 기로에 서서

맨 먼저 투우장, 아니 실험장에 올라서려니 내 마음이 뜨악하였다. 전문가들은 내가 손을 내밀었으나 악수에 응해주지 않았다. 내 뒤를 따라 아망딘이 들어섰다. 그녀의 표정에 겁에 질린 기색이 뚜렷했다.

구경꾼들이 야유를 퍼부었다.

캡을 쓴 잠바 차림의 남자가 뛰쳐나오면서 악을 썼다.

「나쁜 놈! 네가 내 아들을 죽였어!」

나는 힘껏 마이크에 달라붙어 목소리가 갈라지도록 소리쳤다.

「우리는 아무도 죽이지 않았습니다! 아무도요! 〈천국〉 사업에 참여한 수감자들은 모두 자발적으로 실험에 나섰습니다. 그들은 실험의 위험성을 알고 있었고, 매번 그들이 직접 스위치를 누르고 비행에 들어갔습니다.」

「비행이라고? 비행이 아니라 죽음이겠지! 세상에 자발적으로 죽음에 뛰어들 사람이 누가 있겠나? 그런 사람이 있으면 나와 보라고 해.」

누군가가 울부짖었다.

「하얀 가운 입은 자가 살인이 웬 말이야! 살인마를 처단하라!」

흥분한 구경꾼들이 박자에 맞추어 구호를 외쳤다.

이번에는 뤼생데르 대통령이 마이크 앞으로 나섰다. 관중의 야유가 더욱 거세어졌다. 토마토들이 그의 발께까지 날아들었다. 경찰관들이 긴급히 증원되어 무대 앞 경비가 강화되었다.

대통령은 청중의 고양된 감정을 가라앉히기 위한 동작을 취했다. 소란한 정치 집회를 많이 해본 덕에 흥분한 청중을 다루는 데는 이력이 난 사람이었다.

「친애하는 신사 숙녀 여러분, 조용히 해주십시오! 우리가 여러분 앞에서 해 보이려는 실험을 우리는 이미 성공시킨 적이 있습니다. 다만 그 사실을 증언할 만한 공식적인 전문가가 없을 따름입니다. 이제 저는 국민과 세계가 지켜보는 가운데서 심판을 받고자 합니다. 여러분 앞에서 우리가 저승으로 사람을 보낼 것입니다. 만일 그가 돌아오지 않으면, 저는 실패에 상응하는 어떤 벌이라도 달게 받을 것입니다.」

욕설 몇 마디가 다시 울려 퍼지기는 했지만, 금세 소란이 가라앉고 무거운 침묵이 분위기를 압도했다. 펠릭스 케르보스가 무대에 등장했다. 그가 등장하자마자 조명이 그에게로 쏠렸다. 그는 나무랄 데 없이 훌륭한 턱시도 차림이었다. 그것이 타나토노트의 새 비행복이 된 셈이었다. 신사의 복장이 그의 험상궂은 용모를 더욱 두드러져 보이게 했다. 우리가 들어올 때와는 달리 그는 앞뒤에서 두 경관의 경계를 받으며 등장했다. 그의 얼굴에 불안한 기색이 어려 있는 것을 보고 나는 뭔가가 잘못되어 가고 있음을 직감했다.

텔레비전의 사회자가 펠릭스 쪽으로 달려갔다.

「이 사람이 펠릭스 케르보스입니다. 대통령의 얘기대로라면, 산 자들의 세계와 죽은 이들의 세계 사이를 왕래한 유일한 사람입니다. 그런 엄청난 일을 전 세계의 카메라 앞에서 그가 다시 시도할 것입니다. 우리 나라에서는 저희 RTV1이 독점으로 이 현장을 생중계하고 있습니다. 저희 방송은 언제나 여러분께 더욱 많은 것을 보여 드리기 위해 애쓰고 있습니다.」

우리는 불안한 눈짓을 서로 주고받았다. 펠릭스의 마음에 동요가 일고 있음을 우리는 모두 알고 있었다. 군중 앞이라 주눅이 든 걸까?

대통령이 펠릭스의 어깨를 탁 치며 물었다.

「펠릭스, 괜찮은가?」

찡그린 표정 때문에 펠릭스의 얼굴이 더욱 험상궂게 보였다. 방송을 죽 지켜보던 시청자들은, 자기들이 리모컨을 잘못 눌러 공포 영화가 나오는 방송으로 채널이 바뀐 게 아닌가 하고 생각할 정도였다.

「네, 좋아질 거예요.」

우리의 타나토노트가 중얼거렸다.

「두려운가?」

「아니요. 그런 게 아닙니다. 발톱 하나가 살을 파고들어 왔는데, 그것 때문에 성가셔 죽겠어요. 빌어먹을, 간밤에 한숨도 못 잤어요.」

뤼생데르는 가슴이 철렁 내려앉았다.

「발톱이 살을 파고들었다고? 그걸 왜 진작 얘기하지 않았지?」

뤼생데르는 펠릭스에게 욕을 퍼붓고 싶었지만 계제가 여의치 않았다.

「발톱이 살을 파고 들어오는 게 어떤 건지는 내가 잘 아네. 아주 고통스럽지. 하지만 쉽게 나을 수 있어.」

「아스피린을 먹었는데도 여전히 아파요. 에이 거지 같아!」

나는 나중에 수술을 하자고 제안했다. 펠릭스가 고통을 겪고 있다면 큰일이었다. 그런 상태로 코마에 들어갔다간, 고통에 찬 육신으로 돌아오기보다 빛이 이끄는 대로 따라갈 염려가 있었다.

대통령이 그에게 간곡하게 부탁했다.

「펠릭스. 삶으로 돌아와야 해. 약속하지? 벌써 자네를 사면하라는 명령에 서명을 해놓았네. 성공하면 자네는 자유인이 되는 거야. 완전한 자유를 얻는 거지. 알겠나, 펠릭스? 자넨 이제 존경받는 시민이 되는 걸세.」

펠릭스는 못 믿겠다는 듯한 표정을 지었다.

구경꾼들은 다시 욕설을 퍼부을까 박수갈채를 보낼까 망설이면서 여전히 숨을 죽이고 있었다.

사회자는 대통령이 권투 경기를 앞둔 트레이너처럼 자기 선수를 격려하고 있다고 설명했다.

우리는 어두운 표정으로 기구들을 준비하고 있었다.

뤼생데르는 숫제 펠릭스를 흔들어 대고 있었다.

「자넨 자유인이 될 거야! 케르보스 선생이라는 소리를 들으며 부자와 유명 인사가 될 거야. 자네가 무개차를 타고 지나가면 사람들이 갈채를 보내고 색종이 조각을 뿌려 줄 거야. 닐 암스트롱이 달에 첫발을 디디고 돌아왔을 때 해준 것처럼 말이야.」

「그건 다 좋은데, 살을 파고 들어온 이 빌어먹을 발톱 때문에 미치겠어요.」

「힘내게. 자네 옛날에 독한 약들을 시험하다가 궤양이 생기고 살갗이 갈라진 적도 있었잖아. 그것에 비하면 발가락 아픈 것쯤이야 아무것도 아니지. 그것 때문에 더 행복한 삶에 대한 희망을 포기한다는 게 말이나 되나?」

「하지만 저 위에 가면 참 좋아요. 기분이 그렇게 가뿐할 수가 없고, 안달복달할 일도 없는걸요…….」

뤼생데르가 성을 냈다.

「펠릭스, 그래도 산다는 건 좋은 거야.」

「이승의 삶에서 좋은 일이 뭐가 있을까 하고 생각을 안

해본 건 아니에요. 문제는 내 머릿속에 떠오르는 게 없다는 거지요.」

「돈, 여자, 향기로운 냄새, 바닷가의 일몰, 자동차, 호화 주택.」

뤼생데르는 그렇게 열거하다가, 일종의 정치적인 의도로 펠릭스의 입장에 서서 덧붙였다.

「게다가 자네가 원한다면 술, 마약, 폭력, 과속 운전 따위도 즐길 수 있지. 힘내게, 펠릭스. 우리에겐 자네가 필요해. 자네에겐 이제 친구가 있어. 대통령과 뛰어난 학자들, 게다가 간호사들 가운데 가장 매력적인 여자가 자네 친구란 말일세! 자네만 한 행운을 누리는 사람도 많지 않아. 우리 모두 자네를 믿고 있네.」

펠릭스는 눈을 내리깔고 죄 지은 아이처럼 낯을 붉혔다.

「그래요. 저도 그 모든 걸 알아요. 하지만 저 위에서도 그들은 내가 행복하기를 바라고 있어요. 저는 이 세상에선 그다지 행운을 누리지 못했어요. 게다가 살을 파고든 이 발톱하며 저 앞에서 나를 잡아먹을 듯이 노려보고 있는 사람들하며…… 이 세상에는 내 마음에 드는 것이 별로 없었어요. 아무리 생각해 봐도 만족을 느껴 본 기억이 없어요.」

뤼생데르는 덩둘한 표정으로 그 거인을 쳐다보았다.

「만족이 없었다고? 펠릭스, 정말 전혀 없었단 말인가?」

우리 거인의 얼굴이 더욱 발개졌다.

「그래요. 제 어머니 말고는 아무도 날 사랑한 적이 없어요. 게다가 그 어머니마저도 저 하늘나라에 계셔요.」

군중은 조바심을 내고 있었다.

「저 못생긴 놈 없애 버려라!」

누군가가 장난기 섞인 소리로 외쳤다.

사회자는 그럭저럭 시간의 공백을 채워 가고 있었다.

「펠릭스 케르보스는 키가 1미터 95센티미터에 몸무게가 1백 킬로그램입니다. 그 나이에 비해선 제법 균형이 잡힌 축에 드는 체격입니다. 이 실험과 관련한 언론의 조사에 따르면, 신장과 체중은 피실험자가 삶에서 죽음으로 넘어가는 과정에 아무런 영향을 미치지 않는다고 합니다. 하지만 피실험자가 신체적으로 건강한 편이 바람직한 건 사실인 모양입니다.」

아망딘은 펠릭스와 대통령이 주고받는 말을 하나도 빼놓지 않고 듣고 있다가 펠릭스에게 다가갔다.

「펠릭스, 당신 숫총각이죠? 그렇죠?」

펠릭스는 보르도 포도주처럼 얼굴이 벌게졌다.

금발의 간호사는 잠시 머뭇거리면서 생각에 잠겨 있다가 이윽고 자기 환자의 귀에 대고 뭔가를 소곤거렸다. 펠릭스의 얼굴에 무지개의 몇 가지 빛깔이 한꺼번에 스쳐 지나갔다. 그는 미소를 과장한 캐리커처처럼 헤벌쭉하게 입을 벌리며 웃었다. 마치 『노트르담의 꼽추』에 나오는 카지모도와 에스메랄다가 나란히 있는 것 같았다. 펠릭스는 처형장으로 갈 채비를 하고 있는 카지모도였다.

그는 이제 당당하게 아망딘을 바라보았다. 그가 다시 정신을 차린 게 분명했다.

「좋습니다. 해봅시다. 그 빌어먹을 발톱이 이제 성가시게 굴지 않는군요.」

뤼생데르는 펠릭스가 더 이상 발가락의 고통을 느끼지 않도록 내 처방에 진통제를 첨가하자고 제안했다. 그러나 나는 그 제안을 받아들이지 않았다. 그렇게 중차대한 순간에 새로운 배합을 시도할 수는 없는 일이었다. 티오펜탈 8백 밀리그램이 내가 정한 용량이었고, 늘 쓰던 것 외에 다른 약품을 추가할 생각이 없었다.

뤼생데르 대통령은 턱시도 차림의 케르보스가 매고 있는 나비넥타이를 끌러 주었다. 그러더니 소매를 걷어붙이고 펠릭스의 몸에 전극을 장착했다. 대통령은 마치 평생 그런 일을 해온 사람인 것처럼 행동했다.

「뤼생데르, 집어치워라, 넌 살인자일 뿐이다!」

관객 중의 누군가가 소리쳤다.

나는 대통령을 도우러 갔다. 어쩔 수 없이 우리는 모두 같은 배를 타고 있었다.

아망딘은 자기가 맡은 일에 정성을 기울이고 있었다. 야유가 들려올 때마다 그녀에게는 그것이 비수가 날아와 꽂히는 것만 같았다. 그러면 그럴수록, 모든 걸 걸고 해보자는 독한 마음이 새록새록 커져 갔다. 아망딘은 심전계와 뇌파계를 조정하고 나서, 은근한 연대감이 담긴 보일락 말락 한 미소를 내게 건네주었다. 그러는 동안에도 관중의 욕설은 계속 빗발쳤다.

「살인마! 살인마!」

누군가의 선창에 따라 관중들이 박자를 맞추어 일제히 소리를 질러 댔다.

펠릭스 케르보스는 천천히 숨을 쉬었다. 라울이 가르쳐

준 대로 숨 쉬는 속도를 점점 더 줄여 가면서, 코로 숨을 들이마시고 입으로 내쉬었다. 그 호흡법은 여자들의 무통 분만을 돕기 위해서 고안된 것이라고 했다.

「내 쪽은 준비가 다 됐네!」

대통령이 털이 많이 난 타나토노트의 가슴에 마지막으로 전극을 부착하고 나서 말했다.

「저도 다 됐습니다.」

라울이 맥박계를 쥐면서 말했다.

「준비됐습니다.」

나와 아망딘도 합세했다.

위원회의 과학자들이 우리 장치를 더 자세히 살펴보려고 다가왔다. 그들은 전극이 현행의 표준 규격에 맞는다는 것을 확인했다. 펠릭스의 맥박을 재보는 사람들도 있었다. 마술사는 현장의 바닥을 구두 뒤축으로 두드리면서 허방다리나 어떤 시소 장치 같은 것이 없나 하고 찾아 보았다. 마술사는 바늘로 치과용 의자의 푹신푹신한 곳을 찔렀다. 그러는 모습을 보고, 구경꾼들은 우리 의자 속에서 비밀 통로라도 발견해 내기를 고대하는 듯 좋아서 어쩔 줄을 몰랐다. 마술사는 그 일을 마치고 다른 사람들에게 신호를 보냈다. 그들은 자기들이 조사한 온갖 정보를 바삐 기록했다. 그들은 현재로서는 아무 이상이 없다는 뜻을 나타내며 다시 자리에 앉더니, 우리에게 계속해도 좋다는 신호를 보냈다. 관객들은 모두 숨을 죽이고 다음 일을 기다렸다. 홀연 괴괴한 정적이 감돌았다. 영혼이 날아다니는 소리라도 들릴 정도였다.

「시작합시다!」

라울이 성난 음성으로 소리쳤다. 군중의 적대적인 태도에 어지간히 화가 난 모양이었다.

「좋아요. 그럼, 또 봅시다, 여러분!」

펠릭스가 굵고 뭉툭한 손가락들을 흔들며 작별 인사를 했다.

아망딘은 숱이 많이 빠진 그의 머리털을 쓰다듬고 그의 입술 언저리에 살짝 입을 맞추었다. 그와 거의 때를 같이하여 펠릭스는 스르르 눈을 감았다.

「꼭 돌아와요!」

아망딘이 속삭이자 펠릭스는 싱긋 웃으며 초읽기에 들어갔다.

「여섯…… 다섯…… 넷…… 셋…… 둘…… 하나…… 발진!」

펠릭스는 재빨리 스위치를 누르고 이승을 벗어나 영계로 나아갔다.

79. 역사 교과서

20세기 말엽의 사전(辭典)과 사전(事典)에는 죽음에 관한 정의가 다음과 같이 나와 있다.

죽음 한 생명체의 모든 기능이 정지되어 원형대로 돌이킬 수 없는 상태.

일반적인 정의 어떤 사람의 심장 고동이 끊기고 호흡 운동이 정지했을 때, 우리는 그가 죽었다고 말한다.

미국에서 1981년에 채택한 정의 뇌의 모든 기능이 완전히 정지되어 원래 기능을 회복할 가능성이 전혀 없는 때를 죽음으로 판정한다.

의학적인 정의 심장의 수축 운동이 돌이킬 수 없는 상태로 정지되고, 호흡 운동은 인공호흡기로만 유지될 수 있으며, 반사 작용이 완전히 사라지고, 뇌파가 전혀 나타나지 않으며, 뇌의 구조가 완전히 파괴된 상태.

사람이 죽었을 때 밟아야 할 절차 가장 가까운 읍·면·동사무소에 사망 사실을 신고한다. 그러면, 관할 구역의 법의학자가 사망을 확인하고 공증 문서를 작성하여 고인의 가족에게 주거나 장의사에 넘긴다. 사망자의 호적 등본을 첨부하여 그 공증 문서를 읍·면·동사무소의 호적계에 제출하면 매장 허가와 폐구(閉柩) 허가서를 내준다. 변사나 의문사인 경우에, 법의학자는 검사에게 보고하여 부검을 실시할 수 있다. 사망자의 가족은 사망 원인을 반드시 공표할 필요는 없다. 그러나 장례는 적어도 24시간이 경과한 다음에 치러야 한다.

묘지 불하 비용 묘지 사용 기간, 묘지의 유명도, 토지 가격 등에 따라 다양하다. 제곱미터당 단가는 물론 시골보다 도시가 비싸다.

장례에 필요한 그 밖의 비용은 대개 다음과 같다.

관 흰 나무로 짠 보통의 관일 경우 3천 프랑. 흑단이나 마호가니 재목을 사용할 경우나 완충물을 속에 넣을 경우에는 비용이 추가된다.

장의사 1천8백 프랑. 일꾼을 많이 쓰는 경우에는 비용이 더 들 수도 있다.

영구차 임대 3천 프랑

장례 물품, 꽃, 기타 장식물 4천8백 프랑

비석 7백 프랑

묘소 청소 및 보수 매년 1천 프랑

부고 비용과 우편 요금 2백 프랑

지방세 1천3백 프랑

부가가치세 1천 프랑

종교 의식 2백 프랑. 미사, 성가대 등을 원하는 경우에는 비용이 추가될 것을 예상해야 한다.

이상에서 보듯이 가장 적게 잡을 경우에, 묘지 불하 비용을 제하고도 총 1만 7천 프랑의 장례 비용이 필요함을 알 수 있다.

『기초 강의용 영계 탐사의 역사』

80. 기다림

벌써 10분 전부터 심전계에는 파동이 없는 직선만 나타나고 있었고, 삐 소리는 전혀 들리지 않았다.

늘 해오던 대로 라울 라조르박은 코마의 지속 시간, 체온, 심전도, 뇌파도, 개인적인 인상 등 상황 판단에 필요한 모든 요소들을 수첩에 적고 있었다.

라울이 잔뜩 긴장한 얼굴로 내게 다가왔다.

「어때?」

불길한 생각을 억누르며 내가 그렇게 물었으나 라울은 어깨만 한 번 들썩해 보였다.

군중은 입을 다문 채, 조명을 한몸에 받으며 누워 있는 펠릭스를 응시하고 있었다. 전문가들은 송장에 몰려든 파리 떼처럼 의자 주위를 돌면서 뭔가를 열심히 끄적거리고 있었다. 모눈종이를 긁어 대는 펜들의 사각거리는 소리가 귀에 거슬렸다. 그들은 연방 시계를 들여다보고 계기의 눈금을 살폈다. 십중팔구 가만히 앉아 있기가 멋쩍어서 그러고 있으면서도, 그들은 알 만하다는 표정을 지으며 곧 최악의 사태가 벌어지리라는 예감을 내비치고 있었다.

그들 중에서도 마술사의 연기가 일품이었다. 그는 무언극의 광대처럼 갖가지 몸짓을 동원하여 의혹의 뜻을 나타내고 있었다.

RTV1의 사회자는 시간의 공백을 어떻게 메워야 할지 몰라 이것저것 닥치는 대로 지껄이고 있었다. 날씨가 그런 실험을 하기에 제격이라는 둥, 유구한 역사를 가진 국회 의사당 안에서 그동안 충격적인 대사건들이 많이도 일어났었다는 둥 하면서.

아망딘은 두 손을 모은 채 성모 마리아 같은 얼굴을 하고 묵묵히 기도를 올리고 있었다. 나도 그녀처럼 기도를 올렸다.

81. 스칸디나비아 신화

발드르[29]는 스칸디나비아 신화에 나오는 착한 신이다. 주신(主神) 오딘이 사랑의 여신 프리그와의 사이에서 낳은 아들로서, 동정심이 많고 아름답기로 이름이 나 있었다. 어느 날 밤 발드르는 자기가 죽는 꿈을 꾸었

---

29 발데르, 발두르라고도 한다.

다. 그 불길한 꿈 때문에 신들은 심한 불안감에 휩싸였다. 그의 어머니인 프리그 여신은 세상의 어떤 신도 어떤 사물도 자기 아들을 해치지 못하게 단속했다. 여신은 흙, 돌, 쇠, 나무, 질병과 새, 물고기, 뱀 등 모든 동물에게서 발드르를 해치지 않겠다는 맹세를 받아 냈다. 그제야 신들은 발드르가 절대로 다치지 않으리라고 확신하면서, 발드르에게 갖가지 위험한 물건을 던지는 놀이까지 하였다. 신들은 위험한 것을 던져도 발드르에게 아무 탈이 없음을 보고 즐거워하였다.

그런데, 발드르의 그런 능력을 시샘하는 신이 있었다. 악신(惡神) 로키였다. 그는 발드르의 숨겨진 약점을 찾아내려고 여자로 변장하고 프리그 여신의 궁전에 들어갔다. 로키는 마침내 여신이 미처 서약을 받아 내지 않은 식물이 있음을 알아냈다. 미스틸테인[30]이라는 식물이었다. 프리그 여신은 그 식물이 너무 가냘퍼서 자기 아들을 전혀 해칠 수 없으리라고 생각하고 맹세를 받아 내지 않았던 것이다.

그 사실을 알아낸 로키는 호드르라는 신을 꾀었다. 호드르는 신들 가운데 유일하게 눈이 멀어 있었기 때문에, 다른 신들처럼 발다르에게 물건을 던지는 놀이에 참여하지 못하고 외따로 떨어져 지내던 처지였다. 로키는 그 식물을 발드르에게 던져 보라고 권했다. 로키가 이끄는 대로 호드르가 그 식물을 던지자 그것이 표창으로 변하면서 발드르에게 치명상을 입혔다. 그 일

---

30 *Mistilteinn*. 겨우살이. 영어의 미슬토*mistletoe*와 어원이 같다.

을 통해서 로키는 누구도 죽음을 면할 수 없다는 것, 신의 은총을 받은 자라 할지라도 죽음을 비켜 갈 수 없다는 사실을 모두에게 알려 준 셈이었다.

프랑시스 라조르박의 논문, 「죽음에 관한 한 연구」에서 발췌

82. 국회 의사당에서

그 사건을 맡은 예심 판사의 요청에 따라 실내에 들어와 있던 사복 경찰관들이 조금씩 무대 쪽으로 다가오고 있었다. 실험이 실패한 뒤에 우리가 달아나지 못하게 하려는 것이었다.

5분 넘게 펠릭스의 몸을 문지르고 전기 충격을 주었지만 아무 소용이 없었다.

침묵을 지키던 구경꾼들 사이에 술렁거림이 일기 시작했다. 전문가들은 전기 충격이 가해질 때마다 회심의 미소를 지었다. 그들은 득의양양하게 다가와 펠릭스의 손목을 쓰다듬으며 맥박을 확인했다. 그러고는 맥박이 전혀 느껴지지 않자 대단히 흡족한 기색을 보였다.

나는 흰 가운을 벗고 속옷 차림으로 땀방울을 뚝뚝 떨구어 가며 심장 마사지를 계속했다. 다 같이 〈하나, 둘, 셋〉을 외치고, 나는 두 손을 평평하게 해서 흉곽의 심장 부위를 눌렀다. 그리고 라울은 호흡 운동을 재개시키려고 휴대용 펌프로 콧구멍에 공기를 불어넣었다.

경찰관들이 더 바싹 다가들었다.

「하나, 둘, 셋! 자, 꼭 될 거라는 믿음을 가집시다. 믿고 계속해 봅시다.」

라울이 격려의 말을 되풀이했다. 그의 말대로 꼭 될 거라는 신념을 가져야 했다. 다치지 않으리라는 믿음만 있으면 불 속에 손을 집어넣고도 그대로 있을 수 있었다. 라울이 옛날에 그것을 보여 주지 않았던가.

우리 작업에 조금이라도 방해가 된다 싶으면 우리는 전문가들을 마구 밀어냈다. 절망감이 강하게 밀려오면 올수록 그들을 떠미는 우리의 손길이 거칠어졌다. 그러나 그들은 우리의 행동에 아랑곳하지 않았다. 황소가 쓰러지기 전에 투우사들을 다치게 하려고 발악하는 건 당연하다는 식이었다.

조금씩 술렁거리던 장내가 더욱 소란스러워졌다. 비웃음 소리도 끊이지 않고 들려 왔다. 조금 더 있으면 황소가 쓰러지는 것을 보고 함성이 터져 나올 판이었다.

다른 경찰관들이 우리 뒤에 늘어섰다. 우리가 무대 뒤로 달아나는 것을 막으려는 모양이었다.

믿음이 있으면 산도 옮길 수 있다는데, 어찌하여 우리 믿음은 피와 내장으로 채워진 이 커다란 가죽 부대에 생명이 돌아오게 하는 작은 기적조차도 이루어 내지 못하는가?

「아직 소생할 가능성은 있습니다. 어이! 어이! 어서 돌아오게! 하나, 둘, 셋, 하나, 둘, 셋,」

라울은 그렇게 외치며 펠릭스의 흉곽을 눌러 댔다.

「이봐, 펠릭스, 깨어나게. 바보짓 하지 말고 돌아오게!」

나도 라울을 거들었다.

경찰관 하나가 무대 위로 올라왔다. 우리의 실험을 지켜보던 시청자들에겐 우리가 시체 하나를 놓고 미쳐 날뛰는 위험한 미치광이로 비쳤을 게 틀림없었다.

「하나, 둘, 셋! 펠릭스, 깨어나! 오라질!」

경찰관이 수갑을 꺼냈다.

「하나, 둘, 셋! 이봐! 펠릭스, 우리를 저버리지 말게!」

여덟 전문가가 득의에 찬 기색을 보이며 사망을 확인하러 왔다. 으깨어진 과일에 몰려드는 파리 떼 같았다.

경찰관이 내 손목을 잡았다. 〈법에 따라 당신을 독살 혐의로 체포합니다〉라는 음성과 함께 수갑이 채워지는 메마른 금속성이 들렸다.

라울과 아망딘의 손목에도 이미 수갑이 채워져 있었다. 뤼생데르만은 프랑스 공화국의 대통령이라는 신분이 아직 효력을 발휘하고 있었기에, 경찰관들이 감히 손 댈 생각을 못 하고 있었다.

「죽여라! 타나토노트들을 죽여라!」

구경꾼들은 자기들의 지도자가 궁지에 몰렸음에도 그것을 너무 기뻐하며 악악거렸다. 백성들에겐 자기들 주인이 진창에 빠져 허우적거리는 것을 보는 것이 무엇보다도 통쾌한 모양이었다.

「타나토노트들을 사형시켜라!」

맨 앞줄에 앉아 있던 나의 형은, 〈내가 그렇게 일렀는데, 왜 말을 안 들었어!〉라고 외쳤다. 어머니만이 관중을 진정시키려고 고군분투하고 계셨다. 처음에는 바로 옆 사람들을 달래시더니, 이윽고 관중 전체를 향해 소리치셨다.

「내 아들은 잡혀갈 이유가 전혀 없어요. 그만하세요. 여러분이 잘못 생각하고 계신 거예요. 내 아들은 죄가 없어요. 그 애는 마지못해 가담한 거예요.」

어머니는 이미 그 모든 일을 예상하고 계셨던 모양이었다. 어머니는 나중에 재판이 열리면 내가 착한 아이였다는 것을 입증하기 위해 내 우등상장까지 내놓을 생각이셨고, 재판정의 방청객들에게 좋은 인상을 주기 위해 옷 한 벌도 미리 마련해 놓으신 바 있었다.

경찰관들은 성난 관중 사이를 헤쳐 나가려고 우리의 팔을 잡았다. 사람들이 우리에게 다가와 욕을 퍼붓고 침을 뱉었다. 수갑을 찬 채 사람들로부터 모욕을 받고 있는 동안의 그 참담한 기분이란! 어떤 자가 던진 곯은 달걀이 내 이마에 부딪혀 박살이 났다. 아망딘에게는 토마토가 날아왔다. 라울도 달걀로 얻어맞았는데, 그 달걀은 내게 날아온 것보다 한층 더 곯은 것이라 고약한 냄새가 진동했다.

뤼생데르 대통령은 털썩 주저앉았다. 우리를 돕거나 펠릭스를 구할 생각도 하지 않았다. 자기 생각이 틀렸음을 깨닫고, 망상에 사로잡혀 저지른 모든 일을 후회할 뿐이었다. 역사에 길이 남고 싶었는데, 이젠 만사휴의(萬事休矣)였다. 카이사르는 알레지아[31]라는 갈리아인 최후의 요새를 함락시켰지만, 뤼생데르는 마지막 승부에서 이기지 못했다. 결국 죽음이라는 마지막 요새는 공략할 수 없다는 것이 입증된 셈이었다.

〈잘 가게, 펠릭스〉 하고 속으로 작별 인사를 하는데, 경

---

31 옛날 갈리아 지방에 있던 요새. 기원전 52년 카이사르가 이끄는 로마 군대에 맞서 마지막으로 저항하던 곳. 갈리아인들은 결국 기아를 견디지 못하고 카이사르에게 항복하였다.

찰관이 수갑을 잡아당겼다.

 바로 그때 전혀 예상치 못했던 일이 일어났다. 어디선가 〈아이고, 아야〉 하는 소리가 들려 왔던 것이다.

 모두가 숨을 죽이고 기다렸다. 우리는 어마지두에 얼어붙은 듯 서 있었다. 나는 그 소리를 낸 사람이 누군지 금방 알아차렸다. 그 목소리, 바로 그의 목소리였다……

 조명 기사는 몸을 떨면서 펠릭스의 눈 위로 불빛을 비추었다.

 텔레비전 사회자가 재빨리 눈치를 채고 기염을 토하기 시작했다.

 「믿을 수 없는 일입니다, 여러분. 도저히 믿을 수 없는, 기적같이 엄청난 일이 벌어지고 있습니다. 그 사람이 살아 있습니다. 이제부터 그 사람을 〈공식적으로 저승을 다녀온 최초의 인간〉이라 불러도 될 듯합니다. 펠릭스 케르보스가 살아 있습니다!」

 놀라서 어쩔 줄 모르고 있던 경찰관들이 전문가들의 지시에 따라 우리 손목의 수갑을 풀어 주었다. 장내는 다시 쥐죽은 듯 조용해졌다. 오로지 지칠 줄 모르는 텔레비전 사회자만이 자기 쇼에 마침내 볼만한 게 생겼다는 것에 너무 들떠서 약장수처럼 떠들어대고 있었다. 그는 자기가 중요성을 갖는 대사건의 한복판에 있다는 것을 의식하고, 두 번 다시 만나기 어려운 기회를 놓치지 않겠다고 마음을 다잡고 있었다. 그 사건을 계기로 자기 역시 역사책에 기록될 것이라고 그는 생각했다. 역사책까지는 아니더라도 언론사의 한 페이지를 장식하게 될 것은 틀림없었다.

「시청자 여러분이나 여기 있는 사람들 모두가 지금 이 순간 똑같은 것을 느끼고 있을 것입니다. 심전계에서 처음으로 삐 소리가 나기 시작했을 때는 한순간 다들 설마 하는 생각을 가졌을 것입니다. 그런 다음에 장내에 함성이 울려 퍼졌습니다. 여러분, 우리의 그 함성에는 공포가 담겨 있었습니다. 죽었던 사람이 산 사람들의 세계로 다시 돌아왔다는 사실 앞에서 우리는 엄청난 놀라움과 두려움을 느끼지 않을 수 없었던 것입니다. 여러분께 항상 더 많은 것을 보여 드리기 위해 노력하는 저희 RTV1 방송에서 펠릭스 케르보스가 처음으로 눈을 뜨던 장면을 느린 동작 화면으로 곧 다시 보여 드리겠습니다. 심장 고동이 멎은 뒤 한참 만에 일어난 눈꺼풀의 움직임입니다. 바로 저희 RTV1이 지켜보지 않았더라면 그 움직임을 포착하지 못했을지도 모릅니다. 말하자면 저희 텔레비전은 죽은 사람을 살리는 일에까지 기여를 하고 있다 하겠습니다. 곧이어 저희 방송사 단독으로 펠릭스와 인터뷰를 해보겠습니다. 그것이 끝나면 바로 광고 방송을 보내 드립니다. 아울러 오늘의 이 프로그램은 〈흑룡(黑龍) 구두약〉의 협찬을 받아 이루어진 것임을 알려 드립니다. 〈흑룡 구두약〉은 콜타르를 이용하여 만든 유일한 제품입니다.」

우리는 웃어야 할지 울어야 할지 갈피를 못 잡고 있었다. 우리는 실험 현장으로 돌아가기 위해 달음박질쳤다. 승부는 이제부터였다. 의사들과 과학자들은 얼떨떨한 표정을 지으며 쭈뼛거렸다. 그들은 자기들의 눈과 귀와 더듬감각을 믿을 수 없다는 듯 고개를 가로젓고 있었다. 그들은 다시 달려들어 펠릭스를 계속 더듬어 보고 모니터를 확인했다. 의자 밑을 조사하는 과학자들도 있었다. 우리가 쌍둥이 형제 중 한 사람을 시체와 바꿔 치기 했을 가능성에 생각이 미친 모양이었다.

나는 펠릭스의 맥박을 재고 심장 고동을 들어 본 다음 망막과 치아를 검사했다.

우리가 이긴 게 분명했다. 모두가 보았으니, 이제 명백한 사실을 부정할 사람은 아무도 없었다. 라울, 펠릭스, 아망딘, 뤼생데르, 그리고 내가 바보들을 물리친 것이었다.

펠릭스가 동에 닿지 않게 더듬거렸다.

「빌어먹을, 여행도⋯⋯ 빌어먹을, 이렇게⋯⋯ 이런 건 생전 처음이야. 그⋯⋯ 그건 그렇고, 내가 사면을 받긴 받는 거요?」

아망딘은 재빨리 그의 귀에 대고 무슨 말인가를 속삭였다. 그러자 곧바로 그의 눈에 〈옳거니!〉 하는 기색이 담겼다.

펠릭스는 RTV1의 사회자가 내밀고 있는 마이크 쪽으로 몸을 기울여 나무랄 데 없이 똑똑한 목소리로 이렇게 말했다.

「제 영혼에겐 작은 한 걸음이지만 인류에겐 위대한 도약입니다.」[32]

숨을 죽이고 있던 관중이 일제히 일어나 큰 박수를 보냈다. 아무리 멋진 슬로건이라도 펠릭스의 그 말만큼 감동적인 의미를 담기는 어려울 터였다. 사람들은 모두 아낌없는

---

32 1969년 7월 21일 아폴로 11호의 선장 닐 암스트롱이 달 표면에 첫발을 디디며 지구에 보낸 유명한 말, 〈저에게는 작은 한 걸음이지만 인류에겐 위대한 도약입니다〉를 흉내 낸 것이다.

환호를 보냈다.

「RTV1을 아껴 주시는 시청자 여러분, 역사적인 순간입니다. 우리의 타나토노트가 방금 역사에 길이 남을 말을 남겼습니다. 〈제 영혼에겐 작은 한 걸음이지만 인류에겐 위대한 도약입니다.〉 역사를 향한 은근한 눈짓이 훌륭한 멋을 풍깁니다. 이 사람은 우리가 보는 앞에서 NDE 즉, 임사 체험을 성공적으로 해냈습니다. 그는 이 세상 밖으로 여행을 다녀왔습니다. 그가 다녀왔다기보다는 다른 무엇이 다녀왔다는 표현이 맞을지도 모르겠습니다. 어쨌든 펠릭스 자신은 달리 표현할 말이 마땅치 않아서 그것을 〈영혼〉이라고 말했습니다. 시(詩)적인 느낌을 주는 말이긴 합니다만, 과학적인 설명이 더 있어야 할 것 같습니다. 그 설명은 위대한……」

우리는 펠릭스 케르보스를 힘껏 껴안았다.

「다들 걱정 많이 하셨죠? 그런데, 저…… 제 사면은 확실한 겁니까?」

「그럼, 자넨 사면을 얻었네. 이제부턴 자유의 몸일세.」

대통령이 분명한 어조로 말했다.

「참 오래도 걸렸군요. 오늘날에도 자유 시민이 되기는 여간 어려운 게 아니로군요.」

아망딘은 펠릭스의 곁을 한시도 떠나지 않고 있었다.

「돌아왔군요! 돌아왔어요, 이렇게 살아서.」

「그렇소. 보다시피 죽을 고비를 넘기고 이렇게 돌아왔소, 친구들. 이번엔 제대로 보아 두었소. 모든 걸 보았소. 여러분이 원하면 그림을 그려서 그곳의 모습이 어떠한지를 보여 줄 수도 있소. 빌어먹을, 믿을 수가 없어요. 정말, 믿기지 않아요.」

라울 라조르박이 흥분을 감추지 못하고 다가왔다.

「지도를 만들 수 있을 겁니다! 영계 지도를 대략적으로 그린 다음, 우리가 한 걸음씩 더 나아갈 때마다 그 지도를 세부적으로 수정해 나가기로 합시다.」

라울의 흥분이 관중에게 그대로 전해졌다.

RTV1의 사회자가 우리 뒤를 따라오면서 소리쳤다.

「여기 좀 보세요! 케르보스 씨. RTV1입니다. 하늘나라의 모습이 어떠한지를 우리 시청자들도 알아야 합니다. 케르보스 씨, 당신은 금세기의 영웅입니다.」

펠릭스는 발걸음을 멈추고 말을 고른 다음, 또박또박 말했다.

「좋아요……. 죽음은 정말 엄청납니다. 여러분이 상상하시는 것과는 전혀 다릅니다. 가지가지 빛깔이 어우러져 있고 장식이 가득합니다. 뭐라고 이루 말할 수가 없어요. 아, 정말 어떻게 이야기해야 할지 모르겠습니다. 아무튼 굉장합니다.」

RTV1의 아나운서는 우리를 붙잡고 늘어졌다. 광고주와 약속한 시간을 아직 다 채우지 못한 모양이었다. 그는 조금이라도 더 이야기를 끌어내려고 애원을 하다시피 했다.

라울이 내 옆구리를 툭 치며 말했다.

「자, 미카엘. 연설 한마디 하게!」

깊이 생각할 겨를도 없이 나는 연단 위로 올라갔다. 플래시 불빛이 나에게로 쏟아졌다.

「여러분, 우리는 가장 훌륭한 보상을 받았습니다. 우리는 타나토노트 한 사람을 보냈다가 다시 데려오는 데 성공했습니다.」

장내가 아주 조용해졌다. 어떤 기자가 내게 질문을 던졌다.

「팽송 박사님, 박사께서는 오늘의 승리를 이루어 낸 주인공들 가운데 한 분입니다. 이제부터는 무엇을 할 생각이신지요?」

나는 마이크로 좀 더 다가갔다. 모두가 내 말에 귀를 기울이고 있었다.

「오늘은 위대한 날입니다. 우리는 죽음을 정복했습니다. 오늘부터는 모든 것이 달라질 것입니다. 우리의 관점을 완전히 바꾸어야 합니다. 우리 앞에 새로운 세계가 열렸습니다. 오늘을 기점으로 모든 것이 달라질 것입니다. 저 자신도 그 사실이 잘 믿기지 않습니다. 하지만 우리는 방금 그것을 증명해 냈습니다……」

바로 그 순간에, 〈그런데, 도대체 내가 여기서 뭘 하고 있지?〉 하는 불길한 생각이 다시금 뇌리를 스쳤다.

「우리는 방금 증명을……」

역사에 길이 남을 어떤 일을 이루어 내고 지금 여기에 서 있다는 새삼스러운 깨달음이 갑자기 마음속을 휘저었다. 그 엉뚱한 생각 때문에 더 이상 내 이야기를 계속할 수가 없었다.

「팽송 박사님?」

더 이상 말이 나오지 않았다. 기자는 아주 난처해하면서 이야기를 계속 끌어내려고 애썼다.

「저…… 그럼, 대통령 각하…… 각하께서는 각하의 신념을 입증하시는 데 성공하셨습니다. 총선을 앞둔 상황에서, 이 일을 계기로 각하의 정책에 변화가 있을 거라고 생각해도 되겠습니까?」

뤼생데르 대통령은 그 질문을 무시하고 우리에게 나직하게 말했다.

「자, 여보게들, 이 친구를 돌보지 않고 이렇게 내버려둘 거야? 이제 어려운 고비를 넘겼으니 우리 일을 계속하세. 가서 영계의 개략적인 지도를 만들기로 하세.」

「어디로 가실 겁니까?」

「플뢰리 메로지의 타나토드롬으로 가세. 우리가 마음 편하게 일할 수 있는 곳이 거기 말고 더 있겠나.」

비 온 뒤에 땅이 굳어지듯, 우리 작은 동아리의 단결력은 더욱더 굳건해졌다.

83. 페르시아 신화

냄비 속에 있는 오리에게 물고기가 물었다.

「자네는 조만간 물이 불어서 강물이 넘쳐 나리라고 생각하나?」

오리가 대답하되, 「우리가 삶아지고 나면 세상이 바다가 되든 허깨비가 되든 그게 무슨 소용이겠는가?」

지구에서 토성까지
나는 모든 문제를 풀었고,
어떤 허방다리, 어떤 덫도 피해 왔는데,

오로지 죽음의 매듭만은 풀지 못했노라.

오마르 카이얌,[33] 『4행 시집』

프랑시스 라조르박의 논문, 「죽음에 관한 한 연구」에서 발췌

84. 영계 지도

감방 여기저기에서 축하의 외침이 터져 나왔다. 수감자들도 RTV1의 생중계를 통해 펠릭스의 〈여행〉을 지켜본 모양이었다. 우리의 타나토노트는 감방을 돌며 옛 동료들에게 인사를 했다. 그는 연신 눈을 깜박거리고 있었는데, 그 눈짓에는 〈나는 이렇게 되리라는 것을 미리 알고 있었다네. 내가 전에 자네들에게 말한 대로일세〉라는 뜻이 담긴 듯했다.

우리는 격리 감방을 개조한 타나토드롬에 모였다. 라울이 두툼한 종이와 컬러 펜을 꺼내 들자 우리는 그의 주위에 빙 둘러섰다. 그동안에 펠릭스는 자기가 본 저승의 광경을 정확하게 설명할 채비를 했다.

펠릭스는 정확한 표현을 찾아내려고 애쓰고 있었다. 짐승처럼 아둔하게 생긴 그 사내가, 처음으로 자기의 친구가 되어 준 우리를 만족시키려고 머리를 쥐어짜 내는 모습을 보고 있자니 가슴이 뭉클하였다.

펠릭스는 이마를 문지르다가는 등을 긁적이고, 그러다가 다시 겨드랑이를 긁어 대고 이맛살을 찌푸렸다. 지도 그릴

---

33 페르시아의 시인이자, 수학자, 천문학자(1050~1123). 2차, 3차 방정식을 체계적으로 분류하고 해법을 밝힌 『대수학』이라는 저서와 페르시아력을 개량하여 5천 년 동안 하루의 오차밖에 생기지 않을 만큼 정확하게 만든 〈잘라드력〉으로 유명하며 페르시아 고유의 4행시 「루바이야트」의 작자로 특히 잘 알려져 있다.

준비를 하고 있던 라울이 재촉했다.

「그래, 그곳이 어땠소?」

「음, 먼저 커다란 깔때기가 있습니다. 거품이나 솜 같은 것으로 둘러싸인 깔대깁니다.」

라울은 펠릭스가 이야기하는 것을 그림으로 옮기기 시작했다. 그림을 보면서 펠릭스가 덧붙였다.

「아니, 더 크게요. 깔때기를 더 크게 그려야 돼요.」

펠릭스는 자기가 보았던 신비스러운 광경을 떠올리려고 눈을 감았다.

「그것은 푸르스름한 수은등이 레이스처럼 퍼져 나가는 형상입니다. 액체 같은 느낌인데, 뭐랄까…… 푸르스름한 별 가루들이 큰 물결을 지어 너울거리는 모습, 아니면 빛이 마치 물처럼 솟아나는 모습이라고나 할까요. 꼭 빛과 불꽃으로 테를 두른 채 빙빙 돌고 있는 바다 한가운데서 공중에 떠 있는 느낌이 들었습니다.」

피테칸트로푸스가 어느덧 시인이 되어 있었다. 아망딘의 얼굴에 감동의 빛이 뚜렷했다.

라울은 처음 그렸던 것을 지우고, 잎을 조금 따낸 상추와 비슷하게 다시 그렸다. 펠릭스가 고개를 끄덕이며 말했다.

「그게 더 낫겠어요. 내 느낌을 여러분이 이해하고 있는지 모르겠군요. 아시겠습니까? 불이 젤리처럼 되어 있고 나는 그 속에 떠 있었던 겁니다. 하지만 기분은 참 좋았습니다. 바다의 상쾌한 느낌을 맛보았지요. 바다를 처음 보았을 때 느꼈던 기분과 똑같았습니다.」

「그 깔때기는 정확히 무슨 색깔이지요?」

「음, 연한 하늘색입니다. 하지만 보통 하늘색보다 한층 더 산뜻한 색이지요. 그것은 회전목마처럼 빙빙 돌면서 내 주위에 있던 많은 망자들을 빨아들이고 있었습니다. 망자들은 모두 탯줄 같은 하얀 줄에 매달려 있었는데, 그 줄이 끊어지면서 깔때기 안으로 멀리 들어가 버리더군요.」

「줄이 탁 끊어지더란 말인가?」

뤼생데르가 놀란 표정을 지으며 물었다.

「네, 그렇습니다. 그들은 아래쪽과 연결되어 있던 줄에서 풀려나자 한층 더 빠른 속도로 빨려 들어갔습니다.」

「그 사람들은 누구였어요?」

아망딘이 물었다.

「모든 나라 모든 인종의 망자들이었소. 남녀노소 가리지 않고 별의별 사람이 다 있었지요.」

라울은 우리에게 입을 다물라는 시늉을 했다. 아닌 게 아니라 우리의 잦은 질문은 펠릭스의 집중력을 흐뜨릴 염려가 있었다. 그렇게 되면 상세한 지도를 만들려는 우리의 작업이 더디어질 수도 있었다.

「깔때기 이야기를 계속해 봐요.」

「네. 그 깔때기는 조금씩 오므라들면서 거대한 튜브로 바뀝니다. 거기에 이르면 내벽의 빛깔이 차츰 진해지다가 마침내 청록색을 띠게 돼요. 그 청록색이 있는 곳까지는 가보지 못했지만 그 빛깔은 분명히 보았소.」

「깔때기가 계속 돌고 있던가요?」

「그래요. 가장자리 쪽은 아주 천천히 돌고, 앞으로 나아갈수록 점점 더 빨리 돌아요. 그러다가 깔때기가 오므라들고 빛이 더욱 환해져요. 망자들은 모두 그 청록색 터널 속으로 들어가요. 그때는 사람들의 모습도 바뀌지요. 나도 내 모습이 달라지는 것을 경험했어요.」

「어떻게 달라지는데요?」

펠릭스는 스스로가 대견스럽다는 듯 몸을 꼿꼿이 세우며 말했다.

「내 몸의 모습을 그대로 지니고 있기는 했는데, 그 몸이 투명해졌어요. 하도 투명해서 나 자신을 훤히 들여다볼 수 있었지요. 아주 근사했어요. 나는 내 육신을 완전히 잊었어요. 살을 파고 들어온 발톱 때문에 생긴 고통도 더 이상 느껴지지 않았어요. 나는 마치…….」

「하나의 깃털 같았겠군요?」

나는 라울이 예전에 들려준, 고대 이집트의 『사자(死者)의 서(書)』를 떠올리며, 펠릭스를 거들었다.

「그래요. 깃털 같기도 했고, 바람 한 줄기가 조금 단단해져서 아주 가벼운 고체가 된 것 같기도 했소.」

라울은 종이에 열심히 그림을 그렸다. 그의 그림이 서서히 틀을 잡아 가고 있었다. 깔때기, 터널, 기다란 탯줄을 늘어뜨린 투명한 사람들……. 마침내 죽음이 그 모습을 드러낼 것인가? 라울의 그림은 멀리서 보면 머리털이 헝클어진 커다란 머리와 비슷했다.

「깔때기가 거대했다고 했지요?」

「아주 컸어요. 내 생각엔, 가장 좁은 곳이 지름이 몇십 킬로미터는 족히 될 것 같았어요. 지구의 모든 망자들이 그곳에 모여들어 한 시간에 백 명씩은 그 안으로 몰려 들어가야 할 테니 그렇게 큰 게 당연해요. 그리고, 아 그래요! 그곳에는 위도 없고 아래도 없어요. 맘만 먹으면 내벽 위로 걸어 다닐 수도 있을 것 같았어요. 물론 날아다니니까 그럴 필요는 없었지만 말이에요.」

「동물들도 있던가요?」

아망딘이 물었다.

「없었소. 동물은 없고 사람들뿐이었소. 그런데 어디에서 전쟁이 일어났는지 죽은 자들이 떼거리로 몰려왔어요. 그 많은 사람들이 터널 안으로 아주 빠르게 몰려 들어가는데도 서로 부딪치는 일 없이 아주 평온했어요. 빛이 이끄는 대로 다들 나비처럼 날아갔지요.」

라울이 펜을 놓자, 나는 펠릭스의 이야기에 내 생각을 덧붙였다.

「사자들이 그렇게 한꺼번에 날아가다 보면, 어떤 순간에는 서로 부딪칠 수밖에 없을 것 같군요.」

「자네가 멈추었던 곳이 정확히 어디지?」

뤼생데르가 묻자, 펠릭스는 하늘색 깔때기의 넓은 쪽 가장자리에 있는 한 지점을 손가락으로 가리켰다.

「여깁니다.」

대뜸 한 지점을 정확히 가리키는 통에 우리는 어안이 벙벙했다. 펠릭스의 설명이 이어졌다.

「더 멀리는 나아갈 수가 없었어요. 1센티미터만 더 나아갔으면 내 생명줄도 끊어졌을 것이고, 그러면 다시는 여러분을 못 만났겠지요.」

「은색 줄이 무한히 늘어날 수 있을 만큼 탄력적인 건 아넌 모양이지?」

대통령이 물었다.

「언뜻 생각하기에는 그럴 것 같지만, 빛이 이끄는 대로 따라가면 갈수록 줄이 팽팽해지고 끊어지기 쉽게 됩니다. 빌어먹을, 1센티미터만 더 갔으면 이 세상에 다시 돌아오고 싶은 마음이 조금도 들지 않았을 거예요. 이 지점이 바로 저의 한계였어요.」

펠릭스가 그 지점을 손가락으로 짚었다. 라울은 거기에 검은 사인펜으로 긴 점선을 그린 다음, 그 위에 〈코마 장벽〉이라고 썼다.

「그게 무슨 뜻이지?」

내가 물었다.

「예전에 음속의 장벽을 뛰어넘어 초음속기를 만드는 일이 큰 과제로 되었던 적이 있었지. 나는 펠릭스가 말하는 이 지점을 음속의 장벽과 같은 것으로 생각하네. 현재로서는 우리가 위험을 무릅쓰지 않고는 넘을 수 없는 한계일세. 아직 불완전하기 짝이 없지만 이렇게 영계의 초입 부분을 지도로 만들어 놓고 보니까, 우리의 목표도 분명해지고 있네. 이 선을 넘는 것, 그것이 지금 단계의 목표일세.」

그렇게 말하고 나서 라울은 〈코마 장벽〉을 나타낸 점선 뒤에 굵은 글씨로 〈테라 인코그니타 Terra incognita〉라고 썼다. 〈알려지지 않은 땅〉이라는 뜻의 라틴어였다.

우리는 마음의 옷깃을 여미며 그 지도를 바라보았다. 바야흐로 신대륙 탐사가 시작되고 있었다. 처음엔 신대륙의 기슭에 겨우 닿았을 뿐이지만, 개척자들이 대륙 안으로 깊이 들어감에 따라서 산과 초원과 호수의 위치가 지도에 표시될 것이고, 테라 인코그니타는 종이의 가장자리 쪽으로 자꾸 밀려나게 될 것이었다. 옛날에 아프리카, 아메리카, 오스트레일리아에서도 사람들은 무지의 표시인 그 두 단어를 조금씩 조금씩 지워 나가지 않았던가.

국회 의사당에서 행한 실험을 목격한 사람들은 정치적이고 과학적인 의미를 지닌 하나의 사업이 결말을 본 것이라고 생각했을 터였다. 하지만 우리는 그것이 끝이 아니라 새로운 시작이라는 사실을 잘 알고 있었다.

하늘색에서 청록색으로 바뀐다는 그 터널을 탐사해야 했다. 그리하여 영계 지도를 보완하고 테라 인코그니타라는 두 단어를 뒤로 물려야 했다.

라울이 두 손을 모으더니, 득의양양한 미소를 감추지 않고 이렇게 중얼거렸다.

「알려지지 않은 세계가 남아 있는 한 우리는 그곳을 향해 언제까지라도 곧장 나아가야 합니다.」

우리 모두를 자극하는 새로운 슬로건이었다. 우리는 서로 반짝이는 시선을 주고받았다.

모험엔 오로지 시작이 있을 뿐이었다. 우리는 알려지지 않은 세계를 향해 힘차게 전진하리라는 각오를 새롭게 다졌다.

제2기
개척자들의 시기

85. 신문의 논평

파리 국회 의사당을 달군 뜨거운 감동. 사자들의 대륙에 발을 내디딘 자랑스러운 프랑스인

우리 나라의 펠릭스 케르보스가 저승을 다녀온 최초의 인간으로 공인받았다. 우리는 오래전부터 사설을 통해 뤼생데르 대통령의 야심만만한 사업을 지지하고 있음을 표명해 왔다. 그의 노력이 있었기에 우리 나라의 연구팀이 전 세계의 경쟁자들을 물리치고 사자(死者)들의 대륙에 선착할 수 있었던 것이다. 우리 신문은 이미 펠릭스 케르보스를 올해의 인물로 공표한 바 있고, 그에게 당장 레지옹 도뇌르 훈장을 수여하라고 청원을 내놓고 있다.

런던 한 유럽인 저승을 다녀오다

죽음도 탐사 대상이 될 수 있다. 유럽외 한 연구팀이 사람을 저승에 보냈다가 무사히 귀환시키는 데 성공했다. 그런 종류의 일이 흔히 그렇듯이, 그 성공이 있기까지는 유감

스럽게도 많은 실패가 있었다. 상궤를 벗어난 그 사업이 시행착오를 겪는 과정에서 1백여 명의 인간 기니피그가 희생당한 것으로 추산되고 있다. 〈살인 실험실〉 운운하며 프랑스 여론이 이구동성으로 그 사업을 비난했음에도, 펠릭스 케르보스는 그 대살육에서 용케 살아남았다. 영국에서도 한 연구 팀이 곧 그 모험에 뛰어들 예정이다. 그 귀추가 자못 궁금하다.

도쿄 조상들을 찾아서

한 남자가 온갖 위험을 무릅쓰고 자기 조상들을 찾아 영계로 떠나고 싶어 했다.

펠릭스 케르보스라는 그 서양인은 자기 조상들을 만나겠다는 일념으로 독성이 매우 강한 약품인 염화칼륨을 써서 자살을 시도했다. 그는 20분 후에 무사히 깨어났다. 일본의 연구자들은 현재, 〈지구 상의 어떤 관광지를 드나들듯이 조상들의 나라를 찾아갈 수 있는가?〉라는 대담무쌍한 질문에 답하기 위해 진력하고 있다.

뉴욕 못 말리는 프랑스 사람들

프랑스 과학자들로 이루어진 수공업적 수준의 작은 연구 팀이 기상천외한 실험에 착수한 바 있었다. 저승을 찾아가기 위해 스스로에게 독물을 투여하는 실험이었다. 몇 주 전 그 사업이 언론에 폭로되자, 프랑스인들은 장 뤼생데르 대통령을 연쇄 살인의 장본인으로 몰아붙이면서 신랄한 야유를 퍼부어 댔다. 대통령의 비호를 받으며 진행된 그 사업이 소기의 성과를 거두기까지 무려 1백여 명의 희생자를 냈기 때문이었다. 뭔가 창조적인 일을 해보려는 그 과학자들은 구속 기소를 당할 형편에 놓여 있었다. 프랑스에서는 옹졸한 관료주의가 과학자들의 사기를 꺾어 버리는 일이 흔히 있으므로 그럴 법도 하였다(프랑스의 유수한 과학자들이 노벨상을 꿈꾸며 마음 놓고 연구할 수 있는 미국으로 오기 위해 자기들 나라를 떠나는 경우가 잦은 것도 그럴 만한 이유가 있는 것이다).

그러던 중, 뤼생데르 대통령과 용감한 프랑스인 네 사람이 자기들 연구의 가치를 프랑스 국민과 악의에 찬 전문가들 앞에서 입증해 보였다. 전 세계 텔레비전 방송사들이 카메라를 들이대며 증인이 되어 주고 있는 가운데 펠릭스 케르보스가 사자들의 대륙으로 떠났다가 무사히 돌아왔다. 펠릭스 케르보스는 범죄자로서 무기 징역을 선고받고 복역 중이던 사람인데, 그 쾌거를 이룬 덕에 사면을 받고, 이제 〈맨손으로 성공한 사람〉의 빛나는 삶을 구가하기 시작했다. 미국의 몇몇 영화사에서는 이미 막대한 제작비를 들일 영화를 기획했으며, 그에게 거액을 제안하면서 자신의 역으로 출연해 줄 것을 요청한 바 있다. 그가 아직 답변을 하고 있지 않은 상황이지만, 간호사 아망딘 역에는 캐럴 터크슨, 뤼생데르 대통령 역에는 프레드 오배넌이 거론되고 있다. 그들은 곧 스크린에서 만날 수 있을 듯하다.

로마 격노한 교황
프랑스인들이 사자들의 대륙을 정복하는 일에 앞장을 섰

다. 로마 교황은 과학이 월권행위를 하고 있다며 분노를 표명했다. 성하(聖下)는, 〈죽음은 오로지 하느님께 속한 것이다. 그리고 하느님의 뜻은 바티칸의 목소리를 통해서 드러난다〉는 점을 일깨우면서, 〈우리는 사람을 저승으로 보내는 일에 찬성할 수 없다. 우리는 프랑스 정부가 새로이 사람을 파견하기에 앞서, 파리 대주교를 만나 줄 것을 간곡히 요청하고 있다〉고 말했다. 그 문제에 관한 교황의 교서가 곧 내릴 것으로 예상된다.

마드리드 뤼생데르 사건

몇 주 전만 해도 프랑스의 장 뤼생데르 대통령은 자기 나라에서 완전히 미친 사람 취급을 받았다. 그러던 그가 이제는 우리가 본받아야 할지도 모르는 아주 탁월한 선각자로 재평가받고 있다. 물론 뤼생데르는 자주 경직된 모습을 보였고 어려움에 처한 나라들에 대해서 관심을 가져 본 적이 없는 정치 지도자였다. 게다가 우리는 이미 본지를 통해, 그의 근시안적인 보호 무역 정책을 비판한 바 있었다. 그런 그가 철저한 비밀 속에서 사자들의 대륙을 정복하겠다는 웅대한 계획을 실행해 왔다 하니, 우리는 더욱 경탄을 느끼지 않을 수 없다. 모두의 예상을 뒤엎고 프랑스의 인간 기니피그 펠릭스 케르보스가 최후의 대륙에 다녀오는 데에 성공했다. 우리 정부는 어떻게 그런 일이 가능한지를 알아내기 위해 하나의 연구 프로그램을 곧 발족시킬 예정이다.

베를린 위기를 호도하는 교란 작전

프랑스 사람들은 확실히 술수에 능하다. 경제는 활력을 잃고, 격렬한 시위와 파업이 끊일 새 없이 계속되고 있으며, 마약의 확산과 불법 이민자의 폭주를 막으려는 노력이 전혀 실효를 거두지 못하고 있는 마당에, 장 뤼생데르 씨는 죽음에 관한 실험에 매달림으로써 국민들의 위기의식을 호도하려 하고 있다. 결국 그가 저승에 사람을 보내는 일에 성공한 것 같기는 하나, 이론의 여지는 많다. 우리 나라의 한 연구팀이 곧 그 실험에 대한 검토에 착수할 것이라고 한다.

북경 죽음, 최후의 식민지

사자들의 대륙을 정복하는 일이 현실로 나타나고 있다. 포함(砲艦)의 정치가 횡행하던 시대와 마찬가지로 세계의 열강들은 식민지에 대한 욕망을 여전히 버리지 못하고 있다. 자기들의 책략을 비밀에 부치면서 그런 사실이 없다고 잡아떼고 있기는 하지만, 미국과 영국, 독일, 이탈리아, 일본의 전문가들은 며칠 전 타나토드롬을 건설하기 시작했다. 펠릭스 케르보스라는 프랑스인이 이미 삶과 죽음의 경계가 되는 곳에 도달했음은 주지의 사실이다. 그곳은 현재로서는 넘어설 수 없는 한계선으로, 코마에 진입한 후 20분 동안 나아간 곳, 즉 〈코마 플러스 20분〉 지점에 있다고 한다.

86. 승리 이후

더 이상 우리에게 의혹의 눈길을 보내는 사람은 없었다. 학계와 국민 여론과 언론이 〈천국 사업〉의 성공을 축하해 주었다. 우리를 괴롭히러 왔던 전문가들의 진상 조사 위원회는 오히려 우리의 공로와 진지한 노력을 인정하는 보고서를 의회에 제출했다. 〈살인 실험실〉이나 〈시체 저장소〉 따위를 운운하는 사람은 아무도 없었다.

〈죽음이란 무엇인가? 죽음이란 무엇인가? 죽음이란 무엇인가? 죽음이란 무엇인가……?〉

죽음에 대해 알고자 하는 내 열망이 어느 정도인지를 나타내려면 그 문장을 적어도 20페이지는 써야 할 것 같았다.

아무것도 모를 때는 질문할 것도 별로 없는 법이지만, 일단 알 듯 말 듯 한 기미가 보이기 시작하면 무슨 수를 써서라도 모든 걸 알고 이해하고 싶어지는 법이다.

죽음이라는 신비가 내 신경 세포가 지각할 수 있는 범위 안에 들어와 있었고, 나의 뇌는 더 많은 정보를 요구하고 있었다.

우리의 의지대로 죽음의 세계에 다가갈 수 있다는 사실에 나는 큰 자신감을 얻었다. 죽음이란 우리가 왕래할 수 있는 하나의 나라에 지나지 않았다. 헤라클레스가 지옥에 내려가서 케르베로스라는 괴물과 싸웠던 것은 그저 신화 속의 이야기만은 아니었다. 우리가 그 비슷한 일을 할 수도 있을 듯했다. 라울이 바라던 대로, 사람이 죽은 뒤에 무슨 일이 일어나는지를 알고자 하는 열망이 나를 온통 사로잡았다. 내 모든 육신의 몸짓이 끝날 때 나에게 무슨 일이 일어날 것인가? 결국 인생이 하나의 연속극 같은 것이라면 그 마지막 장면이 어떻게 될지를 아는 것이 모르는 것보단 훨씬 나을 듯싶었다.

펠릭스의 성공이 가져다준 충격은 내게서 한동안 가시지 않았다. 마음속에서 많은 질문들이 꼬리에 꼬리를 물었다. 〈인간은 상상력과 확신의 힘으로 어떤 차원의 세계라도 정복할 수 있는 것일까? 인간의 한계는 무엇일까? 죽음이란 도대체 무엇일까……?〉

뤼생데르 대통령은 우리를 불러 엘리제 궁에서 회의를 열었다. 대통령은 서재에서 우리를 맞아 주었다. 그곳은 컴퓨터와 모니터들이 꽉 들어차고 거의 장식이 없어서, 평소에 공식적인 방문객을 맞이하는, 루이 15세 시대풍의 호사스러운 집무실과는 느낌이 사뭇 달랐다.

대통령은 우리 일을 서둘러 진척시켜야 한다면서 그 이유를 설명했다. 회의주의자들과의 싸움은 끝났지만 이제 새로운 적수들과 겨뤄야 한다는 것이었다. 대통령이 말하는 새로운 적수들이란 모방자들이었다. 아닌 게 아니라 우리가 이루어 낸 일을 모방하려고 세계 도처에 타나토드롬이 건설되고 있었다. 대통령은 격한 어조로 말했다.

「미국인들이나 일본인들에게 추월당하는 것은 생각할 수도 없는 일일세. 우리들은 이미 항공술 분야에서 그런 씁쓸한 경험을 한 적이 있었네. 비행기를 발명한 사람이 클레망 아데르[34]라는 사실은 누구나 다 아는 바인데, 라이트 형제가 나타나 자기들이 최초로 비행기를 만들었노라고 주장했었지. 자네들이 시작은 먼저 했지만 안심해서는 안 되네.

---

34 프랑스의 기술자이자 발명가(1841~1925). 1890년에 공기보다 더 무거운 기구를 발명하여, 그것을 타고 공중을 나는 데 성공했다. 그 기구에 붙인 〈아비옹〉이라는 이름이 비행기를 뜻하는 프랑스어의 보통 명사가 되었다.

영계 탐사에서 자네들을 앞질렀다고 주장하는 자들이 틀림없이 나올 테니까 말일세.」

국회 의사당에서 만인이 지켜보는 가운데 우리가 개가를 올렸는데, 전혀 듣도 못 하던 연구 팀이 나타나서 우리의 주도권을 부정한 일이 생길 것 같지는 않았다. 나는 대통령에게 이의를 제기했다.

「우리는 〈부스터〉의 정확한 화학식도 알고 있고, 세계만방에 내놓을 만한 〈챔피언〉이 있습니다. 또 우리는 영계 탐사와 관련된 어휘들을 만들어 내기도 했습니다. 우리의 선구적 역할을 부정할 사람은 아무도 없습니다. 그리고 우리가 한참 앞서 있기 때문에 다른 연구팀이 우리를 따라잡으려면 시간이 꽤 걸릴 겁니다.」

뤼생데르는 팔을 들어 올리며 내 말을 막았다.

「생각해 보게! 우리 국회의원들이 예산 문제로 옥신각신하는 동안에 미국의 대학들에서는 연구자들이 마음대로 쓸 수 있는 거액의 연구비를 내놓을 걸세. 게다가 그들이 우리처럼 감옥의 지하실 같은 곳에서 일하겠나? 실험실보다는 박물관이 더 잘 어울릴 치과용 의자 같은 것을 그들이 사용하겠는가 말일세! 천만의 말씀이지. 그들은 돈을 물 쓰듯 쓸 것이고, 세계의 첨단 장비를 다 갖춰 놓을 걸세! 그러니 꾸물거릴 시간이 없지. 우리 일을 더 빨리 진척시켜야 하네. 자네들이 필요로 하는 것을 쉽게 조달하는 방법은 하나뿐이네. 라조르박 교수, 팽송 박사, 발뤼스 양, 그리고 펠릭스 케르보스 씨, 여러분을 대통령 직속의 고급 국가 공무원으로 임명하겠소.」

그 사실을 콘라드 형이 들었더라면 어떤 표정을 지었을까? 샘을 내며 뾰로통한 표정을 짓지는 않았을는지!

「잘됐군요. 이제 우리 실험실을 개수할 수 있겠군요.」

라울이 기뻐하며 말하는데, 뤼생데르가 말을 막았다.

「아닐세, 라조르박 교수. 이제 수공업적인 단계는 지난 걸세. 국제적인 경쟁을 벌이는 판국일세. 다른 나라에 뒤떨어져서는 안 되지. 게다가 이젠 숨어서 일할 이유가 없네. 만천하에 드러내 놓고 당당하게 해야 하네. 그래서 하는 얘긴데, 나는 더욱 현대적이고 널찍한 새 타나토드롬을 만들 생각이네. 〈역사적인〉 공간을 만들어야 하네. 새로운 개선문, 즉 죽음을 정복한 사람들의 개선문을 만드는 걸세.」

정치가들이 흔히 그러듯이, 뤼생데르는 자기 이야기에 도취해 있었다. 자기 분신이나 다름없는 우리에게 힘을 불어넣는 일이 마냥 즐겁기만 한 모양이었다. 우리는 그가 부리는 엘리트 집단 가운데 하나였다. 우리는 그를 역사에 길이 남을 인물로 만들기 위해서 뭐든지 할 준비가 되어 있는 그의 전용 탐사대였다.

하지만 우리는 그와 똑같은 야망을 가지고 있지 않았다. 그가 부와 명예를 추구하고 있었다면, 우리는 모험을 찾고 있었고 인류의 역사만큼이나 오래된 신비를 벗기고 싶어 했다.

금도금한 목걸이 두른 비서가 큰 소리를 내며 문을 열었다. 회의가 끝났다. 다른 일들이 대통령을 기다리고 있었다. 우리가 떠날 시간이었다.

「우리 정부의 전문 부서에서 다른 나라 연구자들의 동향을 계속 파악할 걸세. 이제 나를 믿고 일을 계속하게.」

대통령은 작별 인사를 대신해서 그렇게 덧붙였다.

87. 유대교 철학

삶은 잠을 통해서 우리를 죽음에 길들이고, 꿈을 통해서 또 다른 삶이 존재한다는 것을 우리에게 일깨운다.

엘리파스 레비

프랑시스 라조르박의 논문, 「죽음에 관한 한 연구」에서 발췌

88. 집안일

세찬 감격의 소용돌이를 겪은 국회 의사당 사건 이후, 나는 일주일 동안 집에서 혼자 지냈다. 좌절감에 빠져 있을 때보다 행복감에 젖어 있을 때가 고독을 견디기는 한결 쉬웠지만, 괴로움은 여전하였다. 결국 나에겐 아무것도 달라진 게 없었다. 내가 사는 건물 아래에서 팬들이 나의 동정을 살피며 기웃거리건 말건, 신문에 사진이 실리건 말건, 나는 여전히 고독한 남자로 남아 있을 뿐이었다.

〈미카엘 팽송, 여기 잠들다. 그는 다른 모든 사람들처럼 초라하고 고독하게 살았다〉라는 묘비명이 자꾸 떠올랐다. 나는 포르투갈산 백포도주로 스스로를 달래고 신화에 관한 고서들을 읽으며 시간을 보냈다.

지루한 내용이 많은 그 책들을 읽다 지쳐서, 나는 무심코 잡지들을 이것저것 뒤적였다. 잡지들마다 한결같이 유명 연예인들의 행복한 삶을 다룬 기사들이 실려 있었다. 결혼하고 헤어지기를 손바닥 뒤집듯 하는 아주 아름답고 명랑

한 사람들의 이야기였다. 결혼이나 출산의 기쁨으로 벙실거리는 쌍쌍의 무람없는 사진이 쪽쪽이 들어 있었다. 기사를 쓴 삼류 글쟁이들은 그들이 천재적이고 독창적이고 탁월하며, 그러면서도 언제나 겸손하고 느긋하고 상냥한 사람들이라고 주장하고 있었다. 그 스타들은 소아마비 퇴치 활동을 지원했고, 제3세계의 아이들을 양자로 맞아들였다고 했다. 그들은 사랑은 그 무엇과도 바꿀 수 없는 유일하게 소중한 가치라고 말하고 있었다. 그들과 나란히 역시 천재적이고 명랑한 새로운 스타들이 소개되고 있었다. 타나토노트들이었다. 그들은 이제 행복한 사람들이 되어 있었다. 펠릭스는 인기 절정의 스타가 되어 있었고, 라울은 아버지가 가신 길을 탐사할 수 있게 되었으며, 뤼생데르 대통령에 대한 지지는 하늘 높은 줄 몰랐으며, 아망딘은 죽어 가는 사람들을 구할 수 있으리라는 기대에 마음이 한껏 부풀어 있었다. 그러면, 나는 어떠했던가?

나에겐 이렇다 할 변화가 없었다. 속내 이야기를 털어놓을 사람도 없었고, 아픔과 기쁨을 함께 나눌 사람도 없었다.

사막에서 달을 보고 울부짖는 코요테처럼 마구 소리를 치고 싶었다. 와우! 그러나 이웃 사람들의 항의 때문에 두 마디 이상을 지르기가 어려웠다. 나는 분노를 억누르며 연예인과 정치인의 행복한 삶을 다룬 기사들을 읽었다.

〈내가 왜 이러나. 정신을 차려야지. 내가 왜 이리 자발없이 구는고.〉

꽤 으슥한 시간이었지만 나는 누군가가 와주기를 바랐다. 사람들에 둘러싸여 떠들어 대고 싶었다.

「안녕!」

사람들이 오긴 왔다. 그러나 운수가 좋은 편은 아니었다. 어머니와 형이었다. 그이들이 나를 껴안아 주었다.

「애야, 장하다. 네가 자랑스럽다. 나는 네가 성공하리라는 것을 알고 있었어. 어미의 육감이라는 게 있잖니…….」

「장하다, 아우야. 아주 잘했어!」

그이들은 한참 동안 개개고 갈 기세로 소파에 눌러앉았다. 콩라드 형은 남아 있던 백포도주를 다 마셔 버렸다.

그러고 나서 콩라드 형은 내 수입에 관한 이야기를 시작했다. 앞으로는 내 수입이 상당히 많아질 것이므로 빈틈없는 매니저의 도움을 받아 그것을 관리해야 할 거라고 했다. 어머니는 내가 유명 인사가 되었기 때문에 어쩌면 아름다운 여배우나 막대한 재산을 가진 상속녀하고도 결혼할 수 있을 거라고 힘주어 말씀하셨다. 어머니는 이미 잡지에서 몇몇 기사들을 오려 가지고 오셨다. 나에게 어울릴 만한 매력적인 여자들에 관한 기사였다.

「두고 봐라. 네 앞에 여자들이 줄을 설 테니.」

어머니는 그렇게 장담하셨다. 맛있는 음식을 잔뜩 눈앞에 두고 있는 사람처럼 어머니의 눈빛에 탐심이 그득했다.

「하지만 전 이미 여자가 있는걸요.」

어머니가 마음을 써주시는 게 오히려 성가셔서, 그걸 막아 볼 생각으로 나는 앞뒤 가리지 않고 둘러댔다.

내 말이 떨어지기가 무섭게 어머니가 화를 내셨다.

「아니, 뭐라고! 여자가 있는데, 여태껏 이 에미한테 선도 안 보였단 말이냐!」

「그럴 만한 사정이…….」

콘라드 형이 얼굴 가득 웃음을 머금고 끼어들었다.

「나는 그 여자가 누군지 알 것 같아요. 미카엘의 여자 친구는 그 간호사일 거예요! 맞지, 미카엘? 국회 의사당 단상에서 네 옆에 서 있던 그 여자 말이야. 쪽빛 눈에 금발하며 기가 막히게 예쁜 여자더군. 장하다, 미카엘. 그 여자 그레이스 켈리와 닮았더군. 물론 그 여자 쪽이 더 예쁘기는 하지만 말이야. 그런데, 뭔가 좀 이상한걸. 그 여자가 펠릭슨가 뭔가 하는 그 친구 품에 달려드는 걸 봐서는, 그에게 빠져 있는 거 같았는데.」

언제나 그랬듯이 형은 얄망궂게도 내 약점을 사정없이 찌르고 들어왔다. 그는 다친 자리를 칼로 찌르는 데서 기쁨을 느끼는 모양이었다.

「간호사라고? 그러면 어때, 직업에 뭐 귀천이 있나? 그래, 식은 언제 올릴 생각이니? 네가 결혼하는 걸 보면 정말 기쁘겠다. 너한텐 여자가 꼭 필요해. 그래야 네 삶이 제대로 자리를 잡을 거야. 너 지금 옷 입은 꼬락서니 좀 봐라! 그렇게 옷을 부실하게 입으면 감기 걸리기가 십상이야. 어디 그뿐이냐? 밥도 늘 식당에서 먹지? 뻔해. 식당 밥은 먹을 게 못 돼. 그 사람들 돈 한 푼이라도 더 벌 생각에, 찌꺼기 음식을 내놓고 재료도 꼭 아랫질로만 쓰거든. 특히 다진 고기 같은 건 절대 먹지 마라, 알겠냐?」

「예, 엄마.」

또 무슨 사설이 쏟아져 나올지 몰라, 나는 얼른 어머니 말씀을 받아들였다.

「어쨌든 잘됐다. 그 아가씨가 너에게 먹을 것, 입을 것을 챙겨 줄 게다. 내 말대로 빨리 결혼해라. 그리고, 이건 다른 얘기다만, 너 텔레비전에 얼굴 좀 비쳤다고 거만하게 굴면 안 된다.」

「말도 안 돼요.」

「뭐가 말이 안 돼?」

「전 거만하게 굴지 않아요.」

「암 그래야지. 미리 일러둔다만, 세계적인 스타가 되었다고 우리를 깔보면 안 돼! 우리한테는 그러면 못써, 알았지?」

쓸데없는 논쟁에 휘말리기보다는 차라리 선뜻 수긍하는 편이 나았다.

콩라드 형은 고분고분한 내 태도를 비웃는 듯 히죽히죽 웃었다. 앉은뱅이 탁자 위에 놓인 책들을 뒤적거리다가 그가 소리쳤다.

「아니, 너 이젠 환상 문학에 빠져 있는 게냐?」

「남이야 뭘 읽든 형이 무슨 상관이야? 누가 뭐래도 난 내가 읽고 싶은 걸 읽어.」

나는 그렇게 볼멘소리를 했다.

어머니 앞에서는 얼마든지 고분고분할 수 있었지만, 콩라드 형 앞에서 고개를 숙이는 것은 정말 못 할 일이었다. 콩라드 형이 기어이 참견하고 나섰다.

「『포폴 부흐』,[35] 이거 마술사들이나 보는 마법서 아니야?」

---

35 에스파냐인들이 마야를 정복한 직후(1550년 무렵)에, 마야어의 하나인 키체어로 쓰인 상징적이고 신비적인 시(詩). 세계의 기원과 마야인들의 종교적 전승을 다루고 있다.

그것은 내가 소중히 여기는 책 가운데 하나였다. 나는 그 책을 낚아채며 쏘아붙였다.

「이건 마법서가 아니라, 마야의 한 부족인 키체 사람들의 성전이야.」

「아, 그래? 이건 『역경(易經)』이고, 이건 『바르도 토돌: 저승 길잡이책』.[36] 아니 이건 또 뭐야! 『라마야나』[37]로군. 그러고 보니 이상한 책이란 책은 다 모아 놨군. 이제 『카마수트라』[38]만 있으면 되겠어.」

「형, 내 복장 지르려고 온 거면 당장 가요, 한방 먹이기 전에! 가서 돈이랑 차 가지고 으스대면서 여자들하고나 놀아요. 남이야 뭘 하든 제발 참견하지 말고요.」

「계속 묘지 같은 분위기에서 살겠다고 뻗대는데 어떻게 참견을 안 하겠니?」

그가 이기죽거렸다. 내가 주먹을 내밀며 덤벼드는데, 어머니가 말리셨다.

「형한테 그런 식으로 말하지 마라. 네가 형만큼만 하면 내가 여한이 없겠다. 네 형은 결혼도 했고 나한테 손자도 안겨 주었다. 네 형은 나무랄 데가 없는 사람이야! 텔레비

---

36 티베트의 유명한 비학서(秘學書). 8세기 무렵에 처음 쓰인 후, 여러 차례 개작되었다. 죽음에서 환생에 이르기까지 죽은 이의 넋이 거쳐야 할 행로와 무의식의 악마들과 싸우는 과정을 서술하고 있다.

37 산스크리트어로 된 7부 4만 8천행의 대서사시. 〈라마야나〉란 〈라마 행전(行傳)〉이라는 뜻으로, 마왕 라바나가 납치해 간 시타 왕비를 구하기 위해 코살라 국의 왕 라마가 벌이는 영웅적인 모험을 주제로 싶고 있다. 기원전 4세기 무렵에 틀을 갖춘 라마 왕의 전설을 토대로 기원후 5세기 무렵에 쓰인 것으로 추정되고 있다.

38 방중술(房中術)에 관한, 인도의 철학적 문헌. 4세기 말에 완성되었다.

전에 나왔다고 해서 거만하게 구는 사람도 아니고 말이야.」

생각해 보니, 내 행동은 모기 보고 칼 빼는 격이었다. 나는 마음을 가라앉히려고 숨을 천천히 쉬었다.

「제 화를 돋우러 오신 거라면, 두 분을 더 이상 붙잡아 두고 싶지 않아요. 제가 불행할까 봐 걱정하시는 건지, 행복할까 봐 걱정하시는 건지 알 수가 없어요. 저에게 고통을 주러 오신 거예요?」

나는 늘 하던 대로 셔츠 첫 단추를 끌러 놓고 있었는데, 어머니는 그것을 알아차리자마자 늘 하시던 대로 단추를 잠가 내 목을 조이셨다. 내가 목이 답답해서 어쩔 줄 모르는 틈을 타서 어머니는 나에게 일방적으로 퍼부으셨다.

「어떻게 네가 우리에게 그런 식으로 말할 수 있니? 우린 언제나 네 사기를 북돋아 주어 왔다. 네가 라조르박하고 묘지에서 어슬렁거리며 시간을 보낼 때조차도 나는 너를 비난하지 않았어. 자기 아들이 미친 아이와 어울리는 것을 허락하는 부모는 많지 않을 거다.」

「라울은 미치지 않았어요.」

「그래도 그 사람은 어딘가 좀 이상해. 너도 그 사실을 인정하게 될 거다.」

「천만에요.」

나는 조만간 내 현관문에 단단한 자물쇠를 달아야 할까 보다 하는 생각을 했다. 아무나 쉽게 드나들지 못하게 하는 게 상책이다 싶었다. 빗장도 지르고 어안 렌즈 구멍도 만들고 초인종도 달아야 할 판이었다. 그래야 알량한 사생활이나마 보장될 수 있을 것 같았다.

호랑이도 제 말 하면 온다더니, 하필이면 그때 라울이 나타났다. 어머니의 언짢은 말을 라울이 들었다면, 참으로 유감천만이었다. 라울이 그렇게 불쑥불쑥 드나드는 것을 막기 위해서라도 자물쇠는 필요할 것 같았다.

「어서 오게, 라울.」

나는 심드렁하게 인사말을 건넸다.

나의 형은 존경심이 담뿍 담긴 목소리로 라울을 맞았다.

「아니, 이거 라조르박 교수 아니신가! 그러지 않아도 교수 얘기를 하던 참이오. 교수도 이제 부유해지고 유명해졌으니 수입을 관리하기 위해 재정 고문이 필요할 거요. 말하자면 두 분과 간호사 아가씨는 록그룹 같은 것을 구성한 셈이오. 여러분에겐 매니저가 필요해요. 여러분의 이미지를 관리해 주고 계약을 대행해 줄 사람이 필요하다는 거지요.」

나는 라울이 그 익살 광대에게 매몰차게 쏘아붙이기를 기대했다. 그러나 라울은 그러지 않았다. 그는 형의 말에 솔깃해하는 기색을 보였다.

「자네, 형님이신가?」

라울이 물었다.

「그래.」

나는 씁쓸한 기분을 느끼며 대답했다.

어머니는 당신이 나를 낳으신 분임을 당당하게 밝히셨다.

「나는 애 에미일세!」

라울은 한 손으로 턱을 쓰다듬으며 형의 제안에 대해 자기 생각을 말했다.

「형님 말씀에 일리가 있네. 우리의 새 타나토드롬을 효과적으로 관리할 필요가 있다는 건 분명하네.」

콘라드는 의기양양하게 자기의 계획을 설명했다.

「그렇다마다요. 이건 내가 생각한 건데, 여러분의 새 타나토드롬 옆에 기념품 가게를 하나 내면 장사가 잘될 것 같습니다. 그 가게에서 이런 티셔츠를 팔 수 있을 거요.」

그렇게 말하면서 그는 주머니에서 티셔츠를 하나 꺼냈다. 티셔츠에는 〈죽는 일이 우리의 직업이다〉라는 문구가 씌어 있었다.

나는 대경실색했다. 그러나 라울은 태연했다. 그는 티셔츠를 꼼꼼히 살펴보고 나서 말했다.

「멋진 생각이에요. 이 옷 세탁하면 줄어드는 거 아니죠?」

「그럼. 염색이 바래지도 않는 거라네. 내가 다 확인했지.」

어머니가 거드셨다.

라울은 우리의 거룩한 사업을 성전에 빌붙으려는 장사치들에게 헐값에 팔아 넘겨도 괜찮은 모양이었다. 도무지 이해할 수 없는 일이었다.

「하지만······.」

라울이 내 말을 가로막았다.

「미카엘, 자네 형님 말이 맞아. 그런 가게를 하나 내면 우리 일을 더 잘 홍보할 수 있을 것이고, 우리와 대중이 더 가까워질 수 있을 거야.」

「그럼 난 자네들 대변인 노릇을 할게. 그러면 미카엘을 자주 볼 수 있고, 더 잘 돌볼 수 있게 될 거야.」

아, 자애로우신 나의 어머니.

나는 별 해괴한 일이 다 있다 싶은 생각이 들었다. 죽음의 신비를 벗기자며 시작한 게 우리 일이었다. 그럼으로써 우리는 삶을, 세계를, 인류를 변화시키려 했다……. 그런 우리가 〈타나토노트 기념품〉 가게를 열겠다고 궁리를 한다는 게 말이나 되는가. 정말이지 우리는 경이로운 시대를 살고 있었다. 어쩌면 예수 그리스도가 재림하신다 해도 그분 역시 당신의 가르침을 대중화하기 위해서 고심하지 않을 수 없는 시대였다. 그분이라도 〈너희는 서로 사랑하라〉는 말을 새긴 연보랏빛 티셔츠를 팔아야 하고, 미지근한 물로 빠는 면 70퍼센트, 아크릴 30퍼센트의 흰색 스웨터에 〈마음이 가난한 자는 복이 있나니 천국이 저희 것이다〉라는 문구를 박아 넣어야 할 판이었다. 콩라드 형은 그런 세상에 아주 잘 어울리는 사람이었다.

나는 노자가 자기 가르침을 대중화하기 위해 아이디어 상품 가게를 열고 있는 모습을 상상해 보았다. 노출이 매우 심한 스트링 비키니에, 〈아는 자는 말하지 않는다. 말하는 자는 알지 못한다〉[39]라는 글귀가 씌어 있는 모습을 상상해 보라!

내 형과 라조르박 교수가 그렇게 죽이 맞았는데, 난들 무슨 할 말을 더 할 수 있으랴.

결국 형은 가게를 열기로 했다. 그는 대만에서 싸구려 옷과 잡화들을 들여올 생각이었고, 가게는 어머니가 운영하시기로 했다.

나는 반대는 못 하고 그저, 〈익살이 사람을 죽이지는 않겠지요〉라는 말만 되뇌면서 못 말리겠다는 뜻으로 어깨를

---

[39] 知者不言, 言者不知. 『노자』 下篇 德經 56章.

으쓱했다.

「그런데 그 간호사는 언제 소개시킬 생각이냐?」

어머니는 끝난 줄 알았던 이야기를 다시 들먹여, 결국 내 마음을 진창으로 만들어 놓고 떠나셨다.

89. 오스트레일리아 신화

오스트레일리아 원주민들의 신화에는 눔바쿨라라는 신이 나온다. 어디에서도 유래하지 않은, 〈언제나 존재하는 자〉라는 뜻이다. 눔바쿨라는 어딘가에서 생겨난 존재가 아니라 아무것도 살고 있지 않은 땅에 홀연 나타난 신이다. 그가 북쪽을 향해 나아가자 지나는 곳마다 산과 강이 나타나고 그것들에 딸린 식물과 동물이 생겨났다.

그가 걸어가는 동안, 그의 몸에서 나온 불멸의 영혼들이 그 수만큼의 아이 정령이 되어 퍼져 나갔다. 눔바쿨라는 어떤 동굴에다 거룩한 부호들을 새겼다. 〈트주룬가〉라 불리는 그 부호들은 에너지를 발산하는 능력을 지니고 있었다. 트주룬가 하나와 아이 정령 하나가 결합하여 시조(始祖)가 태어났고, 똑같은 방식으로 잇달아 다른 조상들이 태어났다. 그 조상들에게 후손을 가르칠 책임이 지워졌다.

어느 날 눔바쿨라는 땅 한가운데에 기둥을 박았다. 그는 그 기둥에 피를 바르고 기어오르더니 시조에게 자기를 따라 올라오라고 신호를 보냈다. 그러나 피를 발라 놓은 기둥이 너무 미끄러워 시조는 그만 땅바닥에 떨어지고 말았다.

결국 눔바쿨라는 혼자 하늘에 다다른 뒤 땅에 남겨 놓은 기둥을 거두어 갔다.

눔바쿨라는 다시는 모습을 드러내지 않았다.

그 후로 사람들은 자기들의 불멸성이 영원히 사라졌음을 알게 되었다. 눔바쿨라가 거룩한 기둥을 박았던 자리는 세계의 축으로 남아 있고, 그가 원했던 대로 그 축을 중심으로 이승의 질서가 형성되어 있다.

프랑시스 라조르박의 논문, 「죽음에 관한 한 연구」에서 발췌

90. 뷔트 쇼몽의 타나토드롬

대통령이 마련해 준 특별 예산 덕분에 우리는 멋진 타나토드롬을 세웠다. 대통령이 말한 대로 개선문 같은 웅장한 건물은 아니었지만, 조용한 동네에 자리 잡은 현대적인 모습의 자그마한 건물이었다. 우리는 장소 선정에 신중을 기했다. 숙고 끝에 우리가 정한 장소는 보차리스 가, 뷔트 쇼몽의 언덕배기였다. 뷔트 쇼몽은 옛날에 몽포콩 사형장[40]이 자리 잡고 있던, 음산한 기억이 서린 곳이다. 중세에 그곳에서 왕의 명령에 따라 무고한 백성과 악한 무리가 교수형을 당했다. 라울은 그런 곳에서 죽음을 연구하게 된 것을 무척 재미있어했다.

두 달 만에 모든 채비가 끝났다.

새 타나토드롬은 뷔트 쇼몽 공원이 내려다보이는 8층 긴

---

40 옛날 파리 변두리에 있던 장소의 이름. 12세기에 사형장이 만들어져 17세기까지 이용되었다.

물이었다. 2층부터 5층까지는 한 층에 세 채씩 아파트 열두 채가 들어섰다. 6층부터 8층까지는 칸막이벽을 헐어서 공간을 탁 틔운 다음, 6층에는 220제곱미터의 실험실을, 7층에는 역시 같은 면적의 이륙실을 만들었다. 8층은 펜트하우스와 같은 고급스러운 공간으로 개조하였다. 겨울에는 그곳을 투명한 유리로 완전히 덮고, 여름에는 유리를 치워 테라스로 쓰기로 했다.

아망딘은 그 8층에 녹색 식물을 많이 들여놓고 자기 취향에 맞게 리셉션실을 꾸몄다. 이국적인 풍치를 자아내는 그 실내 장식에 하얀 스타인웨이 피아노와 검은 바를 곁들였다. 그러고 나니 그곳이 우리 타나토드롬에서 가장 멋진 장소가 되었다.

건물 아랫자락에는 표지판이 하나 붙어 있었는데, 거기에는 〈파리 타나토드롬〉이라는 간단한 말과, 더 작은 글씨로 〈직원 외 출입금지〉라는 말이 적혀 있었다. 라울은, 공항 근처에 〈주의! 이륙 활주로〉라는 표지판이 있는 것을 본떠서, 우리도 표지판에 〈주의! 타나토노트 이륙〉이라는 말을 덧붙이자고 제안했었다. 그냥 제안으로 그치기는 했지만, 무척 재미있는 아이디어라는 생각은 들었다.

뤼생데르 대통령은 낙성식을 하면서 전통적인 방식에 따라 정문에 포도주병을 깨뜨렸다. 이번에는 거품 이는 포도주가 아니라 진짜 샴페인이었다. 우리는 이제 인색하게 굴지 않아도 되었던 것이다.

새 타나토드롬이 문을 연 것을 홍보하기 위해, 펜트하우스에서 파티가 열렸다. 대통령은 짤막한 연설을 통해 우리의 노고를 치하하고 〈최후의 대륙〉을 정복하기 위한 국제적인 경쟁에서 언제나 선두를 유지해 달라고 당부했다. 잎이 두툼한 열대 식물로 둘러싸인 연단에 서서, 대통령은 슬픈 어조로 옛날 프랑스가 잃어버린 식민지, 즉 캐나다, 인도, 서부 아프리카 등을 열거하면서, 프랑스가 식민지 쟁탈전에 우위를 유지하지 못함으로써 그것들을 잃게 되었던 것이라고 말했다.

「이번에야말로 우리는 일등 자리를 놓치지 않을 것입니다.」 대통령은 힘 있게 결론을 맺었다.

그런 다음, 기자들이 카메라 플래시를 터뜨리는 가운데 대통령은 우리를 위해 특별히 고안해 낸 훈장을 네 사람에게 하나씩 수여하였다. 이른바 레지옹 도뇌르 타나토노트장(章)이었다. 그 메달에는 천사의 날개를 단 사람이 불의 동그라미를 향해 돌진하는 그림이 새겨져 있었다.

우리가 성공과 영광의 열기에 취해 있던 그 순간에도, 어쩌면 죽음은 저 높은 곳에서 우리를 내려다보고 있었을 것이다. 마치 호숫가 마을 아이들이 판자때기를 얼기설기 엮어서 임시변통으로 다이빙대를 만들고 있는 동안에, 남미의 사나운 물고기 피라니아들이 흙탕물 속에서 그 아이들을 바라보며 즐거워하고 있는 것처럼 말이다.

나는 그런 사위스러운 생각을 쫓아 버리고 리셉션의 떠들썩한 분위기에 다시 파묻혔다. RTV1의 기자가 와 있었다. 그가 아망딘에게 몇 가지 질문을 했지만, 아망딘은 별로 대답할 생각이 없는 모양이었다. 여느 때처럼 아망딘은 말이 없었다. 그녀를 똑바로 바라보기라도 해야 하는데, 기자는 눈길을 어디에 두어야 할지 몰라 헤매고 있었다. 질문은 하는데 대답은 없고, 갈팡질팡하는 사이에 카메라만 돌아가고 있었다. 본래의 감각 기관 대신 카메라와 마이크라는 인공적인 감각 기관을 사용하는 데 익숙해진 그였지만, 아망딘의 너무나 아름다운 모습 앞에서 생래의 오감이 되살아난 모양이었다. 그날 아망딘은 금실을 두른 검은 드레스를 입고 있었다. 몸에 꼭 끼어 몸매를 그대로 보여 주는 드레스였다. 나는 바닥 모를 심연처럼 나를 끌어당기고 있는 그녀의 쪽빛 눈동자를 보지 않으려고 애썼다.

RTV1의 기자가 잠시 쉬는 틈을 이용해서 어머니는 그를 붙잡고 많은 정보를 알려 주셨다. 그로서는 전혀 생각지도 않던 질문을 했고, 어머니는 질문하는 대로 시원시원하게 대답해 주셨다. 〈네, 타나토노트 기념품점을 개업했어요〉. 〈네, 그 가게에서는 영계 탐사 실험을 기념하는 티셔츠와 갖가지 신상품들을 팔 거예요〉. 〈아니요, 여름이 오기 전에는 염가 판매를 하지 않을 생각이에요〉.

대통령은 연단에 올라 연설을 다시 시작했다. 그는 자기가 고안한 훈장이 대견스럽다는 듯 그것을 흔들며 말했다.

「이 훈장은 영계 탐사의 발전에 공헌한 모든 사람들에게 보답하기 위해 만들어진 것입니다. 국내의 타나토노트들뿐만 아니라 이곳에 와서 우리와 함께 일할 외국의 봉료들에게도 이 훈장은 주어질 것입니다. 뜻있는 모든 분들에게 행운이 있기를 바랍니다.」

뤼생데르는 정말 못 말릴 사람이었다. 역사 교과서에 자기 이름을 넣기 위해서라면 뭐든지 할 준비가 되어 있었다.

시간과 공간 속에 자기의 자취를 확실히 남기기 위해서 〈뤼생데르 메달〉도 고안했고, 자기의 타나토드롬도 건설했다. 그는 존 F. 케네디 공항이나 샤를 드골 공항처럼 장차 뤼생데르 타나토드롬이라는 이름을 갖게 될 장소를 만들어 놓고 싶었을 것이다.

영계 탐사에 기여한 세계의 모든 타나토노트들을 우리 타나토드롬으로 불러 모으겠다는 생각에는 다른 나라에 결코 선두 자리를 내주지 않겠다는 야심이 담겨 있었다. 뤼생데르다운 착상이었다.

나는 대통령을 위해 축배를 들었다.

91. 티베트 신화

또 이 점을 명심하라.
네 환각을 벗어나면
사자들의 심판관도 악마도
죽음을 이겨 낸 마주스리도
존재하지 않는다.
그것을 깨닫고 자유를 얻으라.

『바르도 토돌(저승 길잡이책)』
프랑시스 라조르박의 논문, 「죽음에 관한 한 연구」에서 발췌

92. 새로운 시작

낙성식 다음 날 우리는 장비와 짐들을 죽음의 전당 안에 들여놓았다.

대통령은 우리 각자가 개인적으로 사용하도록 아파트

한 채씩을 건물 내에 마련해 주었고, 우리가 밤에도 일을 할 수 있도록 출입구가 여러 군데 난 실험실도 갖추어 놓았다. 국회 의사당 사건이 있기 전, 비난 여론이 들끓고 있던 때에 이웃 사람들 때문에 곤혹을 치른 적이 있던 우리로서는 그 새로운 환경으로 이사를 하게 된 것이 여간 기쁘지 않았다.

나는 주거로 정한 4층에 짐을 옮겨다 놓고 실험실에 가서 라울을 만났다. 라울은 일을 빨리 진척시키라고 몰아붙이는 대통령 때문에 걱정이 태산이었다.

「그 양반 입만 열었다 하면 미국인들, 일본인들, 영국인들을 들먹이는 통에 골치가 아파. 대통령은 우리 일에 대해서 아무것도 이해하지 못하고 있어. 우리 일엔 긴 호흡이 필요해. 우리는 한 걸음 한 걸음 나아갈 수 있을 뿐이야. 게다가 신중에 신중을 거듭해야 하고 말이야.」

내 친구 라울이 그렇게 신중하고 절제된 면모를 보이는 게 놀라웠다. 앞일을 예측하기 어려운 상황에서도 언제나 과감하게 밀고 나가자고 몰아치던 그가 아니던가.

「빨리 하는 것과 서두는 것을 혼동하면 안 되지.」

무엇보다도, 한껏 달아올라 있는 펠릭스의 마음을 진정시켜서 영계 탐사 비행을 다시 하도록 만드는 일이 급선무였다.

국회 의사당 사건 이후 우리 타나토노트는 많이 변했다. 그는 여기저기에서 들어오는 인터뷰 요청에 꼬박꼬박 응했고, 끊임없이 텔레비전에 프로그램에 초대를 받았다. 그는 오락 프로그램이든 토론 프로그램이든 가리지 않고 얼씨구나 하고 초대에 응했다.

30년 동안 인간쓰레기 취급을 받으며 살아왔으니, 보상 심리가 작용하는 것도 무리는 아니었다. 어떤 성형외과 의사는 칼자국투성이인 그의 얼굴을 고쳐 주었고, 어떤 유명한 안과 의사는 그의 각막에 들러붙어 눈을 깜박거리게 만들던 콘택트렌즈를 떼어 내는 데 성공했다. 펠릭스는 또 벗어진 머리에 머리털이 나게 하려고 호르몬 정제를 사용하기도 했다. 유수의 의류업자들이 광고 전략의 일환으로 그에게 옷을 입혀 주었다. 멋있고 세련된 남자로 탈바꿈한 펠릭스 케르보스는 죽음에서 살아 돌아온 완벽한 영웅의 모습을 구현하고 있었다.

그는 어디에나 모습을 드러냈다. 영화 개봉일, 전시회 개회일마다 불려 나갔고, 인기 있는 나이트클럽에서 대공연이 있을 때는 으레 초청을 받았다. 세계에서 하나뿐인 타나토노트를 자기 집에 초대하는 것을 하나의 특권으로 알고, 상류층 가정의 안주인들이 경쟁을 벌였다. 펠릭스는 또한 사후 세계에 가장 멀리 들어간 사람으로 기네스북에 오르기도 했다. 버찌 씨를 가장 멀리 뱉어 낸 사람과 맥주를 가장 많이 마시는 사람 사이에, 펠릭스는 슈퍼맨의 복장을 한 채, 화려한 톱모델과 나란히 그 책에 실렸다. 그 톱모델은 시간과 죽음을 상징하는 커다란 낫을 들고 있었다.

펠릭스는 세상 사람들과 아주 잘 어울리는 사람으로 완전히 탈바꿈했다.

우리는 한편으로 그러한 변모를 아주 반갑게 여겼다. 그가 세상에 애착을 갖게 되면, 영계 탐사를 떠났을 때 저 세상의 유혹에 이끌리지 않고 이 세상으로 돌아올 가능성이 더 높아질 것이기 때문이었다. 그러나 한편으로는 그가 자주 밤을 새우는 바람에 우리 일이 자꾸 늦어져서 걱정이 되기도 했다. 이따금 그는 자기의 직장이기도 한 타나토드롬에 올 생각은 않고 모자라는 잠을 채우려고 며칠씩 침대에서 뒹굴기도 했다. 게다가 사람들의 찬사에 너무 익숙해진 나머지 우리의 충고에 더 이상 귀를 기울이려 하지 않았고 일에도 관심을 두지 않았다.

그렇기는 해도 그에게 전문가다운 양식이 전혀 없는 것은 아니었다. 우리가 뷔트 쇼몽에 입주하던 첫 주에 그는 두 차례의 왕복에 성공했다.

펠릭스는 코마 진입 후 20분 동안 나아간 곳, 즉 〈코마 플러스 20분〉에 장벽이 하나 있음을 확인했다. 그것은 보일락 말락 한 막(膜) 같은 것으로 펠릭스는 그것을 얇고 투명한 입구 같은 것이라고 말했다.

그 벽을 넘으면 이승과 연결되어 있던 은색 줄이 끊어지면서 돌아오고 싶은 마음을 더 이상 갖지 않게 된다는 것이었다. 모든 신문들이 우리를 따라서 〈코마 장벽〉이라는 표현을 썼다. 어떤 기자들은 〈죽음의 장벽〉이라고도 불렀고, 〈몰록 1〉[41] 또는 음속의 장벽인 마흐와 비슷하게 〈모흐 1〉[42] 이라고 부른 기자들도 있었다.

---

41 몰록은 구약 성서에 나오는 셈족의 신(「레위기」 18:21, 20:2~5, 「열왕기」 23:10, 「예레미야」 32:35). 그 신을 떠받드는 자들은 아이를 제물로 바쳤다.
42 〈모흐 Moch〉라는 말은 초음속의 단위인 〈마흐 Mach〉와 죽음을 뜻하는 프랑스어 〈모르 mort〉를 동시에 연상시키려는 의도를 담고 있는 듯하다.

몰록이라는 말은 페니키아와 카르타고의 신 바알을 연상시켰다. 언젠가 튀니지의 시디 부 사이드를 여행하면서 나는 바알 신의 형상을 본 적이 있었다. 쇠붙이로 되고 속이 텅 빈 거대한 조상(彫像)이었다. 사람들은 바알 신의 배 속에 불을 지핀 다음, 아이와 처녀를 벌어진 입 속에 던져 제물로 바쳤다.

한편, 나의 어머니는 결정된 대로 타나토드롬 건물 1층에 가게를 열고 티셔츠와 열쇠 고리, 운동모 따위를 팔고 계셨다. 어머니 가게에는 〈죽음을 정복하려는 사람들을 위하여〉라는 이름이 붙여졌다. 그 가게에는 갖가지 기발한 신상품들이 있었고 각 상품에는 굵은 글씨로 여러 가지 글귀들이 새겨져 있었다. 예를 들어, 맥주 조끼에는 〈죽는 것이 우리의 직업입니다〉라는 말이, 재떨이에는 〈그대 한 줌의 재로 돌아가리라〉, 회중시계에는 〈세월을 당할 자 그 누구랴〉, 화장지에는 〈아무것도 사라지거나 다시 생겨나지 않는다. 그저 변화할 뿐이다〉, 초에는 〈나 기꺼이 죽음을 맞이하리〉, 연(鳶)에는 〈하늘이 부르기 전에 하늘로 올라가리라〉라고 씌어 있었다. 가게에는 또 펠릭스를 본떠서 만든 인형 세트와 국회 의사당 실험 실황을 담은 비디오카세트, 마취과 의사이자 타나토노트인 내 사진과 인형이 들어 있는 상자들도 있었다.

그런 것을 꼭 팔아야 하는 건지, 참 취미도 별나다는 생각이 들었다. 하지만 어쩌랴, 친구를 선택할 수는 있어도 가족을 선택할 수는 없지 않은가.

93. 경찰 기록

관계 부서에 보내는 보고

영계 탐사 운동의 규모가 정상적인 개입 방식으로는 막을 수 없을 만큼 계속 커질 기세입니다. 영계 탐사 운동은 이제 묵과할 수 없는 현실이 되었습니다. 그 운동 자체를 막을 수는 없다 해도, 주요 활동가(신원 카드 참조), 특히 라울 라조르박, 미카엘 팽송, 아망딘 발뤼스 들의 활동을 중단시킬 수는 있습니다. 그들이 일을 계속하도록 방치하는 것은 위험하다고 생각합니다. 그들은 심각한 문제를 야기할 가능성이 있습니다. 모종의 조처를 취할 수 있도록 허락해 주시기 바랍니다.

관계 부서의 회신

참고 기다리면서 지켜보기 바람. 개입하기엔 너무 이름.

94. 신학적인 문제

「자네들이 말하는 〈코마 장벽〉이 그럴듯하기는 한데, 대중에게는 좀 더 논리적인 설명이 필요하네. 그렇지 않으면 그들은 자네들뿐만 아니라 나까지도 사기꾼이라고 생각할 걸세.」

컴퓨터와 모니터가 꽉 들어찬 서재에서, 라울과 나는 대통령을 마주하고 있었다. 뤼생데르 대통령은 무척 흥분해 있었다. 그의 말대로 실험을 알기 쉽게 설명하는 것이 종종 실험 그 자체보다 더 중요할 때가 있기는 하다. 파스퇴르도 당대에 자기의 실험 결과를 실제로 입증해 보이기에 앞서 그것을 설명해야만 했던 적이 있었다. 우리는 엄청난 발견을 했지만, 아직 그것을 정확한 개념으로 대중에게 설명해 내지는 못하고 있었다.

라울은 기다란 손으로 가느다란 담배를 꺼내어 불을 붙였다. 그는 담배를 피우며 생각을 가다듬고 나서 입을 열었다.

「대중에게 내놓을 만한 설명이 있긴 합니다.」

대통령은 바퀴 달린 안락의자에 편안한 자세로 앉은 다음, 등받이에 붙어 있는 자그마한 자동 마사지 장치를 작동시켰다.

「어서 말해 보게.」

대통령은 마음을 누그러뜨리고 상냥하게 말했다.

라울은 담배 한 모금을 맛있게 빨아들였다가 유카리 향이 나는 연기를 뱉어 냈다.

「우선 이런 설명이 있을 수 있습니다. 즉, 죽음은 일종의 생물학적 퇴행 현상이라는 것입니다. 〈전형적인 죽음〉의 경우에, 대뇌 신(新)피질의 기능이 정지되면 의식은 후뇌(嗅腦) 속으로 들어가고 바로 그 순간에 임사 체험을 할 수 있습니다. 신피질과 후뇌 사이에는 아직 화학적인 관계가 유지되고 있기 때문에 사람들은 빛의 터널 같은 것을 기억할 수 있습니다. 그다음에 의식은 파충류의 뇌로 들어갑니다. 신피질과 후뇌 사이에는 관계가 유지되지만, 신피질과 파충류의 뇌 사이에는 더 이상 관계가 유지되지 않습니다. 그 단계로 들어가면 사람들은 이제 아무것도 기억해 내지 못합니다. 그 단계의 체험에 대해서는 아무도 이야기한 적이 없습니다. 하지만 신피질이 기능하고 있을 때, 이 파충류의 뇌에 자극을 주었더니, 꿈과 환각이 일어나고 난쟁이들이 사는 외부 세계를 보았다는 사람이 있었습니다. 그 단계를 거치고 나면 의식은 파충류의 뇌에서 세포로 갑니다. 세포 안에서 다시 데옥시리보 핵산(DNA)이 들어 있는 세포핵으로 갑니다. 데옥시리보 핵산은 태초부터 구성되어 있던 것이므로, 의식이 데옥시리보 핵산에 이르게 되면 사람들은 일종의 의식 분리 상태에서 태초의 세계를 지각하게 됩니다.」

뤼생데르는 손을 들어 라울의 이야기를 중단시키고 내 쪽으로 몸을 돌렸다.

「무슨 말인지 도통 모르겠네. 어떤가, 미카엘, 자넨 달리 설명할 수 있겠나?」

「최근의 이론에서 〈타키온〉에 관한 이야기를 많이 합니다. 타키온은 샤클레이 원자력 연구 센터의 입자 가속기에서 최근에 발견한 완전히 새로운 미립자입니다. 그 미립자는 빛보다 빠르다는 특별한 성질을 가지고 있습니다. 의식장(意識場)에도 그런 미립자가 있을 수 있습니다. 우리가 아침에 잠에서 깨어났을 때 약간 멍한 기분을 느끼는 것은 의식의 타키온이 아직 우리 몸속에 돌아오지 않았기 때문인지도 모릅니다. 타키온 이론가들은 그것이 과거도 없고 미래도 없는 미립자라고 생각하고 있습니다. 영혼이 〈물질〉이라면, 그 물질을 구성하는 것은 바로 그 타키온일지도 모릅니다.」

뤼생데르는 자기 개를 쓰다듬으며 말했다.

「의식의 미립자에 관한 얘기가 매력적이긴 한데, 〈타키온〉이라는 말이 대중 매체에 어울릴 것 같지는 않네. 이해하기 어려운 과학적인 설명에는 다들 도리질을 치면서 따분하게 여길 거야. 여보게 라울, 자네는 신화에 많은 관심을 가져온 것으로 아는데, 아주 그럴듯한 설명을 제공할 만한 신화가 뭐 없을까?」

「그런 거라면, 『바르도 토돌』을 들 수 있을 겁니다. 티베트판 『사자의 서』라고 할 만한 책입니다. 그 책에 따르면 우리 인간은 세 가지 몸으로 이루어져 있다고 합니다.」

「자네 지금 농담하는 겐가? 그런 이야기를 유권자들에게 하란 말인가?」 대통령은 펄쩍 뛰었다.

「『바르도 토돌』에서 주장하는 바를 그대로 옮겨 보면 이렇습니다. 인간에게는 세 가지의 몸이 있습니다. 첫 번째 몸은 〈육체적인 몸〉이라 합니다. 그것은 고체, 액체, 기체 따위의 물질로 이루어져 있고 그 전체가 우리의 유기체를 구성하고 있습니다. 이 육체적인 몸을 통해서 우리는 시각·청각 등 모든 지각을 얻게 됩니다. 우리가 죽으면 그 물질은 썩어서 먼지가 됩니다. 두 번째 몸은 〈기(氣)의 몸〉이라고 부를 만한 것입니다. 그것은 육체적인 몸을 덮고 있는 자기(磁氣) 같은 것으로서 그것이 어떠하냐에 따라 육체적인 몸이 강하기도 하고 약하기도 합니다. 동양 의학에서 말하는 경락이나 인도의 요가 수행자들이 말하는 샤크라가 바로 그 몸에 자리 잡고 있습니다. 우리가 발산하고 외부로부터 받아들이는 자연의 에너지가 그 몸을 통해 순환합니다. 그 에너지를 인도 사람들은 프라나라고 부르고 중국 사람들은 기라고 부릅니다.」

베르생제토릭스가 침 한 줄기를 흘리면서 하품을 했다.

나는 그때 비로소 대통령이 왜 자기 개 이름을 베르생제토릭스라고 지었는지를 깨달았다. 스스로를 카이사르라고 생각하고 있는 대통령이 자기 개에게 베르생제토릭스라는 이름을 지어 준 것은 조금도 이상할 게 없었다. 카이사르는 갈리아의 족장 베르생제토릭스를 제압했지만, 뤼생데르는 래브라도 사냥개 베르생제토릭스를 지배함으로써 자그마한 승리의 기쁨을 누리고 있었던 건 아닌지!

신화와 과학이 뒤섞인 라울의 이야기를 듣고 있자니, 유권자를 의식하지 않을 수 없는 실용주의자 뤼생데르로서는 마음이 편치 않은 모양이었다. 그럼에도 그는 이야기를 계속하라고 명하였다.

「우리 몸에서 방사되는 에너지나 파동, 초능력 따위가 바로 이 〈기의 몸〉과 관련이 있습니다. 까닭 없이 어떤 사람이 마음에 들고 안 들고 하는 게 바로 그것 때문입니다. 병이라는 것도 따지고 보면 우리의 육체적인 몸과 기의 몸 사이에 균형이 깨져서 생기는 것입니다. 동양 의학에서 사용하는 침술의 근거가 거기에 있습니다. 침술이란 기의 흐름이 막힌 것을 뚫어서 잘 흐르도록 만드는 것입니다.」

육체적인 몸, 기의 몸⋯⋯. 그 얘기를 들으면서 뤼생데르가 무슨 생각을 하고 있을지 짐작이 가고도 남았다. 〈이제 궂은일은 다 끝났으니까 당장 저 미치광이 과학자를 제거해 버리고 더 번듯한 최고 권위자로 바꿔야 하는 것이 아닐까?〉

대통령의 눈길이 잠시 나에게로 쏠렸다. 대통령은 어쩌면 나를 라울의 후임자가 될 만한 사람들 가운데 하나로 보고 있는지도 몰랐다. 다른 건 접어 두고라도, 나는 처음부터 이 일에 참여하여 온 사람이었고 라울과 달리 정신이 아직 온전해 보였을 것이다.

설명에 열중해 있느라고 라울은 상대방의 회의를 전혀 눈치채지 못하고, 태연하게 말을 이었다.

「어떻게 보면 데카르트의 생각도 그 이야기와 그리 다르지 않습니다. 데카르트는 〈육체와 영혼의 다른 점은 영혼은 나뉠 수 없음에 반해서, 육체는 나뉠 수 있다는 것이다〉라고 말했습니다. 그 말만 놓고 보면, 데카르트 생각이나 티베트 사람들 생각이 크게 다르지 않습니다. 실제로 기의 몸과 육체적인 몸은 분리될 수 있습니다.」

「어떤 경우에 그럴 수 있을까?」

「예를 들면 마약에 취해 있을 때, 기절했을 때, 오르가슴을 느낄 때, 아주 심한 정신적 충격을 받았을 때 등입니다.」

「코마에 빠져 있을 때는 어떤가? 그때도 분리가 일어날 수 있겠지?」

「그렇습니다. 선친은 그 문제에 대해서 많은 연구를 했고, 영매(靈媒)들과 어떤 신비주의자들은 자발적으로 자기들의 육체적인 몸에서 기의 몸을 분리해 놓을 수 있다고 생각했었습니다. 그는 철학 선생이었지만 그런 것들을 아주 과학적인 방법으로 연구했습니다……. 선친의 생각에 따르면, 육체적인 몸에서 기의 몸이 떨어져 나가는 것은 마치 우리 살갗에 붙어 있던 투명한 외피가 벗겨져 나가는 것과 같습니다.」

대통령이 자기 개를 쓰다듬었다. 라울은 잠시 멈췄다가 이야기를 계속했다.

「저는 20세기 말에 루퍼트 셸드레이크라는 교수가 쓴 글을 읽은 적이 있습니다. 그 물리학자는 모든 사물들이 자기의 질료와 독립된 형식을 가지고 있다고 주장했습니다. 씨앗 속에는 이미 장차 나무가 될 바탕이 들어 있고, 태아 속에는 노인의 모습이 감춰져 있으며, 형식은 움직이는 데이터뱅크처럼 순환한다는 것입니다. 셸드레이크는 설득력 있는 설명을 내놓지는 못했지만, 그 비물질적인 형식이 존재한다는 증거를 제시하였습니다. 그것은 일종의 전자기적인 현상입니다. 결국 우리에게는 전자기적인 도장이 찍혀 있는 셈입니다. 우리는 전자기적인 에너지를 감지할 수 있습니다. 대단히 어려운 일이기는 하지만, 두 손바닥을 접근시키면서 그것을 감지하는 사람도 있습니다. 그런 에너지는 분명히 존재합니다. 우리는 가끔 아주 자그마한 태양 같은 것을 느끼듯 작은 에너지 덩이를 감지합니다. 두 손을 얼굴 정면에 들고 있는다든가, 낯선 사람들의 살갗에 살짝 몸이 닿았을 때, 또는 불시에 감전을 당했을 때에 그런 것을 느낄 수 있습니다. 그것을 느꼈다면 보이지 않는 외피를 만져 본 것입니다. 결국 영혼을 만져 본 거라고 할 수도 있겠습니다.」

뤼생데르 대통령이 조바심을 내며 물었다.

「그럼, 그 세 번째 몸이라는 건 뭔가?」

95. 인터뷰

여성지 『마가진 페미냉』에 실린 기사.

기자 영혼이라고 하셨습니까?

케르보스 네, 그것은 눈에 보이지 않는 외피 같은 것입니다. 그것이 우리를 덮고 있다가 벗겨져 나가는 것이지요.

기자 좀 더 자세히 말씀해 주십시오.

케르보스 그곳에 올라가면 내 몸은 갖가지 색깔이 어우러진 투명한 구름과 비슷해집니다. 그것은 본래의 내 몸과 윤곽이 일치하지만 질량도 없고 무게도 없으며 자기 마음대로 빠르게 이동할 수 있습니다. 그 몸은 물체를 통과할 수 있고, 물체들이 그 몸을 통과할 수도 있습니다.

기자 이른바 심령체라는 것입니까?

케르보스 나는 심령체가 뭔지 모릅니다. 내 몸이 투명해지더라는 이야기를 하고 있는 것입니다. 사람들은 그 투명해진 몸을 볼 수 없고, 그 몸은 사람들과 의사소통을 할 수가 없습니다. 그런데 참 이상하게도 그 몸은 살아 있는 사람들의 생각을 파악할 수 있습니다.」

기자 이동할 때는 어떻게 합니까?

케르보스 생각의 속도로 이동합니다. (수영 동작을 흉내 내며) 몸이 투명해지면 나는 이렇게 당신을 통과할 수 있습니다. 그렇지만 은빛 탯줄 같은 것으로 여전히 육체적인 몸에 연결되어 있지요. 그 은빛 탯줄은 일종의 안전 밧줄 같은 것입니다. 탄력이 있고 빛을 발합니다.

기자 그 〈투명한 몸〉으로 날아오를 때 기분이 좋습니까?

케르보스 네. 더 이상 나를 얽어매는 것이 없다는 느낌입니다. 다치거나 지칠 것에 대한 두려움이 없습니다. 투명한 내 몸은 하나의 생각 같은 것으로 공중에 떠 있습니다. 그 몸은 생각의 속도로 이동할 수 있습니다.

기자 고통에 찬 육신으로 다시 돌아오려면 많은 용기가 필요하겠군요.

케르보스 그렇습니다. 살을 파고 들어온 발톱 같은 것 때문에 고생하던 사람들에겐 더욱 그렇습니다.

96. 일본 철학

죽음은 무사가 갈 길이다. 삶과 죽음을 놓고 선택해야 하는 경우가 생긴다면 주저 없이 죽음을 선택하라. 그것은 아주 간단한 일이다. 용기를 내어 행동하라. 임무를 완수하지 않고 죽는 것은 헛된 일이라고 생각하는 자들도 있을 것이다. 그러나 그런 생각은 무사도를 왜곡하는 것이고 오사카의 뻔뻔한 상인들에게나 어울릴 타산적인 정신을 보여 주는 것이다.

그런 정신을 가지면 삶과 죽음의 기로에서 올바른 선택을 하기가 거의 불가능하게 된다. 누구나 사는 쪽을 좋아하기 때문이다. 그런 상황에서 살아남아야 할 이유를 찾아내는 것은 너무나 당연하다. 그러나 자기의 임무를 완수하지 못했다고 해서 살아남는 쪽을 선택하는 자는 비겁자와 천한 자로서 응분의 경멸을 받아야 하리라.

『하가쿠레(葉隱)』[43]

프랑시스 라조르박의 논문, 「죽음에 관한 한 연구」에서 발췌

---

43 정확하게는 『하가쿠레 기키가키(葉隱聞書)』. 일본 에도 막부 시대 좌가번(左駕藩)의 무사인 야마모토(山本常朝)가 구술하고 쓰라모토(陳基)가 기록, 번내 또는 번외 무사의 언행을 비판함으로써 무사의 도덕을 가르친 책. 총 11권으로 1716년(享保 1년) 완성되었다.

97. 정신적인 몸

뤼생데르 대통령은 라조르박 교수의 말에 열심히 귀를 기울이고 있었다. 나는 새삼스레 내 친구 라울에게서 깊은 감명을 받았다. 라울은 두루두루 아는 것도 참 많았다. 머릿속에 얼마나 많은 책이 들어 있는지 가늠할 수가 없었다. 라울의 이야기를 듣고 있으면, 그렇게 많은 학자들과 동양의 현자들을 두루 꿰려면 도서관 하나를 채울 만큼의 책을 읽어야 하리라는 생각을 갖게 된다.

「자네 말로는 세 가지 몸이 있다고 했는데, 육체적인 몸, 기의 몸, 그리고 그다음엔 뭐지?」

「정신적인 몸입니다. 우리의 생각과 의식은 거기에서 나옵니다. 정신적인 몸에 탈이 나면 기의 몸이 균형을 잃고 병들게 됩니다. 제가 지금 각하께 이야기를 할 수 있는 것도 바로 정신적인 몸 덕분입니다. 그것은 우리의 지각이 제공한 모든 정보들을 분석하고 종합해서 그것들에 지적인 의미를 부여합니다. 사랑에 빠지고 웃고 우는 것도 바로 정신적인 몸입니다.」

대통령은 라울의 이야기에 귀가 솔깃해지기 시작한 모양이었다.

「육체적인 몸, 기의 몸, 정신적인 몸이라. 간단치 않은 건 사실이지만, 우리가 잠자는 것처럼 보이면서도 그동안에 저승을 다녀올 수 있다는 것을 설명하는 데는 제격인 것 같네.」

98. 저녁 식사

타나토드롬 맞은편에 타이 사람이 경영하는 작은 레스

토랑이 하나 있었다. 그 식당을 자주 드나들다 보니 어느덧 그곳을 우리의 단골로 삼게 되었다.

순수한 타이 말로 치앙 마이라는 이름을 가진 그곳 주인 랑베르 씨는 꿀풀 향을 넣은 튀긴 국수가 전문이었다.

라울과 나는 대통령과 가졌던 특별 면담이며, 영계 탐사의 새로운 목표에 대해서 아망딘, 펠릭스와 함께 이야기를 나누고 있었다. 그때 한 사내아이가 우리 식탁에 찰싹 달라붙더니 펠릭스에게 물었다.

「펠릭스 케르보스 아저씨죠?」

우리의 영웅은 꼬마가 자기를 알아보는 게 기뻐서 입을 헤벌리며 그렇다고 했다. 아이가 사인을 해달라고 부탁하기가 무섭게 한 무리의 팬들이 몰려들어 우리를 에워쌌다. 그들은 모두 펠릭스가 텔레비전에서 본 것보다 훨씬 더 미남이라고 생각하는 듯했다.

나는 얼른 음식 값을 치르고 동료들과 함께 그 자리를 빠져나왔다.

펠릭스는 일부러 늑장을 부리는 듯했다. 사람들의 찬사에 함박웃음을 머금은 채, 그는 사람들이 내미는 메뉴판과 종이 냅킨과 식당 이용권에 서명을 해주었다. 그의 눈이 행복감에 젖어 반짝였다. 그는 비로소 자기가 사랑받고 있다는 것을 느끼고 있었으리라.

99. 케냐 신화

반투[44] 사람들의 신화에 따르면, 인간은 원래 죽지 않는 존재였다고 한다. 신은 그 사실을 인간에게 확인시키려고 먼저 카멜레온을 보냈다. 카멜레온을 보내 놓고 나서 곰곰이 생각하다가, 신은 애초의 생각을 바꾸었다. 인간은 결코 불멸하는 존재가 아니라 때가 되면 죽음을 맞게 되리라는 사실을 알리려고 신은 두 번째 사자(使者)를 보냈다. 이번에 보낸 것은 새였다.

카멜레온은 새보다 먼저 인간 세상에 다다르기는 했다. 그런데 이 일을 어쩌랴. 카멜레온은 말을 더듬느라고 자기가 전해야 할 말을 사람들에게 미처 전하지 못하고 있었다. 그 틈을 타서 새는 재빨리 자기의 전언을 인간에게 들려주었다. 새가 전한 신의 계시는 인간이 죽게 되리라는 것과 이승에 다시 돌아오더라도 전생의 모습과 같은 형상으로는 절대로 돌아오지 못하리라는 것이었다.

프랑시스 라조르박의 논문, 「죽음에 관한 한 연구」에서 발췌

100. 펠릭스의 탈선

뷔트 쇼몽 타나토드롬이 문을 열고 한 달이 지났을 때, 아망딘이 엄숙하게 펠릭스와 약혼한 사실을 알렸다. 가련한 바보 멍청이였던 나는 그간의 사정을 전혀 눈치채지 못했다. 아니, 어쩌면 눈치를 채고도 그걸 믿으려 하지 않았던 것인지도 모른다.

그 일이 있기 전에 라울과 나는 아망딘에 대해서 이야기

44 〈반투〉는 송속의 이름이 아니라, 카메룬의 두알라에서 케냐의 타나 강 어귀를 잇는 선의 남쪽에 살면서 반투어라는 동일 어족의 언어를 사용하는 사람들을 총칭하는 이름이다.

를 나눈 적이 있었다. 우리는 그 여자의 마음에 들 수 있는 유일한 방법은 타나토노트가 되어 저승으로 떠나는 길뿐이라는 데 생각을 같이했다. 그녀의 관심을 끌려면 타나토노트가 되는 수밖에 없었다. 그건 그렇다 치고, 아망딘은 짐승같이 아둔한 그 사내의 어떤 점을 보고 그런 결정을 내렸던 것일까? 그가 유명한 사람이 된 것은 분명하지만, 그것 말고는 무어 볼 것이 있단 말인가? 어쨌든 그 일로 해서 우리의 신비스러운 아망딘은 나에게서 완전히 멀어져 갔다.

그래도 막상 그 두 사람이 살림을 차리던 날에는 내 가슴 한쪽이 아릿해져 오는 것을 어쩔 수 없었다. 나는 질투심이 우정을 압도하지 않게 하려고 무진 애를 썼다.

사랑에서는 최고의 성과를 올리고 있던 펠릭스였지만, 일에서는 전혀 성과를 내지 못하고 있었다. 펠릭스는 인터뷰를 할 때마다 머지않아 모호 1을 넘게 되리라고 장담했지만 여전히 그것을 이루어 내지 못하고 있었다. 게다가 그는 영계로 떠나는 것을 망설이기까지 했다. 아망딘을 자기 여자로 만들고 파리 사교계의 황제가 된 마당이니, 위험천만한 코마에 다시 빠져들고 싶은 생각이 시들해질 법도 했다.

사정이 그러한지라, 하나밖에 없는 그 변덕스러운 타나토노트에게만 우리의 희망을 걸고 있기가 어렵게 되었다. 되도록 빨리 새로운 지원자들을 확보해 둘 필요가 있었다. 누구보다도 펠릭스 자신이 그것을 간절히 원하고 있었다.

우리는 그리 큰 기대를 갖지 않고 일간 신문에 〈파리 타나토드롬에서 지원자를 찾고 있습니다〉라는 짤막한 광고를 냈다. 우리는 지원자가 다섯 손가락을 꼽을 정도만 모이면 다행이겠거니 생각하고 있었다. 그런데 아주 놀라운 일이 벌어졌다. 무려 1천 명이 넘는 모험가들이 응모해 왔던 것이다. 그러니 선발 과정이 엄격해지는 것은 당연했다. 우리는 많은 지원자들을 떨어뜨리기 위해 부득불 아주 가혹한 테스트를 실시했다. 우리 넷 가운데서도 펠릭스가 특히 혹독한 시험관 노릇을 했다. 누구보다도 그 일의 위험성을 잘 알고 있었기에, 그는 〈자, 영계로 떠나 보시오. 그게 얼마나 멋진 일인지 알게 될 겁니다〉라는 식으로 사람들을 고무하기보다는 그 일에 흠빡 빠져 있는 그들에게 찬물을 끼얹는 역할을 맡았다.

우리의 선발 시험을 통과하기 위한 여러 가지 요건을 가장 잘 갖춘 사람들은 뛰어난 운동선수와 스턴트맨들이었다. 그 사나이들은 자기들의 몸을 완벽하게 알고 있는 데다, 목숨을 건 아슬아슬한 모험을 감행하는 데는 이골이 나 있었다. 모험을 즐기되 결코 무모하게 행동하지는 않는 사람들이었다.

두 번째의 공인 타나토노트로 우리는 장 브레송이라는 노련한 스턴트맨을 선발했다. 그는 우리의 예상대로 무난히 영계를 다녀왔다. 모호 1까지는 도달하지 못하고 그 장벽에서 상당히 떨어진 곳까지밖에 이르지 못했지만, 그의 보고를 들은 펠릭스가 성공했다는 사실을 인정해 주었다.

브레송은 〈코마 플러스 18분〉에 도달했다. 그의 뒤를 이어 다른 타나토노트 세 사람을 보냈는데, 그들은 〈코마 플러스 17분〉에서 멈추었다.

우리는 테라 인코그니타의 경계선을 한 치도 뒤로 밀어

내지 못했다. 경계선은 여전히 〈코마 플러스 21분〉에 머물러 있었다. 하지만 그 주위에 무엇이 있는지는 잘 알고 있었다. 즉 가스 같은 것이 소용돌이치고 여러 가지 빛깔이 어우러진 커다란 터널이 있다는 사실만큼은 분명했다.

성공이라고 할 만한 것이 네 차례 있었음에 비해, 우리는 스물세 번이나 실패를 겪었다. 우리가 더욱 신중하게 작업을 했음에도, 젊고 너무 팔팔한 타나토노트들은 우리의 그물코 사이로 빠져나가고 말았다. 우리는 타나토노트를 선발하기 위한 일련의 테스트를 한층 더 정교하게 가다듬었다. 사리를 잘 분별한 만큼 나이가 들고, 정신력이 강해서 빛이 이끄는 대로 끌려가지 않을 만한 사람들을 골라내는 일이 중요했다.

허영주머니들, 즉 타나토노트가 되는 것을 무슨 고상한 조합에 가입하는 것쯤으로 여기고 친구들이나 애인에게 으스댈 생각이나 하는 사람들은 사절!

너무 절망한 나머지 영계 탐사를 새로운 자살 방식으로 여기고 찾아온 자들도 제외!

고통에 찬 육신이 싫어서 하늘나라가 이승보다 더 좋은지 알아보려는 자들도 뒤로 돌아갓!

훌륭한 타나토노트는 행복하고 심신이 건전해야 하며, 죽어서는 안 될 충분한 이유가 있는 사람이어야 했다.

우리는 마침내 많은 식구를 거느린 가장들을 우선적으로 선발하기에 이르렀다.

우리가 갈 길은 아직 험난하기 이를 데 없었지만, 그때까지의 실험을 통해 다음과 같은 몇 가지 사실은 분명히 확인

되었다.

1. 육신은 제자리에 남아 있고, 영혼만 빠져나간다.
2. 육신을 빠져나간 영혼은 희끄무레한 심령체의 형태를 취하며, 모든 물질을 통과하고 빛의 속도보다 더 빠르게 날 수 있다.
3. 죽음의 문턱을 넘는 순간, 심령체는 하늘로 올라가 파란 깔때기 모양의 거대한 공간 속으로 들어간다. 그 끝에는 빛이 있다.
4. 심령체는 은빛 생명줄로 지상에 남아 있는 육신과 연결되어 있다.
5. 그 줄이 끊어지면 이승의 삶으로 돌아올 수 없게 된다.
6. 〈코마 플러스 21분〉에 장벽이 하나 있다.

과학부 기자들이 우리의 일과 관련된 몇 가지 정보들을 누설하는 바람에 우리를 흉내 내어 영계 탐사를 떠나는 아마추어 탐사자들이 수천을 헤아리게 되었다. 정도의 차이는 있지만 그들은 대개 집에서 만든 어설픈 이륙 장치들을 사용하고 있었다. 티오펜탈을 써서 스스로의 영혼을 쏘아 보내는 축도 있었고, 염화물을 사용하는 축도 있었다. 그러나 그들이 정확한 용량을 알 리가 없었다. 영계 탐사의 희생자들이 속출했다. 진정제나 수면제로 쓰이는 바르비투르산(酸)제를 사용하다가 황천객이 된 사람도 있었고, 제초제를 사용하는 사람들마저 있었다. 색광들은 오르가슴을 이용하기도 했다.

영혼을 영계로 발사하는 연료가 되겠다 싶으면 뭐든지

다 이용되었다. 적포도주, 환각을 불러일으키는 독버섯, 보드카, 코카인, 고무 밧줄을 이용한 번지 점프, 불순물이 들어간 조개류, 전기 충격 등 인간을 현실에서 벗어나게 할 수 있는 것들이 마구 동원되었다. 망둥이가 뛰니까 빗자루도 덩달아 뛴다는 격으로 너도나도 영계를 가보겠다고 덤벼들었다. 〈육신을 벗어나지도 못할 놈!〉 하면 욕 중에서도 가장 심한 욕이었다. 그 욕에는, 그 사람이 육체적인 몸뚱이밖에 가지고 있지 않아서, 기의 몸이나 정신적 몸을 발현시킬 수 없다는 뜻이 담겨 있었던 까닭이다.

뤼생데르 대통령은 잇따르는 희생을 막기 위하여, 파리 타나토드롬 내의 공인된 장소를 제외한 곳에서 영계 탐사를 시도하는 사람들은 누구나 무거운 징역형으로 다스린다는 내용을 골자로 하는 법령을 공표하였다.

한동안의 휴식 기간을 거치고 나서 펠릭스는 자기 자신의 기록에 도전하기로 마음을 굳혔다. 몇 차례나 기자와 카메라맨들을 불러 모으고 새로이 시도를 했지만 모호 1을 넘는 데 실패했다. 그런 일이 되풀이되자 언론도 시큰둥한 반응을 보였고, 펠릭스가 산 사람들의 세계로 돌아올 때마다 그를 숭배하는 무리가 줄어들었다. 그의 사기가 떨어질 것을 저어하여 아망딘과 라울과 나는 기자석을 채우기 위해 돈을 주고 들러리들을 세우기까지 했다. 그러나 펠릭스는 속아 넘어가지 않았다. 그간의 경험을 통해 그는 이미 기자들의 면면을 훤히 알고 있었던 것이다.

펠릭스가 갈수록 의기소침해지고 침울해져서 우리는 그에게 은퇴를 하라고 충고했다. 영계 탐사의 발전을 위해 그가 할 만큼은 했다는 것이 우리의 생각이었다. 그러나 그는 우리의 충고를 귓등으로도 듣지 않았다. 모흐 1을 넘기 전에는 은퇴하지 않겠다는 거였다. 그는 자기가 세운 목표에 강한 집착을 보였다.

101. 베다 신화

그대의 선조들이 떠났던 옛날의 그 길로 나아가라! 요마와 바루나 두 왕이 그대의 죽음을 반기고, 그대는 그 두 신을 만나게 되리라.

『리그 베다』, 본집 제10강(綱) 제14목(目)
프랑시스 라조르박의 논문, 「죽음에 관한 한 연구」에서 발췌

102. 그녀의 그늘진 마음을 어루만져 주고 싶지만

갑자기 모든 일이 틀어져 버렸다. 펠릭스는 점점 더 성마른 사람으로 변해 갔다. 그는 아망딘과의 결혼을 무기한 연기했다. 아망딘의 몸에 수상쩍은 피멍이 있음을 보고 우리는 그가 주먹다짐까지 한다는 것을 알았다. 게다가 저녁이면 둘이 싸우는 소리가 이웃한 아파트까지 들리곤 했다.

돈벌이에 눈이 벌게져 있던 펠릭스는 아망딘이 자기 돈을 노린다고 생트집을 부렸다. 사실 그는 아주 많은 수입을 올리고 있었다. 특히 뤼생데르 대통령이 죽음 연구 기금을 지급한 뒤로 그의 수입이 엄청나게 늘어났다. 인터뷰에 응할 때마다 여전히 거금이 그의 손에 쥐어졌다. 그는 저작권 대리인을 고용한 뒤 가장 좋은 계약 조건을 제시하는 출판사에 자기 회고록의 저작권을 팔았다. 나의 형은 펠릭스의

초상이 들어 있는 셔츠를 파는 대가로 판매 대금의 1퍼센트를 그에게 주기로 했다. 그러저러한 것을 합쳐 보면 그의 은행 계좌에 어마어마한 금액이 들어 있는 것은 당연했다.

아망딘은 욕을 먹고 매를 맞으면서도 이를 앙다물고 참았다. 타나토노트에 대한 경외심이 그녀의 인내를 도왔다. 그러나 펠릭스가 논다니들과 거리낌 없이 놀아나기 시작하자 참고 참았던 아망딘의 울분이 터져 나오고 말았다. 랑베르 씨의 타이 식당에서 아망딘은 내 어깨에 기댄 채 눈물을 흘렸다.

나는 그녀를 위로하려고 최선을 다하였다. 처음 만나던 순간부터 그녀에게 반하고 미칠 듯한 연정을 품어 왔던 나였지만, 그녀의 약혼자에 대해서 이러구저러구 험담을 늘어놓고 싶지는 않았다. 아망딘이 펠릭스에 대해 흠구덕을 늘어놓는다고 내가 거기에 맞장구를 칠 수는 없었다. 내가 맞장구를 쳤더라면 아망딘은 도리어 나를 나무랐을지도 모른다.

우리는 쌀로 빚은 술을 마시며 이야기를 나누었다. 심연과도 같은 그녀의 쪽빛 눈에서는 맑은 눈물이 펑펑 쏟아졌다.

「진정해요.」

「그 사람 정말 너무해요. 자기가 첫 번째 장벽을 넘지 못하는 게 다 나 때문이라고 떠들고 다니나 봐요. 난 정말 그 사람을 돕고 싶어요. 하지만 내 말을 그저 귓등으로만 듣고 있으니 나로서는 어쩔 수가 없어요.」

「그 친구를 이해하려고 노력해 봐요.」

내가 그렇게 말하자 아망딘은 더 이상 입을 열려고 하지 않았다. 가슴에 응어리진 것도 많고 감추어 놓은 것도 많아서, 그녀가 마음의 벽장을 열어 보인다면, 틀림없이 갖가지 감정이 뒤죽박죽으로 엉켜 있는 모습을 보게 될 것 같았다. 그제껏 아망딘은 모든 걸 털어놓기보다는 감추어 두기만 해왔다. 갑자기 터져 나온 그 눈물만이 잠시 흔들리고 있는 그녀의 마음을 엿볼 수 있게 해주었다.

나는 기분을 바꿀 양으로 그녀에게 좀 걷자고 제의했다. 한 시간 지나서 우리가 다다른 곳은 페르 라셰즈 묘지였다.

「내가 라울을 처음 만난 곳이 여깁니다.」

「두 사람은 정말 좋은 친구예요. 보기가 좋아요.」

아망딘이 한숨을 섞어 가며 말했다.

「어렸을 적에 우리 반에 주먹깨나 쓴다는 녀석들이 있었는데, 그 녀석들한테 늘씬하게 두들겨 맞고는 했지요.」

아망딘은 어느새 내 곁으로 바싹 다가와서 말했다.

「이젠 펠릭스와 결혼하고 싶은 생각이 없어요.」

「무슨 소리요. 그 친구가 들으면 놀라서 까무러치겠어요.」

「걱정할 것 없어요. 그 사람 주변에 쌔고 쌘 게 여자들이라, 금방 새 여자를 찾을 거예요. 펠릭스는 숫총각이었어요. 내가 그 사람에게 여자가 어떤 것인지를 가르쳐 주었어요. 그 사람은 사랑과 죽음을 동시에 경험했어요. 이제 그는 자기의 날개로 날 수 있어요. 나는 날개 젓는 법을 가르쳐 줬을 뿐이에요.」

「그걸 후회해요?」

「아니요. 하지만 우리가 함께 살 팔자는 아닌 것 같아요.」

「잘못 생각하는 거요. 펠릭스가 변덕이 심한 건 사실이지만, 그 친구가 진정으로 사랑하는 사람은 오로지 당신이오. 누가 감히 당신을 따라갈 수 있겠소. 당신처럼 빼어난……」

아망딘은 보일락 말락 하게 씁쓸한 미소를 지었다.

「이봐요, 설마 미카엘 당신이 날 꼬드기려는 건 아니겠지요?」

이번엔 내가 속마음을 털어놓지 않고 입을 다물었다.

그녀가 마음 놓고 내게로 더 바싹 다가들었다. 썰렁한 묘지공원, 네르발[45]의 무덤 가까운 곳에서 우리는 별을 바라보며 그대로 있었다. 아담하고 따뜻한 그녀의 가슴이 내 가슴으로 고동을 전해 왔다. 한 줄기 바람이 살살 불어와 내 귓전을 간질였다. 그녀의 보드라운 금빛 머리채에 그렇게 얼굴을 묻고 평생을 살 수 있다면 얼마나 좋을까 하는 생각이 들었다.

묘지 훼손자들을 잡으러 돌아다니던 묘지기가 손전등 빛을 불쑥 비추는 바람에 나는 주술에 걸린 듯 빠져 있던 황홀경에서 깨어났다. 아망딘도 비로소 퍼뜩 정신이 돌아온 모양이었다. 그녀가 스스로를 타이르듯 말했다.

「미카엘, 당신 말이 옳아요. 어쩌다가 말다툼 좀 했다고, 또는 일시적으로 바람을 피웠다고 마음이 흔들려서는 안 돼요. 내가 펠릭스에게 잘못하고 있어요. 그 사람이 원할

---

45 Gerard de Nerval(1808~1855). 프랑스의 시인, 소설가. 19세에『파우스트』를 번역하여 원작자 괴테의 칭찬을 받은 것을 필두로, 시, 소설, 희곡, 기행문 등 여러 장르에서 많은 작품을 남긴 천재적이고 정열적인 작가. 광기에 사로잡혀 있던 만년에는 고대의 종교와 신화에 관한 지식과 자신이 체험한 이미지를 결합하여『광상(狂想)시집』, 소설『오렐리아, 꿈과 삶』등의 걸작을 남기고 목을 매어 자살했다.

때 그와 결혼할 거예요.」

돌아오는 택시 안에서 우리는 둘 다 굳게 입을 다물고 있었다.

103. 소동

다음 날, 뷔트 쇼몽 타나토드롬의 분위기는 곧 폭풍이 닥칠 것처럼 자못 험악했다. 간밤에 펠릭스는 여느 때처럼 곤드레만드레 취해서 돌아왔는데, 그것도 모자라 논다니까지 하나 달고 왔다. 그러고는 영계 탐사를 떠날 때 앉는 이륙용 의자에 토악질을 해놓고 그 여자와 함께 융단 바닥에서 잠을 잤다.

날이 밝자마자 라울은 아망딘이 눈치채기 전에 여자를 쫓아 버리고, 장 브레송의 도움을 받아 할 수 있는 데까지 토사물을 닦아 냈다.

뜨거운 커피 몇 잔을 거푸 마시고도 펠릭스는 여전히 숙취에서 깨어나지 못하고 있었다.

「빌어먹을, 나한테 훈계하지 마! 난 세계 최초의 타나토노트다 이거야. 그걸 명심해 두라고. 당신들은 내 조수일 뿐이야. 별 볼 일 없는 부조종사들이라고.」

아망딘과 내가 동시에 나타난 게 바로 그때였다. 우리가 동시에 들어선 것은 순전히 우연이었다. 펠릭스는 대뜸 우리에게 손가락질을 하며 힐난을 퍼부었다.

「우리의 원앙 같은 남녀 한 쌍이 저기들 오시는군. 내가 너희들 잔꾀 부리는 걸 모를 줄 아나 보지? 이거 왜 이래, 나를 바보 천치로 여기는 거야, 뭐야!」

라울이 격분에 찬 한숨을 내쉬며 말했다.

「펠릭스, 정신 차려! 우리 모두에게 좋지 않은 소식이 있네. 새벽에 팩스를 하나 받았는데, 영국 사람들이 모호 1에 도달했다는 소식일세. 그들은 〈코마 플러스 19분〉까지 갔다 왔네. 그러니, 펠릭스, 객쩍은 소리 집어치우고 처음 하던 때처럼 엄격하게 다시 일을 시작하세. 기상은 7시, 점심은 과일과 곡물, 이륙 전에는 언제나 완벽한 점검을 할 것. 규율을 한층 더 강화할 생각이네. 그렇게 하지 않으면 우리는 그 영국 친구들에게 추월당할지도 몰라.」

「영국 애들이 그랬다니, 그거 참 뜻밖이구먼. 내일 당장 〈코마 플러스 23분〉을 멋지게 성공시켜 보이겠소.」

펠릭스가 빠르게 지껄였다.

「좋아! 그러기 전에 먼저 자네 아파트로 돌아가서 술기운이나 다스리게.」

라울이 무뚝뚝하게 명령했다.

라울이 우리 팀의 우두머리라는 것은 움직일 수 없는 사실이었다. 그가 그렇게 명령조로 나오면, 펠릭스도 스타 행세를 그만두고 그의 말을 따를 수밖에 없었다. 펠릭스는 다시 고분고분한 태도를 보였다. 그는 술 냄새 풍기는 트림을 한 번 더 하고 자기 거처로 물러갔다.

그날 밤 라울이 아망딘과 나를 펜트하우스로 불러냈다. 잎이 두툼한 열대 식물로 장식된 그곳에 들어서면 대개는 기분이 편해지면서 우리의 고민거리가 대수롭지 않게 느껴지곤 했었다. 그러나 그날은 달랐다. 라울은 심각한 표정으로 다짜고짜 말문을 열었다.

「펠릭스가 심상치 않네. 자네들 둘 다 조심하게. 두 사람 사이에 아무 일도 없다는 건 잘 알지만 펠릭스 그 친구는 자기 멋대로 상상하면서 속을 끓이고 있는 거야.」

나는 괜한 토론으로 아망딘에게 고통을 주고 싶지 않아서, 서둘러 화제를 돌렸다.

「오늘 아침에 자네가 말한 게 사실인가? 영국 사람들이 정말 모호 1에 도달했나?」

「완전히 공인된 사실이야. 빌 그레이엄이라는 친구가 〈코마 플러스 19분〉에 도달함으로써 펠릭스를 바짝 뒤쫓고 있어. 결코 마음을 놓을 상황이 아닐세.」

라울은 늘 피우는 가느다란 담배에 불을 붙이고 말을 이었다.

「여간 중요한 시합이 아닐세. 우리는 지금 세계적인 경주를 하고 있는 거야. 더 이상의 실패는 허용될 수가 없어. 그러니, 아망딘이 펠릭스에게 솔직한 해명을 해주는 게 좋겠소. 아망딘이 그 친구를 지지하고 있음을 깨닫게 해줘요. 그가 취해 있을 때조차도 아망딘이 싫증을 내지 않는다는 것을 보여 줘요.」

아망딘은 자기의 입장을 옹호하고 싶어 했다.

「하지만…… 하지만…….」

「열렬한 사랑으로 안 되면, 영계 탐사를 위해서라도 그렇게 해야 돼요.」

젊은 간호사는 체념하며 라울의 얘기를 받아들였다. 다음 날 새벽에 두 남녀는 서로 화해했다. 무엇보다도 펠릭스가 전날의 행동에 대해 사과함으로써 원만한 화해가 이루어졌다. 두 사람은 결혼 약속을 지키기로 다짐했고, 우리는 새로운 비행을 준비했다.

펠릭스가 이륙용 의자에 앉자, 라울은 그에게 신중함을 잃지 말라고 신신 당부했다.

「걱정 마시오, 노형. 형씨 말마따나 〈알려지지 않은 곳을 향해 곧장, 아주 곧장〉 나아갈 거요.」

펠릭스는 제 정맥에 부스터를 손수 장착한 다음, 초읽기에 들어갔다.

「여섯…… 다섯…… 넷…… 셋…… 둘…… 하나…… 발진!」

눈을 감기 전에 그는 아망딘을 향해 짤막한 한 마디 말을 던졌다.

「날 용서해 줘.」

104. 도교 신화

먼 곳의 고야산(姑射山)에 신인(神人)이 살고 있다. 살갗은 얼음이나 눈과 같고 나긋나긋하기 처녀와 같은데, 오곡을 먹지 않고 바람과 이슬을 마시며, 구름을 타고 나는 용을 몰면서 이 세상 밖을 노닌다. 그가 정신을 집중하면 만물이 상하거나 병드는 일이 없고 곡식들도 잘 여문다. (중략) 어떤 것도 그 신인을 다치게 할 수 없다. 큰물이 하늘에 닿게 된다 해도 물에 빠지지 않으며, 큰 가뭄에 쇠와 돌이 녹아 흐르고 흙과 산이 탄다 해도 뜨거움을 느끼지 않는다. 그는 티끌이나 때, 쭉정이나 겨 같은 것으로도 요임금이나 순임금을 만들어 낼 만하다.

『장자(莊子)』[46]
프랑시스 라조르박의 논문, 「죽음에 관한 한 연구」에서 발췌

105. 마침표

펠릭스는 아래 세상으로 다시는 돌아오지 않았다. 그는 결혼 약속을 지키지 않았고 모호 1 너머에서 자기가 본 것을 이야기해 주지 않았다. 죽음의 여신은 그가 지옥의 괴물들을 물리칠 수 있도록 새로운 무기들을 내주지 않았다. 지옥의 문지기 케르베로스가 그를 삼켜 버렸다. 바알 신이 그를 덥석 물어 버렸다. 죽음이…… 그를 황천객으로 만들었다.

그는 저승에서 고르고네스[47]의 가면을 벗겼으리라. 어쩌면 하얀 새틴 옷을 입은 여인의 해골 가면 뒤에 감추어진 얼굴을 보았을지도 모른다. 그는 그것을 보았으면서도 자기가 본 것을 이야기하러 우리에게 돌아오지 않았다. 돌아올 수 없었던 것이거나 돌아오기를 그다지 열망하지 않았던 것이리라. 우리의 우정보다 파란 터널 안쪽에서 자석처럼 끌어당기는 빛이 더 강했을 것이다. 그 빛이 명예보다, 아망딘의 사랑보다, 술과 여자들과 영계 탐사라는 모험보다 더 강력했던 것이리라. 그리하여 죽음은 여전히 그 신비를 간직하고 있었다.

몇몇 신문들은 터무니없게도 내가 거추장스러운 연적을 제거하기 위해 부스터를 조작했을 수도 있다는 투로 기사

---

46 『장자』 內篇 第一 逍遙遊.
47 그리스 신화에 나오는 괴물. 머리카락이 뱀으로 되어 있고 보는 사람을 돌로 바꾸어 버린다는 세 자매.

를 실었다. 내가 아망딘에게 아무리 홀딱 반해 있다 해도 그 때문에 사람을 죽일 위인은 아니었다. 더구나 다른 사람도 아니고 우리의 소중한 동료인 펠릭스를 어떻게 죽일 생각을 한단 말인가.

내가 보기에 펠릭스는 내 잘못 때문에 죽은 것이 아니라 스스로의 의지에 따라 떠나 버린 게 아닌가 싶었다. 그는 자기가 명성의 함정에 빠져 차츰차츰 자멸의 길로 나아가고 있다는 것을 알고 있었다.

무엇보다도 그는 아망딘을 잃는 게 두려웠을 것이다. 이 여자 저 여자와 난잡한 관계를 맺기는 했어도 그가 진정으로 사랑했던 사람은 아망딘이었다. 그녀야말로 그의 첫 여자이자 하나뿐인 사랑이었다. 그러나 마침내 그는 그녀가 자기에게 과분한 여자임을 깨달았다. 차라리 몸을 파는 여자들하고 지내는 게 편했다.

자기의 비천한 출신 환경으로 되돌아감으로써 그는 오히려 아늑함을 느꼈다. 그토록 아름답고 교양 있는 아망딘에게서 깊은 감명을 받은 건 사실이지만, 펠릭스는 자신이 그렇게 우아하고 착한 아내를 맞아들일 만한 사람이 못 된다고 생각했다.

〈날 용서해 줘〉라는 의미심장한 말을 아망딘에게 남기고 그는 떠나갔다.

그해의 인물이자 그 십 년대의 인물이었던 펠릭스의 장례는 국민장으로 치러졌다. 그 육신의 껍데기는 페르 라셰즈 묘지의 호사스러운 대리석 무덤 속에 묻혔다. 묘비에는 〈여기, 세계 최초의 타나토노트 잠들다〉라는 말이 새겨졌다.

106. 아메리카 인디언 신화

미국인들이 〈트리커Tricker〉라고 부르는 코요테 신은 북미 인디언 신화에 나오는 가장 재미있는 인물들 가운데 하나이다. 넉살 좋은 익살꾼이자 음탕하고 흉악한 신이기도 한 그는 흔히 거대한 남근을 드러내고 몸에 창자를 칭칭 감은 모습으로 표현된다.

인디언들의 우스갯소리에서 코요테 신은 대개 속기 잘하는 바보로 나온다. 〈위대한 정령〉은 그가 원하는 모든 바보짓이나 나쁜 짓을 할 수 있도록 허용해 준 다음 그가 벌여 놓은 일을 수습하러 나선다. 트리커는 늘 자기가 남에게 해를 입히고 있다고 생각하지만, 실제로 그의 행동은 그가 예상했던 것과 정반대의 결과를 낳는다. 알고 보면 〈위대한 정령〉의 경쟁자인 작은 악마 트리커는 그다지 사악한 신이 아닌 셈이다.

프랑시스 라조르박의 논문, 「죽음에 관한 한 연구」에서 발췌

107. 빌 그레이엄

장 브레송은 펠릭스 케르보스의 뒤를 잇는, 프랑스의 위대한 타나토노트였다. 펠릭스가 사라진 뒤, 그는 새로운 비행을 떠나기에 앞서 안전성을 높이기 위한 새로운 장치를 개발했다. 자기가 영화의 스턴트맨으로 일하면서 고안해 낸 안전장치에서 착상을 얻은 것이었다.

그의 아이디어는 자기가 원하는 때에 즉시 귀환하는 것이 가능하도록 이륙용 의자에 전자 타임스위치를 장착하는 것이었다. 말하자면 타임스위치가 안전띠와 같은 기능을

하는 셈이었다. 타나토노트는 발진하기 전에 〈코마 플러스 20분〉 하는 식으로 타임스위치를 맞추어 놓고 떠난다. 그러면 그 시간이 되었을 때, 영혼을 붙들어 매고 있는 생명줄이 즉시 오므라들면서 타나토노트가 지상으로 돌아올 수 있도록 전기 충격이 가해진다. 그가 만든 장치의 원리는 그런 것이었다.

장 브레송은 직업의식이 투철한 진짜 프로였다. 그는 영계 지도에 자기가 목표로 삼고 있는 구역을 아주 구체적으로 표시한 다음, 그곳을 다녀와서 자기가 관찰한 것을 낱낱이 보고했다.

나는 그 믿음직한 탐사자의 도움을 얻어 코마 유도제의 사용 방법을 개선하기로 하고, 새로운 방식을 시험했다.

우선 마취제를 한 번에 투여하지 않고 소량을 연속적으로 내보내는 방식으로 바꾸었다. 그리고 마취제로는 프로포폴(체중 1킬로그램당 매분 1백 마이크로그램)에 모르핀과 마취 가스(처음에는 5~10퍼센트 농도의 데스플루란을 사용했지만 5~15퍼센트 농도의 이소플루란을 사용했을 때 가장 좋은 결과를 얻었다)를 배합해서 사용하였다. 마지막으로 기관의 작용을 안정시키기 위하여 신경 안정제 발륨의 유도체인 히포노벨(체중 1킬로그램당 0.01밀리그램)을 사용했다. 그 새로운 방식은 영계 탐사 비행을 좀 더 안전하게 만들어 주었다.

우리는 그때부터 누구라도 자기 몸에서 빠져나가 탈육(脫肉)을 감행할 수 있다는 확신을 갖게 되었다. 단지 마취제의 용량을 어떻게 조절하느냐의 문제만 남아 있을 뿐이었다. 배합 방식을 여러 가지로 달리해 보았는데, 장 브레송은 어느 방식이든 아주 잘 견디어 냈다.

브레송은 자기 나름의 리듬으로 일을 진척시켰다. 그는 〈코마 플러스 18분 20초〉, 〈코마 플러스 18분 38초〉, 〈코마 플러스 19분 10초〉를 차례로 탐사했다. 신체 단련과 영양 섭취에 정성을 기울였고 자기의 생체 리듬도 연구했다. 또한 탈육에 영향을 미칠 수 있는 모든 요인들을 검토하였다(예컨대 기온이 21°C이고 습도가 평균치보다 낮은 상태에서 가장 좋은 발진이 이루어진다는 사실을 알아냈다).

장 브레송의 비행은 전혀 나무랄 데가 없었다. 그는 매번 코마 유도제를 꼼꼼하게 조사했고, 한참 동안 정신을 집중해서 도달해야 할 목표를 지도에서 확인하였다.

「여섯…… 다섯…… 넷…… 셋…… 둘…… 하나…… 발진!」

우리는 심전도와 뇌파도 모니터에 눈길을 붙박고 그의 귀환을 기다렸다. 이윽고 타임스위치가 작동했고, 통제 장치들이 그의 도착이 임박했음을 알려 주었다.

「여섯…… 다섯…… 넷…… 셋…… 둘…… 하나…… 착륙!」

장 브레송은 매우 찬찬하고 빈틈이 없었다. 그는 스스로를 엄격하게 통제하면서 조금씩 조금씩 영계로 나아갔다. 신문이나 방송의 인터뷰 요청에는 일체 응하지 않았고 오로지 일에만 전념하기 위하여 애정 생활도 포기했다. 일의 진전 상황을 매일 노트에 기록하고 계산기를 두드려 가면서 다음 날을 위한 합리적인 목표를 결정하곤 했다.

영불 해협 건너편의 빌리 그레이엄도 그와 비슷한 기질을 지닌 사람인 듯했다. 그는 이미 〈코마 플러스 19분 23초〉에

도달해 있었다.

그 두 사람은 바야흐로 무시무시하고 위험천만한 경주에 돌입하고 있었다. 사소한 실수 하나가 곧바로 목숨을 앗아 갈 수 있는 경주였다. 그들은 그런 사정을 잘 알고 있었다. 런던에서 발행되는 한 잡지에서는 그레이엄과 브레송을 악어의 이빨을 청소하고 있는 작은 새 두 마리로 표현했다. 〈이봐, 빌, 자넨 악어가 앞으로도 오랫동안 입을 벌리고 있을 거라고 생각하나?〉 하고 프랑스 사람이 묻자, 영국인이 〈아니, 그렇게 생각하지 않네. 내가 자네라면 당장 그만두겠네〉라고 대답하는 만화였다.

작은 새 두 마리는 나날이 무시무시한 파충류의 목구멍 속으로 점점 더 깊이 들어가고 있었다.

그레이엄이 〈코마 플러스 19분 23초〉에 이르자, 그에 질세라 브레송이 〈코마 플러스 19분 35초〉에 다다르고, 다시 그레이엄이 〈코마 플러스 20분 1초〉에 도달했다.

영국인 그레이엄은 펠릭스의 기록에 근접해 가고 있었다. 그는 코마 제1장벽, 즉 모호 1에 맞닥뜨렸고, 악착스러운 근성으로 보아 다음번 비행에서는 틀림없이 그 첫 관문을 통과할 것으로 보였다.

라울은 그 소식을 접하자 몹시 화를 냈다.

「선구자인 우리가 결승점에서 영국인들한테 뒤지게 생겼네. 이건 도무지 말이 안 돼!」

그가 영국인에게 뒤질 것을 우려하는 데는 그럴 만한 이유가 있었다. 빌 그레이엄은 결코 얕잡아 볼 사람이 아니었다. 그는 영계 탐사를 위한 기초 훈련을 단단히 쌓은 사람이었다. 그가 수업을 받은 학교는 바로 곡마단이었다. 전직이 공중그네 곡예사인 그는 그물도 받치지 않고 공중으로 나아가는 데는 미립이 난 사람이었다. 『선』지에 실린 인터뷰에서 그는 자기의 재능은 마약을 적절하게 사용하는 데에 있다고 털어놓았다. 한때 마약 중독자이기도 했던 그는 자기에게는 마약이 좋지도 않고 나쁘지도 않으며 단지 통제를 잘하면 그것을 통해 힘을 얻을 수 있다고 했다.

그레이엄은 한 기사에서 다음과 같이 주장했다.

〈대학의 교과 과정에 왜 마리화나, 해시시, 헤로인 따위의 올바른 사용법에 관한 강의를 끼워 넣지 않는지 모르겠습니다. 흔히들 미개하다고 말하는 사회에서는, 의식을 거행하면서 구성원들이 저마다 식물을 통해 마약을 섭취합니다. 그럼으로써 그들의 마약 복용은 그 나름의 성스러운 의미를 지니게 됩니다. 마약을 아무렇게나 사용해서 심신을 망치는 서양의 마약 중독자들과는 다르지요. 그들은 엄격한 규율을 지켜 가며 마약을 사용합니다. 예컨대, 우울증을 이겨내기 위해서나, 무료함을 달래기 위해, 또는 현실에서 도피할 목적으로 약물을 복용하는 일은 없습니다. 언제나 의식 도중에만 사용하며, 각각의 식물이 자기 몸에 미치는 효과를 연구하여 필요한 만큼만 사용합니다. 우리 사회에서도 궁극적으로는 마약 사용법에 정통한 사람들에 한해서 복용 허가를 내주는 방안을 고려할 수 있으리라고 봅니다.〉

나는 그 기사를 읽고 나서, 그 영구인이 틀림없이 영계 탐사를 떠나기 전에 언제나 자기 나름의 방식으로 약물을 만들어 활용하고 있을 거라고 생각했다. 내 추측을 듣고, 장 브레송은 영계 탐사가 올림픽 종목에 들어갔으면 그레이엄 같은 자는 약물 복용으로 실격을 시킬 수 있었을 텐데, 그러지 못하는 게 유감이라며 분통을 터뜨렸다.

아망딘이 장의 어깨를 다정하게 감싸며 말했다.

「빌 그레이엄이 약물을 복용하고 있다면, 진짜 승자는 장이예요. 장은 금지된 약물을 사용하지 않고도 빌에게 겨우 26초 뒤졌을 뿐이에요.」

「겨우 26초라고요? 그게 얼마나 어마어마한 것인지 잘 알면서 그래요.」

장이 불만의 뜻을 담아 맞받았다.

라울은 커다란 깔때기 옆에 테라 인코그니타의 경계선이 그려져 있는 지도를 펼치며 말했다.

「하늘에서 26초 동안 날아갈 거리면, 프랑스만 한 영토를 지나는 것과 같을 거요. 최후의 대륙에 관한 영국인들의 지리학이 틀림없이 우리보다 앞서 있을 거요.」

아망딘은 브레송에게 바싹 다가들었다. 새삼스러운 깨달음이 뇌리를 스쳤다. 아망딘은 타나토노트를 사랑하고 있었다. 타나토노트라면 누구나, 그리고 오로지 타나토노트만 사랑했다. 펠릭스 케르보스와 장 브레송이 어떤 사람이냐에는 관심이 없었다. 그들이 사후 세계를 탐험하는 사람들이라는 사실 하나만으로 아망딘은 그들에게 매력을 느끼는 모양이었다. 타나토노트가 되지 않은 한 나는 그녀의 눈길을 받을 수 없을 것이었다. 죽음을 정복하는 일에 남다른 집착을 가지고 있는 그녀인지라 죽음과 맞서 싸우는 용감한 투사들에게만 자기의 사랑을 바치고 있었다.

다정하게 다가드는 아망딘의 태도에 자극을 받은 스턴트맨이 자신에 찬 어조로 말했다.

「내일, 〈코마 플러스 20분〉까지 가겠습니다.」

「해낼 수 있다는 충분한 자신이 생기거든 하게.」

라울이 타이르듯 말했다.

두 타나토노트를 풍자하는 만화를 실었던 영국의 그 잡지가 새로운 만화를 선보였다. 작은 새 두 마리는 여전히 악어의 이빨 사이에서 일에 몰두해 있었다. 〈내가 악어의 목구멍 속으로 너무 깊이 들어가면 어떻게 될까?〉 하고 장이라는 새가 묻자, 〈그럼 자네는 환생하게 될 거야〉 하고 빌이라는 새가 대답했다. 〈천만에, 악어가 날 삼켜 버리면 나는 한 무더기 똥으로 변할 거야〉 하고 장이 반박하자, 〈맞아. 그게 바로 환생이야!〉 하고 빌이 맞받았다.

그 그림을 보자 퍼뜩 떠오르는 생각이 있었다. 두 사람의 대결이 반드시 파멸로 이어지리란 법이 없다는 생각이었다.

「우리가 기를 쓰고 살인적인 경쟁에 매달릴 필요가 있을까? 그레이엄이 사용하는 방법이 무엇이든 간에, 우리 타나토드롬으로 초청하는 게 어떨까? 그러면 살인적인 경쟁을 피할 수도 있을 것 같은데. 뤼생데르 대통령도 우리가 외국의 타나토노트들을 맞아들여 함께 일하는 것을 마다하지 않을 걸세.」

라울의 얼굴이 환해졌다.

「멋진 생각일세, 미카엘.」

그날 밤, 장은 나 대신에 아망딘을 바래다주러 갔다. 나는 내 아파트에 혼자 틀어박혀 컴퓨터로 코마 유도제의 새로운 화학식을 만들어 내는 일에 몰두했다.

우리 모두는 영국인들이 결승점 직전에서 우리를 앞지르려 한다는 사실을 알고 있었다. 아닌 게 아니라 그다음 날 우리는 빌 그레이엄이 모호 1을 넘었다는 소식을 접하게 되었다.

아침 신문에 난 기사에 따르면, 그는 전날 밤 우리가 우리 타나토드롬에서 그를 초청할 궁리를 하고 있던 바로 그 순간에 그 위업을 이루어 냈다고 했다. 문제는 빌 그레이엄이 제때에 제동을 걸지 못했다는 데에 있었다. 결국 모호 1이 그를 삼켜 버렸다.

108. 남아프리카 신화

모든 동물들이 아직 인간의 형상을 지니고 있던 시절에 어린 토끼가 하나 있었다. 그 토끼는 어미의 죽음을 슬퍼하며 울고 있었다.

달님이 내려와 토끼를 위로하며 이렇게 말했다.

「걱정하지 마라, 네 어머니는 돌아오실 거야. 날 보면 알 거야. 나는 나타났다가 사라지기를 늘 되풀이하잖니? 내가 사라지면 사람들은 내가 죽었다고 생각하지만 그럴 때마다 나는 다시 나타나곤 하지. 네 어머니도 나와 마찬가지야.」

어린 토끼는 달의 말을 믿지 않았다. 오히려 그는 자기를 귀찮게 하지 말고 마음대로 울게 내버려 달라며 달과 싸우기까지 했다. 그때 토끼가 달을 어찌나 세게 할퀴었던지 달에는 아직도 그 자국이 남아 있을 정도이다. 그러자 달은 화를 내며 토끼의 입술을 찢어 버리고 이렇게 말했다.

「오냐, 그래. 토끼란 자가 내 말을 믿지 않으니, 그들은 이제 나처럼 다시 태어나지 못하고, 한 번 죽으면 영원히 죽게 되리라.」

그 후로 토끼는 어떻게 되었을까? 원래가 사람의 하나였던 토끼는 겁 많은 짐승으로 변하였고, 사냥감으로 더할 나위 없이 좋은 동물이 되었다.

사람들은 토끼를 잡아먹더라도 입술의 갈라진 부분은 먹지 않는다. 그 부위를 보노라면 그 토끼가 한때는 사람이었다는 사실에 생각이 미치기 때문이다.

프랑시스 라조르박의 논문, 「죽음에 관한 한 연구」에서 발췌

109. 모호 1

빌 그레이엄이 사라짐으로써 우리는 세계 영계 탐사 운동의 선두에 있었다. 하지만 뒤에는 우리를 따라잡고 나아가 우리를 추월하려는 사람들이 떼를 지어 달려오고 있었다.

장 브레송은 첫 번째 장벽을 넘으려고 안간힘을 쓰는 중이었다. 테라 인코그니타의 경계선 너머는 여전히 미지의 영역으로 남아 있었지만, 거대한 깔때기의 내벽에 대해서는 점점 더 많은 것이 알려지게 되었다. 전 세계 타나토노트들이 고무 막 안에 갇힌 정충들처럼 샅샅이 돌아다니며 내벽에 관한 정보들을 모아 왔기 때문이었다.

런던의 그 잡지는 영계의 개척자들을 여전히 악어의 이빨 사이에서 모이를 찾고 있는 작은 새로 그리고 있었다.

세 번째 만화에서는 주둥이를 벌리고 있는 악어가 〈애들아, 더 가까이 오너라, 난 아직 배가 고프단다〉라고 말하고 있었다. 비늘 몇 군데에는 가련한 빌 그레이엄의 죽음을 나타내려 한 듯 피와 깃털이 묻어 있었다.

그러거나 말거나 장 브레송은 의연했다. 라울이 그러하듯 그도 조금씩 조금씩 나아가다 보면 마침내 코마 장벽을 넘을 수 있으리라고 믿고 있었다.

뤼생데르 대통령은 홍보 효과를 노리면서 과학 진흥의 기치 아래 트로피와 거액의 상금을 내걸었다. 첫 번째 코마 장벽을 가장 먼저 통과하고 무사히 돌아와서 자기가 경험한 것을 증언하는 타나토노트 챔피언에게 모호 1 컵과 50만 프랑의 상금을 주겠다는 것이었다.

그로써 영계 탐사는 하나의 스포츠 종목처럼 되고 운동가들이 발호하는 시기가 열렸다. 그렇잖아도 너무 소심한 사람들 때문에 공식적인 타나토드롬은 무능하고 무용하다고 믿고 있던 젊은이들이 제 세상을 만난 듯 좋아라 했다. 그들은 자기들 멋대로 목표를 정하고 영계로 떠났다가 돌아오곤 했다. 우승컵이 걸린 시합이 되고 보니 영계 탐사는 영락없이 장대높이뛰기나 장애물 경주와 비슷해졌고, 우리 일은 바야흐로 〈스포츠적인 국면〉으로 들어서고 있었다.

영계 탐사 동호인 모임에서는 우리의 부스터를 모방해서 스스로 이륙 활주로를 고안했다. 어떤 약삭빠른 사람은 『프티 타나토노트 화보』라는 잡지를 창간하여 영계 탐사에 관한 실용적인 정보를 제공하고 영계의 최신 지도를 실었다. 동호인들끼리 짤막한 광고를 통해 코마에 진입하는 효과적인 처방들을 서로 주고받았고, 병원에서 훔쳐 낸 프로포폴이나 염화칼륨, 심지어 치과용 의자까지도 팔고 샀다. 가장 유명한 타나토노트들인 펠릭스 케르보스, 빌 그레이엄, 장 브레송의 사진이 들어 있는 포스터도 그들이 주고받는 품목에 포함되어 있었다.

저승의 괴물이 매일 자기 양껏 경솔한 〈운동가들〉을 물어 갔다.

우리는 인터뷰를 할 때마다, 영계 탐사는 스포츠일 수 없으며 단 한 번의 실수로 모든 것을 잃을 수 있다는 점을 누누이 강조했다. 하지만 엄청난 위험을 무릅써야 한다는 바로 그 점이 젊은이들을 열광시키고 있었다.

젊은이들에게 영계 탐사는 전율의 극치였다. 그것은 일본 검술인 이아이[居合]와 비슷한 데가 있었다. 그 검술은 두 무사가 서로 마주 보고 앉아 있다가 단숨에 칼을 뽑아 먼저 상대방을 베어 넘어뜨리는 쪽이 이기게 되어 있는 시합이었다.

사고가 잇따르고 있음에도 풋내기 탐사자들은 기세를 누그러뜨리지 않았다.

상금이 걸려 있으니 그것을 노리고 사기를 치는 자들도 속출했다. 모호 1을 넘었다고 주장하는 전화가 우리에게 수없이 걸려 왔다.

모호 1을 지나 파란 터널이 하얀빛 쪽으로 계속 이어져 있는 것을 보았다고 주장하는 사람이 있기에, 진위를 가리기 위해 그를 불러다가 질문을 했더니, 상금을 탈 욕심에 그 이야기를 지어냈노라고 실토했다. 그 밖에도 허다한 사기꾼들이 성공을 위장하려고 잔꾀를 부렸다. 우리에게 가장 얼빠진 이야기를 들려준 사람들 중에는 모호 1 너머에서 자기 장모를 만났다는 자, 수염 없는 예수를 만났다는 자, 지구로 무사히 귀환한 바 있는 아폴로 13호를 발견했노라고 얼토당토않은 주장을 하는 자, 버뮤다 삼각 지대와 만나는 지점을 발견했다는 자, 외계인을 보았다는 자, 심지어는 무(無)를 발견했다고 주장하는 자도 있었다. 우리는 그 마지막 사람 이야기에 배꼽을 잡고 웃었다. 〈죽음 너머에는 무가 있다〉고 그는 당당히 말했다. 무가 무엇이냐고 했더니, 그는 〈무는 그냥 무〉라고 아주 당연하다는 듯이 대꾸했다.

그런 싱거운 자들도 있었지만, 실제로 이륙을 감행한 정직한 사람들 중에는 목숨을 잃은 사람도 많이 있었다.

한편 장 브레송은 왁자지껄하게 떠벌리지 않고 1초씩 1초씩 꾸준히 나아가고 있었다. 그는 막 〈코마 플러스 20분 1초〉에 도달한 참이었다.

그가 코마에 진입하는 방식은 갈수록 훌륭해졌다. 코마에 진입하면서 그의 심장 고동은 서서히 느려졌다. 나는 그가 자기 의지대로 진입 속도를 더 잘 조절할 수 있는 한층 더 순한 코마 유도제의 화학식을 찾아냈다(그것은 베쿠로니움이라는 새로운 약품 덕분에 가능했다. 그 약품의 화학식을 들먹여 독자들을 따분하게 만들 생각은 없지만, 베쿠로니움을 체중 1킬로그램당 0.01밀리그램씩 사용했다는 점을 밝혀도 괜찮을 듯하다).

「오늘 모호 1을 넘어 보겠습니다.」

장 브레송은 그때까지 헤아릴 수 없이 많이 앉아 왔던 이륙용 의자에 자리를 잡으면서 심각하게 말했다.

「안 돼요. 그러지 마요.」

아망딘은 젊은 스턴트맨에게 대한 애정을 노골적으로 드러내며 그렇게 대답하고, 장의 손을 잡았다. 두 사람은 껴안고 오랫동안 입을 맞추었다. 장이 그녀의 어깨를 다독거리며 말했다.

「걱정 마요. 준비도 할 만큼 했고, 내 일에 대해 알 만큼은 알아요. 이젠 해낼 수 있어요.」

그의 목소리는 차분하고 단호했다. 그의 몸가짐에는 조금도 머뭇거리는 기색이 보이지 않았다.

간밤에 장은 아망딘과 격렬하게 사랑을 나누었다. 그런 밤을 보내고도 그는 더할 나위 없이 원기 왕성해 보였다.

그는 주사기 바늘을 직접 자기 정맥에 꽂고, 이륙하기 전에 조종실을 점검하기에 여념이 없는 조종사처럼 모니터 화면을 일일이 확인했다.

「기다리게. 물론 자네가 성공하리라 믿고 하는 얘기지만, 자네가 성공할 자신이 있다면 기자들을 입회시키는 게 좋을 것 같네.」

내가 그렇게 말하자 장 브레송은 깊은 생각에 잠겼다. 그는 집중적인 조명을 받고 이름을 빛내는 것 따위에는 별로 관심이 없었다.

영광이라는 환영을 좇던 가련한 펠릭스의 말로가 어떠했는지는 이미 본 바가 있었다. 하지만 그는 성과를 제대로 홍보하지 않으면 우리의 예산이 깎이리라는 것과 영계 탐사의 미래를 위해서는 싫든 좋든 증인들을 되도록 많이 확보해 두는 것이 바람직하다는 것을 깨닫고 있었다.

장 브레송은 주삿바늘을 빼고 기자들이 모이기를 기다리기로 했다.

밤 8시에 전 세계의 기자들이 타나토드롬 7층에 있는 이륙장에 모여들었다. 우리는 이륙용 의자와 참관인석 사이에 가로대를 설치했다. 참관인석에는 우리가 초청한 사람들의 편의를 생각해서 극장용 의자를 마련해 두었다. 참관인들 중에는 오로지 한 타나토노트의 죽음을 지켜보리라는 심사로 참여한 축도 있었다.

잠시 후면 한 사람이 육신을 벗어나 영계로 떠날 것이었다. 그는 영영 자기의 육신으로 돌아오지 못할지도 몰랐다. 장내에 흥분이 고조되고 있었다. 아득한 옛날부터 죽음은 언제나 사람들의 마음을 사로잡아 오지 않았던가.

참석자들 중에서 안면이 있는 사람들이 눈에 들어왔다. 국회 의사당 행사 때 생중계를 맡았던 RTV1 아나운서가 무척 상기된 표정을 짓고 있었다. 『프티 타나토노트 화보』에서 나온 빌랭이라는 기자의 비교적 차분한 모습도 눈에 띄었다.

때가 때인지라 라울과 장과 나는 턱시도를 차려입었다. 그리고 방치된 창고 같은 모습을 띠어 가던 우리 타나토드롬을 아망딘과 함께 미리 구석구석 쓸고 닦아 놓았다.

의자에 앉은 장 브레송은 한 치의 흔들림 없이 정신을 집중하고 있는 듯했다. 그의 모든 몸짓과 표정에 힘과 자신감과 결의가 배어 있었다. 그는 자기의 목표인 모호 1을 기억

속에 확실히 심으려는 듯, 위쪽에 걸린 영계 지도를 한참 동안 응시했다. 모호 1을 넘자고 다짐하며 그는 이를 악물었다. 〈모호 1, 나는 너를 뚫고 말리라〉라는 소리가 그의 입에서 새어 나오는 듯했다.

그는 몇 차례 더 심호흡을 하고 타임스위치를 〈코마 플러스 25분〉에 맞추었다. 그런 다음 여전히 침착한 태도로 팔오금에 바늘을 찔러 넣었다.

카메라들이 일제히 작동하고 기자들은 장 브레송의 정신을 흐트러뜨리지 않으려고 속삭이는 듯한 작은 소리로 보도를 하기 시작했다.

〈……그렇습니다, 여러분, 장 브레송은 불가능에 도전해서 첫 번째 코마 장벽을 넘으러 갈 것입니다. 그것에 성공한다면 그는 트로피와 함께 50만 프랑의 상금을 받게 됩니다. 장 브레송은 며칠 전에 마음을 굳히고 이 순간을 준비해 왔습니다. 그는 지금 정신을 한데 모으고 있습니다……〉

「좋습니다. 준비됐습니다.」

장이 담담하게 알려 왔다.

「나도 준비됐습니다.」

내가 말했다.

「준비 완료.」

아망딘과 라울도 뒤를 이었다.

라울은 이륙 준비를 마친 조종사처럼 엄지손가락을 내밀며, 나지막하게 중얼거렸다.

「미지의 곳이 남아 있는 한, 우린 계속 나아가야 해.」

장 브레송이 천천히 수를 세었다.

「여섯…… 다섯(눈을 감음)…… 넷…… 셋(머리를 뒤로 젖힘)…… 둘(주먹을 쥠)…… 하나…… 발진!」

우리는 두 손을 모아 장의 행운을 빌었다. 카메라들이 그 장면의 단 한순간도 놓치지 않으려고 아주 빠른 속도로 돌아가고 있는 동안, 나는 장이 부럽다는 생각을 하고 있었다. 〈저 친군 행운아야! 마침내 죽음 너머에 무엇이 있는지를 알게 될 것이고 비밀 중의 가장 위대한 비밀을 밝혀 낼 거야. 우리 모두가 마주치게 될 그 위대한 신비를 벗기고 우리에게 돌아와, 죽음이란 그런 거야 또는 죽음이란 그런 게 아니야라고 말해 줄 거야. 아망딘의 저 눈빛 좀 봐. 저 운 좋은 친구를 눈으로 핥듯이 바라보는군. 내가 저 친구 대신 떠날 수도 있었을 텐데. 그래, 그랬어야 했어.〉

110. 경찰 기록

기초 신원 조회

성명: 장 브레송

안구: 갈색

신장: 1m 78cm

신체상의 특징: 없음

특기 사항: 영계 탐사 운동의 개척자

약점: 없음

111. 역사 교과서

펠릭스 케르보스가 일단 길을 열고 나자, 영계 탐사 비행은 끊이지 않고 계속되었다. 저승길이 곧고 안전해진 덕분에, 비행의 실패율은 아주 미미한 수준으로 떨어졌다.

『기초 강의용 영계 탐사의 역사』

112. 모호 1 저쪽

기다림.

나는 시계를 보았다. 장이 이륙한 지 20분 45초가 지나 있었다. 그 시간이면 장은 〈모호 1〉을 넘어 거기에 무엇이 있는지를 보았을 게 틀림없었다. 그는 장애물을 넘는 데 성공해서 완전히 새로운 정보를 모으고 있을 터였다. 그는 한창 보고, 깨닫고, 발견하고 있을 것이고 곧 우리에게 돌아와 모든 것을 이야기해 줄 것이었다. 코마 장벽 너머에 무엇이 있을까? 죽음은 과연 어떤 모습을 하고 있을까?

코마 플러스 21분. 그는 여전히 거기에 있었고, 그를 이곳에 붙들어 두고 있는 은빛 줄이 끊어지지 않았으므로 언제라도 돌아올 수 있었다. 그는 역시 대단한 사람이었다.

코마 플러스 21분 15초. 그는 틀림없이 어마어마한 정보들을 모으고 있을 터였다. 그는 역시 행복한 사내였다.

코마 플러스 21분 16초. 지상에 남아 있는 그의 몸에 경련이 일었다. 아마도 신경의 반사 작용이었으리라.

코마 플러스 24분 36초. 경련이 심해졌다. 마치 그의 온몸이 전기 충격을 받고 있는 듯했다. 그의 얼굴은 고통으로 완전히 일그러졌다.

「그가 깨어날까요?」

어떤 기자가 물었다.

심전도는 그가 여전히 첫 번째 죽음의 장벽 너머에 있음을 보여 주고 있었다. 심장 고동이 거의 최소치로 내려가 있는 데 반해서, 뇌의 활동은 더 활발해졌다.

죽음의 신비가 드러나자, 그 앞에서 경악을 느끼고 있었을까? 틀림없이 그럴 것 같았다. 그는 분명히 비밀의 문을 열고 모든 것을 알아냈을 거였다. 어쩌면 죽음의 참모습을 알고 그 기쁨 때문에 죽어 가고 있을지도 모를 일이었다.

코마 플러스 24분 42초. 그는 한창 악몽에 시달리고 있는 사람처럼 몸을 비틀고 얼굴을 찡그렸다. 의자의 팔걸이에 놓인 손이 잔뜩 오그라들었다. 턱시도를 벗고 셔츠 소매를 걷어 올리고 있었기 때문에 그의 살갗에 돋은 소름이 그대로 드러났다.

그가 잽싼 몸짓으로 싸우는 시늉을 했다. 마치 사나운 괴물과 싸우는 모습을 흉내 내고 있는 것 같았다. 숨이 넘어갈 듯 헐떡거리는 소리가 들리고 그의 입에선 게거품이 흘러내렸다. 주먹을 내지르고 엉덩이를 들썩거리기도 했다. 안전띠로 이륙용 의자에 붙들어 맸기에 망정이지, 그렇지 않았으면 그 버둥거림 때문에 벌써 의자에서 떨어져 그를 이승에 묶어 두고 있는 대롱이며 전선들이 다 벗겨졌을 것이다.

기자들은 어찌할 바를 몰라 하며 그 광경을 바라보고 있었다. 영계의 신비를 벗기는 일이 위험천만한 일이라는 것을 다들 알고 있었지만, 그 타나토노트는 너무나 무시무시한 현상과 맞닥뜨리고 있는 것처럼 보였다. 그의 표정에는 더할 나위 없는 공포의 기색만이 가득 담겨 있었다.

코마 플러스 24분 52초. 그의 버둥거림이 잦아들고 있었다. 우리는 그의 주먹을 피해서 뒤로 물러나 있었다. 나는 장이 보여 준 격렬한 흥분에 불안감을 느끼고 있었다. 라울은 아랫입술을 깨물고 있었고 아망딘의 입가와 눈가도 일그러졌다.

나는 급히 모니터들이 있는 곳으로 달려갔다.

코마 플러스 24분 56초. 심전계는 화산이 한창 분출하고 있을 때의 지진계처럼 격렬한 진동을 보여 주고 있었다. 나는 우리가 어떤 조치를 취하지 않으면 장 브레송이 죽으리라는 것을 이내 알아차렸다. 경고등들이 깜박거리고, 기계들이 신음 소리를 내고 있었다. 그러나 이미 장의 타임스위치가 작동했고, 강력한 전기 충격이 순식간에 그를 다시 불러들였다. 그가 다시 격렬하게 요동쳤다. 그러고 나니 모든 것이 정상으로 돌아왔다. 심전도는 차분하게 가라앉았고, 경고등은 꺼졌으며, 기계들도 잠잠해졌다.

브레송은 구조를 받고 산 사람들 속으로 돌아왔다. 우리는 허공에서 버둥거리던 사람을 단단한 절벽 위로 끌어올리듯 그를 구해 냈다. 다행히도 그를 끌어당긴 밧줄, 즉 생명줄이 잘 버텨 주었다. 그리하여 마침내 장 브레송은 운명의 장벽을 넘은 것이었다.

우리는 그에게로 가만히 다가갔다. 우리 뒤에서는 장의 귀환을 기다리는 동안 방송 원고를 작성하던 RTV1의 아나운서가 흥분한 어조로 떠들어대기 시작했다.

「그가 해냈습니다. 모흐 1을 넘은 최초의 타나토노트가 되었습니다. 항상 더 많은 것을 보여 드리려고 애쓰는 저희 방송을 통해서 여러분께서는 그가 이륙하고 착륙하는 장면을 보셨습니다. 저희의 생중계 방송을 통해 여러분께서는 역사적인 순간을 목격하신 것입니다. 장 브레송이 깨어나는 대로 그의 감동적인 이야기를 여러분께 보내드리도록 하겠습니다.」

맥박 정상. 신경 작용 거의 정상. 체온 정상. 전기적 작용 정상.

장 브레송은 한쪽 눈만 뜬 채 잠시 뜸을 들이다가 다른 쪽 눈도 마저 떴다.

모니터 화면들은 그가 정상임을 보여 주고 있었지만 그의 얼굴 어디에도 그런 기색이 보이지 않았다. 전직 스턴트맨 장 브레송의 신화적인 침착성은 어디로 갔는지, 그는 콧구멍을 벌름거리고 이마가 흥건하도록 땀을 흘리면서, 오로지 두려움에 질린 기색만을 보이고 있었다. 그는 다짜고짜 안전띠를 풀어 버리고 마치 낯선 사람을 바라보듯 우리를 차례차례 둘러보았다.

라울이 가장 먼저 냉정을 되찾고 그에게 물었다.

「괜찮아?」

브레송은 사시나무 떨듯 사지를 떨고 있었다. 괜찮기는커녕 그는 전혀 정상이 아니었다.

「난 모호 1을 넘었어요…….」

장내에 박수갈채가 울려 퍼졌다. 그러나 박수를 받은 그 사람이 미친 듯이 제자리에서 맴을 도는 바람에 그 소리가 이내 잦아들었다. 그가 더듬거리며 말을 이어 나갔다.

「난…… 모호 1을 넘었어요……. 하지만 그 너머에서 내가 본 건…… 너무 무시무시했어요.」

더 이상 갈채가 일지 않았다. 오로지 침묵만이 장내를 뒤덮고 있었다. 장은 우리를 떠밀고 마이크로 달려들었다. 그가 마이크를 움켜쥐고, 신음을 토하듯 말했다.

「주…… 주…… 죽으면 안 돼요. 저 위, 첫 번째 장벽 너머는 끔찍해요. 그게 어느 정도인지 여러분은 상상도 못 하실 겁니다. 여러분, 진심으로 드리는 말씀입니다. 앞으로는 제발 죽지 마십시오!」

113. 이탈리아의 시

흉악하고 기괴한 짐승 케르베로스[48]가 있어,
지옥에 빠진 가련한 사람들을 보고
세 주둥이로 소리를 내며 짖어 댄다.
눈은 불꽃처럼 번득번득 더러운 갈기에 피칠갑,
헐떡거리는 가슴 힘겹게 가누며
발톱 달린 앞다리로 사람들을 갈기갈기 찢는다.

쏟아지는 빗속에서 사람들은 울부짖고,
조금이라도 고통을 덜어 보려는 듯
몸을 이쪽저쪽 돌려 가며 시련을 받아 낸다.
가련한 죄인들이 자꾸자꾸 나뒹군다.

우리가 어두운 통로에 들어서는 걸 보더니

---

48 그리스 신화에서 지옥의 문지기 구실을 하는 개로 머리가 셋이고 뱀처럼 목을 곧추세우고 있다고 했다. 단테의 『신곡』에서는 영혼에 대한 일곱 가지 큰 죄 가운데 하나인 폭음, 폭식의 결과를 상징하는 것이라고 한다.

괴물 케르베로스, 살기등등하게 엄니를 드러내고
격렬한 분노를 이기지 못해 사지를 떨어 댔다.

단테, 『신곡』, 지옥: 여섯 번째 노래
프랑시스 라조르박의 논문, 「죽음에 관한 한 연구」에서 발췌

114. 넘어서는 안 될 선을 넘다

성공은 성공이로되 참으로 기이한 성공이었다. 그 일은 우리의 영계 탐사 활동 전반에 냉기류를 몰고 왔다.

장은 여전히 공포의 환각에 사로잡힌 채 기자들에게 첫 번째 장벽 너머에는 순전한 공포의 나라가 있다는 말을 되풀이했다.

「그곳이 지옥인가요?」

어떤 기자가 물었다.

「아닙니다. 지옥도 거기보단 나을 겁니다.」

그의 대답엔 절망에 찬 냉소가 배어 있었다.

뤼생데르 대통령은 약속한 대로 장에게 트로피와 상금 50만 프랑을 전달하기 위해 간소한 연회를 마련하였다. 그러나 장은 그것을 받으러 오지 않았다.

장은 인터뷰를 통해 우리에게 비난을 퍼붓기도 했다. 그는 우리를 〈불행을 불러오는 새들〉이라고 부르면서 영계 탐사를 당장 중단해야 하며 우리가 넘어서는 안 될 선을 넘었다고 말했다. 나아가 그는 모든 사람들을 향해 다시는 죽지 말자는 도움말도 빼놓지 않았다.

사람들에게 다시는 죽지 말자고 말하고 있었지만, 정작 그 자신은 언젠가는 저 높은 곳으로 돌아가야 한다는 생각

때문에 심한 두려움에 사로잡혀 있다고 실토했다.

「나는 죽음이 어떤 것인지를 압니다. 죽는 것보다 더 무서운 일은 없습니다. 아, 그것을 피할 수 있다면 얼마나 좋을까요.」

그는 작은 집 하나를 벙커처럼 만들어 놓고 그 안에 틀어박혔다. 그는 더 이상 아무도 만나려 하지 않았다.

그는 언제나 방탄조끼를 입고 다녔고, 혹시나 하는 생각에 일주일에 두 번씩 병원을 찾아갔다. 성적인 접촉 때문에 병이 옮을 것을 염려하여 여자들을 멀리하였고, 인명을 앗아 가는 교통사고가 빈발하는 것을 보고는 자동차를 공터에 버렸다. 또 항공 사고에 대한 두려움 때문에 외국에서 열리는 회의에 일체 참석하지 않았다.

쇠를 둘러씌운 그의 집 현관문을 아망딘이 두드려 보았지만 헛일이었다. 라울이 전화를 걸어 영계 지도를 만드는 데 필요한 약간의 정보라도 달라고 간청을 했지만 그는 〈그곳은 캄캄해요. 아주 캄캄해요. 거기서 겪는 고통은 이루 말할 수 없을 만큼 끔찍해요〉라는 말만 전해 주고 매몰차게 전화를 끊었다.

브레송의 증언으로 상황이 돌변하고 난처한 결과가 빚어졌다. 그제껏 사람들은 우리가 영원한 행복의 나라를 발견하리라는 기대를 갖고 우리의 영계 탐사에 상당한 관심을 기울여 왔었다. 우리의 일을 시작하면서 뤼생데르 대통령과 라조르박이 〈천국〉 사업이라는 이름을 붙였던 것도 그런 생각을 바탕에 깔고 한 일이었다. 사람들은 환희에 찬 파란 터널을 지나 우리가 지혜의 빛을 발견하게 되리라고 확신했었다. 그런데 경이로운 터널이 고작 고통의 세계로 이어지고 있다니…….

브레송의 절망에 찬 말들이 금세 효과를 나타냈다. 죽음에 대한 고뇌가 널리 퍼졌고, 의사들은 예방 접종을 하느라고 눈코 뜰 새가 없었으며, 세계의 타나토드롬들이 문을 닫았다.

전에는, 죽음을 삶의 단순한 종말, 즉 불꽃의 소진쯤으로 여기는 축도 있었고, 희망에 찬 약속으로 받아들이는 축도 있었다. 그러나 이제는 모두가 죽음이 최후의 형벌임을 알게 되었다. 그러니까 삶이란, 언젠가는 행복의 그 대가를 톡톡히 치러야 할 덧없는 천국이 되는 셈이었다.

삶은 축제였고 피안은 암흑일 뿐이었다. 브레송의 비행은 실로 대성공이었다. 우리의 실험은 선친께서 되풀이해서 가르쳐 주신 두 가지 위대한 진리, 즉 〈죽음은 가장 무서운 것이다〉와 〈죽음을 가지고 농담을 하면 안 된다〉는 것을 확인해 준 셈이었다.

115. 메소포타미아 신화

나는 온갖 나라를 다 돌아다녔고
가파른 산들을 넘었으며
이 바다 저 바다를 모두 건넜네.
그러나 행복하다 할 만한 것은 아무것도 찾지 못한 채
스스로의 삶을 비참하게 만들었고
내 육신을 고통으로 가득 채웠을 뿐이네.

『길가메시 서사시』
프랑시스 라조르박의 논문, 「죽음에 관한 한 연구」에서 발췌

116. 죽음 공포증

브레송 사건 이후에 우리는 긴 침체 국면을 맞이하였다. 모든 사람들이 죽음을 두려워하였고 장이 말한 이루 형언할 수 없는 고통에 지레 겁을 먹었다.

그런 상황에서도 그 장벽을 넘은 다른 타나토노트들이 있었다. 그들의 증언도 사람들을 불안하게 만들기는 마찬가지였다. 어떤 타나토노트들은 커다란 낫을 든 저승사자를 만났다고 했다. 해골 형상을 한 저승사자가 바람 소리가 나도록 날렵하게 낫을 휘두르면서 경솔하게 너무 멀리 나아간 사람들의 은빛 생명줄을 자르고 있더라는 것이었다.

회교 도사이자 타나토노트인 어떤 아프리카 사람은 불을 뿜어 대는 거대한 뱀으로부터 도망쳐 나왔다고 보고했다. 아이슬란드의 어떤 무속인은 이빨에 피칠갑을 한 기이한 용과 맞닥뜨렸다고 주장했다.

「참 이상해. 사후 세계에서 보았다는 것이 문화에 따라 다르거든.」

라울은 밑도 끝도 없이 그렇게 중얼거리고는 지도 위에서 컴퍼스를 들고 계산에 몰두하는 시늉을 했다. 태연한 척은 하고 있었지만 라울 역시, 타나토노트들의 증언이 그들이 속한 문화에 따라 다르다는 점만 가지고는 안심을 할 수 없는 모양이었다.

새로운 타나토노트들의 증언은 점점 더 무시무시해져 갔다. 독을 뱉어 내며 썩은 냄새를 풍기는 거대한 거미 수백 마리가 우글거리는 것을 보았다는 사람에, 길고 날카로운 이빨을 가진 박쥐 이야기를 하는 사람도 있었다. 흡사 러브

크래프트[49]의 소설 한 대목을 읽는 느낌이었다. 괴물들에 대한 묘사가 여기저기서 쏟아져 나왔고, 그것들은 갈수록 황당무계함을 더해 갔다.

포르투갈의 한 타나토노트는 역시 얼이 빠진 모습으로 돌아와서, 어떤 박쥐와 마주쳤다는 이야기를 들려주었는데, 그 박쥐는 사람의 머리통을 꿰서 만든 목걸이를 두르고 있었다고 했다. 이야기가 나날이 더 으스스해져 가고 있었다.

나 역시 죽음에 대해 두려움을 느끼기 시작했다. 〈죽음 공포증〉이라고 부를 만한 것이 풍미하면서 나도 그 분위기에 감염된 모양이었다. 『프티 타나토노트 화보』는 사진을 찍어 놓은 듯한 극사실주의적 그림을 곁들여 가며, 사후 세계를 유혈이 낭자하고 악취가 진동하는 세계로 과장해서 표현하였다.

〈죽음은, 당신이 이승을 떠나자마자 엄청난 공포를 느끼게 함으로써 말 그대로 당신을 또 한 번 죽일 것이다. 저승의 문턱을 넘자마자 모호 1 뒤에 웅크리고 있는 괴물들과 마주쳐야 한다면, 힘겨운 삶 끝에 찾아올 영원한 안식이란 어떻게 되는 것인가? 세계 여러 나라 타나토노트들의 증언으로 미루어 보건대, 우리가 알고 있는 온갖 괴물들이 모호 1 뒤에 숨어서 우리를 기다리고 있는 모양이다. 갈퀴진 발을 가진 악마, 러브크래프트의 소설에 나오는 크툴루, 끈

---

49 Howard Philips Lovecraft(1890~1937). 미국의 괴기·공포 소설 작가. 괴력을 지닌 외계인들이 인류를 위협하는 공포의 세계를 그림으로써, 인간의 지각에 가장 낯선 현실을 제시하고, 그런 현실과 마주했을 때의 〈이루 형언할 수 없는〉 공포의 감정을 전달하고자 하였다. 대표작으로는 『크툴루의 부름』, 『어둠 속에서 속삭이는 자』, 『광기 어린 산』 등이 있다.

적거리는 비늘을 가진 용, 불타는 듯한 그리피스,[50] 비웃음을 빼물고 있는 키마이라,[51] 잠자는 여자를 범하는 음몽마(淫夢魔), 잠자는 남자와 정을 통하는 음몽 마녀, 게걸스러운 미노타우로스,[52] 영혼을 삼켜 버리는 악귀 따위가 거기에 다 모여 있다. 결국 죽음은 하나의 함정이다. 빛이 유혹하는 대로 따라가다 보면 문득 어둠의 장막이 내리고 악마들이 튀어나온다.〉

자살자의 수가 하루가 다르게 줄어들었음은 물론이다. 위험하다고 생각되는 모든 스포츠, 예를 들어 자동차 경주, 권투, 스카이다이빙, 오토바이 경주, 승마 점프, 스키 점프, 번지 점프 따위의 인기가 점점 시들해졌다. 마약 밀매자들은 더 이상 물건을 팔 수가 없게 되었고, 담배 가게가 문을 닫았으며, 약국이 번창하였다.

사람들은 안전을 더욱 도모하기 위해서 전기 접속 장치의 전압을 낮추었다. 집집마다 발코니에 철망이 달리는가 하면, 지붕에는 피뢰침이 이중, 삼중으로 솟아올랐다. 의류업자들은 속을 많이 넣어서 불룩하게 만든 옷들을 유행시켰다. 그 옷을 입으면 몸이 비둔해 보이기는 했지만 여러 가지 사고가 일어날 경우에 몸을 보호해 준다는 장점이 있었다. 사람들은 또 브르타뉴 해변의 절벽에 난간을 설치하기도 하였다.

---

50 그리스 신화에 나오는, 사자 몸뚱이에 독수리의 머리와 날개를 가진 괴물. 그리폰 또는 그리핀이라고도 한다.
51 그리스 신화에 나오는, 머리는 사자, 몸통은 양, 꼬리는 용 또는 뱀 모양을 한 괴물.
52 그리스 신화에 나오는, 사람의 몸에 소의 머리를 한 괴물.

그런 폭풍 속에서 라울은 차분함을 견지하려고 애쓰고 있었다. 우리가 실험실에 모여 있을 때, 라울은 영계 지도의 첫 번째 장벽 뒤에 검은 터널을 그리고 거기에 물음표를 찍은 다음 말문을 열었다.

「이 뒤에 뭐가 있길래 브레송과 다른 사람들이 그렇게 겁을 먹었지?」

더 이상 타나토노트가 되겠다고 자원하는 사람이 없는 탓에, 우리의 실험은 당분간 중단 상태에 있었다. 우리는 바람도 쐴 겸 서로의 생각을 나눌 겸 해서 정기적으로 페르 라셰즈 묘지에서 모임을 가졌다.

「뤼생데르 대통령은 어떤 생각을 하고 있어요?」

아망딘의 물음에 라울이 대답했다.

「그 양반 〈브레송의 말이 사실일지도 모르네〉라는 소리만 되풀이하고 있더구먼. 브레송만큼 저승 안쪽에 가까이 가 본 건 아니지만, 대통령은 멀리서 저승에 매력을 느낀 적이 있는 사람이오. 그런데 이제 가까이 가 본 사람 이야기를 들으니 흥미가 시들해진 모양이오.」

「하지만 대통령 주위에서 함께 날고 있던 사람들은 그곳으로 빨리 가고 싶어서 안달을 하는 것처럼 보였다고 대통령이 말하지 않았던가?」

나는 언젠가 대통령에게 들은 얘기에 미련을 느끼며 말했다.

「대통령은 새를 유인해서 잡는 거울 함정 같은 것에 걸렸다고 생각하는 걸세. 아주 가까이 다가가서는, 와서는 안 될 곳을 왔다고 후회하는 격이지. 뤼생데르 대통령은 이제 죽음이 또 다른 행복의 시작이라는 생각은 결코 안 할 걸세.」

우리는 심한 낭패감에 젖어 있었다. 죽음의 신비를 벗겨 보겠다고 그토록 고생을 해 왔는데, 막상 너울을 벗기고 보니 공포만이 우리를 기다리고 있었다. 그럴 줄 알았더라면, 차라리 그것을 영원한 신비로 남겨 두었어야 했다.

선하게 살든 악하게 살든 우리의 모든 행위가 그런 끔찍한 결말을 맞게 될 뿐이란 말인가? 세계의 그 많은 종교들이 신비의 너울에 감추어 두었던 것이 바로 그 피할 수 없는 지옥, 사악한 뱀과 음흉한 흡혈귀들이 우글거리는 동물원이었더란 말인가?

판도라가 호기심 때문에 죄악과 재앙이 들어 있는 상자를 열었듯이, 우리도 건전치 못한 호기심 때문에 판도라의 상자 같은 것을 열어 버린 것이 아닐까? 그리하여 그 상자에서 어떤 재앙이 튀어나온 것은 아닐까?

우리는 죽음의 비밀을 알고 싶어 했고…… 죽음은 우리에게 엄청난 가르침을 주었다.

「뤼생데르 대통령은 우리 일을 다 그만두고 싶어 하네. 책임을 회피할 생각까지 하고 있어. 그 음산한 영계 탐사에 대해서는 역사책에서 아예 언급하지 않기를 바라고 있을 걸세.」

라울의 이야기를 듣고 있자니 그의 생각이 궁금해졌다.

「자넨 어때?」

라울은 의사에 앉듯 편안한 자세로 묘석에 자리를 잡으면서 대답했다.

「장애가 나타났다고 해서 일을 포기하는 것은 너무 안일한 태도일세. 초기의 탐험가들이 아프리카나 오스트레일리아나 인도네시아에 상륙했을 때, 그들은 식인 부족과 맞서 싸워야 했고, 사람을 물어 죽이는 전갈과 맹수와 이름 모를 짐승들이 우글대는 살벌한 정글을 통과해야 했네. 탐험에는 으레 그 나름의 위험이 따르기 마련이지. 장미꽃 만발한 어린이 놀이터로 산보하러 나가는 것쯤으로 여기면 안 되지. 탐험은 곧 위험을 의미하는 걸세!」

깊은 샘처럼 마르지 않는 라울의 정신이 우리 일을 계속 밀고 나가야 할 근거들을 찾아낸 모양이었다. 그는 영계 탐사를 포기할 생각은 전혀 갖고 있지 않았다. 그는 수족처럼 자기를 도와주고 있는 두 마리 새를 부추겼다.

「모흐 1 너머를 보았다는 사람들의 이야기가 서로 어긋나고 있네. 그리고 모든 증언이 부정적이라는 것은 별로 의미가 없네. 장 브레송의 이야기는 너무 막연해. 그 친구, 전에는 그렇게 침착하고 꼼꼼한 모습을 보여 주더니, 지금은 그저 무시무시하다, 지독하다, 끔찍하다 따위의 형용사만 들먹이고 있네. 그가 우리에게 해준 설명은 그곳이 온통 컴컴하다는 것뿐일세.」

「그래서 결론이 뭔가?」

라울은 가느다란 담배 한 개비를 꺼내어 불을 붙이고 자리에서 일어섰다. 긴 다리를 곧게 세우며 우뚝 서서 그는 유칼리 향이 나는 연기를 뱉어 냈다.

「결국은 몇몇 겁쟁이들 때문에 우리 일을 중단할 수는 없다는 걸세.」

「장은 겁쟁이가 아니에요. 그리고 그는 거짓말을 할 줄 몰라요.」

여전히 장에 충실한 아망딘이 토를 달았다.

「그가 거짓말을 하지는 않았겠지만, 그의 감각에 착오가 있었을 가능성은 있소. 또 매혹적인 단계에 이어 혐오스러운 단계가 나오고, 또 그다음에 또 다른 단계가 이어질지도 모르는 일이오. 나 역시 그가 성실한 사람이라는 것을 알고 있소. 하지만 타나토노트들이 보았다고 주장하는 것이 서로 다르다는 게 마음에 걸려요. 첫 번째 장벽을 넘으면 저승의 모습이 개인에 따라 다르게 나타나는 모양이오. 미카엘, 자네 기억나나? 이집트의 『사자의 서』 말일세. 그 책에 보면 사자가 괴물들을 맞닥뜨린다는 얘기가 나오지. 그 괴물들을 물리치면 순탄하게 자기 길을 계속 갈 수 있다고 되어 있지. 결국 장은 더 높은 단계로 나아가는 데 필요한 초기의 시련을 견디지 못한 것인지도 모르지. 그래서 모호 1 너머에는 오로지 공포밖에 없다고 간단히 결론을 내린 것일 테고 말이야.」

나는 아망딘을 찬찬히 바라보았다. 그녀의 얼굴이 나에겐 천국이었고 그녀의 짙푸른 눈이 나에겐 대모험만큼의 가치가 있었다. 가까운 곳에 천국을 놔두고 왜 먼 곳에서 천국을 찾으려 하는 걸까? 내 마음을 송두리째 휘어잡고 있던 그녀의 눈길이 라울의 두꺼운 안경 밑으로 옮겨 갔다.

「그럼, 우린 이제 어떻게 해야 되죠?」

「당분간은 우리 일을 방치하고 시간이 흐르기를 기다려야지요. 세상일이라는 게 돌고 도는 거니까, 사람들이 죽음 공포증을 잊게 될 날이 오겠지요. 그러면 과학의 이름으로 우리 일을 계속할 수 있을 거요.」

그 사이에, 뤼생데르 대통령은 무리한 소생술을 금지하는 법률을 폐지하였다. 기계 덕분에 근근이 목숨을 이어 가는 환자일지라도, 누구도 감히 그에게서 전선을 떼어 내어 그를 어딘가로 보내겠다는 엄두를 내지 못했다. 실패할 가능성이 많은 수술을 받으러 들어가는 환자들은, 설사 식물 인간이 되더라도 자기의 목숨을 가능한 한 오래 붙들어 두게 하려고 거액의 수표를 맡기곤 했다.

아망딘은 다시는 브레송을 만나지 못했다. 우리 중 아무도 그를 더 이상 보지 못했다. 그는 뤼생데르가 내놓은 상금을 결국 받기는 했는데, 그 돈을 핵전쟁에 대비한 대피소를 만드는 데 사용하였다. 그는 대피소의 선반에 통조림과 생수를 잔뜩 비축해 놓았다. 그 뒤로 그의 소식을 들은 사람은 아무도 없었다.

117. 요가의 가르침

인간의 무지와 고통은 다음과 같은 네 가지 심리적 태도에서 비롯된다.

개별성을 의식하는 태도 일이 잘될 때는 〈나는 똑똑하다〉라고 하고, 일이 안 될 때는 〈난 도저히 안 돼〉라고 말하는 태도.

쾌락에 집착하는 태도 끊임없는 만족을 유일한 목적으로 삼고 추구하는 것.

불평과 불만 좋지 않은 일에 대한 기억을 떨쳐 내지 못한 채 앙갚음을 하려 하고 주위 사람들과 충돌한다.

죽음에 대한 두려움 자기 존재를 발전시키기 위해 이승의 삶을 활용하면서 죽을 때까지 사는 것을 받아들이기보다는 자기의 삶에 집착하는 병적인 욕구. 자기 개별성에 대한 집착의 증거이기도 함.

프랑시스 라조르박의 논문, 「죽음에 관한 한 연구」에서 발췌

118. 스테파니아

죽음 공포증은 6개월 가까이 계속되었다. 우리는 어쩔 수 없이 일에서 손을 뗀 채, 랑베르 씨의 타이 식당에서 토론을 벌이고 페르 라셰즈를 거닐었다. 우리 타나토드롬에는 먼지만 쌓여 갔다. 펜트하우스의 열대 식물은 무성하게 자라 피아노를 덮고 있었다. 뤼생데르 대통령을 만나기가 예전처럼 쉽지 않았다. 그의 애완견인 베르생제토릭스조차도 침울해 보였다. 아망딘은 손수 맛깔스러운 음식을 장만하여 우리에게 위안을 주려고 했다. 우리는 카드놀이를 하기도 했다. 그러나 브리지 게임은 하지 않았다. 널 카드가 없으면 〈죽어야〉 되는데, 〈죽은 사람〉이 되려는 사람이 아무도 없었기 때문이었다.

라울이 애타게 기다리던 희망의 빛은 뜻밖의 곳에서 나타났다. 항공 우주국(NASA)이 극비리에 연구를 진행하고 있다던 미국도 아니었고, 빌 그레이엄이 자기 뒤를 이으려는 경쟁자들을 남겨 놓고 떠난 영국도 아니었다. 우리를 구원힐 빛온 이탈리아에서 왔다.

이탈리아의 파도바에 경쟁력이 아주 강한 타나토드롬이 있다는 것은 알고 있었지만, 그곳 역시 우리처럼 사실상 활

동을 중단하고 있으려니 하고 우리는 생각했었다. 그런데, 이탈리아 사람들은 사업의 규모를 줄이기는 했을망정 이륙을 완전히 단념하지는 않았던가 보았다. 4월 27일, 그들은 자기들 역시 코마 제1장벽 너머로 누군가를 보내는 데 성공했으며, 그 타나토노트는 무사히 돌아와 장 브레송의 증언보다 한결 더 희망적인 보고를 했다고 발표했다.

장 브레송의 무섭고 끔찍한 보고는 대뜸 믿어 주었던 기자들이, 이탈리아 사람들의 밝고 희망찬 보고에는 회의적인 태도를 보였다. 정말 앞뒤가 안 맞는 태도였다.

이탈리아의 타나토노트는 여자였다. 스테파니아 키켈리라는 여성 타나토노트였다.

라울은 이탈리아의 『코리에레 델라 세라』[53]지 1면에 실린 그녀의 사진을 오랫동안 들여다보았다. 그 아가씨는 환하게 웃는 모습으로, 모호 1 너머에서 어둡고 거무스름한 대륙을 발견했는데, 거기에서 비눗방울 같은 형태로 몰려드는 옛일에 대한 기억과 싸움을 벌였다고 했다. 유독 나쁜 기억들만이 자기를 괴롭히더라는 것이다. 그녀의 동료들마저 처음엔 그 보고의 진실성을 의심하면서 정말이냐고 되물었다. 그 바람에 스테파니아는 같은 얘기를 몇 번이나 되풀이해야 했다.

「이 여자 거짓말하는 건 아니겠지?」

내가 그렇게 말문을 열자, 라울은 펄쩍뛰었다.

「그럴 리가 있나! 아귀가 딱딱 들어맞는데.」

나는 잠시 생각에 잠겼다가 다시 입을 열었다.

[53] Corriere della Sera. 〈저녁 신문〉이라는 뜻.

「그러니까, 브레송은 단지 자기 과거와 맞닥뜨렸던 것이고, 과거가 너무나 끔찍했기 때문에 그걸 견딜 수 없었던 게로군.」

아망딘은 우리의 스턴트맨에 대해 알고 있는 바를 이야기했다.

「그 사람, 자기 과거에 대해서 한사코 입을 다물었어요. 그래서 이따금 그가 정신 분석을 받아야 할 사람으로 느껴지곤 했어요. 하지만 그는 정신 분석을 받은 적이 없어요.」

우리는 장 브레송의 생애를 조사하기로 했다. 조사 결과, 우리는 그가 어린 시절에 마음에 큰 상처를 입었음을 알아냈다. 그는 그것을 침묵의 보자기에 꼭꼭 싸서 마음속 깊은 곳에 묻어 두었지만, 모호 1을 건너면서 그 보자기 속에 든 것이 한꺼번에 터져 나와 그 충격을 견디지 못했던 것이리라.

아망딘은 할 수만 있다면 그를 위로하고 싶어 했다. 그러나 그는 이미 세상을 등지기로 굳게 마음먹은 뒤였다. 요새로 개조한 그의 집 현관문을 수없이 두드렸지만, 그는 끝내 대답이 없었고 마침내 전화마저 끊어 버렸다.

이탈리아의 타나토노트에게 깊은 관심을 갖게 된 우리는, 뤼생데르가 제정한 레지옹 도뇌르 타나토노트 장을 받으러 오라고 그녀를 파리로 초청했다. 훈장 수여식은 아주 간소하게 치러졌다. 우리는 당분간 언론에서 떠들어대는 것을 피하고 싶었다.

스테파니아 키켈리는 인형 같은 얼굴에 자고 포동포동한 여자였다. 물결처럼 구불거리는 기다란 검은 머리를 등판 아래까지 치렁하게 늘어뜨리고 있었다. 청바지와 블라우스가 금방이라도 터져 버릴 듯 통통했지만, 뺨에 생기가 넘치고 미소가 천진하여 매력이 없지는 않았다.

공항에서 처음 대면하자마자, 스테파니아는 한식구를 만난 것처럼 우리를 껴안았다. 우리 모두가 〈죽음을 두려워하지 않는 타나토노트들〉로서 한가족을 이루고 있다는 뜻을 나타내려는 것 같았다. 그렇게 껴안고 나서, 스테파니아는 느닷없이 큰 소리로 웃음을 터뜨렸다. 듣는 사람을 깜짝 놀라게 하는 요란한 웃음이었다.

우리는 그녀를 타이 식당으로 데리고 갔다. 뤼생데르는 신중히 생각하다가 동석하기를 사절했다.

스테파니아는 남프랑스 몽펠리에서 몇 년을 살았던 적이 있어, 알프스 산맥 저쪽의 감미로운 억양이 살짝 밴 완벽한 프랑스어를 구사하고 있었다. 검은 버섯을 넣은 베르미첼레[54]가 나오자 스테파니아는 몇 접시를 게걸들린 듯 먹어 치웠다. 요란한 웃음소리를 간간이 섞어 가면서 그녀는 연신 지껄여 댔다. 라울은 그녀의 이야기에 전에 없이 열띤 관심을 보이고 있었다. 그는 그녀의 이야기를 듣느라고 음식 먹는 것도 잊은 채, 눈으로 그녀를 삼키기라도 할 기세였다.

스테파니아는 자기 경험을 요약해서 들려주었다.

「첫 번째 장벽 너머에는 어두컴컴하고 혐오스러운 구역이 있어요. 오래 머물고 싶은 생각이 전혀 들지 않는 곳이에요. 기억의 방울들이 마귀처럼 덤벼들어서 아름다운 빛을 따라가지 못하게 만들어요. 하지만 나는 다시 내려오겠다

---

54 스파게티보다 가는 국수.

는 강한 의지를 가지고 올라갔기 때문에, 경이로운 빛에도 과거의 악마에도 붙잡히지 않았어요.」

나는 자나 깨나 이륙 방법의 개선에 관심을 가지고 있던 터라 ─ 자기 전문 분야에 관심을 갖는 것은 당연한 일이었으므로 ─ 그녀가 이륙을 하기 위해서 어떤 방법을 사용하는지 물어 보았다.

「티베트의 명상법을 이용하면서 부스터로는 염화칼륨을 진하지 않게 해서 사용하고 있어요. 간을 상하게 하고 싶지가 않아서요.」

「티베트의 명상법이라고요!」

라울은 그렇게 소리치다가 하마터면 숨이 막힐 뻔했다. 그는 손으로 입을 가린 채, 목구멍으로 넘기려던 콩나물 세 가닥을 살며시 뱉어 내고 물었다.

「아가씬 신비주의자인가 보죠?」

그 물음에 여류 타나토노트는 웃음을 터뜨리며 대답했다.

「당연하죠. 따지고 보면, 영계를 향해 떠나는 것은 일종의 종교적인 행위예요. 그 정도는 아니더라도 영적인 행위인 것은 분명하죠. 독성 물질이 영계로 떠나는 것을 도와주는 건 사실이지만, 영혼을 단련하지 않고는 멀리 나아갈 수가 없어요. 신을 믿지 않는 사람이 영계 탐사를 제대로 할 수 있을까요?」

우리는 너무 놀라 입을 다물지 못하고 있었다. 이제껏 우리는 과학적인 실험에 종교를 끌어들일 생각은 해본 적이 없었다. 물론 라울과 나는 고대의 모든 신화와 세계의 다양한 신앙 형태에 대해 관심을 가지고 있었다. 하지만 우리는,

어디에서 유래한 것이든 간에 미신적인 요소를 끌어들여 우리 일을 복잡하고 만들고 싶은 생각은 없었다.

게다가 라울은 근본적으로 무신론자였다. 그는 모든 일에서 과학적인 태도를 견지하기를 바라는 현대인이라면 무신론의 입장에 설 수밖에 없다고 생각하면서 스스로 무신론자임을 내세웠다. 그가 보기에, 회의주의는 유신론보다 한발 더 나아간 태도였다. 한마디로 그는, 존재가 입증되지 않았으므로 신은 존재하지 않는다고 생각했다.

그에 비하면 나는 불가지론자에 가까웠다. 나는 스스로 내가 무지하다는 것을 인정했다. 내가 보기에는 무신론조차도 일종의 종교적인 행위였다. 신이 존재하지 않는다고 주장하는 것은 이미 그 문제에 관한 하나의 견해를 표명하는 것이다. 나는 그렇게 오만한 태도를 가져 본 적이 없었다.

〈언젠가 어떤 신이 가엾은 피조물인 우리 지구인들에게 모습을 드러낸다면, 나는 아마 태도를 바꾸게 될 것이다. 그날이 올 때까지는 신중한 태도를 잃지 말아야 한다.〉

내 생각은 그런 것이었다.

나의 불가지론은 세계를 보는 나의 관점과도 일치했다. 내가 보기에 세계는 하나의 커다란 물음표일 뿐이었다. 신에 대한 견해가 전혀 없었으므로 나는 세계나 인간에 대해서도 이렇다 할 견해를 가지고 있다고 주장하지 않았다. 나를 둘러싸고 있는 존재들을 제대로 이해해 본 적이 없었고, 내게 일어나는 일들은 그저 우연히 생긴 것으로만 보였다. 하지만 내 인식을 초월하는 본래적인 섭리 같은 것이 자연에 내재해 있는 것은 아닌가 하는 느낌이 이따금 들기는 했다.

라울은 스테파니아에게 질문을 퍼부었다.

「아가씨가 믿는 종교는 뭐지요?」

「저는 티베트 불교 신자예요.」

「불교 신자라고요?」

「왜요, 마음에 안 드세요?」

「무슨 말씀을. 그럴 리가 있나요. 오히려 나는 티베트 신화에 많은 관심을 가지고 있어요. 다만, 아가씨 같은 분이 라마교 신자라니까 좀 놀랐던 것뿐이지요.」

라울은 풍만한 우리 자매가 화를 내지나 않을까 저어하며 변명했다.

아망딘이 조용히 끼어들었다.

「난 라마교에 대해 전혀 아는 바가 없어요. 라마교 신자를 만나기는 이번이 처음이에요.」

스테파니아는 코코넛 밀크와 고수풀 향을 넣어 구운 닭고기를 포크가 휘어지도록 세 자밤을 잇달아 욱여넣었다.

「당신들이 영계 탐사를 시작하기 오래전부터 우리 라마교 신자들은 죽음에 관심을 가져왔어요. 사실 인간이 죽음의 문제에 관심을 갖고 연구하기 시작한 지는 오천 년도 더 지났어요. 우리 라마교에도 이집트의 『사자의 서』와 같은 책이 있어요. 『바르도 토돌』이 그거예요. 그 책은 임사 체험을 어떻게 할 수 있는지를 가르쳐 주는 훌륭한 교본이에요. 여러분의 타나토노트 펠릭스 케르보스가 영계 탐사를 떠나기 전부터 나는 이미 육체를 벗어나곤 했어요.」

아망딘의 고운 얼굴에 문득 성난 기색이 스치고 지나갔다. 우리 작은 동아리에서 모두의 관심을 언제나 한몸에 받고 있던 그녀가 처음으로 관심의 초점에서 벗어나 있었다. 아망딘은 더 이상 우리의 홍일점이 아니었다. 라울은 주술에 걸린 듯, 이탈리아에서 온 그 라마교 신자의 신기로운 이야기에 홀딱 빠져 있었고, 아망딘을 샐쭉해진 얼굴로 그를 바라보고 있었다.

그렇기는 해도 우리는 즐거운 분위기에서 식사를 계속했다. 라울 라조르박은 아주 쾌활한 모습을 보여 주었다. 한 번도 겪어 본 적이 없는 모습이었다. 그가 드디어 자기처럼 오로지 죽음에만 관심을 가진 여자를 만난 것 같았다.

119. 경찰 기록

기초 신원 조회

성명: 스테파니아 키켈리

모발: 검은색

안구: 검은색

신장: 1m 63cm

신체상의 특징: 없음

특기 사항: 최초의 여성 타나토노트

약점: 과도한 체중

120. 일본 철학

나오시게가 말했다.

「무사도는 죽음을 향한 열정으로 이루어진다.

만일 어떤 사람의 마음에 그런 열정이 자리 잡는다면 열 사람이 달려들어도 그를 당해 낼 수 없을 것이다.

무공을 세우기 위해서는 죽음을 향한 열광과 정열에 사로잡혀야 한다. 자기 마음에 분별심이 생기도록 내버려 두었다간 그런 힘을 사용하기에 너무 늦어 버린다. 무사도에 따르면 충성심과 효심은 대단한 것이 못되고 오로지 죽음에 대한 열정만이 중요하다. 그것이 있고 나면 충성심과 효심은 저절로 자리 잡게 된다.」

프랑시스 라조르박의 논문, 「죽음에 관한 한 연구」에서 발췌

121. 스테파니아의 삶

스테파니아는 말수가 무척 많았다. 우리에게 자기 살아온 얘기를 스스럼없이 다 털어놓았다.

「내가 어렸을 땐, 키에 비해서 지금보다 더 뚱뚱했어요. 부모님이 식당을 하고 계셨기 때문에 먹을거리를 아낌없이 주셨어요. 밤에 식당 문을 닫고 나면, 남은 음식 중에서 다음 날까지 보관할 수 없는 것을 다 먹어 치워야 했어요. 그저 버리는 게 아까워서 그랬던 거예요. 하지만 그 덕분에, 열네 형제자매 중 일곱째였던 내가 가장 뚱뚱했어요. 그래서 늘 놀림감이 됐지요.」

사람들은 그녀에게 〈캐러멜 덩어리〉라는 별명을 붙여 주었다. 그녀의 어머니는 딸의 열등감을 없애는 데 도움이 될 만한 일을 전혀 하지 않으셨다. 숙명론자였던 어머니는, 너무 커서 그녀에게 맞지도 않는 옷을 미리 사주시면서, 〈앞일을 생각해서 산 거란다〉라고 말씀하시곤 하셨다. 아닌 게 아니라, 옷들이 그렇게 크고 헐렁하다가도 얼마 안 가서 그럭저럭 입을 만하게 되었다. 그녀의 몸이 빠르게 불어나면

서 낙낙한 틈새를 채워 나갔던 것이다.

학교에서도 모두 그녀를 〈캐러멜 덩어리〉라고 놀렸다. 놀림을 받으면 받을수록 그녀의 뱃속은 더욱 헛헛해졌다. 스테파니아가 그 헛헛증을 비정상적인 것으로 여기지 않고, 자기가 정상적으로 먹고 있다고 생각하던 초기에는, 그래도 스파게티에 빵, 빵에다 버터, 버터에 볼로냐 소스 정도면 그런대로 허기를 메울 수 있었다. 그러나 불현듯 자기가 영원히 추하고 뚱뚱한 여자로 남게 될지도 모른다는 불안감이 엄습해 오면서 상황은 급변했다. 헛헛증이 너무 심해진 스테파니아는 음식을 익힐 새도 없이, 스파게티를 날로 삼키고 양배추 절임이나 스튜 통조림을 부리나케 따서 게걸들린 듯 먹었다.

스테파니아는 자기 몸을 밑이 빠진 거대한 독처럼 느꼈다. 아무리 쏟아부어도 그녀의 헛헛증은 가실 줄 몰랐다. 근심이 커질수록 먹는 것도 많아져서 몸무게가 130킬로그램을 넘어섰다.

물론 스테파니아는 다이어트를 적어도 백 번은 시도했다. 그러나 살을 빼서 기쁨을 얻으려는 욕구보다는 먹고자 하는 욕구가 언제나 더 강했다.

날 음식까지 걸터먹던 시기 다음에는 소화 장애의 시기가 뒤따랐다. 스테파니아는 연방 먹어 대면서, 위를 비우기 위해 토악질을 했고, 동시에 변비 치료제를 먹어야 했다. 그녀가 자기 건강을 위험에 빠뜨리고 있다고 생각한 부모는 그녀를 타이르려고 했다. 그러나 그렇게 타이른다고 될 일이 아니었다. 스테파니아는 결코 어리석은 아이가 아니었다. 그녀의 부모는 딸아이의 비정상적인 몸무게 때문에 골머리를 앓기는 했지만, 그녀의 명민한 두뇌에 대해서는 늘 감탄하고 있던 터였다. 스테파니아는 유치원 때부터 지력이 출중함을 보여 주었다. 두 해에 한 번꼴로 월반을 했고, 수학, 지리학, 역사학, 철학 등 전 과목에 걸쳐 최고 점수를 받았다.

키켈리 부부는 딸아이가 자기들보다 더 똑똑하니까 어련히 알아서 하겠지 하고 설득하는 것을 단념했다. 어느 날, 키켈리 씨는 스테파니아가 석류 시럽을 넣은 경단을 날로 먹다가 도로 뱉어 내는 모습을 보고는, 〈쟤가 저러는 데는 분명히 우리가 모르는 어떤 곡절이 있을 게야〉 하고 한숨을 섞어 가며 말했다.

비만이 너무 심해지니 몸을 움직이는 것마저 뜻대로 되지 않았다. 그런 상황에서도 사춘기는 어김없이 찾아왔고, 스테파니아는 이성의 관심을 끌기 위해 자기 몸무게를 아랑곳하지 않고 관능적인 걸음걸이를 버릇 들이기 시작했다. 그 전에는 과도한 체중 때문에 몸이 쓰러지는 것을 막고 바닥을 확실하게 디디기 위해서 다리를 벌리고 오리처럼 걸었었다. 스테파니아는 다리를 벌리지 않고 종아리를 평행하게 유지하려고 무척 애를 썼다. 그런 노력 덕분에 마침내 굽 높은 구두를 신고도 균형을 잃거나 발목을 삐지 않을 만큼 안정된 걸음걸이를 가지게 되었다. 그제야 그녀를 바라보는 남자들의 눈길에 탐심이 어리기 시작했다.

스테파니아는 모든 몸놀림을 새롭게 고쳤다. 걸음걸이를 바꾼 다음에는, 우아하게 앉는 법, 소파 위에 어중간한 자세로 요염하게 눕는 법, 목을 자라목처럼 파묻지 않고 아주 곧게 세우는 법도 터득했다. 그 밖의 다른 몸놀림은 그리 문제 될 게 없었다.

자기의 몸짓 하나하나를 더욱 훌륭하게 만들기 위해, 스테파니아는 새끼 고양이 한 마리를 구해서 그것의 모든 동작을 흉내 내기도 했다. 훌륭한 기술을 연마하면 자기의 핸디캡을 극복할 수 있으리라고 생각한 것이었다. 그 고양이는 경탄을 자아낼 만큼 동작이 민첩했을 뿐만 아니라, 동작을 멈추고 있을 때의 자세 또한 일품이었다.

그런 다음, 스테파니아는 등산처럼 강한 체력을 요구하는 스포츠와 요가에 몰두했다. 몸무게는 여전히 1백 킬로그램 수준을 유지하고 있었지만, 그래도 비곗살 대신에 근육이 붙고 뼈대도 한결 유연해졌다.

그것만으로는 성이 차지 않았다. 스테파니아는 다른 곳에서 보상을 찾으려 했다. 요가에 대한 흥미가 시들해질 무렵, 때맞추어 라마교 신자 한 사람이 나타났고, 스테파니아는 그를 친구로 삼을 수 있었다. 그는 별로 까다롭게 굴지 않았다. 그는 뚱뚱한 여자를 좋아하는 남자였다. 제3세계 여러 나라에서는 뚱뚱한 사람들이 부러움을 사고 귀인 대접을 받는다. 부유해서 잘 먹은 덕분에 그렇게 육덕이 좋은 거라고 생각하기 때문이다. 그러나 그 티베트 사람은 그녀의 몸뿐만 아니라 마음도 무척 마음에 들어 했다. 그는 그녀가 외모 때문에 불행하다는 것을 알고, 육체는 밀폐된 감옥이 아니며 거기에서 빠져나오는 것은 쉬운 일이라고 일깨워 주었다. 육체는 영혼이 잠시 머무는 〈껍데기〉일 뿐이며, 명상법을 익히면 마음대로 육체를 떠났다가 돌아올 수 있다는 것이었다.

그는 그녀에게 육체를 벗어날 수 있도록 몇 가지 기술을 가르쳤다. 스테파니아는 신체적인 강훈련을 할 만큼 했던 터라, 그가 가르쳐 주는 것을 쉽게 익혔다.

마침내 스테파니아는 자기 비곗살에서 해방되었다. 명상을 이용해 육체를 벗어남으로써 구원을 받은 것이었다.

거기까지 이야기를 하고 나서, 스테파니아는 우리 쪽에 의혹의 기미가 있음을 눈치챘는지, 우리가 자기를 믿든 말든 개의치 않는다고 당차게 말했다. 우리는 그녀가 어떻게 육체를 벗어났는지 무척 궁금하다고 말함으로써 얼른 그녀를 안심시켰다.

스테파니아는 큰소리로 웃고 나서, 궁금증을 풀어 주겠다고 했다.

이탈리아 사람들은 점심을 먹고 나서 대개 낮잠을 즐기는데, 바로 그 시간에 스테파니아는 가부좌를 틀고 앉아서 육체를 벗어나는 일에 몰두하곤 했다. 그렇게 앉아 있으면, 방 안으로 일진광풍이 불어와 그녀의 심령체를 벗겨 내어 밖으로 데려갔다. 그녀가 나갈 때는 주로 창문을 이용했다. 어쩌다가 지붕을 통해 나가기도 했지만, 문을 이용한 적은 없었다.

〈문은 육체가 드나들도록 만들어진 것이니까, 심령체가 그곳으로 드나들 필요는 없는 거예요〉 하고 그녀가 설명했다.

처음에 스테파니아는 약간 두려움을 느꼈다. 창턱을 넘자마자 갖가지 넋들을 만났기 때문이었다. 그 넋들 역시 날아다니고 있었다. 그런데, 넋 가운데는 좋은 것도 있고 나쁜 것도 있었다. 그것을 구별하는 것은 중요한 일이었다.

「나쁜 넋들은 대개 땅에 닿을락 말락 하게 날아다녀요. 하지만 우리가 지붕보다 높게 고도를 유지하지 못하면, 그 넋들의 공격을 받을 수도 있어요. 그러니까 낙하할 때는 재빨리 육체로 돌아와서 그들의 공격을 피해야 돼요.」

나쁜 넋이라는 게 정확히 어떤 것이냐는 우리의 질문에, 스테파니아는 그것을 딱히 뭐라고 규정하기는 어렵다면서, 말 그대로 받아들여 달라고 했다. 어쨌든, 스테파니아는 명상 덕분에 어마어마한 속도로 세계 어디라도 갈 수 있을 것 같은 생각이 들었다고 했다.

그녀의 정신은 그렇게 가벼워졌지만, 육체는 여전히 짐스러웠다. 결국 자기 문제를 회피한 것일 뿐, 정면으로 맞서 해결한 것은 아니었다. 결국 그 문제에 정면으로 맞서지 않을 수 없게 만든 끔찍한 사건이 터지고야 말았다. 당시 스테파니아는 고등학교 기숙사에서 생활하고 있었다. 2월 어느 날 목욕을 하던 중에 스테파니아는 욕조 바닥에 들러붙은 채 꼼짝을 못 하게 되었다. 물렁물렁한 비곗살과 바닥 사이에 공기가 갇혀 몸이 흡착기처럼 달라붙은 것이었다. 스테파니아는 뒤집힌 거북이처럼 버둥거렸다.

체육을 가르치던 여선생이 그녀를 구박하자, 그것에 용기를 얻은 기숙생들은 그녀가 무기력하게 누워 있는 틈을 타서 그녀에게 온갖 오물을 마구 쏟아부었다.

제 풀에 지친 그녀들은 스테파니아를 차갑게 식어 버린 물속에 그대로 둔 채 가버렸다. 그녀의 명상이 상당한 진전을 이루고 있었음에도 그 순간에는 전혀 도움이 되지 않았다. 아무리 발버둥을 쳐봐도, 그녀의 몸뚱이는 하얀 욕조에서 떨어지지 않았고, 그녀의 영혼은 너무 당혹하여 날아오를 수가 없었다.

몇 시간 후에 청소부가 와서 그녀를 구해 주었다. 그 청소부는 같이 일하는 몇몇 아주머니들과 함께 걸레 자루를 지렛대로 사용하여 스테파니아를 욕조에서 떼어 냈다.

그 수모는 평생토록 아물지 않을 깊은 상처를 그녀의 가슴에 남겼다. 스테파니아는 복수를 하기로 결심했다. 다행히 그녀에게는 심령체라는 비밀 무기가 있었다.

벽을 통과하는 심령체라면 사람의 살이라고 뚫고 들어가지 못하란 법이 없었다. 스테파니아는 자기를 모욕했던 여자들을 혼내 주리라 결심하고 밤마다 찾아 나섰다. 그녀는 그들이 잠들어 있는 시간을 이용해 그들의 몸 안에 침입했다. 그들의 엄지발가락에서 시작하여 머리까지 올라갔다. 그들은 끔찍한 악몽을 겪은 다음, 격심한 두통을 느끼며 잠에서 깨어났다.

스테파니아는 가장 증오하는 사람을 뒤로 미뤄 놓았다. 그녀가 마지막으로 공격한 사람은 체육 선생이었다. 그 여자는 스테파니아가 고난을 받고 있었을 때, 고문하던 학생들을 쫓아낼 생각은 않고 거기에 합세했던 유일한 어른이었다. 스테파니아는 체육 선생의 심장 속으로 되도록 깊이 들어간 다음, 부정맥을 일으켰다. 심장 고동이 아주 빠르다가 거의 멎을 정도가 되기를 되풀이했다.

그 여자는 땀에 흥건히 젖은 채 깨어나, 심장 고동을 안정시키기 위해 자기가 알고 있는 몇 가지 운동을 실시했지만 소용이 없었다. 자기 몸에서 이상한 현상이 벌어지고 있다는 것을 깨달은 여선생은 털썩 무릎을 꿇고는, 자기를 사로잡고 있는 악령에게서 벗어나게 해달라고 열렬히 기도했다.

스테파니아는 가련한 여선생이 심장 발작으로 쓰러지기 전에 그녀의 몸에서 빠져나왔다. 하지만 그 후에도 정기적으로 여선생을 괴롭혔다.

스테파니아는 자기 심령체를 제어해서 그런 위력을 발휘할 수 있다는 것에 의기양양해 있었다. 그녀는 그 힘을 복수를 하는 데 사용했다. 결국 악을 위해 사용한 셈이었다. 그런 것을 일컬어, 많은 종교에서는 검은 마술이라고 부른다.

스테파니아는 티베트 친구에게 그 얘기를 자랑스럽게 늘어놓았다. 그 친구는 그런 짓을 그만두라고 간곡하게 부탁했다. 〈검은 마술은 결국 너를 해치고 너를 노예로 만들어 버릴 거야. 스테파니아, 당장 그만둬. 너는 네 적들에게 복수한다고 생각하겠지만, 사실은 네 몸에 대해 복수를 하고 있는 거야〉라고 그 친구는 말했다.

스테파니아는 고집을 꺾지 않았다. 그녀의 급우들은 모두 두통약 신세를 졌고, 체육 선생은 몸져누웠다. 스테파니아의 시선은 갈수록 어두워졌다. 누구도 감히 그녀를 정면으로 바라보지 못했다. 이상한 일들이 그녀와 관계가 있다는 것을 누구나 어렴풋하게 느끼고 있었다. 옛날 같으면, 그녀가 마술을 피운다고 몰아세울 수도 있었을 것이다. 그러나 21세기를 살면서 그런 주장을 했다가는 웃음가마리 되기가 십상이었다.

몇몇 여자애들이 그녀에게 용서를 빌었다. 스테파니아는 코웃음을 치며 그녀들을 밀쳐 냈다. 스테파니아는 복수를 계속했다. 미워하는 자들의 소화 기관을 공격해서 궤양을 일으켰다.

 그녀가 기어코 〈신의 노여움〉을 사는 쪽으로 갈 가능성이 있다고 생각한 그 라마교 신자는 그녀를 설득할 마지막 수단으로 환생의 비밀을 털어놓았다. 그는 자기 종교의 가르침에 따라, 현생에서 지은 선행과 악행의 과보는 내생에서 치르게 된다고 주장했다. 〈각각의 삶에서 우리는 어떤 깨달음을 얻어야 해. 사랑, 예술, 그런 것에 힘을 쏟아야 하고, 남을 해치기보다는 자기를 드높이는 데 전력을 기울여야 돼. 남을 공격하는 것은 그들을 너무 대단한 존재로 여기기 때문에 그러는 거야〉라고 그는 말했다.

 스테파니아는 그의 말을 귓등으로 들었다. 결국 어떤 충격적인 사건을 겪고 나서야 그녀가 마음을 돌렸다. 그녀를 구해 주었던 청소부를 그녀의 급우들이 한꺼번에 달려들어 공격하는 사건이 벌어졌다. 그녀들은 그 청소부가 〈캐러멜 덩어리〉의 유일한 친구라는 것을 알고 있었다. 물론 그 여학생들은 청소부를 조금 혼내 주겠다는 생각으로 떠밀었을 뿐이었다. 그러나 불운하게도 그 아주머니의 뒤통수가 벽모서리에 부딪혔다. 아주머니는 그 자리에서 죽음을 맞았다.

 그 소식을 들은 라마교 신자 친구는 이렇게 말했다.

「아주머니가 죽은 건 네 잘못이야. 그이의 자녀들이 어머니를 잃었어. 다 네 잘못이야. 너는 네 업을 그르친 거야. 네 복수를 당장 그만두지 않으면, 천 배의 과보를 받게 될 거야.」

그는 격분을 감추지 않고 그 경고를 남기며 그녀 곁을 떠났다. 비탄에 빠진 스테파니아는 더 늦기 전에 자기 영혼에 깃든 사악함을 씻어 버려야겠다고 생각했다. 예전의 헛헛증 대신에 식욕 부진이 찾아왔다. 굶주림 속에서 몸이 여위어 갔지만, 스테파니아는 여전히 자기 몸뚱이가 싫었다.

영혼의 평화를 되찾기 위해, 스테파니아는 라마교의 가르침을 더욱 충실히 따르리라고 결심했다. 그녀는 파도바에 있는 라마교 승원을 찾아갔다. 일단 마음이 다시 평온해지자, 그 친구를 다시 만나고 싶었다. 그러나 그는 다시 나타나지 않았다. 그녀의 몸에 다시 살이 붙기 시작했다.

스테파니아는 가족의 바람에 따라 보통의 여자로 살기 위해서 결혼을 했다. 그러나 그녀는 끝내 보통 여자로 남을 수 없었다. 이미 명상의 길에 너무 깊이 들어가 있었던 까닭이었다.

몇 년의 세월이 흘러, 스테파니아는 프랑스 사람들이 영계 탐사를 시작했다는 이야기를 들었다. 자기를 구해 준 그 청소부를 다시 만나기 위해서라도, 그녀 역시 사자들의 대륙으로 떠나고 싶었다.

그녀의 친구인 라마승들은 그녀가 살아온 내력을 알고 있었고, 그녀가 처음에 악에 빠졌다가 선으로 돌아온 사연도 알고 있었다. 그들은 스테파니아가 탐사를 떠나기에 앞서, 여행에 필요한 힘을 얻으라고 라사냐와 폴렌타[55]를 배불리 먹였다.

그렇게 라마승들의 도움을 받아 가며 스테파니아는 마

---

55 옥수수 가루 따위로 쑨 죽.

침내 모호 1을 건넜다.

우리는 경이의 눈으로 그녀를 바라보았다. 스테파니아는 우리를 차례차례 살펴보고 나서 말했다.

「나는 여러분의 업을 훤히 들여다볼 수 있어요. 내겐 여러분의 삶이, 펼쳐 놓은 책이나 다름없어요. 라울, 당신은 전사(戰士)예요. 당신은 당신이 거쳐야 할 윤회의 한가운데에 와 있어요. 전생에 어떤 일을 시작해 놓고 그걸 미처 다 끝내지 못했어요. 그 때문에 화난 사람처럼 늘 쫓기듯이 살지요. 현생에서 다 이루려고 초초해 하며 말이에요.」

「당신 말이 맞아요. 하지만 내가 초초해 하는 것은 전생에 다 못한 일 때문이 아니라 지금 이 삶에서 이루지 못한 일이 있어서 그래요.」

스테파니아는 나에 대해서도 이야기했다. 나는 어리고 순수한 영혼이며 악행에는 아무런 흥미를 느끼지 못하기 때문에 악행을 저지를 수 없다고 했다. 또, 나는 윤회의 초입 단계에 있을 뿐이어서 내 영혼이 백지 상태나 다름이 없다고 했다. 스테파니아는 이렇게 강조했다.

「당신은 아주 영리해서 그것을 깨달았을 거예요. 당신은 이미 많은 것을 알고 있어요. 그래서 앎을 추구하는 삶을 선택한 거예요. 그건 아주 잘한 일이에요.」

「그럴지도 모르지요.」

나는 내 인격이 칼로 자른 듯한 몇 마디 말로 요약되는 것에 기분이 상해서 시큰둥하게 내뀄다.

스테파니아가 사람에 대해 너무 쉽게 단정을 짓는다는 생각이 들었다. 그녀가 이번에는 아망딘 쪽을 보며 말했다.

「아망딘, 당신은 유난히 육체적인 사랑을 좋아하는군요. 그렇죠?」

아망딘은 귀까지 벌게진 채, 되물었다.

「그래서요? 그게 뭐 어쨌다는 거예요?」

스테파니아는 아망딘을 진정시키며 말했다.

「물론, 내가 상관할 바는 아니에요. 하지만 당신은 남에게 너무 많은 것을 주고 있어요. 당신은 육체적인 사랑을 통해서만 자아를 완전히 실현할 수 있다고 생각하고 있어요. 그 생각은 잘못이에요. 성적인 에너지는 모든 에너지 중에서 가장 강력해요. 그것을 오르가슴을 위해서만 사용하는 것은, 헛되게 소모하는 거예요. 그 에너지를 관리하고 가려서 쓰는 법을 배워야 돼요.」

122. 역사 교과서

타나토노트들은 강인하고 냉정하며 오로지 한 길만을 고집하는 사람들이었다. 그들은 자기들이 어디로 가는지를 잘 알고 있었다. 그들 모두가 목에 걸고 있는 메달에는, 〈알려지지 않은 곳이 남아 있는 한, 우리는 곧장 나아갈 뿐이다〉라는 표어가 새겨져 있었다.

『기초 강의용 영계 탐사의 역사』

123. 요가의 가르침

명상 수련은 다음과 같은 과정으로 이루어진다.

좌법(坐法) 신체를 단련하고 부동의 자세를 유지하도록 훈련하는 것.

조식(調息) 호흡을 조절하는 것.

제감(制感) 정신을 제어하는 것.

명상을 하기 위해서는 어떤 방에 따로 떨어져 편안한 자세를 취하고 미간에 있는 한 점에 생각을 집중시키면 된다.

그러면 모든 잡념이 사라지고 정신이 맑아지면서 주변 세계에 귀를 기울이게 된다. 자기에게 속한 것과 세계에 속한 것의 차이를 느끼면서 자기의 자아가 몸을 벗어나 우주로 나아간다.

『라자 요가[56]의 명상법』

프랑시스 라조르박의 논문, 「죽음에 관한 한 연구」에서 발췌

124. 다시 스테파니아

스테파니아는 그런 사람이었다.

라울은 다른 사람들이 있다는 것은 아랑곳하지 않고 그녀를 뚫어지게 바라보면서 침묵을 지키고 있었다. 나는 처음으로 내 친구가 사랑에 빠져 있는 모습을 보았다. 두 사람의 관능이 서로를 끌어당기는 모양이었다. 그들의 눈길은 봄을 맞이한 한 쌍의 멧비둘기처럼 서로 쫓고 달아나기를 거듭했다.

아망딘은 분명히 그 이탈리아 여자에 대해 우리처럼 열광하고 있지 않았다. 아망딘은 스테파니아가 자기의 성욕을 빗대어 나누란 것이 마뜩지 않았다. 잘 알지도 못하는

---

56 요가는 어떤 수련 방법과 철학을 중시하느냐에 따라 여섯 가지로 나뉘는데, 라자 요가는 심리적 통제의 수련 방법을 중심으로 삼는다.

처지에 면전에 대고 그런 말을 하는 건 예의가 아니었다. 게다가 다른 사람들이 듣고 있는 자리가 아니었냐 말이다. 조용히 내리뜬 그녀의 눈에는 짙푸른 빛만 감돌았다. 짙푸른 대양이 검은 심연 같은 동공을 삼켜 버린 모양이었다.

그제껏 아망딘은 우리 동아리에서 언제나 여성을 대표하고 있었고, 그런 독점적인 권리를 향유하는 데 익숙해져 있었다. 그런 상황에서 스테파니아가 등장했다. 첫 번째 죽음의 장벽을 넘은 스테파니아는 그녀보다 더 강력한 경쟁자였다. 냉정하기 이를 데 없던 라울마저 그녀에게 반해 있지 않은가!

우리는 포만감을 느끼며 랑베르 씨의 타이 식당을 떠나, 더 편하게 이야기를 나눌 수 있는 우리의 펜트하우스로 자리를 옮겼다. 나는 스테파니아에게 명상법을 보여 달라고 부탁했다.

스테파니아는 가부좌를 틀고 앉아서 등을 아주 곧게 펴고 눈을 감았다. 그런 다음, 10분 동안 미동도 하지 않고 그대로 있었다. 이윽고 그녀가 눈을 뜨더니, 한바탕 홍소를 터뜨렸다.

「이렇게 하는 거예요. 잡념을 버리고 숨결이 척추를 따라 흐르게 만드는 거예요. 그러고 나면 육체를 빗어나 장문을 통해 이륙할 수가 있어요.」

「무엇을 느꼈지요?」

「그걸 뭐라고 규정할 수는 없어요. 그냥 느껴질 뿐이에요. 그런 질문은 소금의 맛이 어떠냐고 묻는 것과 같아요. 단맛밖에 모르는 사람에게 소금의 맛을 설명하기란 참 난

처한 일이에요. 어떤 말을 사용해서 그것을 정의할 수 있을까요? 소금의 맛이 어떤 것인 줄 알려면 직접 소금 맛을 보는 수밖에 없어요. 명상이 뭔 줄 알려면 명상을 해봐야죠.」

하나마나 한 대답이었다. 나는 물러서지 않았다.

「하지만, 실제로 해보려면……」

「내가 하는 걸 다들 보셨을 거예요. 가부좌를 틀고 어떤 한 이미지에 생각을 집중하는 거예요. 예를 들어 촛불 같은 것을 머릿속에 그리며 명상에 들어가면 돼요. 여러분의 감겨 있는 눈꺼풀 안에서 그 촛불이 한동안 춤을 출 거예요. 그러다가 그 촛불을 끄고 떠나는 거예요.」

「어디로요?」

「하늘로요. 영계로 가는 거죠. 물론 한 가지 문제가 있어요. 죽는다는 생각을 받아들일 수 있느냐는 거예요. 아내, 자식, 친구를 생각하며 머뭇거리는 사람, 그리고 자기는 이 세상에 꼭 있어야 할 사람이라고 생각하는 사람 — 참으로 터무니없고 오만한 생각이지요 — 그런 사람은 명상에 적합하지 않아요. 명상이란 죽음을 향해 나아가는 것이기 때문이에요. 죽음은 삶과 별개의 것이 아니라 삶 속에 있는 더 흥미로운 것이려니 생각하고 자연스럽게 받아들여야 해요.」

라울의 눈이 반짝였다. 그러나 아망딘은 시무룩한 표정으로 투덜거렸다.

「무슨 얘기를 하는 건지 하나도 못 알아듣겠어요.」

스테파니아는 다시 웃음을 터뜨렸다. 우리도 따라 웃었다

「하긴, 백 마디 말보다 우리 라마교 신자들이 죽는 법을 어떻게 배우는지 직접 보여 드리는 게 나을 것 같군요. 라

마교 신자들은 수천 년 전부터 죽음은 하나의 과학이지 숙명이 아니라고 생각해 왔어요. 내일 여러분을 파리 라마교 승원에 데리고 가겠어요. 다행히 파리에도 우리 분원이 있거든요.」

125. 기독교 철학
정신이 육체의 노예로 전락하면 육체적이라고 불러야 마땅하듯이 육체가 완전히 정신에 순종할 때는 마땅히 영적이라고 말해야 한다.

예로니모,[57] 『이사야서에 관한 주석』
프랑시스 라조르박의 논문, 「죽음에 관한 한 연구」에서 발췌

126. 또다시 스테파니아
파리 라마교 승원에서 임종을 앞둔 신자를 위한 밤샘 의식이 벌어지고 있었다. 향 연기가 뽀얗게 피어오르는 사이로 눈매에 장난기가 어린 거대한 불상이 우리를 지켜보고 있었다. 불상은 비만증 환자처럼 뚱뚱했다. 문득 우리의 뚱보 스테파니아가 라마교에 빠진 이유를 알 것 같다는 생각이 들었다. 라마교에서는 웃고 있는 뚱뚱보를 섬기고 있었다(그 후에 나는 내 생각이 짧았다는 것을 알았다. 내가 본 그 불상은 티베트의 불상이 아니라 중국의 불상이었다. 티베트의 불상은 훨씬 더 날씬하고 근엄하다. 그것은 불상을

---

[57] 라틴어 이름은 Hieronymus(347?~420). 기독교의 성인, 성경학자. 가톨릭교회에서 공식적으로 사용하는 라틴어 역 성경인 『불가타*Vulgata*』의 번역자.

마련해 준 종교부의 실수에서 비롯된 일일 터였다. 하지만 티베트 사람들은 남의 나라에 얹혀사는 처지에 감히 항의할 생각은 못 하고, 점차로 중국 불상과 더불어 사는 일에 익숙해졌을 것이다. 그 불상들은 그들의 땅을 침략한 자들, 그들을 박해한 자들, 티베트 겨레를 없애 버린 자들의 것이었다).

사포로 문질러 놓은 것처럼 두피가 꺼칠꺼칠한 까까머리 사내들이 면식도 없는 우리에게 인사를 했다. 그들은 연한 자줏빛 가사를 법복으로 두른 채 새김을 넣은 나무 원통들을 돌리고 있었다. 그들이 단조로운 소리로 경을 읽는데, 무슨 뜻인지 통 알아들을 수가 없었다.

그 일이 끝나자, 그들은 누워 있는 어떤 사람 주위로 모여들었다. 스테파니아가 우리를 그쪽으로 이끌었다.

라마승 하나가 시를 낭독하기 시작하자 몇 개 국어에 능통한 스테파니아가 동시통역을 했다.

오 아들아, 우리 아들아, 죽음이라 부르는 것이 이제 너를 찾아왔구나!

너는 이 세상을 떠나지만, 그것은 너에게만 있는 일이 아니다. 죽음은 우리 모두를 찾아올 것이니라.

미약한 힘으로 현생에 매달려 있지 말고 떠나거라.

설령 미약한 힘으로 매달려 있다 해도, 이승에 머물 힘을 얻지는 못할 것이다. 네가 얻을 것은 오로지 업해(業海)에서 헤매는 것뿐이니라. 그러니 집착하지 말라. 약한 모습을 보이지 말라. 삼보(三寶)를 기억하라.

「오 소중한 아들아, 쇼니이드 바르도(추억의 방울들이 공격을 퍼붓는, 모호 1 너머 구역?)에서 어떤 무서운 일을 겪게 될지도 모른다. 그곳에서 너는 현생의 일을 만나게 될 것이다. 그러나 꿋꿋하게 나아가거라. 이 말을 잊지 말고 그 의미를 마음속에 간직하거라. 그 말 속에 깨달음의 비결이 담겨 있느니라.

참으로 안타까운 일이다. 현생의 경험이 나를 짓누르고, 허깨비들이 몰려와 공포와 불안과 고뇌가 엄습하는데, 온갖 환영이 다 내 의식의 반영이고 저승의 환영임을 어떻게 받아들일 수 있으리오.

위대한 결말을 짓는 그토록 중요한 순간에, 나 자신의 생각이 지어내는 갖가지 귀신의 무리 앞에서 어찌 두려움을 느끼지 않을 수 있으리오.

오 소중한 아들아, 네가 이승에서 지성으로 참선하고 공경을 바쳤음에도, 거기에서 만날 허깨비가 모두 네 생각이 지어낸 것임을 깨닫지 못하면, 그리고 네가 지금 이 가르침을 듣지 않는다면, 빛이 너를 압도할 것이고 소리가 너를 두려움에 떨게 하리라.

모든 가르침 중에서 가장 중요한 그것을 모른다면, 그리하여 빛과 소리의 실체가 무엇인지를 알지 못한다면, 너는 업해를 헤매게 될 것이다.」

라마승의 말은 첫 번째 코마 장벽을 넘었을 때, 브레송과 스테파니아에게 일어났던 일이 무엇인지를 잘 설명해 주고 있었다. 브레송은 쇼니이드 바르도에서 두려움에 압도당했던 것이고, 스테파니아는 그것을 피하는 법을 알고 있었던 것이다.

라마승 하나가 빈사자에게 다가가 목 언저리에 손을 대는데, 그 손놀림이 기이했다. 스테파니아가 우리에게 설명했다.

「지금 목동맥을 압박하고 있어요. 맥박이 멎고 영원한 잠이 찾아올 때까지 저러고 있을 거예요. 숨이 순환의 중심 통로를 떠나고, 곁 통로도 더 이상 이용할 수도 없게 되면, 위로 올라가서 브라마의 구멍을 통해 밖으로 나갈 수밖에 없어요.」

「저 사람은 분명히 우리가 보는 앞에서 죽임을 당하고 있는 거예요!」

나는 당혹감을 감추지 않고 큰 소리로 말했다. 아망딘도 언짢은 표정을 짓고 있었다.

스테파니아는 부드러운 눈길로 나를 물끄러미 바라보았다. 문득, 나 역시 그 라마승과 똑같은 짓을 했다는 생각이 들었다. 영계 탐사라는 명분을 걸고, 사자들의 대륙으로 사람을 보낸다면서 그들을 죽였다. 우리의 실험 때문에 목숨을 잃은 수많은 인간 기니피그를 생각하면서 나는 입을 다물었다.

「그런데, 브라마 구멍이라는 게 뭐요?」

라울이 물었다.

「브라마 구멍이란 영혼이 우리 몸에서 빠져나가는 문이에요. 정수리 부근에 있는 한 점이지요. 목덜미 머리털 뿌리 부분에서 손가락 여덟 마디만큼 떨어져 있어요.」

라울은 스테파니아가 설명하는 〈브라마 구멍〉의 위치를 수첩에 적었다. 결국 최후의 대륙을 향해 출발하는 항구에 관한 얘기인데, 그가 놓칠 리가 없었다.

죽어 가는 사람을 마주하고 라마승은 그 사람이 곧 도착하게 될 첫 번째 바르도, 즉 첫 번째 저승에 관한 얘기를 들려주었다. 라마승은 그곳을 〈본연의 진리가 지배하는 세계〉라고 말했다. 스테파니아는 우리에게 귓속말로 설명을 덧붙였다.

「지금 숨이 중앙 통로로 몰려들고 있어요. 외부 호흡은 멎었지만, 내부에서는 아직 숨이 흐르고 있어요. 이 몸속에는 이제 의식이 없어요. 건강한 사람일수록 이 단계가 길지요. 죄악 때문에 심신이 건전치 못하고, 숨결이 흐르는 섬세한 통로가 순결치 못한 사람은 순식간에 이 단계가 끝나 버려요. 하지만, 어떤 건강한 사람은 사흘 반을 버티기도 해요. 그런 까닭에 우리는 죽은 지 나흘이 되기 전에는 시신을 매장하거나 해부하지 않지요.」

「무엇을 하기 위해 그 나흘이 필요하지요?」

내가 그렇게 묻자, 대답이 궁한 적이 없는 우리의 라마교 신자가 선뜻 말했다.

「그 나흘 동안 저승의 빛에 차츰차츰 익숙해지는 거예요.」

나는 문득 예전에 들은 무서운 이야기들을 떠올렸다. 관에 넣어 땅속에 묻은 사람들이 어쩌다 깨어나는 수가 있었다. 장례를 너무 일찍 치렀기 때문에 일어나는 일이었다. 어떤 사람들은 절망에 빠진 채 오랫동안 관의 안쪽 벽을 두드리다가 공기가 부족해서 결국 진짜 죽음을 맞았을 것이다.

어떤 사람들은 요행히 지나가던 사람이나 묘지기가 그들이 부르는 소리를 듣게 되어 기적적으로 살아났다. 그런 일이 있은 뒤에 어떤 사람들은 임종을 맞으면서 자기를 묻을 때 종을 같이 묻으라고 요구하기도 했다. 혹시 자기들이 깨어나게 되면 종을 흔들어 그것을 알리겠다는 생각에서였다. 죽은 사람이 깨어나는 일은 화장터에서도 일어날 수 있었으리라. 불길이 번져 가는 화덕 속에서 사람이 깨어나는 장면을 상상하니, 역시 나흘을 기다리는 것이 바람직하다는 생각이 들었다.

옛날 사람들은 죽음과 깊은 코마를 제대로 구별하지 못했다. 그래서 목숨이 아직 붙어 있는 사람을 묻어 버리는 일이 비일비재했다. 오늘날은 어떤가 하고 생각해 보니 여전히 죽음 판정에 의심이 가는 경우가 없지 않다는 생각이 들었다. 심장 고동의 정지, 뇌 기능의 정지, 감각의 정지 등 죽음을 판정하는 기준은 여럿이 있겠지만, 죽음의 문턱을 완전히 넘어갔음을 알리는 진정한 징후는 무엇일까?

우리는 라마교 승원을 나와 페르 라셰즈 묘지에서 바람을 쐬었다. 라울과 스테파니아는 재미있는 얘기를 주고받으며 앞서가고, 아망딘과 나는 그 뒤를 따라갔다. 두 사람을 보면서 아망딘이 뒤틀린 소리를 했다.

「라울을 너무 노골적으로 유혹하는 거 같지 않아요? 그것도 결혼한 여자가 말이에요. 남편이라는 사람은 이탈리아에서 뭐하는지 모르겠어요. 오쟁이 지겠다고 작정을 했나 보죠?」

아망딘이 그렇게 불뚱거리는 모습은 처음 보았다. 저승

을 정복하는 일 따위는 안중에도 없고 그저 사랑을 독차지하려고 강짜 부리는 여자로만 보였다. 펠릭스와 사랑을 나누고, 장과 사랑을 나눈 그녀가 이젠 라울을 원하고 있었다. 아망딘은 그 사실을 스스럼없이 내게 털어놓았다. 그녀의 사랑을 얻지 못하고도 오로지 그녀만을 꿈꾸고 있는 나에게!

하지만 사랑이 너무 강하면 뱉도 없어지는지, 나는 그녀를 달래려고 애썼다.

「걱정 마요. 라울은 분별력이 있는 친구예요.」

그녀가 내 팔 안쪽으로 자기 팔을 들이밀었다.

「저 사람이 내게서 뭔가를 느끼고 있는 건지, 아니면 나를 단순한 보조자로 여기고 있는 건지 모르겠어요. 미카엘 생각엔 어때요?」

어찌하여 여자들은 나를 연인으로 선택하지 않고, 속내 이야기를 털어놓을 친구로만 선택하는 것일까? 더구나 다른 여자들도 아니고, 내가 그토록 갈구하는 여자들이 말이다!

그럼에도 내 입에서는 바보 같은 말이 튀어나왔다.

「라울이 속으로는 당신을 사랑하고 있어요.」

바보가 아닌 다음에야 그런 얼빠진 소리를 할 리가 없었다. 아망딘의 얼굴에 금세 생기가 돌았다.

「정말 그렇게 생각해요?」

그녀가 경박하다 싶을 만큼 밝은 음성으로 물었다. 나는 이왕 이렇게 된 거 갈 데까지 가보자는 심사로 덧붙였다.

「그렇다고 확신합니다. 하지만…… 그 친구는 그 사실을 당신에게 고백할 엄두를 못 내고 있어요.」

127. 공익 광고

때로는 인생이 눈물 계곡 같다는 느낌이 들기도 합니다. 하지만 저는 인생을 사랑합니다. 어제 일을 얘기해 볼까요? 저희 집 우편함을 뒤져 보니 영수증 쪼가리들 밖에 들어 있지 않았습니다. 텔레비전에는 재미있는 프로그램이 전혀 없었지요. 아내는 줄곧 바가지를 긁었고요. 주차 위반 단속원들한테 딱지를 여러 장 떼였고, 어떤 녀석이 열쇠로 제 차를 긁어 버렸지요. 하마터면 히스테리를 일으킬 뻔했지만, 그 고비를 넘기고 나니 그런대로 참을 만했습니다. 인생에 그런 구질구질한 일만 있는 게 아니라는 것을 알고 있었기 때문이지요. 산다는 것은 즐거운 일입니다. 상쾌한 공기를 마시고, 착하고 슬기로운 사람들을 만나는 일입니다. 그래서 저는 모든 것을 너그럽게 받아들이려고 노력합니다. 어쨌든 삶이란 품질이 우수한 상품입니다. 저는 아침마다 그것을 사고 밤마다 그것을 다시 주문합니다. 어떻습니까? 여러분도 저처럼 해보지 않으시렵니까? 인생을 사랑하십시오. 인생은 결코 여러분을 실망시키지 않을 것입니다.

이상은 〈생명 진흥청〉에서 전하는 말씀입니다.

128. 사랑 이야기

뷔트 쇼몽의 타나토드룸에 있는 아파트에서도 내 삶은 여전히 쓸쓸했다. 단실 아파트에 살던 옛날과 달라진 게 없었다.

스테파니아는 잠시 이탈리아에 다니러 갔고, 우리 세 사람은 그녀가 돌아오는 대로 되도록 훌륭한 비행을 할 수 있도록 우리 장비를 점검했다.

셋이서 함께 하는 식사 시간이 견디기 힘든 시련처럼 되어 버렸다. 아망딘은 언제나 라울의 곁에 바싹 다가가 앉았고, 음식보다는 라울을 더 탐심 어린 눈으로 바라보았다. 물론 라울의 마음을 사로잡고 있는 쪽은 이탈리아의 타나토노트였지만, 아망딘의 교태가 나날이 성과를 얻어 가고 있는 것도 사실이었다.

두 사람은 자기들의 감정이 발전하는 상황을 일일이 나에게 보고하고 싶어 했다. 기가 찰 노릇이었다. 두 사람 다 나를 흉금 없이 얘기를 털어놓을 수 있는 사람으로 여기고 있었다. 그 역할을 해내느라고 내 마음은 고뇌로 들끓었다.

「자네 생각은 어때? 아망딘의 옷차림이 갈수록 멋있어지는 것 같지 않아?」

「늘 검은 옷만 입잖아…….」

라울은 내 이야기를 듣자고 물은 게 아니었다.

「아망딘이 점점 예뻐져, 안 그래?」

「언젠 안 예뻤나?」

나는 시무룩하게 대꾸했다.

그날 밤, 그들은 둘이서만 저녁 식사를 했고, 타나토드롬으로 돌아오지 않고 밖에서 잤다. 거룩한 타나토드롬 건물 안에는 나 혼자만이 있었다.

나는 이륙용 의자에 앉았다. 타나토드롬의 모든 에너지가 모이는 바로 그곳이었다. 나는 스테파니아가 가르쳐 준

대로 해보고 싶었다. 초월적인 명상을 통해 초라한 사내의 몰골을 벗어나고 싶었다.

나는 눈을 감고 마음을 비우려고 애썼다. 그러나 눈을 감기가 무섭게 아망딘의 고운 얼굴이 파노라마처럼 나타났다. 천사처럼 아름다운 그녀가 다정한 눈길로 나를 바라보고 있었다. 그녀의 금발 끝자락이 살며시 치켜 올라가 도톰한 입술을 가리고 있었다.

내가 진정으로 원하는 여인을 얻을 수 없다면, 명예를 얻고 부귀를 누린들 무슨 소용이 있으랴!

화가 치밀었다. 내가 사랑하는 그녀가 나 아닌 다른 사내들과 쉽게 잠자리를 같이 한다고 생각하니 너무나 어처구니 없었다. 나는 감았던 눈을 도로 떴다. 〈불쌍한 미카엘의 기분을 상하게 하지 않으려고〉 그들이 타나토드롬에 돌아오지 않고 어떤 호텔에서 살을 섞고 있을 거라는 생각이 들었다. 나는 펠릭스의 말투를 흉내 내어 〈빌어먹을, 영계 탐사 좋아하시네!〉라고 내뱉으면서 냉소를 흘렸다. 스테파니아가 없는 게 유감이었다. 라울과 아망딘 두 사람이 짝을 이루지 못하게 할 수 있는 사람은 그녀뿐일 것 같았다. 나라는 위인은 두 사람을 부추겨 최악의 상황을 만들어 가고 있을 뿐이었다. 나는 아무것도 모르는 체하면서, 가장 친한 내 친구가 내가 가장 사랑하는 여인과 사랑을 나누도록 도와줄 수밖에 없었다.

하지만 결국 그런 일이 일어나리라는 것을 나는 알고 있었다. 그럴 바에야 차라리 일찍 결판이 나고, 나도 빨리 마음을 잡았으면 좋겠다는 생각이 들었다.

의자에 앉아 있는데, 플라스크들이 걸려 있는 가로대가 눈에 들어왔다. 그 플라스크들에는 부스터로 쓰이는 약품이 들어 있었다. 불현듯 몇 가지 생각이 머리를 스쳤다. 〈산다는 게 무슨 의미가 있을까? 나도 코마 장벽을 넘어가 볼까? 내 과거에 대해 두려워할 만한 게 별로 없으니, 브레송처럼 되지는 않을 것이다. 일이 아주 잘못되는 경우에는 펠릭스를 다시 만나게 되겠지.〉 나는 셔츠 소매를 걷기 시작했다. 한순간, 내가 철없는 여드름투성이 청소년처럼 사랑 때문에 자살을 하고 있다는 생각이 들었다. 나는 그렇게 어리석은 짓을 하고 있었다.

나는 손목의 굵은 정맥에 바늘을 꽂았다. 정맥은 그 시련을 피하려는 것처럼 팔딱거리고 있었다. 〈자, 이것을 받아라, 굵은 정맥아, 이제 너는 내 뇌에 충분한 피를 보내지 않게 될 것이고, 그럼으로써 나는 아망딘이 그토록 좋아하는 죽음이 무엇인지를 알게 될 것이다.〉

나는 기계 장치에 전원을 연결하고, 작은 배[梨]처럼 생긴 전기 스위치를 손에 쥐었다.

아망딘은 타나토노트들을 무척 좋아했다. 그녀는 그들과 함께 잤고, 그들에게 접근해서 죽음이 무엇인지를 알고 싶어 했다. 그녀의 관심을 더 많이 끌고자 했으면 나도 진작 타나토노트가 되었어야 했다.

따지고 보면 나는 영계 탐사라는 모험에 거의 참여하고 있지 않은 셈이었다. 어쩌면 나는 아메리카 대륙을 향해 떠났다가 돌아오는 배를 바라보기만 하고 직접 떠나 본 적은 없었던 에스파냐의 뱃사람이나 다름이 없었다. 하지만 어떤 것이든 남이 전해 주는 말만 듣고는 제대로 알 수가 없는 법이다. 직접 현장으로 가는 게 최선이다.

손바닥 안에 든 전기 스위치가 땀에 젖어 끈적거렸다.

〈내가 지금 뭘 하고 있지?〉

라마교 승원에서 들은 라마승의 말이 유치원 아이들의 셈노래처럼 귓전에 맴돌았다.

> 오 아들아, 우리 아들아, 죽음이라 부르는 것이 이제 너를 찾아왔구나!
> 너는 이 세상을 떠나지만, 그것은 너에게만 있는 일이 아니다. 죽음은 우리 모두를 찾아올 것이니라.
> 미약한 힘으로 현생에 매달려 있지 말고 떠나거라.

미약한 힘으로 현생에 매달려 있지 말고 떠나거라……. 현생의 내 업은 그리 탐탁지 않았다. 다음 생에서는 모든 여자들의 마음을 녹이는 바람둥이로 태어나도록 힘쓸 생각이었다. 사랑을 억제하는 법을 배우느라고 한 삶을 보냈다면, 다른 삶에서는 사랑을 실컷 해볼 생각이었다. 그래, 소심한 사내로 죽었다가 플레이보이로 다시 태어나야지.

나는 전기 스위치를 다시 한 번 바라보고 나서, 침을 꿀꺽 삼키고 자신감 없이 초읽기를 시작했다.

「여섯…… 다섯…… 넷…… 셋…… 둘…… 하나…… 발……」

실내가 갑자기 환해졌나. 콩라드 형의 음성이 들렸다.

「미카엘 여기 있어요, 엄마! 너 그 의자에 앉아서 뭐 하는 거냐? 너 찾느라고 사방을 헤매고 다녔다.」

어머니의 음성도 들렸다.

「미카엘이 일을 하는 모양인데, 방해하지 마라. 기계 장치들을 점검하는 것 같구나. 미카엘, 우리 신경 쓰지 말고 어서 하던 일을 계속해라. 별일 아니고, 우리 가게에서 그동안 장사를 어떻게 했는지 너하고 결산을 해볼까 하고 온 거야. 급할 건 없어. 지금 당장 안 해도 되는 일이니까.」

콩라드 형은 전위차계의 버튼을 죄다 눌러 보고 있었다. 여느 때 같으면, 그가 내 물건에 마구 손을 대는 게 싫어서 금세 화를 냈을 거였다. 그러나 그날 밤은, 어쩐 일인지, 그렇게 밉살스럽던 콩라드 형이 갑자기 착한 사람의 완벽한 본보기처럼 여겨졌다.

나는 두 사람이 눈치채지 못 하게 손가락을 살며시 스위치에서 떼어냈다.

「두 번째 장벽 뒤의 모습을 그려 놓은 게 있으면, 우리에게도 주었으면 좋겠어. 다음 시즌에 팔 티셔츠를 준비해야 하거든.」

형의 말이 끝나자, 어머니는 나에게 다가오셔서 이마에 축축하고 진한 입맞춤을 해주셨다.

「너 여전히 밥 제대로 안 챙겨 먹지? 아직 밥 안 먹었으면, 집에 가서 먹자. 좋아할지 모르겠다만 스튜도 있고 골 요리도 있단다. 레스토랑에서만 먹으면 몸 상해. 그 사람들은 찌꺼기 음식이나 내놓고 재료도 아랫질로만 쓰거든. 어디 엄마가 해주는 것만 하겠니?」

일찍이 두 사람에게 그렇게 깊은 애정을 느껴 본 적이 없었다. 두 사람을 만난 게 그렇게 반갑게 느껴지기는 그때가 처음이었다.

나는 얼른 팔목에서 바늘을 뽑았다. 배가 고팠다. 다른 고뇌는 다 사라지고, 오로지 먹을 것에 대한 생각만 머릿속을 채우고 있었다. 아주 따끈따끈한 골 요리가 있으면 좋겠어. 그걸 갓 구운 빵에 발라서 굵은 소금을 쳐서 먹으면 맛있을 거야. 후추도 좀 쳐야지. 그러나 후추는 너무 많이 치면 안 돼. 자칫하면 맛을 버릴 염려가 있지.

129. 기독교 신화

그 천사는 또 수정같이 빛나는 생명수의 강을 나에게 보여 주었습니다. 그 강은 하나님과 어린 양의 옥좌로부터 나와 그 도성의 넓은 거리 한가운데를 흐르고 있었습니다. 강 양쪽에는 열두 가지 열매를 맺는 생명나무가 있어서 달마다 열매를 맺고 그 나뭇잎은 만국 백성을 치료하는 약이 됩니다.

「요한의 묵시록」 22:1~3

프랑시스 라조르박의 논문, 「죽음에 관한 한 연구」에서 발췌

130. 스테파니아 돌아오다

그 뒤로 며칠 동안, 나는 개체성에 집착하지 않고 개인적인 문제를 잊으려고 노력했다. 욕망이 없으면 고통도 없는 법이었다. 나는 아망딘을 향한 내 욕망이 강박 관념으로 바뀔 수도 있다는 것을 알고 있었다. 그녀가 내 손이 미치지 않는 곳에 있기 때문에 그 강박 관념은 더 위험한 것이 될 수도 있었다.

스테파니아가 피렌체에서 돌아왔다. 라울이 아망딘에게 관심을 갖고 있었으므로, 스테파니아와 나는 동병상련의 마음으로 고독을 서로 나누게 되리라는 생각이 들었다. 게다가 스테파니아는 나를 자기 취향에 맞는 남자로 여기는 듯했다. 그녀는 내 등을 탁 치며 웃음을 터뜨리곤 했고, 나를 〈숫보기〉라고 불렀다.

문제는 그런 상황에서 내가 어떻게 처신해야 할지를 모르고 있다는 데 있었다. 나는 여자를 다루는 데는 언제나 손방이었다. 그때까지 내가 사귄 여자가 열 명은 될 터이지만, 그 여자들이 두름성이 있어서 나를 자기들 침대로 끌고 간 것이지, 내 주변머리로는 꿈도 못 꿀 일이었다. 게다가 스테파니아가 결혼한 여자라는 것도 마음에 걸렸다. 그녀가 그런 걸 전혀 문제 삼고 있지 않다 해도 마찬가지였다.

이상하게도 라울과 아망딘은 다정한 연인의 티를 전혀 내지 않았다. 서로 손을 잡는 일도 없었고, 훔치듯 하는 잽싼 입맞춤을 주고받은 적도 없었다. 그들은 그저 담담하게 처신하고 있었다. 뜨거운 관능의 불길을 서로를 통해 일시적으로 가라앉힌 사람들 같았다.

스테파니아는 전혀 눈치를 못 채고, 라울에게 유혹적인 자태를 계속 보였다. 짝이 있는 행복한 남자는 그가 풍기는 행복한 분위기 때문에 다른 여자들에게 한층 더 매력적으로 보이는 모양이었다. 끊임없는 고뇌와 영원한 고독에 묻혀 사는 나 같은 사람에게 여자들이 다가올 리 없었다.

나에게 남은 건 일뿐이었다. 나는 애오라지 일에 매달렸다. 스테파니아를 내 여자로 만드는 일은 갖가지 상상을 통해서만 이루어졌다.

사랑을 얻는 일이 어그러지면 어그러질수록, 죽음을 규명하는 일에 성공하고 싶다는 욕구가 커졌다. 어린 시절 꿈에 나타나던, 해골 가면을 든 하얀 새틴 옷의 여인이 그즈음에는 한층 더 생생한 모습으로 나타났다. 아망딘의 옷을 벗기는 데는 실패했을망정, 커다란 낫을 든 죽음의 여신은 정복하고 싶었다.

죽음이여, 나는 그대의 가면 뒤에 감추어진 것을 보고 말리라.

죽음이여, 그대의 마지막 비밀이 곧 드러나고야 말리라.

우리의 선봉에 설 사람은 스테파니아라는 여자였다. 스테파니아, 그녀가 앞장을 서서 검은 성의 문을 부수고 들어갈 것이었다.

나는 부스터와 이륙용 의자를 개량하고, 감각 반응 측정기를 새로 들여놓았다. 한편으로는 요가의 샤크라 도면과 침술의 경락을 공부했으며, 사람의 형상을 그려 놓고 그 둘레에 라마교에서 말하는 기(氣)의 몸을 그려 보려고 애썼다. 기에 관한 공부를 계속했더니, 어느덧 내 몸 주위에서 그것이 흐르고 있음을 깨닫게 되었다.

나는 명상을 할 때 일어나는 생리적 현상에 대해서도 연구했다. 신비주의적인 신앙에 과학적인 근거를 부여하고 싶었던 것이다. 뇌는 어떤 활동을 하고 있느냐에 따라 각기 다른 파동을 낸다고 한다. 그런 파동들은 보통의 뇌파계로 포착할 수 있다.

예를 들어, 우리가 보통 때처럼 눈을 뜨고 생각에 잠겨 있을 때는, 초당 30회에서 60회의 진동을 낸다. 그런 상태를 베타(β)파대에 있다고 말한다. 잠잘 때보다는 깨어 있을 때가 진동수가 많고, 생각을 집중할수록 진동수가 많아진다.

눈을 감으면 곧 파동이 느려지지만, 이따금 진폭은 더 커진다. 진동수가 초당 12회 정도로 적어지면서, 알파(α)파대에 들어선다.

꿈을 꾸지 않으면서 잠을 자고 있을 때는 델타(δ)파를 낸다. 진동수는 초당 2분의 1회에서 3회이다.

나는 내 기니피그인 스테파니아를 상대로 그것을 확인했다. 그녀의 관자놀이와 후두부와 두정골에 전기 신호 변환기를 장착한 다음, 그녀가 이륙하는 동안 어떤 파동을 내는지 알아보았다. 알파파였다. 그것은 뇌의 모든 표면이 차분한 각성 상태에 있음을 의미하는 것이었다.

하지만 그런 발견은 별 의미가 없는 것일 수도 있었다. 스테파니아가 알파파를 내는 것은 단지 그녀가 자기 명상을 완벽하게 통제하고 있음을 말해 주는 것일 수도 있었다.

그러는 사이에, 우리 팀에 놀라운 일이 생겼다. 스테파니아가 멀리 떨어져 있는 남편과 이혼하고 우리 일을 더 잘하기 위해 파리에 정착했던 것이다. 우리는 내 아파트와 이웃한 4층에 그녀의 아파트를 마련해 주었다.

스테파니아는 아침마다 명상만을 이용해서 펜트하우스로부터 이륙하곤 했다. 그렇게 하는 까닭은, 하늘 멀리서 그곳을 분간할 수 있게 해둠으로써 야간에 명상과 약품을 함께 사용하는 경우에도 헤매지 않고 귀환하려는 것이었다. 피아노 옆의 푸른 식물 사이에서 정신을 집중하고 있는 그녀의 모습이 아름다웠다.

나는 그녀가 떠나는 모습을 지켜보았고, 그녀가 돌아오면 영계 지도를 앞에 놓고 오랫동안 토론을 벌이기도 했다. 나는 지도의 어떤 부분을 지우기도 하고, 색칠을 해서 구역을 표시하기도 했으며, 〈테라 인코그니타〉라는 말을 지도 윗부분으로 밀어내고 싶어 안달이 난 사람처럼, 그 글자들에 펜으로 덧칠을 하며 장난을 쳤다.

스테파니아는 두 주 만에 제1장벽 너머를 세 차례 다녀왔다. 그럼으로써 우리는 영계 지도를 꽤 상세하게 보완할 수 있었다. 물론 과거의 기억은 사람마다 다르기 때문에 스테파니아를 공격한 추억의 거품들이 다른 타나토노트에게 지표가 될 수 없다는 점은 분명했다.

우리는 확실한 결과가 나올 때까지는 당분간 홍보 활동을 일체 중단하기로 했다. 장 브레송이 무시무시한 증언을 한 뒤로 세계 전역에 있는 대부분의 타나토드롬이 문을 닫았기 때문에, 국제적인 경쟁을 염두에 둘 필요도 없었다.

「여섯…… 다섯…… 넷…… 셋…… 둘…… 하나…… 발진.」

야간 비행이었다. 스테파니아는 검은 금속 테를 두른 붉은 의자에 몸을 쭉 펴고 앉아서, 구불거리는 긴 머리채를 블라우스 위로 늘어뜨리고 있었다. 티치아노[58]가 그린 르네상스풍의 그림을 연상시키는 장면이었다.

나는 진힌 키피 한 잔을 마셨다. 스테파니아의 비행은 점

---

58 16세기 이탈리아의 화가. 원래 이름은 티치아노 베첼리오인데, 대개 티치아노라고만 부른다.

점 길어지고 있었다. 그녀가 명상을 통해 코마 상태에 빠져든 지 34분 가까이가 지나 있었다. 라울이 셔츠 단추를 잠그면서 실험실 안으로 들어서고 있었다.

「웬 일이야?」

라울은 내 물음을 들은 체 만 체 하고 타임스위치를 들여다보았다. 스테파니아가 귀환 시간을 코마 플러스 38분에 맞추어 놓은 것을 깨닫고 그는 펄쩍 뛰었다.

「이건 완전히 미친 짓이야! 스테파니아는 깨어나지 못할 거야.」

나는 그 사실을 미처 깨닫지 못하고 있었다. 라울은 얼른 타임스위치를 돌려 눈금을 영으로 놓았다. 그러자 바로 전기 충격 장치가 가동되었다. 급정지 방지 시스템을 갖춘 제동 장치처럼, 전류는 단속적으로 그리고 점점 강하게 흘렀다.

「스테파니아, 돌아와요! 너무 멀리 갔어요.」

불안감이 밀려왔다. 다행히 그녀가 서서히 돌아오고 있었다.

스테파니아가 눈을 떴다. 그녀는 꿈에서 깨어난 사람처럼 눈을 끔벅이며 주위를 두리번거리다가 환하게 웃으며 소리쳤다.

「그걸 봤어요.」

「뭘 봤지요?」

「안쪽으로 들어갔어요. 거기서 그걸 봤어요. 두 번째 장벽이 있어요! 모호 2예요.」

스테파니아가 숨을 가다듬는 동안에 라울은 영계 지도를 가져왔다.

「어서 말해 봐요.」

그가 말하자 그녀가 이야기를 시작했다.

「다른 때처럼 먼저 검은 터널 안으로 들어갔어요. 빛 덩이들이 나에게 덤벼들었어요. 각 빛 덩이 속에는 고통스러운 기억이 하나씩 들어 있었지요. 옛날에 내가 제대로 해결하지 못한 일들이었어요. 모든 것을 알고 싶다면, 다 이야기할게요. 나는 어떤 여자애의 책가방을 훔친 적이 있었는데, 그 애를 거기서 만났어요. 내가 좋지 않은 성적을 받아 왔다고 울고 계신 어머니를 봤어요. 또, 내가 딱지를 놓았다고 비관 자살한 청년도 만났어요. 내가 뒤집어진 거북이처럼 버둥거리던 장면을 다시 보고, 학교의 청소부가 죽었다는 소식을 듣던 때의 충격이 되살아났음은 말할 것도 없고요.

나는 그 나쁜 기억들에 맞서서 당시에 내가 왜 그런 행동을 했는지 하나하나 설명했어요. 책가방을 훔친 것은 부모님이 그것을 사주실 만큼 부유하지 않았기 때문이고, 학교 성적이 나빴던 것은 어머니가 공부에 전념할 시간을 주지 않으시고 늘 설거지와 청소를 시키셨기 때문이며, 내게 사랑을 구하던 남자를 뿌리쳤던 것은 그때 이미 내 마음에 드는 다른 청년에게 반해 있었기 때문이었다고요. 그리고 학교 청소부가 죽은 것은 내가 책임질 일이 아니라고 이야기했어요.

주위를 둘러보니, 다른 망자들도 자기들의 기억과 싸우고 있더군요. 그들이 스스로를 정당화하지 못하자, 마치 백혈구가 세균을 공격하듯이 기억들이 그들에게 달려들기 시작했지요. 살인을 저질렀던 자들은 피살자들로부터 앙갚음을 당했고, 자기 일에 태만했던 자들은 뺨을 맞았어요. 또, 게을렀던 자들은 수렁에 던져졌고, 불뚝불뚝 성을 잘 내던 자들은 물결에 휩쓸려 갔어요. 그 광경을 보니 문득 단테의 『신곡』이 생각나더군요. 인색함으로 죄를 지은 자들은 눈꺼풀이 붙어 버렸고, 음탕함으로 죄를 지은 자들은 살이 불탔어요. 어쨌든 죽음은 끔찍한 거예요.

악마처럼 달려드는 기억을 물리치고 주위 사람들이 싸우는 모습을 보면서 나는 검은 터널 속을 계속 갔어요. 어느덧 터널이 보랏빛을 띠고 있더군요. 주위는 여전히 캄캄했고 공포로 가득 차 있었어요. 내벽은 가루 같은 것으로 이루어져 있었고, 흙을 막 갈아 놓은 듯한 냄새가 났어요.」

그녀의 이야기에 따르면, 거대한 터널은 갈수록 폭이 좁아지고 있었다. 그래도 그 직경은 여전히 수백(어쩌면 수천) 킬로미터에 달했다.

터널은 커다란 대야나 깔때기 같은 모습이었다. 사람들은 내벽에 돌출한 가파른 벼랑길 위에서 자기들의 기억과 싸우고 있었다. 빛은 깔때기의 안쪽에서 계속 반짝이고 있었다. 그러나 위아래의 구분이 없어지기 때문에 그쪽을 위쪽이라 말할 수는 없었다.

스테파니아는 라울이 들고 있던 영계 지도를 빼앗더니, 그것을 기울여 깔때기의 뾰족한 쪽이 바닥을 향하게 했다.

「원뿔은 수평이 아니라 수직으로 되어 있어요. 흙투성이의 벼랑길을 따라감에 따라 폭이 점점 좁아져요.」

그렇게 말하고 나서, 스테파니아는 갈겨쓰는 글씨로 다

음과 같이 썼다.

1. 이륙.
2. 정상적인 생명의 징후가 일체 소멸.
3. 코마.
4. 이승을 벗어남.
5. 우주 속을 18분간 비행.
6. 자전하는 거대한 빛의 동그라미 출현: 가장 먼저 나타나는 영계의 모습. 직경은 수천 킬로미터. 영계의 가장자리. 파란 피안.
7. 빛의 기슭에 닿음. 제1구역에 도달.

제1천계
자리 코마 플러스 18분.
빛깔 파랑. 청록색에서 점차 남색으로 바뀌어 감.
느낌 거슬러 버티기 어려울 만큼 매혹적임. 푸름, 물, 상쾌한 느낌. 빛의 유혹.
끝나는 곳 모호 1(직경이 약간 줄어들어 있음).

제2천계
자리 코마 플러스 21분.
빛깔 암흑.
느낌 어눔, 공포, 흙. 춥고 무시무시한 지역. 사자는 갈수록 가팔라지는 벼랑길 위에서 가장 두렵고 고통스러운 기억들과 싸움. 빛은 여전히 존재하지만 사자는 겁에 질려 그것을 보지 못함.

끝나는 곳 모호 2. 그곳을 넘어서면 제3천계로 이어지는 듯함.

스테파니아는 선 하나를 지우고 다른 선을 그린 다음, 〈테라 인코그니타〉라는 말을 뒤로 밀어냈다. 우리의 새로운 경계선에는 모호 2라는 이름이 붙었다. 우리는 기자들을 불러 스테파니아가 올린 성과를 알리기로 했다. 그 발표는 국제적인 반향을 불러일으켰다.

스테파니아는 장 브레송이 자기 과거와의 싸움에서 패배했던 것이라고 설명했다. 기자들이 다시 그와의 접촉을 시도했지만 그는 여전히 아무도 만나려 하지 않았다. 그런 칩거 생활 때문에 그는 하늘나라에서 자기가 겪었던 일의 진정한 의미를 끝내 모르게 될 것 같았다.

그를 만날 수는 없더라도, 그가 불러일으킨 죽음 공포증은 어떻게든 진정시켜야 했다. 그의 가족과 옛 친구들에 대한 탐문 조사가 이루어졌다. 그들은 장이 어떤 기숙학교에서 혹독한 어린 시절을 보냈다고 말했다. 그 기숙학교의 교장은 아동 학대의 혐의를 받던 사람이었다. 장은 겁에 질려 지냈던 어린 시절을 보상받기 위해 처음엔 스턴트맨이, 나중엔 타나토노트가 되었다. 그는 어린 시절을 잊기 위해 갖은 노력을 다 기울였지만, 첫 번째 코마 장벽을 넘는 순간 그것이 되살아나 그를 다시 지옥에 빠뜨린 것이었다.

그 기숙학교의 교장은 혐의 사실이 밝혀져 체포되었고, 그 학교는 문을 닫았다.

그러나 그것으로 죽음 공포증이 완전히 사라지지는 않았다. 사람들은 이제 죽음이 순수한 천국도 완전한 지옥도 아니라는 것을 알게 되었다. 죽음은 천국도 지옥도 아닌 〈제3의 것〉이었다. 신비의 너울은 여전히 벗겨지지 않았다.

전진! 알려지지 않은 곳이 남아 있는 한 우리는 계속 곧장 나아갈 뿐이었다.

우리의 다음 목표는 모호 2였다.

131. 유대교 신화

아담이 세상에 나왔던 첫날 그는 빛이 변하고 있음을 깨닫고 크게 놀랐다. 해가 지고 어둠이 하늘을 뒤덮자 아담은 모든 게 끝나는 거라고 생각했다. 자기의 삶과 세계가 종말을 맞고 있는 것처럼만 보였다. 아담이 소리쳤다.

「아, 이 일을 어찌하면 좋은가! 내가 죄를 지어서 세계가 이렇게 어두워지나 보다. 이제 우리는 태초의 혼돈으로 돌아가고 말 것이다. 이게 하늘이 내게 벌로 내리시는 죽음이로구나.」

아담은 식음을 전폐하고 밤새워 울었다.

이튿날 다시 여명이 밝아 오자 그가 소리쳤다.

「꺼졌다가 다시 살아나는 것, 그런 게 세상이로구나!」

아담은 세계에 종말이 온 것이 아님을 알고 미칠 듯이 기뻐하면서 벌떡 일어나 하느님께 기도를 올리고 제물을 바쳤다.

프랑시스 라조르박의 논문, 「죽음에 관한 한 연구」에서 발췌

132. 백가쟁명(百家爭鳴)

 영계 속을 한걸음씩 꾸준히 나아가고 있던 우리의 성과가 알려지자, 세계 곳곳의 타나토드롬들이 잠에서 깨어나고 영계 탐사가 돌연 활기를 되찾기 시작했다.

 영계 탐사가 다시 유행의 물결을 타고 있었다. 스테파니아가 종교와 과학을 결합하는 새로운 발상을 내놓았다는 사실이 알려지자, 사원들 옆에 새로운 타나토드롬이 세워졌고 죄수와 스턴트맨에 이어 각 종교의 성직자와 수도자들로 이루어진 신세대 타나토노트들이 출현했다.

 그에 따라, 영계 탐사는 새로운 적수를 만나게 되었다. 그들은 영계 탐사를 비웃던 회의주의자들도 영계 탐사에 미쳐 날뛰던 광신자들도 아니었고, 종교를 갖지 않은 세속인들이었다. 그들은 타나토노트들이 미신과 과학을 섞어 폭약을 만들고 있다고 비난했고, 특정 종교를 위해 저승을 정복하려 한다면서 〈포교 탐험가들〉이라는 별명을 붙였다.

 실제로, 첫 번째 장벽을 넘은 사제들은 저마다 자기 종교의 상징물을 보았다고 주장하고 있었다. 암흑 구역에 들어가면 자기 기억과 마주치게 되므로, 그렇게 주장하는 것은 당연한 일이었다.

 베네딕트 파 수도사들은 옛날의 화가들이 성인들의 초상에 후광을 그려 넣은 까닭을 알게 되었다고 말했다. 후광은 심령체가 머리 꼭대기로 빠져나오기 시작할 때의 모습을 형상화한 것으로, 당시의 화가들은 성인들이 육체를 벗어나는 능력을 가졌다는 사실을 그렇게 표현하고 싶어 했을 거라는 것이 그들의 주장이었다.

종교에 반대하는 사람들은 타나토노트들의 주장이 자기들 종교의 입지를 강화하려는 홍보 전략일 뿐이라고 주장하면서 화를 냈다.

영계 탐사에는 많은 이해관계가 걸려 있었고, 그래서 조심하고 삼가야 할 것도 더 많아졌다. 우리는 스스로의 얼굴에 터질지도 모르는 폭탄을 다루고 있다는 것을 깨달았다. 장 브레송의 〈사고〉가 이미 영계 탐사의 위험성을 우리에게 경고해 준 바 있었다.

그러나 더 알고 싶어 하는 욕구만큼 강한 것은 없었다. 우리는 모호 2 너머에 무엇이 있는지를 꼭 알고 싶었다.

스테파니아는 비행에서 돌아올 때마다 모호 2에 대해서 이야기했다. 그녀는 그 두 번째 장벽에 닿기는 했지만, 아직까지는 그것을 넘을 수 있다는 자신감을 갖지 못하고 있었다. 아직 뭔가가 부족하다고 느끼고 있었지만, 그것이 무엇인지는 그녀 자신도 규정을 못 짓고 있었다.

모호 2에 도달한 사람은 그녀뿐이 아니었다. 다른 라마교 신자들, 도교의 도사들, 이슬람교의 수도승들, 조로아스터교 신자들, 여호와의 증인들, 몽 루이 수도원의 트라피스트 수도사들, 생 베르트랑 수도원의 예수회 수도사들도 그리 어렵지 않게 차례로 첫 번째 코마 장벽을 넘어 모호 2에 도달했다. 그러나 두 번째 장벽을 넘는 데 성공한 사람은 없었다.

우리는 종교 단체에서 운영하는 타나토드롬을 여러 군데 찾아가서 그들의 영계 탐사 의식을 배웠다. 따지고 보면 종교들은 본디 자기들 나름의 비행 방법을 간직하고 있었다.

그 방법을 〈영원한 기도〉라 부르건 〈천계와의 만남〉이라 부르건 그건 별로 중요한 게 아니었다.

133. 점성술

한 사람의 운명이 변화하려면 황도 12궁을 다 거쳐야 한다. 동양의 몇몇 전승에 따르면, 12궁의 각 별자리에서 적어도 열두 번씩, 통틀어 144번의 환생을 거쳐야 운명이 달라진다고 한다. 그렇게 많은 삶을 거침으로써 사람은 각 별자리에 속한 모든 선조들의 삶을 두루 겪어 보게 되고 인생 역정에서 만날 수 있는 모든 인격을 다 경험하게 된다. 순수한 영혼이 되려면 모든 종류의 성격과 모든 형태의 삶을 겪어 보아야 한다.

대부분의 사람들에게는 144번의 환생만으로는 부족하다. 석가모니 같은 이도 해탈을 하기 전에 5백 번의 환생을 경험했다고 하니, 우리네 중생의 대부분은 1천 번째 환생에서 2천 번째 환생 사이의 어디쯤에 있을 것이다.

점성술에서는 황도 12궁을 시계 숫자판의 열두 시간에 비유할 수 있다고 주장한다. 시침은 우리의 별자리를 가리키고 분침은 우리의 선조를 가리킨다. 시침과 분침이 함께 우리의 현생이 치러야 할 업보를 결정한다. 그렇다면 우리는 지금 우리가 겪어야 할 〈총체적인〉 삶 가운데서 몇 시 몇 분에 도달해 있는 것일까?

프랑시스 라조르박의 논문,「죽음에 관한 한 연구」에서 발췌

134. 국제화

뤼생데르 대통령이 우리를 찾아와서 우리의 성과를 너무 조급하게 홍보하는 일이 없도록 하라고 당부했다. 많은 종교 지도자들이 심각한 우려를 표명하고 있다는 것이었다. 로마 교황은 교조주의적인 여러 교단과 마찬가지로 수도 생활에 영계 탐사가 끼어드는 것을 탐탁지 않게 여기고 있었다.

라울이 그것은 우리와 전혀 상관없는 일이라고 말하자, 대통령은 어쨌든 우리 실험을 흉내 내다가 이미 백여 명의 성직자들이 목숨을 잃었다며 반박했다. 라울은 그들이 신앙의 힘에 모든 걸 맡기지 말고, 영계 탐사의 과학적인 조건에 더 많은 관심을 가졌더라면 그런 일이 생기지 않았을 거라고 힘주어 말했다. 뤼생데르는 그의 주장에 수긍하는 빛을 보였다. 하지만 그가 종교계의 반응에 무척 신경을 쓰고 있음은 분명했다. 21세기 중엽을 살면서도 성직자들의 힘은 여전히 그에게 두려움을 주는 모양이었다.

뷔트 쇼몽의 타나토드롬에서 우리는 영계 탐사의 안전성을 높이기 위해 우리 나름대로 노력을 계속했다. 스테파니아는 척추를 아주 곧게 세우고 등을 받치며 턱을 가슴에 붙이고 어깨를 활짝 편 자세를 유지할 때, 비행이 더 잘 이루어진다는 것을 확인했다. 그에 따라 우리는 그런 인체공학적 자세를 강요하는 스웨덴식 의자를 본떠 새로운 의자를 만들었다.

우리는 또 외부의 소음을 차단하기 위하여 의자 둘레에 유리 돔을 설치했다. 실제로 한창 비행 중인 타나토노트를 어떤 사람이 무심코 방해하는 바람에 사고가 발생하는 경우가 많았다. 타나토노트가 깜짝 놀라는 바람에 은빛 줄이 오므라들기 전에 끊어져 버리는 것이었다. 전화벨 소리나 한 줄기 바람 때문에 문이 꽝 닫히는 소리가 그대로 타나토노트를 황천객으로 만들어 버릴 수도 있었다(그런 짓은 절대로 장난삼아 할 일이 못 된다).

우리는 비행을 한층 쾌적하게 만들기 위해 고급 음향 장치를 설치하기도 했다. 종교 음악을 들으며 영혼이 기분 좋게 비행하도록 하려는 생각에서였다.

훌륭한 의상 디자이너와 전자 공학자가 협력해서 타나토노트에게 아주 편안한 옷을 만들어 주었다. 그럼으로써 타나토노트의 복장은 운동선수들의 보온복이나 턱시도일 필요가 없게 되었다. 그 옷은 스킨 다이버의 복장과 비슷했다. 우리는 그 복장의 빛깔을 흰색으로 결정했다.

그 아이디어는 대단한 반향을 불러일으켰다. 세계의 여러 타나토드롬에서 그 복장을 흉내 냈다. 일본인들은 검은색, 미국인들은 보라색, 영국인들은 빨간색을 선택했다. 신문의 사진 기자들은 멋진 사진을 찍을 수 있어서 만족스러워했다.

옷 색깔을 결정한 다음에는 자연스럽게 각자 자기들의 휘장을 정하기에 이르렀다. 우리 타나토드롬은 점점 작아지는 불꽃 동그라미들 사이를 통과하는 불사조를 휘장으로 정했다.

각 타나토드롬마다 자기들의 종교적, 문화적 특성을 살린 다양한 의식과 휘장을 가지고 있었다. 아프리카 사람들은 탐탐 소리가 울려 퍼지는 가운데 예복을 입고 비행에 나섰다. 그들의 휘장에는 코끼리, 표범, 앵무새 따위가 들어갔다. 자메이카 사람들은 레게 음악과 마리화나를, 러시아 사람들은 러시아 정교회의 성가와 보드카를 애용했다. 또 페루 사람들은 매혹적인 팬플루트 소리가 흐르는 가운데 코카 잎을 씹으며 날아올랐다. 그들의 문장은 고대 잉카의 데드 마스크였다.

국제적인 명성을 얻은 선수들이 신문의 일면을 장식하곤 했다. 사람들에겐 저마다 좋아하는 선수가 있었다. 세계의 도박사들이 누가 가장 먼저 두 번째 코마 장벽을 넘을 것인가를 놓고 내기를 걸었다. 스페인 선수(황소 머리 휘장)는 미국 선수(독수리 머리 휘장)에게 12대 1의 우위를 보이고 있었다. 기억 방울에 관한 증언들이 쌓이고 있었다. 저마다 다르고 한결같이 흥미로운 내용이었다. 『프티 타나토노트 화보』의 판매 부수가 급증했다.

어머니와 형은 〈메이드 인 뷔트 쇼몽〉이라는 딱지를 붙여 이륙용 의자를 팔았고, 간과 신장에 전혀 해가 없도록 내가 개발한 플라시보적 처방을 바탕으로 부스터를 상품화했으며, 비행복과 전기 변환기도 팔았다. 그들은 엄청난 돈을 벌어들이고 있었다.

영계 탐사의 유행은 수그러들 기미를 보이지 않았고, 갈수록 안락해지고 간편해졌다. 방음 돔을 갖춘 의자와 비행복 덕분에 누구나 저승을 다녀올 수 있을 것처럼 보였다.

135. 켈트 신화

켈트 신화에 따르면, 아일랜드에는 켈트 사람들이 와서 터를 잡기 전에, 쑤아하 데이 다난[59]이라는 신족(神族)이 지배하고 있었다고 한다.

쑤아하 데이 다난은 다나 여신의 자손들로서 세계의 북단에 있는 섬들에 살다가, 배를 타고 바다를 건너거나 검은 구름을 타고 공중을 날아서 아일랜드에 쳐들어왔다. 그들은 섬의 지배권을 놓고 악신(惡神) 부족인 포모레와 전투를 벌였다. 애꾸눈에 외다리인 포모레는 전투에 패하여 호수, 수렁, 우물 따위의 깊숙한 곳으로 도망쳤다. 쑤아하 데이 다난은 오랫동안 아일랜드를 지배하다가 지상 세계를 사람들에게 넘겨주고 지하 세계에 살면서 요정들을 지배하였다. 그들은 그 지하 세계를 시(평화) 또는 티르 나 노그(청춘의 나라)라고 불렀다. 그들은 거기에서 마력을 지상으로 보내 사람들이 개화하도록 도와주었다. 켈트족의 제사장 하나가 그들의 도움을 청하러 가자 그들은 마력을 지닌 네 가지 신보(神寶)를 내주었다. 그 네 가지 신보란, 어떠한 대군(大軍)이라도 배불리 먹일 수 있는 다그다 신의 가마솥, 살짝 스치기만 해도 적을 죽일 수 있는 루그 신의 창, 일단 칼집에서 나왔다 하면 누구도 당해 낼 수 없는 누아다 신의 검, 그리고 아일랜드의 왕이 될 만한

---

59 태곳적 황금시대에 아일랜드의 선주(先住) 종족인 악신의 무리인 포모레들을 물리치고 그 섬을 오랜 세월 지배하다가 아일랜드의 선조에게 지배권을 넘겨주었다는 신족(神族). 다나 또는 다누 여신이 그 신족의 어머니이다.

사람이 발을 올려놓으면 외침 소리를 내어 그가 왕임을 알려 주는 팔의 성석(聖石)이 그것이었다.

프랑시스 라조르박의 논문, 「죽음에 관한 한 연구」에서 발췌

136. 두 번째 코마 장벽

숱한 시도에도 불구하고 모호 2는 넘지 못할 장벽으로 남아 있었다. 그러던 차에 일본 선종의 승려 수쿠미 유카가 모호 2에 닿는 데 성공했으며 붉은 빛 뒤에서 뭔가를 보았다고 주장했다. 그는 그 뭔가를 〈게이샤(藝者)와 비슷하다〉고 묘사했다. 참선을 하는 사람 입에서 나온 소리치고는 썩 기이했다. 그는 더 이상 설명하기를 거부하고 곧 그것이 무엇인지를 알아내러 다시 떠나겠다는 말만 되풀이했다.

그러나 그것에 대해 말할 기회는 두 번 다시 오지 않았다. 그의 두 번째 비행이 마지막이 되어 버렸기 때문이다. 그의 동료들이 더 이상 가망이 없다고 생각하고 그의 몸에서 전극을 떼어 내고 살펴보니, 그는 성행위를 하려는 사람처럼 몸을 긴장시킨 채 정액을 질펀하게 싸놓고 죽어 있었다.

그 사실은 극비에 부쳐졌다. 사람들이 저승에서 영원한 성적 쾌락을 누릴 수 있다고 생각하는 날이면 영계 탐사 때문에 다시 수많은 희생자들이 생길 것을 우려한 것이었다.

우리는 가장 먼저 그곳에 다녀와서 더욱 자세한 보고를 해 줄 타나토노트를 애타게 기다렸다. 드디어 그 사람이 나타났다. 인도의 요가 수행자인 리지브 뱅투였다. 그는 자기가 겪은 일을 책으로 썼다. 〈신대륙〉 출판사에서 나온 『끝에서 더 가까운 곳』이라는 그의 책은 곧 세계적인 베스트셀

러가 되었다.

 옛날에 펠릭스가 그랬던 것처럼 라지브 뱅투도 성공의 함정에 빠졌다. 그는 더 이상 자기의 영적인 능력을 발휘할 수 없게 되었다. 이륙을 하기 위해 그는 해시시를 사용해야 했고 돌아와서는 아무것도 기억해 내지 못했다.

 불행하게도 파리 타나토드롬은 그를 맞아들일 기회를 영영 갖지 못했다. 마지막 실험에서, 그의 팀은 45분 넘게 헛되이 기다린 끝에 그의 영혼이 영원히 떠나 버렸음을 받아들이기로 했다. 그들은 그의 시신을 워싱턴의 스미스소니언 박물관에 기증했다. 그 시신은 지금도 포르말린 속에 잘 보관되어 있다.

 결국 우리는 그의 증언을 직접 듣는 대신, 그의 책에 실린 시를 읽는 것으로 만족해야 했다. 붉은색으로 가득 찬, 모흐 2 너머의 색정적인 천계를 묘사한 시였다.

 『끝에서 더 가까운 곳』의 한 대목을 옮겨 보면 다음과 같다.

   아, 그저 얼떨떨할 따름이라.
   두 번째 코마 장벽 너머에 그런 세계가 있을 줄 뉘 알았으리.
   쾌락의 정화(精華)들이 연못을 덮은 수련과 같았다.
   그 수련들이 영계 탐사의 신기원을 예고하는도다!
   각각의 비행은 사랑의 오르가슴과 같을 것이고,
   그 세계를 정복함으로써 『카마수트라』의 속편을 쓸 수 있으리라.
   『카마수트라』는 쾌락 세계의 첫 장(章)일 뿐,

죽음은 우리에게 백 권의 책을 약속한다.
아, 그저 얼떨떨할 따름이라.
저승이 그런 곳인 줄 뉘 알았으리.
그렇듯, 우리 영혼은 황홀경에서 최후를 맞는다.
우리 고통 속에서 태어났으니
그 어찌 지당한 일이 아닐쏘냐.

세 달이 지나자, 사망자 명부는 더 길어졌다. 종교들마다 영계 탐사 수도자들을 모집해서 저승학의 제단 위에 그들을 제물로 바쳤다. 모든 종교들이 영계 탐사에 자존심을 걸고 있었다. 세계에 대한 여러 설명 가운데 자기들 것만이 진실이라는 것을 증명하는 일이 중요했던 것이다. 영계 탐사를 종교 행사의 하나로 만들기 위하여 갖가지 수단이 동원되었다. 따지고 보면, 영계 탐사를 떠나는 것, 다시 말해서 하늘나라로 다가가는 것보다 더 종교적인 행위는 없는 셈이었다.

파리의 사크레 쾨르 성당이나 이집트의 쿠푸 피라미드로부터 영계 탐사를 떠나는 일이 생김으로써, 상황은 바야흐로 〈종교적인〉 국면에 들어서고 있었다.

모호 2 너머의 세계에 대해서 우리가 알고 있는 것이라곤, 그곳이 〈쾌락이 충만한 붉은 천계〉라는 것뿐이었다. 스테파니아는 거기에 가고 싶다는 조바심을 더 이상 억누를 수가 없었다.

많은 명상을 하고 호흡과 심장 고동 조절 훈련을 숱하게 쌓은 끝에 8월 27일 오후 5시, 스테파니아는 마침내 모호 2를 넘는 데 성공했다. 많은 노력과 강한 의지가 올린 개가였다.

스테파니아는 교성을 지르면서 땀에 흠뻑 젖은 채 깨어났다. 얼굴은 아주 발갛고 맥이 심하게 뛰고 있었다.

「우와!」

그녀가 여전히 달떠 있는 상태에서 내뱉은 첫마디는 그것이었다.

라울이 그녀의 이야기를 더 잘 들으려고 몸을 기울이자, 스테파니아는 느닷없이 그의 목을 잡고 입술을 진하게 포개었다. 라울은 별로 거스르려는 기색을 보이지 않고 그녀가 하는 대로 가만히 있었다. 그러는 사이 아망딘의 짙푸른 눈에 한바탕 폭풍이 지나가면서 어두운 빛이 감돌았다.

「자, 얘기해 봐요.」

라울이 가까스로 정신을 차리며 말했다.

「와, 정말 굉장해요. 두 번째 장벽 너머엔 섹스, 쾌락, 환희가 있어요. 엄청난 오르가슴, 대향연, 정말 기가 막혀요!」

무슨 말인지 이해하기가 어려웠다. 스테파니아는 오로지 인상만을 말하고 있었다. 〈절대적 쾌락〉이라는 말이 몇 차례나 되풀이되었다. 〈쾌락, 환희, 황홀경〉, 그런 말에서 강렬한 성적 쾌감을 맛보기 위하여 그곳으로 다시 돌아가겠다는 의지가 너무나 진하게 묻어났다.

우리는 더 자세한 이야기를 듣고 싶었다. 스테파니아는 여전히 같은 식으로 이야기했다. 그곳의 느낌은 오르가슴의 천 제곱쯤 되고 모든 욕구가 완전히 충족되는 듯했다고 했다. 마약으로도, 또 자기가 살을 섞은 그 어떤 사내하고도 그렇게 강렬하고 다채로운 느낌은 가져 본 적이 없다는 얘기였다.

나는 얼굴이 확 달아오르는 것을 느꼈다.

그날 밤, 나는 다시 꿈에서 해골 가면을 든 하얀 새틴 옷의 여인을 만났다. 죽음이 스타킹 고정 벨트를 맨 여인의 모습으로 나타나 나에게 있을 법하지 않은 것을 약속하고 있었다. 저승에 온갖 쾌락이 있다니.

137. 운우지락(雲雨之樂)

우리는 타이 식당에 모여 있었다. 스테파니아가 여전히 농염한 이야기를 계속하고 있었고, 우리는 그녀가 흥분을 가라앉히고 목소리를 낮추기를 바랐지만, 그렇게 만들기가 쉽지 않았다. 게다가 그녀에게서 어떤 선정적인 분위기가 느껴지는지 뭇 사내들의 눈길이 그녀에게 쏠려 있었다.

비단 남자들뿐만 아니라 여자들도 그녀를 흘깃거리고 있었다. 아망딘마저도 더 이상 스테파니아의 쉰 듯한 음성과 황홀감에 젖은 말에 태연할 수가 없는 모양이었다.

스테파니아는 오로지 쾌락에 대해서만 이야기하고 있었다.

쾌락! 이승에서 우리로 하여금 무엇인가를 열심히 하게 만드는 주요한 동기는 무엇일까? 이 삶에서 우리는 무엇을 찾는 것일까? 우리는 왜 일을 하고 남에게 관심을 갖는 것일까? 우리로 하여금 자꾸 앞으로 달리게 만드는 것은 무엇일까? 그것이 쾌락일까?

스테파니아는 바스마티 쌀로 지은 밥을 몇 접시 비우고 나서야 차분해졌고, 우리 펜트하우스로 돌아왔을 때는 과학적인 태도를 되찾고 영계 지도를 보완하는 작업에 기꺼이 착수했다.

〈코마 플러스 24분〉쯤 되는 곳에서 모흐 2를 넘으니, 갑자기 쾌적한 느낌이 밀려왔다고 했다. 청색계, 암흑계 다음에 적색계가 나타난 것이었다. 그곳은 한마디로 쾌락의 구역이었다.

「흥분한 타나토노트는 빛을 향해 더욱 빨리 날아가고, 붉은 터널의 내벽은 벨벳처럼 부드러워요. 영혼은 어머니의 자궁 속으로 되돌아와 다시 태어날 준비를 하고 있는 듯한 느낌을 받지요. 경이롭기 그지없어요!」

그러다가 갑자기 마음 밑바닥에 숨겨져 있던 가장 내밀한 환영들이 나타나기 시작했다. 스테파니아가 꿈꾸었던 남자들이 거기에 있었다. 그녀가 유혹할 수 없었던 그들이 그녀에게 손을 내밀고 음란한 제안을 되풀이했다. 스테파니아는 그들과 함께 감히 상상도 못했던 색정적인 놀이를 즐겼다. 하지만 섹스가 전부는 아니었다. 늘 먹어 보고 싶었지만 언제나 그림 속의 떡이었던 음식들을 그녀는 마음껏 맛보았다.

스테파니아는 자기가 경험하지 못한 욕망들이 자기 속에 있음을 깨달았다. 여자들도 더할 나위 없이 감미로운 애무로 그녀를 즐겁게 해주었다. 그런 환락을 포기하고 타나토드롬으로 돌아오기 위해서 스테파니아는 라마교의 경을 아주 열심히 외어야 했고, 자기의 의지력을 최대한 발휘해야 했다. 스테파니아는 자기가 경험한 것을 알기 위하여 아래 세상에서 자기를 기다리고 있던 우리를 생각했다.

그녀가 알아낸 것 가운데 무엇보다 중요한 것은 또 다른 코마 장벽, 즉 모호 3이 있다는 것이었다.

스테파니아는 영계 지도를 잡더니, 〈제3천계에 이르는 듯함〉이라는 말을 지우고, 글씨 쓰기에 몰두한 학동처럼 혀를 살짝 내민 채 다음과 같이 썼다.

제3천계
자리 코마 플러스 24분.
빛깔 빨강.
느낌 기쁨, 불. 따뜻하고 습기가 있는 구역으로 영혼은 기이하기 이를 데 없는 환영들과 마주친다. 우리 욕망 가운데 가장 은밀한 것들이 드러나는 패륜적인 구역이기도 하다. 그 욕망들을 외면하지 말고 직수긋하게 받아들여야 한다. 그러지 않으면 끈적거리는 내벽에 달라붙어 있게 된다. 빛은 우리 앞에 여전히 있다. 마치 길을 계속 가라고 우리를 일깨우려는 듯하다.
끝나는 곳 모호 3.

그 일이 있은 다음에 타나토드롬의 생활에 약간의 변화가 있었다. 주홍빛 나라에서 관능이 격앙되어 돌아온 스테파니아는 라울에게 노골적으로 달라붙었다. 그녀가 그의 마음을 사로잡는 데는 그리 많은 노력이 필요하지 않았다. 라울은 이미 처음 만나던 때부터 그 이탈리아 여자의 풍만함에 매료되었음을 숨기지 않았던 것이다.

아망딘과 무슨 일인가를 벌이고 있을 때와는 달리, 라울은 둘의 관계를 공공연하게 드러냈다. 이륙실의 화장실을 마음 놓고 드나들기도 어려워졌다. 운우지락에 빠져 있는 두 남녀를 방해하지나 않을까 싶어서였다.

낭패감에 빠진 아망딘은 언제나 그랬듯이 위안과 격려를 받고 싶어서 나를 찾아왔다. 서로 얼싸안고 있는 두 연인과 마주치기가 십상인 랑베르 씨 식당을 피해서 어느 날 저녁 그녀가 불쑥 내 아파트에 나타난 것이다. 냉장고 안에 계란이 몇 개 있기에 나는 부랴부랴 염교 줄기를 넣은 오믈렛을 만들었다. 요리에는 손방인지라 오믈렛을 약간 태웠지만, 아망딘은 내가 그러거나 말거나 신경을 쓰지 않았다.

「미카엘, 나를 진정으로 이해해 주는 사람은 당신밖에 없어요.」

별로 듣기 좋은 말이 아니었다. 나는 고개를 숙인 채, 부주의하게 오믈렛 속에 떨어뜨린 달걀 껍질 몇 조각을 슬쩍 주워 냈다.

나는 내 접시 가운데 가장 아름다운 것 두 개를 골라 식탁 위에 올려놓았다. 아망딘은 반사적으로 식탁에 앉았.

나는 오믈렛을 정성스럽게 두 쪽으로 갈랐다. 아망딘은 자기 접시를 오도카니 바라보고만 있었다.

「안 먹어요? 맛은 없겠지만, 그래도 아주 망친 건 아니에요.」

「아주 맛있어 보여요. 맛이 없어서가 아니라 밥 생각이 별로 없어서 그래요.」

말끝에 한숨이 묻어 나왔다. 아망딘은 내 손을 잡고, 주인에게 버림받고 비를 맞은 개처럼 나를 바라보았다.

「미안해요……. 내 사랑 얘기로 당신을 괴롭혀서…….」

슬픔에 젖어 있는 아망딘은 한층 더 아름다워 보였다. 그날 밤, 나는 그녀와 라울 사이의 사랑 이야기를 아주 시시콜콜한 것까지 다 들어주어야 했다. 그녀의 이야기 속에서 라울은 무척 따뜻하고 진취성이 넘치고 사려 깊은 사람이었다. 아망딘은 라울이 평생 고락을 같이할 만한 남자이며 그렇게 사랑에 빠져 본 적이 없었다고 잘라 말했다. 나는 걱정하지 않아도 될 거라고, 스테파니아는 한때의 사랑이고 결국 그는 아망딘에게로 돌아갈 거라고 말해 주었다.

참으로 알 수 없는 일이었다. 라울은 도대체 어떤 사내이길래, 미칠 듯이 사랑해도 부족할 저 여인을, 짙푸른 눈을 가진 저토록 고운 여인을 버릴 수 있단 말인가. 육덕 좋고 사날 좋은 그 이탈리아 여자가 그토록 마음에 들더란 말인가.

「미카엘, 당신 정말 좋은 사람이에요.」

좋은 사람이면 뭐 하랴. 그녀의 영기(靈氣) 속에는 내 것과 공명하는 것이 전혀 없는 것을. 아망딘은 나를 친구로, 아니 중성의 동료로 바라볼 뿐이었다. 격앙된 내 욕망이 오히려 그녀에게 거부감을 주고 있었던 건 아닌지. 활화산처럼 터질 것 같은 내 열정의 결과를 예감하고 그녀가 겁을 먹고 있었던 건 아닌지.

「미카엘, 당신 참 좋은 사람이에요. 오늘 밤 당신과 자고 싶어요. 그렇게 해줄 거죠? 차가운 시트 속에 혼자 있다는 게 싫어요.」

처음엔 온몸에서 피가 빠져나가는 듯한 느낌이 들더니, 다음엔 얼굴이 화끈거리고 기침이 나왔다.

「좋아요.」

나는 면으로 된 잠옷으로 갈아입고 목까지 단추를 채웠다. 아망딘은 비단 슬립 차림이었다. 반드르르한 살결, 이끼와 용연향 냄새를 풍기는 야릇한 몸이 느껴졌다. 애가 달았다. 일찍이 어떤 여인도 내 마음을 그토록 심하게 흔들어 놓지는 못했다.

 감정을 억제하느라고 몸을 떨면서, 나는 그녀의 어깨로 손을 뻗었다. 야드르르한 살갗에 손이 닿았다.

 내 시트 속에 다소곳하게 웅크리고 있는 아망딘은 쾌락이 약속되어 있는 듯한 느낌을 갖게 해주었다. 머릿속이 끓어오르는 듯했다. 두 번째로 손을 움직이고 나니, 스테파니아가 모호 2 너머에서 겪은 일이 무엇인지 알 것 같았다. 뭔가가 격렬하게 터질 듯한 느낌이 들었다. 내 골밑샘에서 나오는 어떤 분비물이 그런 고통의 느낌을 갖게 하는 모양이었다. 내 손가락들이 그 아슬아슬한 길 위를 몇 걸음 더 걸었다.

 아망딘은 내 손을 잡더니, 미안하다는 듯 생긋 웃으며 밀어냈다.

 「아름다운 우리 우정을 깨뜨리지 말기로 해요. 당신은 둘도 없는 내 친구예요. 난 당신을 잃고 싶지 않아요.」

 속삭이는 듯한 아망딘의 목소리가 귓전을 어지러이 맴돌았다.

138. 요가의 가르침

 사람의 몸에는 다음과 같이 일곱 군데에 샤크라, 즉 활력점(活力點)이 있다.

제1샤크라 음부, 꽁무니뼈 및 항문 위쪽에 자리 잡고 있다. 몸이 건강하면 거기에서 생기가 나온다.
제2샤크라 배꼽 바로 아래 있다. 몸이 건강하면 거기에서 활력이 나온다.
제3샤크라 태양신경절 아래에 있다. 몸이 건강할 때 그것은 지구와 우주의 기(氣)를 몸 안에 들어오게 한다.
제4샤크라 태양신경절 한 가운데에 자리 잡고 있다. 몸이 건강할 때 그것은 편안함을 느끼게 해준다.
제5샤크라 목 아래쪽에 있다. 몸이 건강하면 그것은 의사소통을 아주 원활하게 해준다.
제6샤크라 양미간에 있다. 몸이 건강할 때 그것은 자기 내부의 기를 느끼게 해주고 통찰력을 갖게 해준다.
제7샤크라 정수리에 있다. 몸이 건강할 때 그것은 사물의 본질을 즉각 꿰뚫어 볼 수 있게 해준다.

『하타 요가』[60]

프랑시스 라조르박의 논문, 「죽음에 관한 한 연구」에서 발췌

139. 비난받는 스테파니아

기자들이 스테파니아와 인터뷰를 하겠다고 하도 성화를 부리는 통에, 어머니가 기자 회견을 주선했다. 회견 장소는 그런 때에 대비해서 뷔트 쇼몽 타나토드롬에 마련해 놓은 방이었다. 어머니는 선정적인 잡지나 포르노 잡지를 대표해서 나온 기자들을 그 자리에서 쫓아내는 악역을 자청해

---

60 요가의 한 유파. 음양을 조화시켜 육체의 고통과 생리적 이상을 해소하며 건강하고 아름다운 자태를 되찾는 것에 주안점을 둔다.

서 말았다. 〈우리 스테파니아가 지저분한 잡지의 표지에 실리면 곤란해〉 하고 어머니는 성난 음성으로 중얼거리셨다.

대스타인 우리의 타나토노트가 연단 위에 자리를 잡았다. 15분이 넘도록 그녀를 기다린 참석자들이 그녀의 첫 마디에 경악하고 말았다. 스테파니아는 두 번째 장벽 너머에서 겪은 쾌락에 대해 이야기를 할 터인데, 그 이야기는 오로지 귀가 열려 있는 사람들만이 들을 수 있을 거라고 서두를 꺼냈다. 그러나 그녀가 마주하고 있는 기자들은 자기들의 금기에서 벗어날 수 없는 유치한 정신을 가진 사람들 일색이었다.

「먼저 우리 모두의 가슴속에 깊이 감추어진 욕망에 대한 깊은 성찰이 있어야 합니다. 그런 다음에야 우리는 비로소 이야기를 시작할 수 있을 것입니다.」

그렇게 말하면서 스테파니아는 한바탕 흐드러지게 웃었다. 모든 사람들로 하여금 자기들의 위선에 찬 성적 소심함을 되돌아보게 하는 웃음이었다.

깜짝 놀란 사람들이 항의의 뜻을 담아 중얼거렸다. 어머니는 스테파니아가 쓸데없이 사람들을 난처하게 만든다며 아주 못마땅해하셨다. 〈다음번에 오라고 사정을 해도 기자들이 안 올 거야. 그래서는 장사에 도움이 안 돼〉라고 말씀하고 싶은 눈치였다.

하지만, 열락으로 가득 찬 구역을 발견한 것은 너무 중대한 사건이라서 언제까지고 비밀이 유지될 수는 없었다. 소문은 벌써 나 있었고 자세한 정보가 없던 탓에 공론만 더욱 무성해져 있었다.

보수적인 정당과 사회단체, 그리고 교조주의적인 교단들이 우리를 맹렬하게 비난하고 나섰다.

우리 타나토드롬의 정문에 〈마녀 소굴〉이라는 표지판이 나붙고, 그 앞에 격분한 시위자들이 끊일 새 없이 몰려들어 〈음란 행위 중단하라!〉, 〈논다니집 문 닫아라!〉, 〈죽음은 매음굴이 아니다!〉 따위의 글귀가 적힌 피켓을 흔들어 댔다.

스테파니아는 그 반대자들과 말싸움을 벌이려고 했다. 주먹을 휘두르는 성난 군중을 향해 그녀가 소리쳤다.

「저는 죽음이 매음굴이라고 말한 적이 없습니다. 저는 단지 영계에 있는 여러 구역 중 한 곳이 쾌락에 차 있다고 말했을 뿐입니다. 하지만 세 번째 장벽 너머에 무엇이 있는지는 모릅니다. 우리에겐 아직 알아내야 할 것이 많이 남아 있습니다.」

「입 닥쳐! 넌 저주받은 계집이야!」

옷에 장식 단추를 단 아주 근엄하게 생긴 노신사가 부르짖었다. 노인이 그녀의 뺨을 때리려고 했다. 라울과 내가 두 사람 사이에 끼어들었다. 그 언쟁이 시가전으로 번질 기세였다. 〈우리 둘이 바보들을 물리치는 거야〉라고 중얼거리면서 나는 아랫배에 힘을 주었다. 그러나 경찰이 개입을 결정하기까지 군중의 뭇매를 맞은 끝에 내 몸은 온통 시퍼런 멍으로 뒤덮였다.

뤼생데르 대통령이 우리를 다시 찾아왔다.

「자네늘, 내 얘기를 밀로 들은 거야! 신중하라고, 언제나 신중을 기하라고 그렇게 얘기했건만. 행복하게 살려면 다들 숨어 지내야 할 거야. 우리 때문에 화난 사람들이 많은 게 분명하네. 교황이 우리를 질책하는 교서를 내리고, 모든 종교의 고위 성직자들이 나에게 비난을 퍼붓고 있네.」

그 말에 스테파니아가 큰 소리로 맞섰다.

「그들은 다 소심한 사람들이에요. 그들은 진실을 두려워하고, 죽음의 참모습이 무엇인지, 장벽들을 다 넘으면 무엇이 있는지 알게 되는 것을 무서워하고 있어요. 도대체 교황 성하가 뭘 걱정하시는지 모르겠어요? 우리가 낙태와 사제들의 혼인을 지지하는 신이라도 만나게 될 까 봐 그러시나요?」

「글쎄, 그럴지도 모르지. 하지만 당분간은 우리가 아직 하느님을 만나지 않았다는 사실을 잊지 말기 바라네. 그리고 교황청은 1377년에 만들어진 기구임에 반해, 영계 탐사는 겨우 몇 개월의 경험밖에 가지고 있지 않다는 점도 명심하게.」

스테파니아는 적이건 친구건 자기가 가는 길을 막을 사람은 없다는 듯, 당당한 기세로 일어섰다.

「각하, 설마 한 줌밖에 안 되는 편협한 사람들 앞에서 굽실거리실 생각은 아니시겠지요?」

「정치에서는 양보하고 타협할 줄도 알아야 하네. 게다가……」

「외람된 말씀이지만, 저는 양보도 타협도 하고 싶지 않습니다. 우리는 무지와 싸우기 위해서 이곳에 있는 것입니다. 우리는 탐사를 계속해야 합니다. 인간은 무한한 능력을 가지고 있습니다. 그 점이 바로 인간의 첫 번째 특성입니다.」

스테파니아의 칼로 벤 듯한 말에 대통령은 눈을 휘둥그렇게 떴다. 그가 스테파니아와 마주친 것은 그때가 처음이었다. 대통령은 우리의 성과가 어떻게 이루어졌는지 더 잘 이해하게 된 것 같았다. 죽음의 세계를 넘나들려면 불굴의 의지가 필요한데, 그 작고 통통한 여자가 그런 의지를 지니고 있었던 것이다. 아무도, 어떤 공권력도, 어떤 도덕적·종교적 권위도 그녀를 뒤로 물러서게 만들 수는 없을 것 같았다. 대통령은 경외심을 가지고 그녀에게 인사를 보냈다.

대통령의 간섭은 도리어 스테파니아를 기자들 앞에서 더 수다스럽게 만드는 계기가 되었을 뿐이다. 그녀는 더 이상 머뭇거리지 않고, 모든 욕망과 모든 환락이 구현되는 제3천계에서 자기가 어떤 기쁨을 누렸는지 생생하게 증언했다.

시위가 전보다 더욱 격렬하게 재개되었다. 교황청은 가톨릭 신자들이 영계 탐사에 참여하지 못하게 하고 그것을 위반하는 신자에겐 파문을 내리기로 결정했다. 교황은 〈에트 모르티스 미스테리움 사크룸〉[61]이라는 제목의 교서를 통해 영계 탐사가 금기임을 공식적으로 천명했다. 살아 있는 자가 죽기 전에 저승으로 가는 것은 이제 하느님의 법을 크게 거스르는 죄로 다루어질 것이었다.

바티칸을 지지하는 사람들이 〈이단자에게 죽음을!〉이라고 외칠 때, 우리를 지지하는 사람들은 〈지혜를 일깨우는 금단의 열매를 따 먹자〉고 맞받았다.

그 와중에도 우리는 태연하게 굴었지만, 뤼생데르 대통령은 그런 소란을 가볍게 여길 처지가 아니었다. 교회는 여전히 국민에게 막강한 영향력을 행사하고 있었고, 뤼생데르는 다음 선거를 위해서 가능한 한 모든 사람들을 자기편

---

61 *Et mortis mysterium sacrum*. 죽음의 신비로움과 거룩함.

으로 만들 필요가 있었다.

스테파니아는 『프티 타나토노트 화보』와의 인터뷰에서, 〈죽음의 문턱 너머에 환락의 세계가 있다는 것은 나쁠 게 없다. 그런데도 그렇게 많은 샌님들이 그곳을 색주가로 여기는 것은 유감천만한 일이다〉라고 토로했다. 스테파니아는 솔직하고 당당하게 처신했다. 그럼에도 우리는 그렇게 자신 있는 태도를 견지하기가 어려웠다.

140. 역사 교과서

노인 문제

고대의 어떤 문명에는, 너무 늙고 쇠하여 경제 활동과 사회 활동을 할 수 없는 이들을 인위적으로 제거하는 관습이 있었다. 예를 들어, 에스키모인들은 할머니를 멀리 빙산에 데려다 놓음으로써 곰에게 물려 죽게 하는 방법을 썼다. 대개 할머니들은 자기가 사회에 짐이 된다 싶으면 스스로 그곳으로 가곤 했다. 노르망디의 어떤 가정에서는 사다리의 위쪽 가로장에 미리 톱질을 해놓고 노인을 그 사다리에 오르게 하는 방법을 썼다. 그들은 노인이 사다리에 오르도록 하기 위해 관례적으로, 〈이리 오세요, 할머니, 지붕 밑 방으로 올라오세요〉라는 말을 사용했다.

『기초 강의용 영계 탐사의 역사』

141. 뤼생데르의 새로운 생각

그 뒤에 우리는 대통령을 다시 만났다. 이번에는 대통령이 몸소 찾아온 게 아니라 우리를 엘리제 궁으로 불러들였다. 그곳으로 들어가면 우리가 더 유순해질 거라고 생각한 듯했다. 약속 장소인 서재에 들어갔더니, 앞섶을 겹친 정장 차림의 여자가 대통령과 함께 있었다.

대통령은 종교인들과 싸움을 벌이고 싶지 않다는 말로 말문을 열었다.

「자네들은 유구한 역사를 지닌 종교의 힘을 과소평가하는 잘못을 범하고 있네. 현대는 자기 생각을 난폭하게 강요할 수 없는 시대일세. 타협을 해야지.」

스테파니아는 고분고분하게 듣고 있지 않았다.

「각하께서는 제가 뭘 보았는지 모르십니다. 저는 무엇을 타협하자고 하시는 건지 모르겠습니다.」

뤼생데르가 살짝 미소를 지으며 말했다.

「물론 우리는 적색계에 가볼 기회를 갖지 못했지. 하지만, 우리는 자네가 거기에서 경험한 것을 같이 느낄 수 있어.」

「지나친 생각이세요. 한 여자의 욕망을 이해한다고 주장할 수 있는 남자가 있을까요?」

스테파니아가 그렇게 소리치자 아망딘은 가볍게 웃음을 터뜨렸다.

어쨌든, 뤼생데르는 종교에 도전하는 비탈길로 끌려가고 싶지 않았다. 그는 종교에 맞서는 것은 무익하며, 종교는 좋은 것도 나쁜 것도 아니고 그저 살아남기 위해 애를 쓰고 있을 뿐이라고 생각하고 있었다.

라울은 다윈의 예를 상기시켰다. 다윈은 종교에 맞섬으로써 세계적인 명성을 얻었고, 그런 도전이 없었으면 다윈

니즘이 그렇게 빨리 솟아오르지 못했으리라는 얘기였다. 그 점을 깨닫지 못한 라마르크는 역사의 망각 속으로 사라졌다는 거였다.

뤼생데르는 라울의 말에 일리가 있음을 인정하면서도, 반동적이건 현대적이건 모든 유권자의 지지를 확보하려는 야망을 단념하지는 않았다.

「좌익과 우익을 화해시킬 방도가 하나 있네. 영계 탐사에 합리성을 부여해야 하네. 종교의 반발에 과학으로 대응하자는 거지. 마지막 회의주의자들을 지금 침묵시키지 않으면 영영 기회는 오지 않을 걸세. 그래서 나는 이분에게 도움을 청하기로 했네.」

대통령은 앞섶이 겹쳐진 웃옷을 입은 여자를 우리에게 소개했다.

「로즈 솔랄 교수일세. 천체 물리학자이자 천문학자라네. 이분은 오래전부터 특별한 연구에 전념해 왔네. 〈에덴〉 사업일세. 자네들의 〈천국〉 사업과 유사한 점이 있네. 〈에덴〉 사업의 목표는 우주 속에서 천국의 정확한 위치를 찾는 것일세.」

우주 속에서 천국의 위치를 찾아내다니! 우리는 그 말을 쉽게 이해할 수 없었다. 물론 우리는 줄곧 〈사자들의 대륙〉에 대해서 이야기해 왔다. 그러나 우리는 단지 정신적인 관점에서 그런 얘기를 했을 뿐이었다. 우리는 저승을 다른 차원의 세계로, 우리 육체를 떠난 영혼을 받아들이는 다른 세계로 생각하고 있었다. 말하자면, 평행 우주 같은 것을 상정하고 있었던 것이다. 그것이 우리의 공리(公理)였다.

우리 위에 드리운, 별들이 반짝이는 하늘에 그런 세계가 존재한다는 생각을 우리는 한 번도 해본 적이 없었다. 물론 고대의 많은 민족들이 그것을 확신했었다. 하지만 허다한 로켓과 스푸트니크나 아폴로 같은 우주선을 우주에 보낸 결과로, 하늘엔 은하수와 별밖에 존재하지 않는다는 사실을 입증한 지 이미 오래였다.

무모하기 짝이 없는 실험에도 마음을 열었던 뤼생데르는 확실히 비범한 사람이었다.

다음 날부터 로즈 솔랄은 뷔트 쇼몽 타나토드롬의 우리 팀에 합류했다. 그리하여 우리는 다섯이 함께 일하게 되었다.

142. 천공 지리학

천국의 지리적 위치를 구체적으로 제시한 최초의 문헌은 구약 성서 「창세기」다.

「창세기」에는 메소포타미아의 티그리스 강과 유프라테스 강 근원이 겹쳐지는 지점이 낙원으로 나와 있다. 379년에 성 바실레이오스[62]는 별들이 떠 있는 하늘 너머, 눈에 보이는 세계보다 더 오래된 우주에 천국의 자리를 매김으로써, 천문학 분야의 선구자가 되었다고 봄직하다.

단테는 천문학자가 아닌 시인이었지만 천국은 당연히

---

62 Vassilios(330~379). 그리스의 교부(敎父). 라틴어 이름은 바실리우스. 콘스탄티노플과 아데네에서 학문을 쌓고 근동의 고행 수도자 밑에서 금욕 수행을 한 뒤 카파도키아에 수도원을 설립, 수도원 제도의 효시를 이루었나. 카이사레아의 주교로서 아리우스파를 상대로 논전을 펼쳤으며 삼위일체 교리의 확립에 힘썼다.

구체적인 장소에 자리 잡고 있어야 한다고 생각했다. 그가 생각한 천국의 위치는 별들을 감싸고 있는 〈덮개〉의 속이다. 독일의 예수회 수도사 예레미아 드렉셀(1581~1638)은 복잡한 천문학적 계산에 전념한 끝에, 하느님께 선택받은 백성들이 가는 곳은 지구로부터 정확하게 161,884,943마일 떨어진 곳이라고 주장했다. 토마 앙리 마르탱은 천국이 모든 천체 안에 있다고 주장함으로써 폭넓은 관점을 제시했다.

미국 오하이오 주 천문대 소장이자 한때 신학을 공부하기도 했던 저메인 포터(1853~1933)는 망원경으로 천국의 자리를 찾아내려고 했다. 그는 천공에 대한 탐험을 계속하다 보면 언젠가는 〈하늘의 예루살렘〉을 발견할 수 있을 것으로 확신했다.

토머스 해밀턴 신부(1842~1925)는 천문학자 매들러와 프록터의 연구 결과를 토대로 천국은 지구에서 5백 광년 떨어진 플레이아데스성단의 알시온에 있다고 단정했다. 프랑스의 물리학자 루이 피기에(1819~1863)는 천국이 태양 안에 있다고 보고 그것을 〈사자들의 궁전〉이라고 이름 지은 바 있다. 그는, 〈천국이 더 먼 곳에 있을 수는 없다. 더 먼 곳에 있다면 하나님께 선택받은 사람들이 거기에 도달하는 데 너무 많은 시간이 걸리기 때문이다〉라고 당시에는 제법 논리적인 주장을 펼쳤다.

프랑시스 라조르박의 논문, 「죽음에 관한 한 연구」에서 발췌

143. 매복

나는 타나토드롬 4층의 내 아파트에서 평온하게 잠을 자고 있었다. 그때 갑자기 무엇인가가 내 잠을 깨웠다. 뭔가가 스치고 간 듯도 했고, 어떤 희미한 소리 때문인 듯도 했다. 나는 모든 감각을 긴장시키면서 몸을 일으켜 침대에 앉았다.

머리맡 탁자를 더듬어 안경을 찾아보았으나 거기에 없었다. 낭패였다! 사무실에 두고 온 모양이었다. 일어나서 그걸 찾으러 가야 하는데, 만일 강도가 침입한 거라면 그 악한은 내가 일어나기가 무섭게 나를 때려눕힐 게 틀림없었다.

어떻게 하지? 나는 재빨리 생각을 가다듬었다. 〈공격이 최선의 방어다. 저 자는 내가 자기를 분간할 수 없다는 것을 모르고 있을 것이다.〉 나는 어둠 속에서 소리쳤다.

「나가! 여기엔 당신이 탐낼 만한 게 전혀 없어!」

대답이 없었다. 아무것도 보이지 않았지만, 누가 있다는 건 분명히 느낄 수 있었다. 방 안에 틈입자가 있었다.

「나가!」

나는 전등 스위치를 찾으면서 그 말을 되풀이했다. 나는 침대 밖으로 뛰어나갔다. 벌거벗고 있지 않은 게 다행이다 싶었다. 그런 순간에도 옷을 입고 있다는 게 중요하게 여겨졌던 모양이다. 스위치가 있는 곳은 어둠 속에서도 금방 찾을 수 있었다. 나는 힘차게 스위치를 눌렀다. 아무도 없었다. 어렴풋하긴 하지만 아깐 어떤 형체가 있는 듯했었는데, 아무도 보이지 않았다. 하지만, 분명히 누군가가 있었다. 그것도 적의를 품고 있는 사람이었다. 나는 그것을 확신했다.

그때 무시무시한 일이 벌어졌다. 누군가가 내 가슴 한복판을 내질렀다. 다음엔 어퍼컷이었다. 무(無)에서 아니면 투명 인간에게서 나온 주먹이었다!

나는 마침내 안경을 찾아 얼른 코에 걸었다. 여전히 아무것도 보이지 않았다. 꿈이었나? 어떤 악몽을 꾸고는, 막판에 주먹에 맞은 것만 기억에 생생해서 그것을 현실로 착각하는 것일까? 그러면 날 깨운 사람은 누구지?

나는 도리질을 쳐서 정신을 추스른 다음 불을 끄고 안경을 쓴 채 다시 잠자리에 들었다. 나는 몸을 쭉 펴고 시트를 어깨 위로 끌어올린 다음 기다렸다…….

바로 그때 그것이 정말로 나타났다. 무엇인가가 내 귀를 통해 몸 안에 들어왔다. 전율이 일었다. 그 심령체의 공격을 받기보다는 차라리 강도가 들어오는 게 백 번 나을 듯했다. 게다가 그 심령체는 말을 하고 있었다.

「감히 너를 초월하는 권능에 손을 대다니! 당장 그 짓을 중단해라!」

나는 발버둥을 쳤다. 하지만 매복하고 있는 영혼과 어떻게 싸울 수 있으랴!

「당신 누구야? 당신 도대체 누구야?」

대답은 없었지만 저의 성격은 분명했다. 틀림없이 우리의 영계 탐사 실험을 중단시키려는 어떤 종교인일 터였다.

그자를 잡으려 했지만 언제나 나보다 앞서 나갔다. 그자는 무릎 안에 있다가 배로 들어가더니 내장 속을 휘젓고 다녔다.

열렬한 신자들이 마침내 우리에게 전쟁을 선포하기로 결

정한 모양이었다. 우리가 영계 탐사에 사용하는 방식을 그들은 우리를 공격하는 데 사용하고 있었다. 그들은 명상과 탈육과 심령체를 이용해 전쟁을 벌이고 있었다. 우리의 적을 과소평가한 게 분명했다. 벽이란 벽은 다 뚫고 들어오고 우리의 살가죽마저도 뚫고 들어오는 적을 어떻게 당한단 말인가? 내 몸은 더 이상 내 것이 아니었다. 우리의 천국 탐사 때문에 격분한 광신자가 내 몸을 사로잡고 있었다. 이 자는 성직자이니까 내가 무릎을 꿇고 성모 마리아에게 기도를 드리면 내 몸에서 떠나가지 않을까 하는 생각이 들었다.

그러나 제대로 싸워 보지도 않고 무릎을 꿇을 수는 없는 노릇이었다. 그런 공포의 순간에 이상하게도 언젠가 들은 활쏘기에 관한 이야기가 생각났다. 과녁을 명중시키려면 과녁을 머릿속에 그려 넣어야 한다. 그런 다음 자신이 활과 과녁의 중심과 화살이 되어야 한다. 그러면 화살이 과녁의 중심과 만나게 된다.

나는 몸을 일으켜 전투 자세를 취하고 눈을 감았다. 그러자 상대가 누구인지 금방 느껴졌다. 내가 상대하고 있는 것은 자그마하고 빈약한 수도사의 심령체였다. 눈을 뜨면 그의 모습이 사라졌다. 다시 눈을 감으면 그가 결투 자세를 한 채 내 앞에 나타났다. 제대로 보기 위해서 눈을 감아야 한다는 그 역설이라니!

눈을 꼭 감고 있으니 적의 모습이 아주 똑똑히 보였다. 나는 그를 내 머릿속에 담고 투명한 활에 화살을 메긴 다음, 사격 자세를 취하고 시위를 잡아당겼다.

그 심령체가 웃음을 뚝 그쳤다.

우리는 한 몸 안에 있는 두 영혼이었다. 그 역시 활을 꺼내어 나를 겨누었다. 나와 그가 동시에 시위를 놓았다. 내 화살이 심령체의 이마 한가운데에 맞는 것을 보면서 나는 털썩 무너져 내렸다.

144. 페르시아 철학

나를 지어내신 분이 내게 천국을 예정해 놓았는지
지옥을 예정해 놓았는지 나는 모른다.
술잔, 처녀, 밭둑에서 켜는 비파 따위가 맞돈이라면 낙원은 외상,
나는 맞돈으로 만족하고 그대에겐 낙원을 맡기노라.

무지한지고, 이 육신 그저 허망할 뿐,
하늘의 순환, 대지의 현상도 아무것도 아닐지니.
죽음과 삶 사이에 벌어지는 저 싸움에 마음을 기울이라.
우리는 하나의 숨결에 매여 있으나 그 숨결은 덧없는 것.

행복을 좇지 마라, 인생은 한바탕의 숨쉬기인 것을.
오마르 카이얌, 『4행 시집』
프랑시스 라주르바이 논문, 「죽음에 관한 한 연구」에서 발췌

145. 경찰 기록

관계 부서에 보내는 보고
영계 탐사 운동의 주동자들이 사회적 혼란을 야기하고 있습니다. 우리는 그 실험을 근절시켰으면 합니다. 영

계 탐사는 우리 모두에게 해롭습니다. 우리는 이미 수차례에 걸쳐 개입의 필요성을 밝힌 바 있습니다. 작전을 개시할 수 있도록 허가해 주시기 바랍니다.

관계 부서의 회신
기다리기 바람. 상황은 우리의 통제하에 있음. 아직 걱정하지 않아도 됨.

146. 돌고 도는 인생
어둠과 정적이 아주 오랫동안 이어졌다.

이윽고 나는 눈을 떴다. 희부연 후광을 등진 가냘픈 실루엣이 나타났다. 천사가 틀림없었다.

천사는 내게로 몸을 기울였다. 천사가 여자를 닮았다는 게 이상하게 여겨졌다. 하지만 그 여자는 이승에서 도저히 볼 수 없었던 아주 아름다운 모습이었다. 여자는 금발이었고 갈색 눈동자를 지니고 있었다.

여자에게서 살구 냄새가 났다.

우리 주위는 온통 하얗고 고즈넉했다.

천사가 내게 미소를 짓고 있으니 나는 천국에 들어온 것이 분명했다.

「시는…… 웅…… 요…… 랑…… 요.」

천사들이 자기들의 언어로 이야기하는 모양이었다. 천사가 아닌 자들은 알아들을 수 없는 천사들만의 언어였다.

「시는…… 내…… 웅…… 요…… 랑해요.」

여자는 끈기 있게 그 단조로운 말을 되풀이하고 보드랍

고 싱그러운 손으로, 나의 반드르르한 이마를 쓰다듬었다.

「당신은 내 영웅이에요. 사랑해요.」

나는 무척 얼떨떨한 기분을 느끼며 주위를 둘러보았다.

「여기가 어디에요? 천국인가요?」

「아니요, 생루이 병원 소생과예요.」

천사는 생긋 웃으며 나를 안심시켰다. 나는 그 얼굴을 알아보았다. 천 명 속에 끼어 있다 해도 그녀를 알아볼 수 있을 거였다. 바로 아망딘 그녀였다. 나는 퍼뜩 정신을 차렸다. 광신자의 심령체와 싸우던 것이 생각났다.

「내가 기절했었나요?」

「예, 세 시간 동안요.」

아망딘은 내가 더 편하게 앉을 수 있도록 허리에 방석을 받쳐 주었다. 그녀가 나에게 그토록 신경을 써주는 모습은 일찍이 본 적이 없었다.

아망딘 옆에서 라울과 스테파니아와 천체 물리학자가 내 반응을 지켜보고 있었다. 라울이 그간의 사정을 설명했다. 내가 어지간히도 소리를 질렀던 모양이다. 스테파니아가 그 서슬에 잠에서 깨어났다고 했다. 그녀는 내 아파트로 달려왔고, 결투의 마지막 순간을 목격하게 되었다.

「마치 〈오케이 목장의 결투〉를 보고 있는 듯했어요. 내가 미처 끼어들 겨를도 없이 미카엘이 그자를 없애 버렸지요.」

스테파니아가 감탄을 섞어 가며 말했다.

「그자가…… 죽었나요?」

스테파니아의 그 요란한 웃음소리가 방 안에 울려 퍼졌다.

「심령체는 그렇게 죽는 게 아니에요. 그자는 부랴부랴 자기 몸뚱이로 돌아갔을 거예요. 그자는 벌써 제 동료들에게 우리 타나토드롬이 난공불락이라는 사실을 알렸을 게 틀림없어요.」

아망딘이 나를 껴안았다.

「사랑해요. 우리가 그렇게 많은 시간을 함께했으면서도 나는 당신이 최고라는 걸 미처 몰랐어요. 당신은 육체를 벗어나는 데 성공했어요. 내 가까운 곳에 이렇게 소중한 사람이 있는 걸 몰랐으니 내가 눈이 멀었었나 봐요. 이 무시무시한 일을 겪고 나서야 당신이 전사라는 걸 깨달았어요. 당신은 진정한 전사예요.」

아망딘이 나를 안은 팔에 힘을 주었다. 젖가슴의 야릇함이 내 팔에 느껴졌다. 한껏 달아오른 입술이 내 입술 사이를 비집고 들어왔다.

그 입맞춤에 내 어찌 담담할 수 있었으리오. 얼마나 오랫동안 기다려 온 순간이던가…….

147. 유대교 신화

길굴림(환생) 유대교 신비주의 카발라[63]의 가장 중요한

---

63 〈전통〉을 뜻하는 히브리어로서, 유대교의 신비주의적 전통을 일컫는다. 그 기원은 기독교 시대 이전으로 거슬러 올라가며, 천지 창조에 관한 신비주의적 사색과 성서에 관한 비유적 주석, 히브리어 문자에 관한 우주론적 해석 등에 뿌리를 두고 있다. 11세기 이후 서서히 유대인들 사이에 퍼져 나가다가 14세기 이후 스페인을 중심으로 대중적인 확산이 이루어져, 『탈무드』를 중심으로 하는 유대교의 수류석 전통과 구별되는 중요한 한 흐름을 형성해 왔다. 카발라의 중요 문헌인 『조하르』는, 토라(구약 성서의 모세 5경), 탈무드에 이어 유대교의 제3경전이라 할 만한 것으로, 신의 성질과 운명·선과 악·토라의 참뜻·메시아·구원 등에 관한 신비주의적 사색을 담고 있다.

문헌인 『조하르』 즉, 『광휘의 책』에는 환생의 여러 가지 이유가 제시되어 있다. 그중에는 아이를 낳지 않는 것, 결혼하지 않는 것도 들어 있다. 또 어떤 사람이 결혼은 했는데 아이를 낳지 않고 죽게 되면 남편과 아내가 환생을 통하여 내생에서 다시 결합한다고 되어 있다. 카발라 신학자들의 견해에 따르면 남자와 여자의 결합은 육체적이고 감정적이고 영적인 세 가지 차원을 포함하는 것으로서 신에게로 나아가는 주요한 길이 된다고 한다.

유대교 전승에서는 대개 부부는 전생에서 만났던 사람들이라고 생각하고 있다.

아기가 없는 여자 카발라의 한 문헌에, 아기가 생기지 않는 부부 이야기가 나온다. 어떤 현자가 그 남편에게 설명하기를, 아기가 생기지 않는 까닭은 그의 아내가 진정한 배우자가 아니기 때문이라고 한다. 원래 자기 아내가 아닌 여자를 아내로 맞아들였다는 것이다. 그의 아내는 남성의 영혼을 지니고 태어났기 때문에 아기를 낳지 못하는 게 당연하다는 얘기다.

결혼 『조하르』에 따르면 결혼은 중요한 경험의 장(場)을 마련해 준다. 그것은 영혼이 발전해 가는 데 없어서는 안 되는 것이다. 남녀가 부부로 결합하는 것은 자기들의 영혼이 성장해 가는 데 장애가 되는 문제들을 해결하기 위해서다. 남녀 각자에게는 저마다 응분의 배우자가 있다.

양육 마찬가지로 아이를 키우는 경험은 이승의 삶에서 빼놓을 수 없는 요소로 생각되고 있다. 몇 차례 삶을 살면서 단 한번이라도 아이를 올바로 키워 내지 못한 사람은 그 일을 온전하게 해낼 때까지 환생을 계속할 것이다.

프랑시스 라조르박의 논문, 「죽음에 관한 한 연구」에서 발췌

148. 운명

다음 날, 내가 퇴원을 하자마자 아망딘이 3층에 있는 자기 아파트에서 저녁을 먹자고 나를 초대했다. 아망딘은 식탁을 꽃과 초로 장식하여 낭만적인 분위기를 만들어 놓고 있었다.

「미카엘, 함께 살도록 운명 지어진 사람들이 있다고 생각해요?」

그녀의 느닷없는 질문을 받고, 나는 입에 물고 있던 연어 토스트를 꿀꺽 삼켜 버리고 샴페인 한 잔을 들이부었다.

「네. 물론이지요.」

그녀가 내게로 몸을 숙였고 우리는 서로 이마를 맞댔다.

「인연이 있는 사람들은 그들의 운명이 커다란 장부 어딘가에 적혀 있기 때문에 숱한 장애가 있어도 결국 만나게 되나 봐요. 그렇죠?」

내가 다시 동의의 뜻을 표시하자, 내 연인이 말을 이었다.

「스테파니아가 마지막 관문을 통과하는 날, 나는 그녀가

그 장부를 발견할 거라고 믿어요. 과거와 미래에 걸쳐 모든 부부의 명부가 들어 있는 책 말이에요.」

나는 그 말에 대해 생각하다가 반문했다.

「그게 정말 좋은 일일까요?」

「물론이죠. 그 책을 찾게 되면 헛된 방황으로 시간을 낭비하는 일이 없어질 거예요. 서로 사랑하도록 예정되어 있는 사람들은 만나자마자 사랑을 하겠지요. 제 짝이 아닌 사람과 결혼하는 일도, 사람을 잘못 판단하는 일도, 속임수도, 이혼도 없을 거예요. 열쇠들은 저마다 자기만의 자물쇠를 만날 거예요. 나는 그렇게 되리라고 믿어요.」

「글쎄요.」

촛불 빛을 받아 황금빛이 된 그녀의 얼굴에 새치름한 표정이 어렸다. 그 표정이 너무나 매력적이었다.

「글쎄요가 아니에요. 미카엘, 우리 만남은 우연이 아니에요. 우리에겐 이 순간이 오래전부터 예정되어 있었던 거예요. 그렇게 씌어 있었던 거예요.」

나는 대꾸하지 않고, 화제를 바꾸려고 했다.

그녀가 내게로 와서 무릎 위에 앉더니, 야릇한 팔로 나를 끌어안았다. 내가 그토록 꿈꾸어 오던 순간이 마침내 오고야 만 것이었다.

「미카엘, 당신은 소심해요. 하지만 내가 당신의 소심증을 고쳐 줄 거예요.」

그녀의 속삭이는 소리가 내 목을 간질였다.

149. 백년가약

그로부터 일주일이 지나서 나는 결혼을 했다.

만사가 아주 빨리 진척되었다. 나는 내 짝을 결정했고, 라울 역시 자기 짝을 결정했다. 뤼생데르 대통령은 우리가 마다하는데도 엘리제 궁의 호화로운 정원을 빌려 주었다. 정계와 연예계의 내로라하는 인사들이 결혼식에 초대를 받았다. 우리는 그들이 보는 앞에서 합동결혼식을 올렸다.

호시탐탐 먹이를 노리는 독수리 같던 라울은 어깨 부분이 헐렁한 턱시도를 입고 있어서 더 그렇게 보였다. 스테파니아는 통통한 몸매를 더욱 돋보이게 하는 미니 드레스를 입은 채 팔에는 꼬꼬댁거리는 작은 암탉을 끼고 있었다.

나는 남색 턱시도를 세내어 입었다. 아주 느긋한 마음으로 아내를 바라보았다. 옷자락이 끌리는 긴 드레스를 입은 아내의 얼굴이 행복감으로 빛났다. 아망딘은 그 뒤에서 짐짓 좋은 표정을 지으려고 애쓰고 있었다. 일이 되려면 그렇게 빨리 이루어지는 모양이었다.

「축하합니다! 축하합니다!」

아내와 나, 라울과 스테파니아, 우리는 수많은 사람들과 악수를 나누었다. 나는 물론 초창기부터의 동료인 라울과 아망딘을 증인으로 세웠다. 아망딘은 내 결혼의 증인일 뿐만 아니라, 그것을 가능하게 해준 사람이기도 했다.

그녀의 열정적인 사랑 고백을 듣고 나서야, 내가 욕망에 눈이 멀어 사랑의 초점을 잘못 맞추었다는 것을 깨달았다. 나에게 필요한 여자의 이름은 로즈였다.

150. 유대교 철학

자아는 우주의 특별한 하나의 점도 아니고 교차점도 아니다. 자아는 사람마다 다르며 같은 사람에게서도 발전 단계에 따라 다르다. 삶의 초기 단계에서는, 아주 높은 수준의 지력과 정신이 거의 발현되지 않고 발현되더라도 무의식적으로 발현되기 때문에, 자아의 삶은 거의 육체적인 삶에 국한된다. 그러다가 나이를 먹고 성장해 감에 따라 사람들은 저마다의 방식으로 영혼의 초월적인 본질을 점점 깊이 깨닫게 된다.

그러한 고양은 영적인 삶의 사다리를 한 단계 한 단계 올라감으로써 이루어진다. 우리는 동물적인 영혼으로부터 참 생명의 세계로 나아간다. 그 참 생명의 세계는 우리 모두가 내부에 지니고 있는 것이다.

아댕 슈타인잘츠
『꽃잎 열세 개 달린 장미: 유대교의 카발라』
프랑시스 라조르박의 논문, 「죽음에 관한 한 연구」에서 발췌

151. 지직거리는 소리

잔치가 끝나고, 신혼의 밤을 며칠 보낸 뒤에, 우리는 다시 비행을 시작했다. 원기 왕성한 스테피니아는 곧 세 차례의 비행에 성공했다. 나는 그녀가 가져온 정보를 컴퓨터 프로그램에 입력해서 영계 지도를 수정해 나갔다. 스테파니아 덕분에 우리는 영계의 각 구역을 구석구석 탐사할 수 있었다. 영계의 전체적인 모습은 아주 넓게 벌어진 나팔과 비슷했다. 모호 1, 모호 2, 모호 3, 테라 인코그니타, 그런 표

시들이 우리가 이미 정복한 곳이 어디까지인가를 보여 주고 있었다.

세계 전역의 타나토드롬에서 많은 사람들이 연구에 몰두하고 있었다. 하지만 타나토노트들이 과거의 기억을 이겨 내는 데는 성공하면서도 쾌락에 찬 적색계에서 헤어나지 못하고 거기에 머물러 버리는 일이 비일비재했다. 의자에 앉은 채 황천객이 된 타나토노트들의 얼굴에는 행복한 미소가 어려 있었다. 그런 일을 자꾸 접하게 되자, 모흐 3이야말로 진정한 의미에서 죽음의 문턱이 아닐까 하고 생각하는 사람들이 생겨나기 시작했다. 아무도 그 장벽을 넘어갔다가 돌아올 수는 없을 것 같았다. 영계는 환락의 휘광에 싸인 채 여전히 신비를 간직하고 있었다.

우리 일이 중요한 전기를 맞을 때마다 그랬듯이, 라울은 우리를 페르 라셰즈 묘지에 모았다.

「우리 실험은 제자리걸음을 하고 있어요. 가장 훌륭하다는 외국의 경쟁자들도 모흐 3 앞에 붙박여 있고요.」

라울은 눈을 들어 반짝이는 별들을 바라보았다. 마치 하늘에서 새로운 생각이 떨어지기를 기다리는 사람 같았다.

「나 나름대론 최선을 다하고 있어요. 그렇지만 세 번째 벽 앞에 다다르면 내 은빛 줄이 너무 팽팽해지기 때문에, 더 나아갔다가는 끊어져 버릴 것 같은 느낌이 들어요.」

스테파니아가 항의의 뜻을 담아 말하자, 라울이 다시 말했다.

「우리는 새로운 생각이 필요해요.」

그때 로즈가 내 곁으로 바싹 다가와 귓속말을 했다.

「바보 같은 얘기일지도 모르지만, 언젠가 이상한 현상을 발견한 적이 있어요.」

「뭔데요.」

「스테파니아가 이륙하는 모습을 지켜보면서 나는 라디오를 듣고 있었어요.」

「그런데요?」

「스테파니아의 심장 고동이 느려지던 순간에, 갑자기 스피커에서 지지직거리는 소리가 나는 거예요.」

그것은 예사로운 발견이 아니었다. 그날, 우연히 로즈는 영기(靈氣) 탐지 장치의 실마리를 발견한 셈이었다.

152. 경찰 기록

기초 신원 조회

성명: 로즈 솔랄

모발: 검은색

안구: 갈색

신장: 1m 70cm

신체상의 특징: 없음

특기 사항: 영계 탐사 운동의 개척자. 천문학자이자 천체 물리학자. 동료인 미카엘 팽송의 아내

약점: 과학자라는 점

153. 메소포타미아 신화

물속 깊은 곳에서 자라는
가시나무 같은 식물이 하나 있다.

그 가시는 장미 가시처럼 그대의 손을 찌를 것이다.
만일 그대의 손이 그 식물을 뽑아 버린다면
그대는 새로운 삶을 발견하리라.

『길가메시 서사시』
프랑시스 라조르박의 논문, 「죽음에 관한 한 연구」에서 발췌

154. 유레카!

로즈의 발견 덕분에 우리 일은 새로이 활기를 띠기 시작했다. 우리는 새로운 길로 들어서고 있었다. 뇌가 알파파나 베타파 같은 파동을 낸다는 것은 익히 알고 있는 바였다. 그렇다면 영혼이 육체를 벗어나는 순간에 뇌의 파동이 라디오의 기능에 영향을 미치는 것은 당연한 일이었다.

스테파니아의 다음 이륙은 트랜지스터라디오 근처에서 이루어졌다. 과연 스테파니아가 육체를 벗어나는 순간에 파동이 나왔고, 그에 따라 라디오에서 희미하게 〈지지직〉 소리가 들렸다.

라울은 심령체가 어떤 파장으로 진동하는지를 정확히 알아내기 위하여, 모든 주파수대의 파동을 감지할 수 있는 장치를 준비했다. 스테파니아가 명상에 몰입하자 〈지지직〉 소리가 크게 울렸다. 우리는 그 〈영혼의 자취〉를 오실로스코프로 관측했다. 파장이 아주 길고 주파수대가 무척 낮은 파동이었다.

라울이 몇 개의 키를 두드리자, 오실로스코프의 화면 위에 선이 하나 나타나고, 선 위에 숫자가 나타났다. 라울은 거기에 나타난 수치를 주파수계로 옮겼다. 그는 공진하는

주파수를 찾기 위해 동조를 시작했다. 파장이 1옹스트롬밖에 안 되는 감마선에서 시작하여, 엑스선과 자외선과 가시광선을 거친 다음, 파장이 1미터인 텔레비전 전파, 라디오 전파에 이어 〈뇌파〉의 주파수대에 이르렀다. 다시 몇 차례의 동조를 더 하고 나서 그가 입을 열었다.

「문제의 파동은 파장이 1킬로미터가 넘는 장파입니다. 86kHz 정도 되는 저주파예요.」

우리는 환호성을 질렀다. 마침내 타나토노트가 육체를 벗어나 활동한다는 것에 대한 과학적이고 물질적인 증거를 얻게 된 것이다. 이제부턴 아무도 우리 실험의 현실성을 부정할 수 없을 것이었다.

그 소식을 접한 뤼생데르는 대통령 전용 예산의 일부를 떼어 우리에게 추가 예산을 배정하였다.

더욱 정교해진 장치를 이용해서 우리는 스테파니아의 심령체가 내는 파동이 정확하게 86.4kHz임을 확인했다. 라울은 스테파니아의 심령체가 육체를 벗어나는 순간을 정확히 알 수 있는 이륙 탐지기를 고안했다.

그때부터 우리는 영계의 정확한 위치가 어디인가라는 문제를 놓고 본격적으로 고민하기 시작했다. 심령체가 비행하는 동안 그 파동을 계속 탐지할 수 있다면, 그것이 있는 위치를 알아낼 수 있을 것이었다. 과연 천국은 어디에 있는 것일까? 우리가 위치도 모르면서 그토록 오랫동안 지도를 그려 온 그 비물질적인 대륙은 어디에 있는 것일까?

나는 타나토드롬의 가장 높은 곳에 직경 5미터의 거대한 파라볼라 안테나, 아니 전파 망원경을 설치했다. 그것은 펜트하우스 위에 핀 예쁜 데이지꽃 같았다.

우리의 영계 탐사가 새로운 국면을 맞고 있었다. 이름 하여 〈천문학적 국면〉이었다.

축배!

155. 티베트 신화

사람과 사물은 모두 저마다의 파동을 가지고 있다. 진동수는 다음과 같이 종류에 따라 다르다.

광물 초당 5,000회

식물 초당 10,000회

동물 초당 20,000회

사람 초당 35,000회

영혼 초당 49,000회

죽는 순간에 영혼이 육체로부터 떨어져 나가는 것은, 자기를 감싸고 있던 육신의 진동수가 감소하는 것을 견딜 수 없기 때문이다.

『바르도 토돌』의 가르침 중에서
프랑시스 라조르박의 논문, 「죽음에 관한 한 연구」에서 발췌

제2권에 계속

옮긴이 **이세욱** 1962년에 태어나 서울대학교 불어교육과를 졸업하였으며, 현재 전문 번역가로 활동하고 있다. 옮긴 책으로 베르나르 베르베르의 『제3인류』(공역), 『웃음』, 『신』(공역), 『인간』, 『나무』, 『상대적이며 절대적인 지식의 백과사전』, 『베르나르 베르베르의 상상력 사전』(공역), 『뇌』, 『개미』, 『아버지들의 아버지』, 『천사들의 제국』, 『여행의 책』, 움베르토 에코의 『프라하의 묘지』, 『로아나 여왕의 신비한 불꽃』, 『세상의 바보들에게 웃으면서 화내는 방법』, 『세상 사람들에게 보내는 편지』(카를로 마리아 마르티니 공저), 장클로드 카리에르의 『바야돌리드 논쟁』, 미셸 우엘벡의 『소립자』, 미셸 투르니에의 『황금 구슬』, 카롤린 봉그랑의 『밑줄 긋는 남자』, 브램 스토커의 『드라큘라』, 파트리크 모디아노의 『우리 아빠는 엉뚱해』, 장자크 상페의 『속 깊은 이성 친구』, 에리크 오르세나의 『오래오래』, 『두 해 여름』, 마르셀 에메의 『벽으로 드나드는 남자』, 장 크리스토프 그랑제의 『늑대의 제국』, 『검은 선』, 『미세레레』, 드니 게즈의 『머리털자리』 등이 있다.

타나토노트 1

발행일	1994년 9월 20일 초판 1쇄
	1999년 5월 20일 초판 15쇄
	2000년 9월 15일 2판 1쇄
	2013년 1월 25일 2판 61쇄
	2013년 5월 30일 3판 1쇄
	2025년 7월 25일 3판 22쇄

지은이	베르나르 베르베르
옮긴이	이세욱
발행인	홍예빈
발행처	주식회사 열린책들

경기도 파주시 문발로 253 파주출판도시
전화 031-955-4000 팩스 031-955-4004
홈페이지 www.openbooks.co.kr 이메일 literature@openbooks.co.kr

Copyright (C) 주식회사 열린책들, 1994, 2013, *Printed in Korea*.
ISBN 978-89-329-0320-0 04860
ISBN 978-89-329-0319-4 (세트)